KATHRIN HANKE /
CLAUDIA KRÖGER

Heideglut

BRANDHEISS In der Lüneburger Heide lodert ein Feuer. Zuerst sieht alles nach einem Zufallsbrand aus, entfacht durch Unachtsamkeit. Erst die Löscharbeiten zeigen, dass es Brandstiftung war. Als die Feuerwehr dann auch noch eine verkohlte Leiche birgt, werden Katharina von Hagemann und ihre Kollegen hinzugezogen. Nur durch einen Fund in der Nähe der Leiche ist es möglich, sie schnell zu identifizieren. Dennoch weist nichts auf den Mörder hin.

Innerhalb weniger Wochen brennt es immer wieder an verschiedensten Stellen der Lüneburger Heide, und jedes Mal liegt eine Leiche im Feuer. Das kann kein Zufall sein, und schnell wird klar, dass hier ein Serientäter am Werk ist. Doch was treibt ihn an? Die Kommissare können keinerlei Verbindungen zwischen den einzelnen Opfern herstellen. Hat der Feuerteufel ein religiöses Motiv und bereitet seinen Opfern das Fegefeuer?

© studioline

Claudia Kröger war viele Jahre als Redaktionsleiterin tätig, bevor sie sich als freie Autorin und Texterin ganz dem Spiel mit den Worten verschrieb.

Kulturwissenschaftlerin Kathrin Hanke war jahrelang als Werbetexterin für namhafte Agenturen kreativ – seit 2014 arbeitet sie als freie Autorin in ihrer Heimatstadt Hamburg.

KATHRIN HANKE / CLAUDIA KRÖGER

Heideglut

DER 4. FALL FÜR KATHARINA VON HAGEMANN

GMEINER

Personen und Handlung sind frei erfunden.
Ähnlichkeiten mit lebenden oder toten Personen
sind rein zufällig und nicht beabsichtigt.

Immer informiert

Spannung pur – mit unserem Newsletter informieren wir Sie
regelmäßig über Wissenswertes aus unserer Bücherwelt.

Gefällt mir!

Facebook: @Gmeiner.Verlag
Instagram: @gmeinerverlag
Twitter: @GmeinerVerlag

Besuchen Sie uns im Internet:
www.gmeiner-verlag.de

© 2016 – Gmeiner-Verlag GmbH
Im Ehnried 5, 88605 Meßkirch
Telefon 0 75 75 / 20 95 - 0
info@gmeiner-verlag.de
Alle Rechte vorbehalten
4. Auflage 2023

Lektorat: Claudia Senghaas, Kirchardt
Herstellung: Mirjam Hecht
Umschlaggestaltung: U.O.R.G. Lutz Eberle, Stuttgart
unter Verwendung eines Fotos von: © Visions-AD – Fotolia.com
Druck: CPI books GmbH, Leck
Printed in Germany
ISBN 978-3-8392-1857-0

Für Vincent
Kathrin Hanke

Für Wolfgang und Edda
Claudia Kröger

Das Abbrennen von Brauchtumsfeuern kann im Einzelfall auf Antrag genehmigt werden. Hierbei gilt:

Der Antrag ist spätestens zwei Wochen vorher bei der Hansestadt Lüneburg zu stellen.

Als Brennmaterial sind nur trockenes Holz, Gehölz und Strauchschnitt zu verwenden.

Das Brennmaterial darf erst am Tag der Veranstaltung auf die Feuerstelle gelegt werden.

Zum Anzünden des Feuers dürfen nur feste Brennstoffe verwendet werden.

Bei starkem oder böigem Wind darf das Feuer nicht abgebrannt werden.

Das Feuer ist ständig durch für den Feuerschutz geeignete Personen unter Aufsicht zu halten.

Innerhalb der bebauten Ortslage darf das Feuer maximal eine Grundfläche von 2 m2 und eine Aufschichthöhe von 1 m haben. Der Abstand des Feuers zur Wohnbebauung muss mindestens 50 m betragen, zu anderen Gebäuden, Baumbeständen, Gehölzen, Hecken und Einzelbäumen 25 m und mindestens 100 m zu öffentlichen Verkehrsflächen. In begründeten Einzelfällen können die Abstände verringert werden.

Außerhalb der bebauten Ortslage darf das Feuer maximal eine Grundfläche von 16 m2 und eine Aufschichthöhe von 3 m haben. Der Abstand des Feuers zur Wohn-

bebauung muss mindestens 100 m betragen, zu anderen Gebäuden, Baumbeständen, Gehölzen, Hecken und Einzelbäumen 50 m und mindestens 100 m zu öffentlichen Verkehrsflächen. In begründeten Einzelfällen können die Abstände verringert werden.

(aus: Dritte Verordnung der Hansestadt Lüneburg zur Änderung der Verordnung der Stadt Lüneburg über die Aufrechterhaltung der öffentlichen Sicherheit und Ordnung (SOV) vom 20.10.1994 in der Fassung der zweiten Änderungsverordnung vom 29.09.2005, § 9 Offene Feuer im Freien)

PROLOG:

SAMSTAG, 4. APRIL 2015

23:37 Uhr

Er starrte in die Flammen. Er hatte es nicht gewollt, doch nun war es passiert. Es war ein Missgeschick gewesen, eine Unachtsamkeit, Zufall. Oder vielleicht auch Schicksal. Je nachdem, ob man daran glaubte. Er hatte es bisher nicht getan. Dafür war sein erstes Leben zu mies gewesen und sein zweites in jedem Schritt von ihm vorhergeplant. Konnte ja sein, dass der Spruch »Das Leben ist wie ein Bumerang, irgendwann kommt alles zurück« doch stimmte. Er musste grinsen, und wenn ihn jemand in diesem Moment beobachtet hätte, hätte er sich bei dem Anblick gegruselt. Es war ein diabolisches, fratzenhaftes Grinsen, was nicht nur am Feuer lag, das auf seinem Gesicht auf diese ganz eigentümliche Art Licht und Schatten tanzen ließ. Er fühlte sich unerwartet gut. Irgendwie befreit. Von einem Schmerz befreit. Keinem großen, kurzen und heftigen Schmerz, sondern von einem eher kleineren, dafür immerwährenden. Ein Schmerz, wie ihn ein winziger Splitter verursacht, der sich nicht mit der Pinzette oder einer Nadel erwischen lässt. Einer, der sich Stück für Stück immer weiter ins Fleisch schiebt, bis es ihn hinaus zu eitern beginnt. Die Flammen, die er zu Beginn gar nicht beabsichtigt hatte, waren sein Eiter. Seine ganz persönliche Wunde hatte sich sprichwörtlich entzündet. Wieder musste er grinsen. Der Vergleich gefiel ihm. Er hatte das Gefühl, für ihn habe gerade ein drittes Leben begonnen, obwohl er es gar nicht geplant hatte.

Als es ihm zu heiß wurde, trat er langsam drei Schritte zurück. Dann drehte er sich ganz von den Flammen weg, die inzwischen auch die umliegenden Bäume erfasst hatten, stieg in sein wenige Meter entfernt stehendes Auto und fuhr davon. Nach mehreren Regentagen war es heute ausnahmsweise trocken, und er musste seine Scheibenwischer nicht anstellen.

Die Glocken läuten das Ostern ein
In allen Enden und Landen
und fromme Herzen jubeln darein!
Der Lenz ist wieder entstanden.
Es atmet der Wald, die Erde treibt
und kleidet sich lachend mit Moose
und aus den schönen Augen reibt
den Schlaf sich erwachend die Rose.
Das schaffende Licht, es flammt und kreist
und sprengt die fesselnde Hülle
und über den Wassern schwebt der Geist
unendliche Liebesfülle.

(Am Ostersonntag, Adolf Böttger)

1. KAPITEL:

OSTERSONNTAG, 5. APRIL 2015

00:08 Uhr

Katharina von Hagemann fuhr nicht über die Autobahn nach Lüneburg zurück, sondern über die kleinen Ortschaften. Sie hatte ein Glas billigen Sekt zu viel getrunken und wollte eine Begegnung mit einer Streife vermeiden. Natürlich wusste sie als Kommissarin, dass sie besser nicht mehr hätte fahren sollen. Und sie wusste auch, dass ihr ebenso auf der Landstraße eine Streife begegnen konnte. Aber hier konnte sie wenigstens langsamer fahren und wurde nicht von anderen nächtlichen Heimfahrern mit der Lichthupe bedrängt.

Katharina pustete sich eine rote Locke aus dem Gesicht, warf einen kurzen Blick auf den Sitz neben sich und fühlte, wie ihr warm ums Herz wurde. Sie nahm ihre rechte Hand vom Lenkrad und legte sie sanft auf das Knie ihres Beifahrers. Bene schlief tief und fest neben ihr und kommentierte ihre Berührung mit einem kleinen Aufschnarchen. Katharina musste lächeln. Wenn sie ihm das erzählen würde, würde er es wie immer vehement abstreiten. Er wollte einfach nicht wahrhaben, dass er schnarchte. Er tat es auch nicht regelmäßig. Nur wenn er, was recht selten vorkam,

Alkohol getrunken hatte. Als Barmann, der nahezu täglich mit alkoholischen Getränken zu tun hatte und nicht weniger häufig mit betrunkenen Gästen, gehörte es für ihn zu seinem Berufsethos, selbst keine harten Spirituosen zu sich zu nehmen. Das hieß nicht, dass Bene gänzlich auf Alkohol verzichtete. Doch trank er sowieso nur, wenn er privat unterwegs war, und hier ausschließlich mit Menschen, denen er vertraute. Als er jünger war, hatte er wohl häufiger einmal einen über den Durst getrunken – sehr viel wusste Katharina nicht über diesen Lebensabschnitt von Bene, da sie ihn erst vor etwa vier Jahren kennengelernt hatte und er nicht gern über seine Vergangenheit sprach. Sie hatte hier und da etwas aufgeschnappt, und ganz zu Beginn ihrer Zeit in Lüneburg hatte Benes Zwillingsbruder Benjamin Rehder, der gleichzeitig ihr Chef war, ihr in groben Zügen davon berichtet, aus Sorge, dass sie aus anderen Ecken falsche Informationen bekam. Auf jeden Fall wusste sie, dass Bene damals auf die schiefe Bahn geraten war, und er es in erster Linie Benjamin zu verdanken hatte, dass er nicht hinter Schwedischen Gardinen gelandet war.

Jetzt kamen sie beide gerade aus Hamburg, der Stadt, in der Katharina aufgewachsen war und die sie dennoch nicht als Heimatstadt empfand, was nicht zuletzt an dem schlechten Verhältnis zu ihren Eltern, insbesondere zu ihrem Vater, lag. Ihre Heimat war inzwischen das nur ungefähr 50 Kilometer von Hamburg entfernte Lüneburg, in das sie als Kind mit ihren Eltern manchmal Ausflüge gemacht hatte. Damals hatte sie die Heidestadt mit ihrem mittelalterlichen Stadtkern als friedvoll empfunden, wenn nicht sogar als langweilig beschaulich – heute wusste sie als Kommissarin, dass auch Lüneburg seine Abgründe hatte, die sie immer wieder vor Herausforderungen stellten, und alles andere als langweilig waren. Im Gegenteil waren sie oftmals sogar ziemlich nervenaufreibend. Und dennoch: Obwohl sie erst seit vier Jahren in Lüneburg lebte – auf den Tag genau so lange, wie sie auch Bene kannte, schoss es ihr durch den Kopf – fühlte sie sich in dem Heideort bereits tief verwurzelt und der Stadt mehr verbunden, als der, in der sie geboren und aufgewachsen war. Das lag in erster Linie an den Menschen, die sie hier kennengelernt hatte und die zu Freunden geworden waren. Aber es lag auch an Lüneburg selbst, der kleinen alten Hansestadt, die inzwischen eine angesehene Universitätsstadt war und trotz ihrer langen, bewegten Geschichte so pulsierend und jung geblieben war. Katharina hatte einfach das Gefühl, dass die Stadt selbst sie verstand. Sie konnte es nicht besser als mit diesen Worten beschreiben, aber Lüneburg passte sich, so kam es ihr vor, jederzeit an ihre persönlichen Launen an. Hatte sie gute Laune und wollte unter Menschen sein, ging sie einfach in der Innenstadt ein wenig flanieren oder setzte sich in eines der unzähligen Cafés. Hatte sie schlechte Laune blieb sie in ihrer kuscheligen Giebelhauswohnung. War sie nachdenklich gestimmt, setzte sie sich an die Ilmenau und schaute dem steten Fließen des Flusses zu. War ihr nach Kultur, fand sich immer irgendwo etwas Interessantes, und für weite Spaziergänge lud die nähere Umgebung sowieso jederzeit ein. Aus all diesen Gründen hatte Katharina sich auch anfänglich gesträubt, zum Osterfeuer an den Hamburger Elbstrand zu fahren. Bene hatte sie jedoch am Ende überredet, da seit diesem Jahr in Lüneburg eine neue Regelung für Osterfeuer galt, die unter anderem eine bestimmte Feuergröße vorschrieb, die die Feuer im Vergleich zu den letzten Jahren auf die Hälfte ihrer Größe reduzierten.

»Da kann ich mich auch alleine mit dem Feuerkorb auf irgendeinen Parkplatz stellen«, hatte Bene spöttisch gesagt, und weil es Katharina letztlich nicht wirklich wichtig gewesen war, hatte sie zugestimmt, mit ihm nach Hamburg zu fahren. Den Sekt hatten sie an einer kleinen Bude ausgeschenkt bekommen, und als Katharina jetzt durch die Dunkelheit fuhr, merkte sie einen aufsteigenden Kopfschmerz. So selten, wie sie Sekt trank, so wenig vertrug sie ihn. Sie durfte auf keinen Fall vergessen, vor dem Schlafengehen noch ein Aspirin zu nehmen, um einen Kater am nächsten Morgen zu verhindern.

Katharina gähnte. Sie fuhr gerade durch Vierhöfen. Zum Glück war sie gleich zu Hause und konnte schlafen. Sollte sie Bene noch kurz in der Grapengießerstraße absetzen? Er hatte gestern schon bei ihr übernachtet, und normalerweise vermieden sie es, zweimal hintereinander die Nacht miteinander zu verbringen. Warum eigentlich?, fragte sich Katharina, denn darüber gesprochen hatten sie nie. Es hatte sich einfach so eingebürgert. Dann würde sie das heute ändern. Sie hatte schlicht keine Lust, noch bei Bene rumzufahren, um ihn abzusetzen. Außerdem war es nach so einem netten Abend wie diesem schön, nebeneinander einzuschlafen. Katharina musste lächeln. Vor ein paar Monaten hatte sie noch ganz anders darüber gedacht. Da hatten sie eine unverbindliche, mehr oder minder auf Sex reduzierte Beziehung geführt. Doch dann hatte sie einen Fall zu klären gehabt, der nicht nur ihr, sondern auch Bene hart an die Nieren gegangen war: Benjamin Rehder war entführt worden, und sie beide hatten nicht gewusst, ob sie ihn je lebend wiedersehen würden. Noch jetzt musste Katharina schlucken, wenn sie daran dachte – sie hätte nicht nur ihren Chef verloren und Bene seinen Bruder, sondern beide auch einen guten Freund.

Katharina wurde aus ihren Gedanken gerissen. Ungefähr dort, wo ihrem Gefühl nach das Waldbad Westergellersen liegen musste, erregte ein hochflackerndes Licht ihre Aufmerksamkeit. Sie runzelte die Stirn. Natürlich konnte das noch eines der unzähligen Osterfeuer im Landkreis sein, aber die Flammen schienen ihr sehr hoch angesichts der neuen Begrenzung der Osterfeuer. Oder war das außerhalb der Stadt Lüneburg anders geregelt? Katharina wusste es nicht, und im Grunde war es ihr auch egal. Es war nicht ihre Aufgabe, dort nach dem Rechten zu schauen und höchstwahrscheinlich einige feucht-fröhlich feiernde Jugendliche aufzuscheuchen. Sie musste erneut gähnen und konzentrierte sich wieder auf die Straße.

09:21 Uhr

Benjamin Rehder schimpfte leise vor sich hin. Seit zehn Minuten kämpfte er nun bereits mit Geschenkpapier, Tesafilmabroller und Schleifenband und war mit dem Ergebnis dennoch unzufrieden. Zum wiederholten Male ärgerte er sich, dass er das Geschenk für seine elfjährige Nichte Leonie nicht direkt im Laden hatte einpacken lassen. Nächstes Mal würde er das tun, oder aber etwas schenken, was sich einfacher verpacken ließ, einen Spielekarton zum Beispiel. Gleichzeitig wusste er jedoch, dass es ihm auch beim nächsten Mal nur darauf ankommen würde, was seine Nichte sich wünschte, egal wie unförmig es war. Er liebte Leonie, als wäre sie seine eigene Tochter, und konnte ihr keinen Wunsch abschlagen, sehr zum Leidwesen von Juliane Lippert, Leonies Mutter. Juliane, die von allen nur Julie genannt wurde, war der Meinung, dass Leonie von den Großeltern, also Bens und Benes Eltern, bereits genug verwöhnt wurde. Und seit Bene vor vier Jahren unerwartet nach Lüneburg zurückgekehrt war, um festzustellen, dass er Vater einer damals bereits achtjährigen Tochter war, hatte auch er keine Gelegenheit ausgelassen, seinen kleinen Engel zu beschenken und glücklich zu machen. Ben lächelte bei dem Gedanken an seinen Zwillingsbruder. Nachdem Bene Jahre zuvor Lüneburg Hals über Kopf verlassen hatte, nicht ahnend, dass Julie von ihm schwanger war, hatte Ben ein Stück weit nicht die Vater- aber zumindest die Beschützerrolle für Julie und ihre Tochter übernommen. Er war nicht nur Leonies leiblicher Onkel, sondern zudem noch ihr Pate. Dass Bene sich nach seiner Rückkehr und nachdem er den ersten Schock über die unverhoffte Vaterschaft verdaut hatte, so gut in das Dasein des fürsorglichen Papas einfinden würde, hatte niemand vermutet. Auch wenn aus ihm und Julie nicht wieder ein Paar geworden war, kümmerten sie sich inzwischen beide in harmonischer Abstimmung um das Mädchen. Leonie wiederum nahm die viele Liebe, die ihr entgegengebracht wurde, gern entgegen und gab sie ebenso zurück. Sie war nicht nur ein hübsches Mädchen, sondern obendrein ziemlich aufgeweckt, und vor neuen Freundinnen machte sie sich gern einen Spaß daraus, dass es »ihren Vater gleich zweimal gab«, wie sie immer dann lachend betonte. Auch die Tatsache, dass Vater und Onkel fast den gleichen Namen hatten, fand sie urkomisch. Das konnte allerdings niemand so recht nachvollziehen, am allerwenigsten Benjamin und Benedict Rehder, die diese Namensgleichheit ziemlich nervig fanden und ihren Eltern schon immer Vorwürfe deswegen gemacht hatten. Für das gleiche Aussehen der Zwillinge konnte schließlich keiner etwas, für die Vornamen jedoch schon. »Aber Benjamin hat ein kurzes E und Benedict ein langes, ich weiß also gar nicht, was ihr habt«, wehrte ihre Mutter, Sigrid Rehder, jedoch stets ab, und die Söhne beließen es meistens mit einem Augenrollen dabei, denn ändern konnten sie es jetzt sowieso nicht mehr.

Heute hatte Julie, die nicht nur eine enge Freundin von Ben, sondern, wie es der Zufall wollte, auch noch die Nachbarin und mittlerweile gute Freundin von Katharina war, zum Osterbrunch eingeladen. Ben freute sich darauf. Er war nicht religiös, deswegen ging es ihm nicht darum, dass Ostern ein kirchliches Fest war. Er fand Ostern schlicht und ergreifend deutlich entspannter als Weihnachten, und seit seinem letzten schaurigen Weihnachtsfest, das er beinahe nicht überlebt hätte, sowieso. Doch Ostern hatte für ihn auch etwas mit dem Beginn der Sommermonate zu tun, der Zeit, in der alles neu zum Leben erwachte und die Umgebung immer grüner wurde. Außerdem würden Katharina und Bene auch dort sein sowie sein Freund Alexander. Das wunderte ihn zwar ein wenig, da Alex kein Familienmitglied war, aber vielleicht hatte Julie einfach freundlich sein wollen. Schließlich war Alex schon seit Schulzeiten Bens bester Freund, und als Alex neulich seinen Geburtstag etwas größer gefeiert hatte, hatte er Julie ebenfalls eingeladen. Nur seine und Benes Eltern würden heute fehlen. Sie genossen mal wieder ihr Rentnerdasein und verbrachten die Osterfeiertage auf Island.

20 Minuten später und etwas zu früh stand Ben vor der Tür zu dem Mehrfamilienhaus, in dem Julie mit Leonie wohnte, und klingelte. Der Summer ertönte sofort, und während er noch das Treppenhaus betrat, wurde bereits die Tür zu Julies Wohnung stürmisch aufgerissen. Leonie flog ihm freudig entgegen, als er oben ankam. »Hallo, Ben! Toll, dass du da bist!«

»Klar«, antwortete Ben grinsend und gab seiner Nichte, die für ihr Alter recht groß und nicht mehr viel kleiner war als er selbst, einen Kuss. »Ich muss doch schließlich Ostereier für meine Lieblingsnichte verstecken.«

»Haha«, antwortete Leonie ein wenig entrüstet, »für so einen Babykram bin ich ja nun langsam echt zu alt.«

»Ach ja, stimmt! Wahrscheinlich bist du also auch zu alt für dein Ostergeschenk. Das kann ich ja dann jemand anderem schenken, zum Beispiel ...« Ben kam nicht dazu, den Satz zu vollenden, denn Leonies vor Vorfreude strahlende Augen hatten längst das große unförmige Paket entdeckt, das er hinter seinem Rücken in einer Tüte verborgen hielt, und nach dem sie jetzt griff. Er reichte es Leonie und sah ihr lächelnd hinterher, als sie damit in Richtung Wohnzimmer verschwand. Ben trat in die Wohnung und ging auf die Küche zu, wo er Julie vermutete. Außer ihm war sicher noch niemand da, weil es noch früh war. Als er die Küche betrat, sahen ihm jedoch vier Augen entgegen. Julie stand wie erwartet am Herd, und direkt daneben, in Bens Augen sehr dicht, stand Alexander.

»Hi!«, begrüßte sein ältester Freund ihn, trat auf Ben zu und nahm ihn in den Arm. Ben erwiderte die Geste, schlug Alexander freundschaftlich auf die Schulter und sah dann zu Julie. Täuschte er sich oder hatte Julie etwas betreten dreingeschaut? So, als hätte er sie bei irgendetwas ertappt? Er verwarf den Gedanken, nahm sie in den Arm und sagte fröhlich: »Hallo, Julie! Vielen Dank für die Einladung, und Fröhliche Ostern! Wenn es so schmeckt, wie es jetzt schon duftet, dann wird das hier wieder einmal ein Festmahl!«

»Schmeichler«, lächelte Julie und gab Ben einen Kuss auf die Wange. »Schön, dass du da bist!« Sie warf einen Blick auf die Küchenuhr. »Bene und Katharina werden bestimmt auch gleich rüberkommen, denn wenn ich mich nicht täusche, ist Bene schon bei ihr – oder immer noch«, fügte sie mit einem verständnisvollen Lächeln hinzu.

Die drei Erwachsenen gingen ins Wohnzimmer, wo Leonie auf dem Sofa saß, neben sich das große Paket von Ben. Gespannt sah sie ihre Mutter an. »Darf ich schon auspacken, Mama?«

Julie lächelte. »Na mach schon, Süße«, sagte sie. »Ist ja schließlich nicht Weihnachten, wo wir eine feierliche gemeinsame Bescherung machen.« An Ben gewandt sagte sie: »Etwas kleiner hätte es auch getan, Ben. Es ist Ostern, nicht Weihnachten und Geburtstag zusammen.«

Ben zuckte nur mit den Achseln. »Lass mich ihr doch eine Freude machen, ich hab schließlich nur diese eine Nichte.«

»Noch zumindest«, grinste Alexander. »Man weiß ja nie ...« Ben wusste nicht recht, was er darauf erwidern sollte. Er hatte sich zwar längst damit abgefunden, dass seine beste Mitarbeiterin und sein Zwillingsbruder eine Beziehung führten, aber das enge Verhältnis der beiden in den letzten Monaten war dann doch etwas anderes als die lose Geschichte in den Jahren davor. Die Vorstellung, Bene

und Katharina könnten eine eigene Familie gründen …
Das Klingeln seines Handys riss Ben aus seinen Gedanken, und er war nicht unglücklich, dass ihm dadurch eine Antwort auf Alex' Bemerkung erspart blieb. Als er die Nummer auf dem Display sah, stöhnte er jedoch – es war seine Dienststelle. Mit dem Handy am Ohr verschwand er in Richtung Flur. Als er zwei Minuten später wieder das Wohnzimmer betrat, sah er Julie entschuldigend an.

»Sag, dass das nicht wahr ist«, bedauerte Julie. »Du musst jetzt nicht schon wieder los, oder?«

»Doch, ich fürchte ja. Und so wie es aussieht, muss ich dir auch Katharina entführen, bevor sie überhaupt hier ist – Tobi ist im Urlaub, und wir haben einen Leichenfund, das möchte ich nicht mal eben schnell allein abwickeln. Es tut mir wirklich leid, das weißt du …«

Leonie sah ihn an, und ihr Blick spiegelte Verärgerung und Enttäuschung wider. »Och nö. Eigentlich finde ich es ja ganz cool, dass mein Onkel bei der Polizei ist, aber an so Tagen wie heute ist das einfach nur doof. Dann mach ich dein Geschenk jetzt doch noch nicht auf. Du versprichst, dass du später noch mal herkommst, und dann packe ich es aus. Versprichst du, dass du nachher wiederkommst?«

Ben lächelte seine Nichte an. »Versprochen! Ich weiß aber nicht, wann das sein wird.« Er sah auf seine Armbanduhr. »Okay, ich muss echt los. Sei nicht böse, Julie, ich hoffe, es dauert nicht lange, und dann komme ich auf jeden Fall mit Katharina zusammen wieder her.« Sein schlechtes Gewissen stand ihm so deutlich ins Gesicht geschrieben wie Julie der Verdruss. »Wenn ich darf«, setzte er hinzu.

Julies Miene entspannte sich, und sie grinste. »Hau schon ab, Herr Hauptkommissar. Wir kennen das ja schließlich von dir. Und wenn du nachher nicht kommst, bekommst du richtig Ärger, das verspreche ich dir!« In diesem Moment klingelte es an der Tür. Ben öffnete sie, sah in die strahlenden Gesichter von Katharina und seinem Zwillingsbruder und hatte nun endgültig ein mieses Gefühl – jetzt würde er den beiden auch noch den gemeinsam geplanten Tag verderben. »Tut mir leid, Katharina«, sagte er knapp, »schnapp dir eine Jacke – wir müssen los.«

Ein dreifaches Gut-Schlauch!

(Schlachtruf der Ortsfeuerwehr Lüneburg-Oedeme)

2. KAPITEL:

OSTERMONTAG, 6. APRIL 2015

10:17 Uhr

Benjamin Rehder saß an seinem Schreibtisch im Büro und blätterte seine Notizen vom Vortag durch. Viel hatte der Besuch des Tatorts gestern nicht ergeben. Bisher wussten sie nicht einmal, ob es wirklich ein Tatort war. Die Feuerwehr war zwar relativ sicher, dass es sich bei dem Feuer auf der kleinen Lichtung in dem Waldstück bei Westergellersen um kein natürliches handelte, sondern ging von Fahrlässigkeit oder sogar mutwilliger Brandstiftung aus, doch auch das musste noch nachgewiesen werden. Die Tatsache, dass man noch während der umfangreichen Löscharbeiten einen verkohlten Leichnam im mutmaßlichen Brandherd entdeckt hatte, verstärkte die Vermutung auf Brandstiftung, aber noch konnte niemand sagen, ob es sich bei der Leiche um eine vorsätzliche Ermordung oder um ein überraschtes Opfer des Feuers handelte. Vielleicht sogar um den Brandstifter selber? Zum jetzigen Zeitpunkt gab es weit mehr offene Fragen als klare Ergebnisse – bis auf Reifenspuren, etwas weiter von der Brandstelle entfernt, die jedoch zum Teil durch den Feuerwehreinsatz zerstört worden waren, hatten sie bisher nichts gefunden. Aus diesem Grund hatte Ben sich heute mit Katharina im Büro verabredet, obwohl damit auch der zweite Osterfeiertag dem Job zum Opfer fiel.

Sie hatten gestern beide länger am Fundort der Leiche zugebracht, als gedacht. Nicht, weil es schon so viel zu ermitteln gegeben hätte, sondern eher, weil sie lange warten mussten, bis sie ihn überhaupt hatten sichten können. Es war vertane Zeit gewesen, und Ben hatte sich darüber sehr geärgert, denn sein Versprechen Leonie gegenüber, später noch einmal vorbeizukommen, hatte er nicht halten können. Als sie die Fundstelle endlich begutachtet hatten, war es schon Nachmittag gewesen. Danach hatte Katharina ihn nicht wie geplant wieder mit zurück in die Münzstraße genommen, in der sie wie auch Julie und Leonie wohnte, sondern hatte ihn zu seinem Wagen gebracht, den er auf dem Kommissariatsparkplatz abgestellt hatte. Die Münzstraße lag in der Innenstadt, in der man nur selten einen freien Parkplatz ergattern konnte. Zumindest nicht, wenn man wie Ben, der weiter außerhalb im Stadtteil Ochtmissen wohnte, keinen Anwohnerparkausweis hatte. Natürlich hätte er seinen Wagen auch in einem der Parkhäuser abstellen können – eines war sogar direkt bei der Münzstraße –, doch das Geld konnte er sich sparen, da der Parkplatz vom Kommissariat gerade an Feiertagen angenehm leer und vor allem ebenso mitten in der Stadt lag. Ben hatte Katharina inständig gebeten, ihn behutsam bei Julie und vor allem Leonie zu entschuldigen, weil er nun doch nicht mehr vorbeikäme. Außerdem sollte Katharina seiner Nichte ausrichten, dass sie natürlich ihr Ostergeschenk trotzdem auspacken könnte. Dummerweise hatte er seiner Exfrau Simone zugesagt, am Ostersonntag gegen Abend bei ihr vorbeizukommen, weil sie seine Hilfe für irgendwelchen Papierkram benötigte. Zwar hatte er überlegt, Simone aufgrund der veränderten Tagesplanung abzusagen, doch dann hätte er das Treffen mit ihr nur vor sich hergeschoben, denn sie hatte es dringend gemacht, und er wollte es hinter sich bringen. Seit er sie kurz nach Weihnachten nach Jahren zum ersten Mal wieder gesehen hatte, waren sie nur wenige Male aufeinandergetroffen. Es gab einfach nichts mehr, außer der gemeinsamen Vergangenheit, was sie beide noch verband, und er wollte den Kontakt seinerseits so knapp wie möglich halten. Also war er vom Parkplatz des Präsidiums direkt zu Simone gefahren, die sich nach Jahren im Ausland vor einem halben Jahr in Hitzacker mit einem kleinen Schmuckladen selbstständig gemacht hatte und darüber eine kleine Wohnung bewohnte. Obwohl er gewusst hatte, dass Katharina ihn entschuldigen würde, hatte er ein schlechtes Gewissen gehabt. Darum hatte er vom Auto aus selbst noch bei Leonie angerufen und beteuert, dafür am Ostermontag zu ihr und Julie zu kommen. Und diesmal würde er sich auch durch nichts und niemanden davon abbringen lassen.

Während Ben noch seinen Gedanken nachhing, stand plötzlich Katharina in der Tür seines Büros.

»Guten Morgen, Ben!«, sagte sie fröhlich und legte eine Papiertüte vom Bäcker auf den Tisch. »Mit schönen Grüßen von Julie. Sie hat heute Morgen schon Brötchen geholt und mir netterweise ein paar vor die Tür gelegt.«

»Die waren wohl eher für ein gemütliches Frühstück für dich und Bene gedacht, oder nicht?«, fragte Ben, und hörte selbst, dass sein Ton ironisch klang, obwohl er es lustig gemeint hatte.

»Nein, wie du weißt bin ich ja gestern Abend noch bei den beiden rein gesprungen, als ich vom Tatort zurück war, und da hab ich schon erzählt, dass wir zwei heute arbeiten werden. Bene war da schon wieder bei sich zu Hause. Nur Alex war noch da.« Sie grinste. »Du darfst die Brötchen also einfach genießen, sie sind ausdrücklich für dich und mich bestimmt.«

»Danke«, erwiderte Ben und war froh, dass Katharina seinen falsch gewählten Tonfall übergangen oder schlichtweg nicht registriert hatte, was er sich allerdings bei ihr nicht vorstellen konnte. »War Leonie sehr sauer?«

»Quatsch! Ein bisschen enttäuscht vielleicht, aber sie kennt das doch inzwischen. Als ich gerade mit meiner großartigen ›Ben-Entschuldigungs-Rede‹ ansetzen wollte, hat sie mir sofort erzählt, dass du sie aus dem Auto angerufen und versprochen hast, dafür heute vorbeizukommen. Das solltest du dann allerdings nicht wieder absagen – mit Mädchen in Leonies Alter ist nicht zu spaßen. Die werden von null auf 100 zur Furie«, feixte Katharina. »Glaub mir, ich weiß wovon ich spreche. Ich war selbst mal so alt …«

»Nein, heute klappt es auf jeden Fall!«, erwiderte Ben und lächelte, dann wurde er ernst. »Ich denke mal nicht, dass wir hier heute bis zum Abend ausharren müssen. Apropos: Wie wäre es, wenn du schon mal bei der Spusi und in der Gerichtsmedizin nachfragst, wann wir mit ersten Ergebnissen rechnen können, während ich uns einen frischen Kaffee zu den Brötchen mache? Die Kollegen haben ja eigentlich auch Feiertag und wollen sicher schnell wieder nach Hause.«

Fünf Minuten später stellte er einen dampfenden Becher auf ihren Schreibtisch. Katharina verabschiedete sich gerade am Telefon von Frauke Bostel, der Leiterin der Gerichtsmedizin. Ben griff sich seinen eigenen Kaffee, biss genussvoll in eines der Franzbrötchen und sah Katharina erwartungsvoll an. »Und?«

»Tja, ich denke, wir sollten uns freuen, dass Tobi morgen aus dem Osterurlaub zurückkommt. So wie es aussieht, haben wir einen neuen Fall auf dem Tisch. Die Leiche aus dem Feuer bei Westergellersen ist zwar tatsächlich ein Opfer der Flammen, aber wir müssen nun herausfinden, ob es ein tragischer Unfall war, Selbstmord oder Mord.«

Benjamin Rehder legte sein Brötchen zur Seite und zog sich einen Stuhl an Katharinas Schreibtisch. »Das heißt, wir wissen gar nichts. Gibt es schon irgendwelche Hinweise auf die Identität des Opfers?«

»Nein. Frauke konnte mir bisher lediglich sagen, dass es sich um einen Mann handelt, und von der Spusi kam auch noch nichts, was uns weiterhelfen könnte.«

»Na großartig«, brummte Ben. »Da suchen wir ja erst mal sprichwörtlich nach der Nadel im Heuhaufen.«

»Solange wir nicht einmal einen Hinweis haben, um wen es sich handelt, auf jeden Fall«, bestätigte Katharina. »Ich werde gleich als Erstes die aktuellen Vermisstenmeldungen durchgehen, vielleicht gibt es da ja irgendwas Brauchbares.«

»Gut, mach das«, antwortete Ben. »Ich werde dann wohl mal unseren lieben Kriminalrat Mausner anrufen und ihm auch die Ostertage vermiesen. Vielleicht hat er von unserem neuen Fall aber auch schon in den Medien gelesen. Die Presse war ja gestern ziemlich üppig an der Brandstelle vertreten. Und da viele von denen uns beide kennen und wissen, von welchem Dezernat wir sind, haben sie sofort einen Mord gewittert und in der Zwischenzeit ihre eigenen Vermutungen zu Opfer und Täter angestellt. Hast du es auch schon gelesen?«

»Ja«, bestätigte Katharina und stellte dann missbilligend fest: »Mist aber auch, dass die sofort Lunte riechen, wenn irgendwo etwas passiert ist.«

»Na, in diesem Fall war das nicht schwer«, musste Ben über die so ungewollt passenden Worte seiner Kollegin schmunzeln, was dieser ein Lächeln entlockte.

10:23 Uhr

Er klappte den Laptop zu und widmete sich seinem Brötchen. Wie erwartet hatte sein ungeplantes Feuer mächtig für Schlagzeilen gesorgt und die Journalisten hochgescheucht. So hatten nahezu alle Online-Redaktionen der Region darüber berichtet. Im Radio hatten sie es ebenfalls gebracht. Die verschiedenen Redaktionen überschlugen sich mit Mutmaßungen zum Täter und dem Tathergang. Fast schien es so, als sei ein Wettkampf darüber ausgebrochen, wer die wildeste Spekulation aufstellen könnte. Morgen, nach den Feiertagen, würde es sicher auch noch in den gedruckten Zeitungsausgaben stehen. Vermutlich nicht nur im *Lüneblick*, der Zeitung für den gesamten Landkreis, sondern ebenso in den einschlägigen Hamburger Blättern und denen der niedersächsischen Hauptstadt Hannover. Eine Welle des Stolzes überrollte ihn. Er würde sie alle morgen kaufen. Natürlich war ihm klar gewesen, dass im Zuge der Löscharbeiten die Leiche gefunden werden würde. Kurz hatte es ihn nervös gemacht, doch nachdem er den Hergang noch einmal im Detail rekonstruiert hatte, war er beruhigt gewesen: Nichts würde auf ihn deuten. Selbst von seinem Treffen mit dem Toten, dessen Identität bisher nur ihm bekannt war, konnte niemand gewusst haben, da es völlig ungeplant zustande gekommen war. Er hatte ihn sozusagen am Straßenrand aufgegabelt. Er selbst war gerade von einem langen Spaziergang aus der Heide bei Egestorf zurückgefahren, als er an der Landstraße einen Rennradfahrer mit herausgestrecktem Daumen gesehen hatte. Es war bereits früher Abend gewesen. Die wenigen Autos vor ihm waren an dem Sportler vorbeigefahren. Aus einer spontanen Laune heraus und obwohl er so etwas sonst nie tat, hatte er selbst jedoch angehalten. Vielleicht sollte schon dieses zufällige Aufeinandertreffen so sein ... Der Radfahrer hatte an der Straße gestanden, weil er einen platten Reifen, aber kein Flickzeug oder einen Ersatzmantel dabei hatte.

»Ich weiß auch nicht, wieso ich die Tasche mit den Ersatzteilen und dem Werkzeug zu Hause liegen gelassen habe, das ist mir noch nie passiert«, hatte der sehnige Mann ihm erklärt, nachdem er in sein Auto gestiegen war. »Und zu allem Überfluss ist der Akku von meinem Handy leer, sodass ich nicht mal meine Frau anrufen kann, damit sie mit unserem Geländewagen kommt und mich und mein Rad abholt. Jetzt muss ich es hier stehen lassen. Zum Glück hab ich mein Schloss dabei. Mich wie ein Vagabund an den Straßenrand stellen und den Daumen raushalten ... Na ja, wenigstens haben Sie gleich gehalten. Danke übrigens. Ich werde mich natürlich erkenntlich zeigen«, hatte der Sportradler noch hinzugesetzt, während er missbilligend das Handschuhfach betrachtete, an dem die Klappe fehlte. »Schade nur, dass Ihr Kofferraum so klein ist, sonst hätten wir mein Rad auch mitnehmen können.« Dann hatte der Mann seinen Fahrradhelm abgesetzt, und in diesem Moment hatte er den Sportler erkannt. In den Augen des anderen hatte jedoch keinerlei Erkennen aufgeblitzt, und der Mann hatte auch sonst nichts dazu gesagt. Das hatte ihn extrem wütend gemacht, und in seinem Kopf hatte es plötzlich zu rauschen angefangen. So wie früher schon manchmal. Wie automatisch hatte er daraufhin den alten Wagen zur Lichtung in die Nähe des Waldbades Westergellersen gesteuert. Das schien ihm die passende Stätte für eine kleine Wiedersehensfeier.

Die Radfahrerkleidung hatte sofort Feuer gefangen. Natürlich hatte der Mann versucht, das Feuer an sich zu löschen, doch bei dem Polyestertrikot war das nahezu unmöglich. Zunächst hatte der Sportler mit der flachen Hand auf die entflammten Stellen eingeschlagen. Diese hatten sich jedoch unbeirrt ausgebreitet, sodass der wie ein Tier schreiende Mann sich schließlich auf den Boden geworfen hatte, um sich hin und her zu wälzen und das Feuer auf diese Weise zu ersticken. Von Panik ergriffen hatten seine Augen ihn angefleht, ihm zu helfen. Dann hatte das Feuer den Sportler besiegt, trotzdem der Boden noch feucht vom Regen der letzten Tage gewesen war. Die Flammen hatten den Mann gefräßig verschlungen, genauso wie die nähere Umgebung, und bald war der lichterloh brennende Körper von einer Feuermauer eingekesselt gewesen.
Er selbst hatte nur dagestanden. Zugeschaut. Nicht geholfen. Hätte er es getan, hätte er den Mann sicher retten können. Zum Beispiel mit der alten Decke aus dem Stall, die eigentlich immer im Kofferraum lag für den Fall, dass etwas transportiert werden musste. Aber er hatte sich nicht gerührt. Er hatte einfach nur beobachtet, wie der Sportler

in Flammen aufging, und er hatte es genossen. Es war ein unglaublich schönes Gefühl gewesen, in aller Ruhe dazustehen und zu betrachten, wie die Flammen langsam aber sicher den gesamten Mann in Besitz nahmen. Fast bedauerte er, dass er sich nicht zu erkennen gegeben hatte. Das hätte den Tod des anderen vielleicht noch etwas bedeutender gemacht. Aber vielleicht auch nicht. Wahrscheinlich war es noch viel grausamer, nicht zu wissen, warum man sterben musste, und dann war es gut so.

Er wollte dieses Gefühl noch einmal erleben. Diese Macht. Diese Genugtuung. Nachdem er den letzten Brötchenbissen hinuntergeschluckt hatte, holte er sein altes Zippo-Feuerzeug aus der Hosentasche und ließ es in seiner Hand kreisen. Mit der anderen Hand klappte er seinen Laptop wieder auf und suchte im Internet nach einer Telefonnummer in Bienenbüttel.

15:23 Uhr

Katharina parkte ihren Wagen in der Nähe des Waldstücks, in dem gestern die Leiche entdeckt worden war. Kurz zuvor war sie am Waldbad Westergellersen vorbeigekommen und hatte bei sich gedacht, wie makaber es doch war: Da war jemand in den Flammen elendig verbrannt, obwohl nur ein paar 100 Meter weiter jede Menge Wasser zum Löschen vorhanden war. Ob sie bald herausfinden würden, wer dieser jemand gewesen war? Die Durchsicht der Vermisstenmeldungen hatte sie in dieser Hinsicht kein

33

Stück weitergebracht. Das lag unter anderem auch daran, dass die Gerichtsmedizinerin Frauke Bostel noch keine weiteren Aussagen zum Alter oder weiteren Merkmalen des Opfers hatte machen können, da die Leiche stark verkohlt war. Frühestens morgen früh würden sie ein erstes Gutachten oder zumindest erste Erkenntnisse auf dem Tisch haben. Auch die Spurensicherung hatte bis auf ein paar Reifenabdrücke nichts vermelden können. Zwar hatten die Kollegen alles Mögliche von der Brandstelle aufgesammelt und mitgenommen, doch bis klar war, worum es sich da handelte, geschweige denn, ob es bei der Identifizierung des Opfers helfen konnte, würde es ebenfalls noch dauern. Die Reifenspuren hingegen konnten auch schon älter sein und mussten nicht mit dem Brand in Verbindung stehen. Wenn sie es aber doch taten, dann war noch mindestens eine zweite Person an der Brandstelle gewesen, denn wer hätte sonst den Wagen wieder weggefahren? Hatte derjenige das spätere Brandopfer auf die Lichtung gebracht? Hatte dieser jemand das Opfer mutwillig in Brand gesteckt oder war das alles ein schrecklicher Unfall gewesen? Katharina hätte so gern jetzt schon Antworten parat gehabt. Wenigstens ein paar, die ihr eine Richtung wiesen. Die Kommissarin hasste diese Warterei, doch sie wusste, dass die Untersuchungen, gerade in einem Brandfall, ihre Zeit brauchten. Wenn sie heute, am Feiertag, bei den Kollegen drängelte, würde sie nichts erreichen, außer deren Verärgerung auf sich zu ziehen. Sie hatte schon gestern böse Blicke eingeheimst, als sie die Jungs von der Spusi gefragt hatte, ob sie auch die Fußabdrücke um die Brandstelle herum sichern könnten. Sie hatte dann jedoch selbst eingesehen, dass dies eine zeitaufwendige und wenig Erfolg versprechende Arbeit gewesen wäre, da die Feuerwehrleute zwangsläufig die meisten Spuren durch ihre Löscharbeiten zerstört hatten, und hatte ihre Aufforderung zurückgenommen. Dafür hatte sie dann jedoch beschlossen, heute noch einmal zum Tatort zu fahren, um sich erneut und in aller Ruhe ohne Ablenkung selbst einen Eindruck zu verschaffen. Möglicherweise würden ihr jetzt Dinge auffallen, die ihr gestern nicht wichtig erschienen waren.

Noch immer hing der Brandgeruch in der Luft, als Katharina sich dem Leichenfundort näherte. Ein nicht unwesentliches Stück des Waldes war vom Feuer zerstört worden. Kein Wunder, dachte Katharina. Sie selbst hatte die hohen Flammen und den Rauch gesehen, als sie mit Bene aus Hamburg gekommen war. Nur hatte sie da noch vermutet, dass es sich um ein Osterfeuer, wenn auch vielleicht um ein illegales, handelte. Ein kurzer Schauer lief ihr über den Rücken. Sie haderte schon die ganze Zeit mit sich, hatte jedoch versucht, das ungute Gefühl nicht hochkommen zu lassen. Hätte sie dorthin fahren müssen, als sie die Flammen bemerkt hatte? Hätte sie womöglich verhindern können, dass ein Mensch in den Flammen verbrannte? Vielleicht war das Opfer aber doch schon vorher tot gewesen, und der Täter hatte durch das Legen des Feuers die Spuren beseitigen wollen. Auch das war ein mögliches Szenario. Frauke Bostel hatte zwar bisher keine äußeren Verletzungsspuren an der verkohlten Leiche feststellen können und daher vorerst angegeben, dass der Mann an seinen Verbrennungen gestorben war, aber was, wenn der Mann zum Beispiel zuvor erstickt worden war? Würde man das jetzt überhaupt noch feststellen können? Katharina nahm sich fest vor, Frauke bei nächster Gelegenheit danach zu fragen.

Die Kommissarin verscheuchte weitere Gedanken dieser Art. Das brachte sie im Moment nicht voran. Sie brauchte jetzt einen klaren Kopf, um den Tatort zu begutachten und auf sich wirken zu lassen. Alles andere würde sie später klären.

Der gesamte Bereich, an dem es gebrannt hatte, war abgesperrt worden. Gerade als Katharina sich unter dem rot-weißen Flatterband hindurch bückte, begann ihr Handy zu klingeln. Schnell betrat sie den Sperrbereich, richtete sich auf und zog das Telefon aus der Tasche ihrer Lederjacke. Sie schaute auf das Display und sah, dass darauf ›Mama‹ stand. Katharina stöhnte innerlich auf. Ein Telefonat mit ihrer Mutter passte ihr in dieser Situation überhaupt nicht. Kurz entschlossen drückte sie den Anruf weg. Sie würde sie einfach später zurückrufen. Katharina ließ ihren Blick über die verbrannte und vom Löschen noch immer nasse Erde schweifen. Sie würde nicht jeden Quadratmeter absuchen können, dafür war die Fläche zu groß. Stattdessen schritt sie langsam ohne konkretes Muster den Bereich ab und ließ die Bilder auf sich wirken. Als sie die markierte Stelle erreichte, an der der verkohlte Leichnam gelegen hatte, scharrte sie gedankenverloren mit der Schuhspitze in der Erde. Erschrocken sah sie auf ihren Turnschuh, der bis vor ein paar Minuten noch weiß gewesen war. Na super, ärgerte sie sich, da hab ich ja richtig mitgedacht. Mit weißen Turnschuhen auf ein Brandfeld! Gestern hatte sie – da die Spurensicherung noch nicht fertig gewesen war – Überzieher aus Plastik über den Schuhen getragen. Heute hatte sie schlichtweg nicht nachgedacht. Während sie noch über sich selbst den Kopf schüttelte und sich fragte, ob die Waschmaschine das schaffen würde, sah sie in der aufgekratzten Erde etwas blitzen. Im nächsten

Moment war es bereits wieder verschwunden. Mit einem weiteren Blick auf ihre verdreckte Schuhspitze wühlte sie damit erneut in der Erde. Jetzt ist es sowieso egal, dachte sie und sah es erneut aufblitzen. Katharina bückte sich und zog mit den Fingern den kleinen Gegenstand hervor, der ihre Aufmerksamkeit erregt hatte. Es war ein breiter dreckverkrusteter Ring. Sie kramte in ihrer Jackentasche nach einer der kleinen Plastiktüten, die sie fast immer bei sich trug, und ließ ihn hineingleiten. Von der Form und Größe her tippte sie auf einen Siegelring, wie ihn Männer oft trugen. Alles Weitere würde jedoch die Spurensicherung feststellen müssen. Katharina glaubte zwar nicht, dass an dem kleinen Stück Metall nach dem Feuer noch verwertbare Spuren wie DNS zu finden waren, doch das würde sie den Profis überlassen. Möglicherweise hatte der Ring dem Opfer gehört und würde sie zumindest bei der Identifizierung ein Stück voranbringen. Wenn sie den Kollegen erzählte, dass sie etwas entdeckt hatte, was sie selbst am Vortag trotz intensiver Suche offensichtlich übersehen hatten, würden sie sich sicher beeilen …

Als Katharina wieder im Auto saß und gerade das Waldbad passierte, fiel ihr der Anruf ihrer Mutter ein. Noch während ihre Hand zur Freisprechanlage wanderte, um dort die Nummer einzugeben, stockte Katharina in der Bewegung. Sie ließ ihre Hand zurück auf ihr Knie sinken. Sie hatte einfach keine Lust, jetzt mit ihrer Mutter zu telefonieren. Wahrscheinlich würde sie sie doch noch einmal überreden wollen, wenigstens heute am Ostermontag ihre Eltern in Hamburg-Pöseldorf zu besuchen. Danach stand Katharina jedoch so gar nicht der Sinn. Natürlich würde sie noch nicht einmal lügen müssen, wenn sie ihrer Mutter erklärte, dass sie heute arbeitete. Allerdings wusste sie jetzt schon, dass ihre Mutter es auch dieses Mal nicht verstehen würde. Ihre Mutter war eine Frau, die sich einzig über ihren Status als ›Dame des Hauses‹ definierte. Sie hatte Katharinas Vater zwar über den Beruf kennengelernt – sie war seine Sekretärin gewesen – doch schon nach kurzer Zeit hatten die beiden geheiratet, Katharina bekommen, und die frischgebackene Anne von Hagemann war seitdem in ihrer Rolle als Hausfrau und Mutter aufgegangen. Zwar hatten sie nie wirklich miteinander darüber gesprochen, aber Katharina vermutete sehr stark, dass ihre Mutter vielleicht nicht gerade auf den Juniorchef höchstpersönlich, aber mindestens auf eine gute Partie in Form von einem der betuchten Klienten spekuliert hatte, als sie sich in der traditionsreichen Hamburger Kanzlei Friedrich von Hagemann auf den Job der neuen Sekretärin von Henning von Hagemann, dem einzigen Sohn des ›Alten Friedrich‹, wie der Senior überall genannt worden war, beworben hatte.

Für Katharina war es nie infrage gekommen, sich einfach einen reichen Mann zu angeln und es sich gut gehen zu lassen. Sie hatte für sich selbst einen anderen Weg gewählt, doch das hatte einen Kampf bedeutet, in der ihr eigener Vater der Gegner gewesen war und das Verhältnis von Katharina und ihrem Vater unweigerlich noch schlechter gemacht hatte, als es immer schon gewesen war. Henning von Hagemann war ein dominanter Mann, der nur seine eigene Meinung gelten ließ, dazu konservativ hanseatisch. Vor allem aber war er stur, und das Bild, das er nach außen präsentierte, war ihm wichtiger als alles andere. Darum passte Anne von Hagemann, die es sich zur Lebensaufgabe gemacht hatte, ihrem Mann in jeder Hinsicht den Rücken zu stärken, perfekt zu ihm. Katharina war anders als ihre Mutter, und sie war es aus Überzeugung. Sie hatte ihren eigenen Kopf und ließ sich keineswegs von ihrem Vater bevormunden. Schon als kleines Mädchen hatte sie ihm die Stirn geboten, was sich darin niederschlug, dass sie kranke, verletzte oder herrenlose Tiere zu Hause anschleppte, obwohl es ihr verboten war. Am Ende hatte Henning von Hagemann es seiner Tochter meist durchgehen lassen und die Pflege der Tiere erlaubt, solange es nicht sein eigenes Leben beeinträchtigte. Als es aber später um ihre Berufswahl gegangen war, hatte sie sich in den Augen ihres Vaters ganz bewusst gegen ihn aufgelehnt, was er ihr nie verziehen hatte. Henning von Hagemann hatte für seine Tochter eine Karriere in seiner Kanzlei geplant. Seinen Vater, den ›Alten Friedrich‹, hatte einige Jahre zuvor der Krebs dahingerafft, und nun war er selbst der Senior. Nach einem erfolgreichen Jurastudium, so der Plan von Henning von Hagemann, sollte Katharina in die Kanzlei einsteigen und die Familientradition weiterführen. Am besten gleich zusammen mit einem Ehemann, den sie beim Jurastudium kennengelernt hätte. Er hatte sich das alles genau nach seinem Geschmack zurechtgelegt. Doch der Vater hatte die Rechnung ohne die Tochter gemacht: Schon nach der Hälfte des zweiten Semesters hatte Katharina die Nase voll von den Rechtswissenschaften und vor allem vom Zukunftsentwurf ihres Vaters. Sie schmiss das Studium, um ihren eigenen Traum wahr zu machen, den sie in sich trug, seitdem sie als kleines Mädchen das erste *Drei???-Buch* gelesen hatte: Sie ging zur Polizei und schlug die Kommissarinnenlaufbahn ein. Ihr Vater hatte das nie akzeptiert. Selbst heute noch, nach fast 17 Jahren, machte er ihr jedes Mal einen Vorwurf aus ihrer Entscheidung, wenn sie sich trafen. Und ihre Mutter stand dann zwischen den Stühlen, hielt aber in der Regel zu Katharinas Vater, der sich dadurch nur noch bestätigt sah. Plötzlich musste Katharina in sich hineingrinsen. Wenn die beiden wüssten, dass sie mit einem Barmann zusammen war, würde wahrscheinlich die Welt für sie untergehen. Vielleicht sollte sie das nächste Mal, wenn sie um einen Besuch bei ihren Eltern nicht herumkam, Bene einfach mitnehmen. Schließlich fragte ihre Mutter immer wieder, ob es nicht einen Mann in Katharinas Leben gab, da sie noch immer auf wenigstens ein Enkelkind hoffte. Allerdings würde sie Bene mit einem solchen Zusammentreffen quasi bestrafen, und das hatte er nicht verdient, dachte Katharina noch immer schmunzelnd, als ihr Handy erneut läutete. Ein Blick auf das Display der Freisprechanlage zeigte ihr, dass es Bene war. Wenn man mit sich selbst vom Teufel spricht, dachte sie noch immer belustigt und nahm das Gespräch entgegen.

»Wie lange soll dies Wüten dauern?
Wie lange halten dieses Leibes Mauern?

Soll nicht der Zweifel mit irrer Hand
In dieses Haus, von Glut durchschwült,
Von Drang durchwühlt,
Von Leidenschaft wild durchglüht,
Den Brand
Schleudern, dass die Flamme aus dem Giebel sprüht?«

(Brand, Gerrit Engelke)

3. KAPITEL:

DIENSTAG, 7. APRIL 2015

07:58 Uhr

»Einen wunderschönen guten Morgen, Lieblingskolle-
gin!«, tönte es Katharina entgegen, als sie das Gemeinschaftsbüro der Mordkommission betrat. In der Luft
waberte bereits angenehm frischer Kaffeeduft, und von
seinem Schreibtisch aus grinste ihr Tobias Schneider entgegen.

»Moin, Tobi! Du musst ja einen richtig tollen Osterurlaub gehabt haben, wenn du um diese Uhrzeit schon
so fröhlich bist!«

»Na ja, Urlaub würde ich das ja nun nicht gerade nennen. Ich hab doch erzählt, dass wir Janas Eltern in Clop-
penburg besucht haben. Ist ja nicht so mein Ding, diese
Familiennummer …« Er rollte mit den Augen.

»Dann solltest du dich langsam mal daran gewöhnen,
mein Lieber. Schließlich wirst du in Kürze selbst Papa
sein.« Katharina grinste bei der Vorstellung. Für Tobi, für
den Urlaub in den letzten Jahren vor allem daraus bestan-
den hatte, mit seinen Kumpels zu auswärtigen Fußball-
spielen zu reisen und dort noch zwei feuchtfröhliche
Tage anzuhängen, würde das Vaterdasein in jedem Fall

eine Umstellung werden. Auch wenn er seine Freundin Jana Helm, die von allen nur Helmchen genannt wurde und mit der er inzwischen seit fast vier Jahren zusammen war, ehrlich liebte – das Baby war nicht geplant gewesen. Zumindest nicht für ihn. Nach dem ersten Schock – Katharina konnte sich noch gut daran erinnern, wie er ihr im vergangenen Dezember die Neuigkeit verkündet hatte – und ein paar kleinen gesundheitlichen Schrecksekunden bei Jana, hatte er sich jedoch inzwischen mit der neuen Situation ganz gut angefreundet. Auf jeden Fall machte es den Anschein.

»Jaja, mach dich nur lustig, Katharina«, erwiderte er. »Ich hab da nicht eine ruhige Minute gehabt. Wir haben ja auch noch bei Janas Eltern gewohnt und nicht im Hotel, wie ich gehofft hatte. Muss ich noch mehr sagen?«

»Nicht nötig«, schmunzelte Katharina. »Ich vermute mal, es hat morgens begonnen mit ›Kinder, das Frühstück ist fertig‹, und hat sich über stundenlanges Betrachten alter Kinderfotos von Helmchen bis hin zum gemeinsamen Schnittchen-Essen vor dem Fernseher erstreckt?«

»So ungefähr. Obwohl – ich könnte mir üblere Schwiegereltern vorstellen. Die sind schon echt okay. Das Schlimmste ist eigentlich, dass Janas Vater beinharter Fan von Werder Bremen ist. Ausgerechnet!«

»Na, dann ist ja alles im Lack, wenn das das Schlimmste ist. Ich freu mich jedenfalls, dass du wieder da bist, du kannst nämlich gleich voll mit einsteigen, wir haben möglicherweise einen neuen Fall.«

»Wieso möglicherweise?«, fragte Tobias interessiert nach.

»Weil momentan noch nicht klar ist, ob es sich um einen Mord, Selbstmord oder einen Unfall handelt.«

»Verstehe. Allerdings heißt das, dass wir uns so oder so kümmern müssen, richtig? Geht es um diesen Brand bei Westergellersen, der überall in den Zeitungen steht?«, fragte Tobi.

»Genau«, bestätigte Katharina und schilderte ihrem Kollegen anschließend in knappen Worten, was passiert war und wie die aktuelle Erkenntnislage aussah. Dann zog sie eine kleine Tüte aus der Tasche ihrer Lederjacke, die sie zwischenzeitlich über ihren Schreibtischstuhl gehängt hatte.

»Was ist das?«, fragte Tobi und beugte sich vor.

»Ein Siegelring, den ich gestern in der Erde vom Brandherd beziehungsweise am Leichenfundort entdeckt habe, als ich noch mal allein da war. Ich hab ihn dann gleich bei den Kollegen in der KTU abgegeben und eben gerade schon abholen können. Mitsamt dem Ergebnis.« Sie nahm den inzwischen gesäuberten Ring aus der Tüte und reichte ihn Tobi.

»Und?«, fragte ihr Kollege interessiert.

»Du wirst es nicht glauben, aber tatsächlich konnten winzige, allerdings verbrannte Hautpartikel sichergestellt werden, die hoffentlich reichen, um die DNS des Opfers zu bestimmen. Naja und was den Ring selbst angeht, ist er ja nun nicht grad gewöhnlich. Ich hoffe, er hilft uns dabei, das Opfer zu identifizieren.«

Tobias betrachtete den breiten Goldring. Die obere Fläche zierte ein üppiges Wappen mit einem Pferdekopf. »Sollte man meinen«, stimmte er Katharinas Worten zu. »So einen Ring trägt zumindest nicht jeder, wir müssen nur erst mal rausbekommen, wofür dieses Wappen steht. Und ob er wirklich dem Opfer gehörte. Wäre ja auch möglich, dass jemand anders den Ring dort vor dem Brand verloren hat. Vielleicht sogar der Täter, wenn unser Opfer sich nicht selbst in Brand gesteckt hat, oder nicht?«

Katharina nickte. »Prinzipiell schon. Aber hätte die Spusi dann Spuren verbrannter Haut daran gefunden? Es ist also sehr wahrscheinlich, dass der Tote den Ring getragen hat, als er verbrannt ist.«

»Außer, der Täter, wenn es denn einen gibt, hat sich beim Zündeln die Finger verbrannt ... glaub ich aber auch nicht, dann hättest du den Ring wohl kaum in der Erde mitten im Brandherd gefunden«, meinte Tobi nachdenklich, drehte den Ring und betrachtete die Unterseite. »Hast du gesehen, dass von unten auch etwas eingraviert ist?«, fragte er und reichte das Schmuckstück wieder an Katharina zurück.

»Ach, tatsächlich?«, staunte Katharina. »Nein, als ich ihn gestern gefunden habe, war er total verdreckt vom Ruß und der Erde. Sie hielt den Ring dicht vor ihr Gesicht. »*TS* würde ich sagen, oder? Das ist bei diesen verschnörkelten Initialen ja immer nicht so ganz eindeutig. Aber jetzt bin ich mir sicher, dass wir damit vorankommen.«

»Wo steckt denn Ben überhaupt?«, fragte Tobias und zeigte auf das leere Büro ihres Chefs.

»Der hat heute Morgen gleich einen Termin mit Mausi. Nachdem Ben ihn gestern noch informiert hat, dass wir einen Fall haben, konnte selbst unser hochverehrter Kriminalrat heute nicht umhin, pünktlich im Büro zu erscheinen – zumal die Presse ihm deswegen wohl auch schon die Tür einrennt.« Sie grinste. »Pass auf, wir gucken mal, ob wir zu dem guten Stück hier schon etwas rauskriegen können. Checkst du, ob du das Wappen irgendwo im Netz entdeckst? Ich prüfe inzwischen, ob seit gestern noch neue Vermisstenmeldungen eingegangen sind.«

Als Benjamin Rehder eine halbe Stunde später das Büro betrat, wurde er sofort mit neuen Informationen begrüßt.

»Moin, Chef«, begann Tobias. »Melde mich zurück und melde außerdem, dass wir vermutlich wissen, wer das Brandopfer ist.«

»Hi, Tobi«, begrüßte Ben seinen Kollegen leicht genervt. »Dann immer her mit den guten Nachrichten. An einem Morgen, der mit einem Stelldichein bei Mausner startet, kann ich immer eine gute Nachricht vertragen.«

»Der Name unseres Opfers dürfte Torben Städer sein. Der Ring hier, den Katharina an der Brandstelle gefunden hat, trägt das Wappen eines Reitklubs aus Salzhausen und auf der Unterseite außerdem die Initialen TS.«

Als Tobi an Bens Gesichtsausdruck ablas, dass er ihn nicht verstand, begriff er, dass sein Chef bisher nichts von Katharinas Fund des Ringes, geschweige denn von dem Ergebnis der Untersuchungen wusste. Mit einem Blick, der um Erlaubnis bat, wandte Tobi sich an Katharina, die auffordernd nickte. Daraufhin berichtete der Kommissar seinem Vorgesetzten das, was Katharina ihm vor weniger als einer Stunde selbst erzählt und präsentiert hatte.

»Und seine Ehefrau hat Torben Städer gestern Abend als vermisst gemeldet. Auch das spricht dafür, dass er das Opfer ist und nicht der Täter«, ergänzte Katharina, nachdem Tobias seine Ausführungen beendet hatte.

»Gute Arbeit«, lobte Ben. »Das ging schnell! Was wisst ihr noch?«

»Nichts«, gab Katharina zu. »Wir wollten gleich mal zu den Städers nach Hause fahren und Frau Städer den Ring zeigen. Wenn er ihrem Mann gehört, dann … na ja … dann werden wir sie wohl nach dem Zahnarzt ihres Mannes fragen müssen, damit die Gerichtsmedizin einen Gebissvergleich anstellen kann.«

08:24 Uhr

Melanie Sarbacher stieß die Gartenpforte auf und schob sich und ihren kleinen Reisekoffer hindurch. Dann verriegelte sie das Türchen wieder, winkte ihren Eltern, die in der geöffneten Haustür standen, noch einmal zum Abschied und schaute anschließend zum Himmel hinauf. Er war grau und sie enttäuscht. Gestern war so schönes Frühlingswetter gewesen. Kalt aber sonnig. Sie hatte zusammen mit ihrem Vater und Artus, seinem Labrador, einen langen Spaziergang gemacht und sich danach dick eingemummelt auf die Terrasse in die Sonne gelegt. Und sie hatte deutlich gespürt, wie das schöne Wetter ihrer Seele wieder etwas mehr Kraft gegeben hatte. Na ja, was nicht ist, kann ja noch werden, dachte die junge Frau, doch mit dem trüben Himmel waren auch die trüben Gedanken wieder da. Sie hatte eine schwere Trennung hinter sich und litt noch immer darunter. Dabei hatte sie die Beziehung beendet. Allerdings nicht aus dem Grund, dass sie ihren Freund nicht mehr geliebt hatte. Im Gegenteil. Sie hatte mehr gewollt, und er wiederum hatte ihr das nicht geben wollen. Daraufhin hatte sie in der Hoffnung Schluss gemacht, dieser harte Schritt würde ihn schon zur Besinnung bringen und ihn reumütig und vor allem einsichtig zu ihr zurückkehren lassen. Da hatte sie sich jedoch getäuscht. Er hatte nicht einmal den Versuch unternommen, sie zu einer Umkehr zu bewegen. Mit einem Seufzer und hängenden Schultern ging sie zu ihrem Auto. Sie betätigte den automatischen Türöffner und stellte fest, dass der Wagen bereits offen war. Mist, dann hab ich mal wieder über Nacht vergessen, ihn abzuschließen. Oder sogar seit ich hier bei den Eltern bin, denn seitdem bin ich nicht mehr am Auto gewesen. Mann, Mann, Mann, das darf einfach nicht passieren, schalt sie sich selbst, während sie ihren Koffer in den kleinen Kofferraum hievte. Erst als Melanie Sarbacher in ihrem Zweitürer saß, registrierte sie mit einem Blick auf die Uhr, dass sie sich sputen musste. Um zehn Uhr musste sie in der Werbeagentur in Hannover sein, in der sie als Senior Art Direktorin arbeitete. Sie wohnte auch in Hannover, seit sie nach der Ausbildung zu Hause ausgezogen war. Hier in Bienenbüttel hatte sie über die Ostertage ihre Eltern besucht. Ihr älterer Bruder Carsten, der die Provinz ebenfalls vor Jahren verlassen hatte und inzwischen in Stuttgart lebte, hatte mit seiner Familie auch an den Feiertagen kommen wollen, doch dann hatte eines seiner drei Kinder irgendeine ansteckende Krankheit aus dem Kindergarten oder der Schule mit nach Hause gebracht, und er musste den Besuch in Bienenbüttel absagen. Für Melanie war das eine herbe Enttäuschung gewesen. Sie hatte sich sehr viel von dem Zusammentreffen mit dem wesentlich älteren Bruder versprochen. Er war ihr immer ein guter Zuhörer und vor allem Ratgeber gewesen, und sie hatte mit ihm über ihre gescheiterte Beziehung sprechen wollen. Er wusste schon davon, da sie des Öfteren miteinander telefonierten, doch so ein Gespräch von Angesicht zu Angesicht, während der große Bruder, den sie immer schon vergöttert hatte, sie in den Arm nahm, war weitaus tröstlicher. Mit ihren Eltern hatte sie nicht über ihre Trennung gesprochen, sie hatte sie nur kurz angedeutet und es dann auch schon wieder bereut, da ihre Mutter gleich wieder erzählt hatte, dass Carstens Frau in ihrem Alter schon ein Kind gehabt hatte, und ihr Vater kopfschüttelnd ergänzt hatte: »Für Beziehungen hast du ja nicht grad ein Händchen. Ist dir dein Job mal wieder wichtiger gewesen? Dabei haben wir dich doch gar nicht zu so einer Karrierefrau erzogen …« Gern hätte Melanie in diesem Moment erwidert, dass ihre Eltern ihren Ex doch gar nicht kannten, doch dann musste sie an den Grund denken und war heulend aus dem Wohnzimmer gelaufen. Ihr ehemaliger Freund hatte es nicht gewollt. So weit sei er noch nicht, hatte er ihr erklärt, und damit war das Thema für ihn vom Tisch gewesen, als sie ihm in einem entspannten Moment den Vorschlag gemacht hatte, doch einmal ihre Eltern in der Heide zu besuchen. Für Melanie war das wie ein Schlag ins Gesicht und der Auslöser gewesen, ihm die sogenannte ›entweder-oder‹-Pistole auf die Brust zu setzen. Bloß jetzt nicht daran denken, ermahnte sie sich, sonst fang ich wieder an zu heulen! Schnell lenkte die junge Frau ihre Gedanken auf den Job, obwohl das auch nicht gerade bessere Gefühle in ihr hervorrief, denn gleich kamen ihr wieder die Worte ihres Vaters in den Sinn. Tz, Karrierefrau! Wenn ich heute schon wieder zu spät in die Agentur komme, bin ich meinen Job bald los – in der jetzigen Situation sowieso! Sabine hin oder her. Sie hatte gestern Abend einfach nicht mehr die Energie gehabt, zurück nach Hannover zu fahren. Darum hatte sie ihrer direkten Vorgesetzten Sabine, die gleichzeitig auch eine gute Freundin war, eine Handynachricht geschickt und darum gebeten, eine Stunde später im Büro sein zu dürfen, um nicht in den morgendlichen Berufspendlerstau zu kommen. Sabine, die von der Trennung wusste, hatte sofort ein »Okay« geschickt, aber Melanie ahnte, dass sie die Gutmütigkeit dennoch nicht ausnutzen sollte. Ob Freundin oder nicht, ewig würde Sabine sie auch nicht schützen können, und unterm Strich zählte nur, dass sie im Job gut performte, ganz gleich, wie es in ihrem Privatleben aussah …

Melanie lenkte ihren Wagen in Richtung B4. Sie wollte nicht die Autobahn nehmen, da sie trotz des späteren Losfahrens Bedenken hatte, im Stau zu landen. Natürlich konnte ihr das auch auf der B4 und später auf der B191 passieren, doch da saß sie dann wenigstens nicht zwischen zwei weit auseinanderliegenden Ausfahrten fest, ohne die Chance, eine andere Route zu wählen und dem Stau auszuweichen. Entschlossen trat Melanie etwas stärker aufs Gaspedal, als sie hinter sich ein kurzes Klicken hörte. Die junge Frau kräuselte die Stirn. Sie konnte das Geräusch nicht einordnen. Stimmte irgendetwas mit ihrem Auto nicht? Das hätte ihr jetzt gerade noch gefehlt. Ohne die Augen von der Straße abzuwenden, lauschte sie noch einmal angestrengt, doch außer den Fahrgeräuschen, die in ihrem kleinen Auto nicht eben gering waren, hörte sie nichts. Sie musste sich getäuscht haben. Melanie versuchte, sich wieder auf die Straße zu konzentrieren, doch ein mulmiges Gefühl blieb, obwohl sie es sich nicht recht erklären konnte. Inzwischen war sie sich fast sicher, dass das Geräusch nicht vom Wagen gekommen war. Schließlich war der Wagen gerade erst zur Inspektion gewesen, und die Mechaniker in der Werkstatt hatten gesagt, er sei tip-top in Ordnung. Das Geräusch musste also von draußen gekommen sein, oder sie hatte es sich komplett eingebildet. Dennoch war ihr, als säße ihr etwas im Nacken. Melanie schüttelte den Kopf über ihre Gedanken. Irgendwo hatte sie einmal gelesen, dass depressive Verstimmungen auch irreale Ängste auslösen konnten. Depressive Anwandlungen hatte sie seit ihrer Trennung definitiv. Sollten nun auch noch irgendwelche diffusen Ängste dazukommen? Melanie stellte das Radio an, und während der Moderator von Antenne Niedersachsen irgendetwas erzählte, überlegte sie, ob sie vielleicht in Hannover mal zu einem Therapeuten gehen sollte. Sabine ging schon seit Jahren zu einem und hatte ihr unlängst dessen Adresse gegeben. Allerdings fand Melanie das für sich eigentlich albern und übertrieben. Mit Liebeskummer musste sie doch wohl auch alleine klarkommen, sie war schließlich erwachsen und kein verträumter Teenager mehr. Im Radio spielten sie jetzt ›Flash mich‹ von Mark Forster. Melanies Hand schnellte nach vorn und schaltete das Radio aus. Sofort war es wieder ruhig im Auto bis auf die Fahrgeräusche. ›Flash mich‹ erinnerte Melanie zu sehr an ihren Exfreund. Er war ein Fan von Mark Forster und hatte gerade bei diesem Song immer lauthals mitgesungen. Allein die Erinnerung daran genügte, um Melanie nun doch die Tränen in die Augen zu treiben, und sie versuchte krampfhaft, nicht an den noch immer geliebten Mann zu denken, als sie wieder dieses merkwürdige Klicken hörte. Diesmal jedoch nicht nur einmal, sondern unablässig im Takt. Klick – klick – klick – klick. Ob es doch die ganze Zeit da gewesen war und sie es nur wegen des Radios nicht wahrgenommen hatte? In Melanies Nacken begann es zu kribbeln, und die feinen Härchen auf ihren Unterarmen stellten sich auf. Sie fühlte Angst in sich aufsteigen. Aber wovor? Sie saß hier am helllichten Tage allein in ihrem Auto und fuhr eine ihr bekannte Strecke. Was sollte da schon sein? Das Klicken hatte endlich aufgehört und Melanie entspannte sich wieder einigermaßen. Vielleicht sollte ich mal anhalten und nachschauen, ob außen irgendetwas lose ist, überlegte sie, doch ihr blieb keine Zeit, zu einem Ergebnis zu kommen. Das Klicken hatte erneut eingesetzt, und dazu war ein einmaliges Ächzen gekommen, das deutlich hinter ihrem Sitz aufgestiegen war. Während das Klicken metallisch klang, hatte das Ächzen menschlich geklungen. Melanie liefen mehrere Schauer auf einmal über den Rücken, trotzdem hielt sie den Blick stur geradeaus gerichtet. Als ob es helfen würde, wiederholte sie wie ein Mantra immer wieder stumm in ihrem Kopf: Hinter mir ist nichts, da ist nichts, da ist nichts … Es kam ihr vor, als würden die Minuten sich zäh in die Länge ziehen oder die Zeit gar stillstehen, dabei spielte sich das alles in einem Bruchteil von Sekunden ab. Sie fuhr allein auf der Straße – weit und breit kein anderes Auto. Und auch sonst schien die Umgebung wie ausgestorben. In Melanies Wahrnehmung regten sich noch nicht einmal die Äste an den Bäumen. Nur ihr Wagen war in Bewegung. Es war, als ob sie durch ein gemaltes Bild fuhr, dessen Hintergrundmusik einzig aus diesem Klicken bestand. Auch sie selbst war dabei wie erstarrt und bis auf die Betätigung des Lenkens und Gasgebens bewegungsunfähig. Nur ihre Sinne, die waren voll da, worauf sie in diesem Augenblick gern verzichtet hätte. Klick – klick – klick – klick. Melanie kam sich vor wie in einem Hitchcockfilm. Wurde sie jetzt wahnsinnig? Konnte eine Trennung einen solchen Nervenzusammenbruch auslösen? Plötzlich hörte das Klicken wieder auf, und im gleichen Moment nahm sie hinter sich eine abrupte Bewegung wahr. Sie versteifte sich noch mehr, aber ihre Augen huschten zum Rückspiegel – denn selbst wenn sie sich hätte umdrehen wollen, ihr angespannter Körper hätte es kaum zugelassen. Was sie im Rückspiegel sah, ließ ihr das Blut in den Adern gefrieren: ein Gesicht, aus dem ihr zwei stahlblaue Augen hämisch entgegen funkelten und in dem der Mund zu einer hässlich grinsenden Grimasse verzogen war. Melanie trat instinktiv hart auf die Bremse, stoppte den Wagen und griff zum Türöffner, doch die Gestalt hinter ihr war schneller. Bevor die junge Frau aus dem Auto springen konnte, nachdem es fast zum Stehen gekommen war, fühlte sie eine Messerklinge an ihrem Hals.

»Nicht so stürmisch«, flüsterte die Gestalt in ihr linkes Ohr und fuhr dann beinahe leutselig fort: »Meinst du, ich hab mich nur so zum Spaß die halbe Nacht in die Fußablage deines kleinen Autos gequetscht? Zum Glück bist du klein geblieben und hast deinen Fahrersitz schön weit nach vorn gestellt. Sonst wär das hier wirklich eine enge Kiste geworden.« Der Mann lachte, und Melanie roch einen Hauch Knoblauch in seinem Atem, denn zu allem Übel hatte er jetzt seine Wange an ihre gelegt, sodass sie außerdem seine kratzigen Bartstoppeln spürte. Eine Träne der Angst stahl sich aus ihren Augen, kullerte über ihr Gesicht, um dann auf die Messerscheide an ihrem Hals zu tropfen.

»So, Süße, und jetzt schmeiß mal deinen hellblauen Freund wieder an und fahr auf direktem Weg an den Elbeseitenkanal. Du weißt schon, welche Stelle ich meine, nicht wahr? Und keine weiteren Zicken, verstanden?«, sagte der Mann im Plauderton, als würde er mit Melanie über das schöne Wetter reden. Die junge Frau startete den Wagen und wusste mit erschreckender Gewissheit, dass sie direkt in ihren Tod fuhr.

»Donnerwetter, ganz schöner Schuppen«, staunte Tobias, als er neben Katharina auf das Haus von Sandra und Torben Städer zuging. »Das muss man sich erst mal leisten können.«

»Wenn der Tote, wie wir vermuten, ihr Mann ist, wird das die Witwe auch nicht trösten«, warf Katharina ein und sah Tobias mit leichter Missbilligung an. »Die Frau sitzt dann eventuell noch mit Kindern alleine da. Und von ihrem Mann wird sie nicht mal richtig Abschied nehmen können, weil so gut wie nichts von ihm übrig ist. Ich stell mir das ziemlich grausam vor. Da würde mir ein dickes Bankkonto oder ein schönes großes Haus auch nicht weiterhelfen.«

»Ist ja schon gut, Kollegin, du hast ja recht«, entschuldigte sich Tobias. »Aber zumindest sind gewisse Dinge so vielleicht einfacher zu regeln, als wenn du dir obendrein auch noch jeden Cent vom Mund absparen musst. Manche Hinterbliebenen unserer Opfer haben ja nicht mal das nötige Geld, um eine anständige Beerdigung zu organisieren. Wenn ich dieses Haus hier so sehe, dürfte das jedenfalls nicht das Problem sein.«

Katharina konnte sich gegen ihren Willen ein Lächeln nicht verkneifen. »Ich weiß ja, wie du es meinst, Tobi.

Aber du hast manchmal einfach ein unglaubliches Talent, dich merkwürdig auszudrücken.«

»Na, zum Glück kennst du mich ja schon eine Weile«, grinste er zurück, bevor sie beide sich zusammenrissen, als sie an der Haustür angekommen waren. Katharina betrachtete das Klingelschild, auf dem vier Namen standen: Sandra, Torben, Mia und Lukas Städer. Es sah also tatsächlich danach aus, dass hier nicht nur die Ehefrau ihren Mann, sondern obendrein zwei Kinder ihren Vater verloren hatten, wenn es sich bei dem Toten um Torben Städer handelte. Das machte die Aufgabe, die jetzt vor ihnen lag, alles andere als leichter. Katharina hoffte, dass die Kinder zumindest in der Schule oder im Kindergarten waren und sie mit Sandra Städer allein sprechen konnten. Die Kommissarin atmete einmal tief durch und wollte gerade den Klingelknopf drücken, als das auf leise gestellte Handy in ihrer Jackentasche vibrierte. Da es dienstlich sein konnte, zog sie es hervor. Ein Blick auf das Display sagte ihr jedoch, dass der Anruf wieder von ihrer Mutter kam. Mit einem Anflug von schlechtem Gewissen, weil sie gestern dann doch vergessen hatte, zurückzurufen, drückte sie den Anruf wie am Tag zuvor weg. Sie schickte jedoch schnell eine SMS mit der Nachricht hinterher, dass sie sich später melden würde. Im Anschluss betätigte sie den Klingelknopf. Erst danach steckte sie mit einem Blick zu Tobi, den sie mit einem Schulterzucken begleitete, ihr Handy zurück in die Tasche und murmelte etwas von »Meine Mutter, das passt ja nun grad gar nicht«. Gerade als Tobi den Mund öffnete, um das zu kommentieren, wurde die Tür erwartungsvoll aufgerissen. Eine hübsche Frau, Katharina schätzte sie auf höchstens Mitte 30, stand vor ihnen, und es war deutlich zu erkennen, dass sie schlimme Stunden hinter sich hatte. Die Haare waren flüchtig zu einem Zopf zusammengebunden, die Kleider knittrig, und ihren roten Augen sah man an, dass sie geweint hatte. Vermutlich hatte Sandra Städer aus Sorge um ihren Mann die ganze letzte Nacht kein Auge zugetan und jetzt gehofft, er würde vor der Tür stehen. Katharina schluckte, bevor sie den Dienstausweis aus der Gesäßtasche ihrer Jeans zog und ihn der Frau entgegenhielt. »Frau Städer?« Die Frau nickte, bevor Katharina fortfuhr. »Kripo Lüneburg, mein Name ist Katharina von Hagemann, und das ist mein Kollege Tobias Schneider. Sie haben Ihren Mann als vermisst gemeldet. Dürfen wir einen Moment reinkommen?«

Sandra Städer starrte die beiden Kommissare mit vor Schreck geweiteten Augen an, zog dann die Tür weiter auf und zeigte wortlos den Flur entlang. Katharina und Tobias betraten das Haus und kurz darauf ein modern eingerichtetes und trotzdem gemütliches Wohnzimmer. In einer Ecke lagen Spielsachen, die darauf schließen ließen, dass mindestens eines der Kinder noch recht klein sein musste.

»Sind Ihre Kinder im Haus?«, fragte Katharina.

»Nein, Mia ist bei ihrer Freundin, dem Nachbarskind, und Lukas in der Schule«, antwortete Sandra Städer leise. »Nun sagen Sie doch schon, haben Sie meinen Mann ... gefunden? Hatte er einen Unfall? Ich hab ihn ständig gebeten, nicht allein mit dem Rennrad loszufahren. Es passiert so oft etwas auf der Straße, und gerade hier auf den Landstraßen ...« Nervös sah sie erst Tobias an und dann Katharina.

»Bitte setzen Sie sich, Frau Städer«, begann Katharina, und sie merkte, wie der Kloß in ihrem Hals immer dicker wurde. Wie wohl jeder Polizist hasste sie diesen Teil ihres Jobs. Geduldig wartete sie, bis die junge Frau sich langsam ihr gegenüber auf die Kante eines cremeweißen Sessels gehockt hatte. Dann zog die Kommissarin den Siegelring aus ihrer Jackentasche. Sie hatte ihn bewusst lose eingesteckt und nicht in der typischen Beweismitteltüte, aus der jeder sofort gewisse Schlüsse ziehen konnte. Das änderte zwar letztlich nichts an den Tatsachen, aber wo immer sich eine Situation wie diese vielleicht zumindest ein kleines bisschen pietätvoller regeln ließ, versuchte Katharina, die Chance zu ergreifen. Sie hielt den Ring zwischen den Fingern und reichte ihn Sandra Städer. »Erkennen Sie diesen Ring?« Ein erstickter Schrei war als Antwort ausreichend. Katharina hatte Erfahrung genug, um zu wissen, dass sie jetzt schnell sein mussten, wenn sie noch irgendeine klare Aussage bekommen wollten. Warnend warf sie Tobias einen Blick zu, der ihre Aufforderung verstand und die Befragung fortführte, während Katharina sich näher zu der verzweifelten Frau beugte und ihr eine Hand auf den Arm legte.

»Frau Städer«, begann Tobias, »gehört dieser Ring zweifelsfrei Ihrem Mann?«

Wie in Trance griff Sandra Städer nach dem Ring und drehte ihn zitternd um, bis sie die Unterseite erkennen konnte. Tränen schossen ihr in die Augen, und beiden Kommissaren war klar, dass die Reaktion auf die Initialen nun auch den letzten Zweifel über die Identität des Opfers ausgeräumt hatte, und zwar auf beiden Seiten. Katharina drückte den Arm der Frau fester. »Frau Städer, wir befürchten, dass Ihr Mann in einem Feuer ums Leben gekommen ist. Um absolut sicher sein zu können, brauchen wir aber …« Katharina schluckte schwer. »Wir brauchen den Namen des Arztes ihres Mannes, oder noch besser, den seines Zahnarztes.«

Sandra Städer hob langsam den Kopf und in ihren tränenden Augen war überdeutlich der Schock der Erkenntnis zu lesen.

»Frau Städer, bitte«, versuchte Tobias, die Frau zu erreichen. »Das ist wirklich wichtig, damit wir absolut sicher sein können ...«

Sandra Städer erhob sich steif von dem Sessel, und bevor Katharina reagieren konnte, machte sie ein paar schnelle Schritte und war an der gegenüberliegenden Wand, an der die überdimensionale Fotografie eines Mannes hing, der – mit Helm und im Rennfahrertrikot – auf einem Rennrad an üppig blühenden Lavendelfeldern entlang fuhr. Sie schrie laut auf und trommelte mit den Fäusten auf den Glasrahmen. Das Glas splitterte unter ihren Händen und schnitt tief in das Fleisch ein, bevor Katharina und Tobi sie erreichten und so vorsichtig wie möglich auf den Boden zogen. Sandra Städer zitterte am ganzen Körper und schien ihre Verletzungen gar nicht wahrzunehmen.

»Tobi, ruf sofort einen Notarzt, sie hat einen Schock«, rief Katharina, während sie die Frau mit beiden Armen umklammerte, um sie am Boden zu halten. Gleichzeitig ließ sie ihren Blick durch den Raum schweifen, auf der Suche nach irgendetwas, womit sie die Hände verbinden und die Blutung stoppen konnte. Tobi hatte die Situation ebenso schnell im Griff und lief, während er am Handy die Leitstelle über die nötigen Details informierte, zu ihrem Dienstwagen, der glücklicherweise direkt vor der Tür parkte. Er schnappte sich den Verbandskasten aus dem Kofferraum noch bevor er das Telefonat beendet hatte, ließ beim Zurücklaufen die Haustür weit offen stehen und half Katharina bei der Erstversorgung der äußeren Wunden von Sandra Städer, bis der Notarzt eintraf.

Benjamin Rehder saß an seinem Schreibtisch und sah zum wiederholten Mal auf die Uhr. Tobi und Katharina waren noch immer nicht von ihrem Besuch bei Sandra Städer zurück, was ihn verwunderte. Er selbst hatte in den letzten Stunden zähneknirschend überfälligen Papierkram erledigt und den Bericht zum letzten Fall endlich zu Ende geschrieben. Kriminalrat Mausner hatte Ben bei ihrem Treffen am Morgen darauf hingewiesen, dass er damit – mal wieder – längst überfällig war. Mausner war diese Aufforderung unübersehbar ein Vergnügen gewesen, nachdem Ben ihn an den Osterfeiertagen aus seinem Golfturnier geklingelt hatte, um ihn über den neuen Fall zu informieren. Tatsächlich war die Information neu für den Kriminalrat gewesen, und Ben hatte sich gefragt, wie ein Mann in Mausners Position es mit sich vereinbaren konnte, an seinen freien Tagen nicht wenigstens die tagesaktuellen Nachrichten zu lesen oder für fünf Minuten das Radio einzuschalten, um sie kurz zu hören. Auf jeden Fall hatte Bens Anruf zur Folge gehabt, dass Stephan Mausner die nächsten drei Löcher kolossal schlecht gespielt hatte, und er hatte es sich nicht nehmen lassen, Ben dies mit vorwurfsvollem Blick mitzuteilen. Ben hatte seinerseits ohne Umschweife darauf hingewiesen, dass auch er ursprünglich andere Pläne gehabt hatte, als sich am Ostersonntag auf einem abgebrannten Stück Wald eine verkohlte Leiche anzusehen und dafür seine kleine Nichte zu enttäuschen, doch das war wie erwartet beim Kriminalrat auf taube Ohren gestoßen. Ben hatte sich schon lange vorgenommen, sich über diese unsensible und selbstbezogene Art seines Chefs nicht mehr aufzuregen, doch das gelang ihm häufig nicht. Nachdem der Kommissar dem Kriminalrat anschließend auch noch hatte mitteilen müssen, dass sie bisher weder zweifelsfrei die Identität des Opfers geschweige denn einen Täter oder ein mögliches Motiv für die Tat vorweisen konnten – wenn es denn überhaupt eine Tat in diesem Sinne war, hatte Mausner seine Verärgerung damit zum Ausdruck gebracht, seinen Leiter des Morddezernates ein weiteres Mal innerhalb von zehn Minuten auf den überfälligen Papierkram hinzuweisen. Dem konnte Ben nach wie vor nichts Handfestes entgegensetzen, und so blieb ihm nichts anderes übrig, als in den sauren Apfel zu beißen. Er tröstete sich damit, dass er im aktuellen Fall ohnehin nicht handeln konnte, bevor er von den Kollegen eine Aussage hatte, ob die vermutete Identität des Opfers zutraf. So hatte er die Zeit genutzt, die leidige Bürokratie sofort anzugehen. Zufrieden betrachtete er seinen nun wieder aufgeräumten Schreibtisch, als das Telefon klingelte.

»Rehder«, meldete er sich knapp, da er sah, dass es sich um einen internen Anruf handelte. Nachdem er nur ein paar Sekunden in den Hörer gelauscht hatte, setzte er sich stocksteif auf. Dann nahm er sich Block und Stift zur Hand, um ein paar Dinge zu notieren, und legte den Hörer einige Minuten später nach einer kurzen Verabschiedung wieder auf. Die Meldung, die er erhalten hatte, gefiel ihm überhaupt nicht. Er sank nachdenklich in die Rückenlehne seines Schreibtischstuhls. Soeben war er von der Zentrale darüber informiert worden, dass eine Kollegin aus dem Streifendienst vor wenigen Minuten den Brand eines Autos am Elbeseitenkanal bei Bienenbüttel gemeldet hatte. Die Feuerwehr hatte zwar das Feuer löschen können, für den

Insassen war jedoch jede Hilfe zu spät gekommen. Mit dem Kleinwagen zusammen war ein Mensch verbrannt.

13:31 Uhr

Katharina und Tobi betraten das Büro und sahen, dass Ben mit verkniffener Miene in seinem Stuhl saß. Bevor sie ihn fragen konnten, ergriff der Hauptkommissar selbst das Wort: »Ihr wart lange weg. Hat es Schwierigkeiten mit Sandra Städer gegeben?«

»Kann man so sagen«, antwortete Tobi trocken. »Die Frau ist vor unseren Augen komplett zusammengebrochen.«

Erstaunt blickte Benjamin Rehder von einem zum anderen. »Das heißt, bei unserem Opfer handelt es sich tatsächlich um ihren Mann, Torben Städer?«

»Mit hoher Wahrscheinlichkeit«, erwiderte Katharina. »Zumindest hat Sandra Städer den Ring als den ihres Mannes identifiziert. Gesagt hat sie zwar nichts mehr, aber ihre Reaktion darauf lässt keine anderen Schlüsse zu. Das war nicht witzig.« Sie schüttelte bedrückt den Kopf. »Sie hat sich im Schockzustand obendrein noch selbst verletzt, so schnell konnten wir gar nicht reagieren. Wir mussten den Notarzt rufen, und der hat sie direkt ins Krankenhaus gebracht. Ich denke, wir werden sie frühestens morgen erneut befragen können, wenn nicht sogar später.« Kurz schilderte Katharina ihrem Chef den Vorfall im Hause Städer. »Na ja, und nachdem der Notarzt sie mitgenommen hat, haben wir uns bei den Nachbarn umgehört. Wir mussten klären, wer sich um die Kinder kümmern kann, da wir Frau Städer auch dazu nicht mehr befragen konnten. Die Tochter war bei einer Nachbarin, die uns versprochen hat, auch den etwas älteren Sohn später von der Schule abzuholen und zu sich zu nehmen. Das ist natürlich eine Notlösung, aber was anderes war in der Kürze nicht möglich. Wir wissen ja nicht einmal, ob es in der Nähe Großeltern oder andere Verwandte gibt, die sich um die Kinder kümmern können. Die Nachbarin konnte uns da leider auch nicht weiterhelfen … Außer, dass die Kinder miteinander spielen, hat aus der Nachbarschaft niemand einen engeren Draht zu den Städers, soweit wir das bisher heraushören konnten.«

»Das heißt, wir sind im Prinzip noch kein Stück weiter, korrekt?«, stellte Ben eher eine rhetorische Frage.

»Wir haben eine Bürste aus dem Haus der Städers mitgenommen. Sie lag im Bad in einem Regal, und daneben stand After Shave. Wir gehen also davon aus, dass sie Torben Städer gehört«, erklärte Tobi. »Die Freiheit haben wir uns rausgenommen, auch wenn wir Frau Städer nicht mehr darum bitten konnten. Wenn wir etwas Glück haben, kann Frauke die DNS unseres Leichnams und die DNS-Spuren am Ring damit abgleichen. Wenn sie übereinstimmen, wüssten wir zumindest mit ziemlicher Sicherheit, dass Torben Städer das Opfer und der Ringträger ist.«

Katharina ergänzte: »Selbst wenn es etwas dauern wird, das ist momentan das Einzige, was wir haben. Wir hatten Sandra Städer um die Adresse des Arztes ihres Mannes gebeten, aber auch die konnte sie uns nicht mehr geben. Sie ist vorher zusammengebrochen, ohne dass wir ihr erklären konnten, dass es auch sein kann, dass ihr Mann zwar an der Brandstelle war, er selbst aber nicht das Opfer ist. Falls wir sie morgen erneut befragen können, möchte ich ihr in diesem Punkt gern Gewissheit verschaffen, so schmerzlich das auch im schlimmeren Fall – wovon ich leider ausgehe – sein wird.«

Katharina haderte mit sich, seit sie das Haus der Städers verlassen und im Auto etwas zur Ruhe gekommen war. Hätten sie die Befragung anders gestalten und damit den Zusammenbruch der vermeintlichen Witwe verhindern können? Was, wenn die Frau zusammengeklappt war, und sich am Ende herausstellen sollte, dass ihr Mann noch lebte? Ihre Gedanken hatten zu keinem befriedigenden Ergebnis geführt, und so lag ihr das Erlebnis umso schwerer im Magen.

»Gibt es sonst irgendwas, wo wir ansetzen können?«, fragte Benjamin Rehder sichtlich resigniert.

»Na ja …« Katharina sah Tobi an. »Sandra Städer hat da eine Bemerkung gemacht, die mir nicht aus dem Kopf geht. Sie sagte, ihr Mann sei mit dem Fahrrad unterwegs gewesen, und dass sie immer Angst um ihn hatte, wenn er auf Tour war. Irgendwie so habe ich es zumindest verstanden.« Tobias nickte zustimmend. »Bisher ist aber in der Nähe des Brandortes nirgendwo ein Fahrrad gefunden worden, oder?«

»Nicht, dass ich wüsste«, stimmte Ben zu. »Auch keine Überreste im Feuer.« Er sah seine Ermittler an. »Dann würde ich sagen, setzt ihr da als Erstes an. Klärt ab, wann Frau Städer wieder vernehmungsfähig sein wird. Versucht noch mal in der Nachbarschaft irgendwas rauszubekommen, gerade auch zur Verwandtschaft. Möglicherweise auch am Arbeitsplatz von Torben Städer. Wir müssen die Kinder ja irgendwo in guten Händen wissen, und ich möchte sie nicht in die Obhut der Jugendfürsorge geben müssen, wenn es sich irgendwie vermeiden lässt. Die werden es vermutlich noch schwer genug haben in der nächsten Zeit.«

Wieder einmal war Katharina froh, einen Chef wie Benjamin Rehder zu haben. Einen, der sich nicht nur an sture Fakten und Ergebnisse hielt, sondern auch die zwischenmenschlichen Dinge und Probleme erkannte. Das war genau der Punkt, der manchmal Empfindungen für ihn in ihr hervorrief, die einem Chef gegenüber nicht passend waren und sie durcheinanderbrachten – zumal er der Bruder von Bene war. Sie hatte das im letzten Jahr besonders intensiv erlebt, als Ben entführt worden war. Danach hatte sie jedes aufkommende Gefühl für ihn tunlichst im Keim erstickt, doch ab und zu verselbstständigten sich ihre Gedanken und Gefühle dennoch. Sie hatte sich in den letzten Monaten damit arrangiert. Ganz nach dem Motto ›Solange nur ich es weiß …‹. Sie schob es aber auch zum Teil auf die Tatsache, dass Benjamin Rehder nun einmal fast genau so aussah wie der Mann, mit dem sie tatsächlich eine Beziehung führte. Katharina lächelte Ben an. »Wird gemacht, Chef!« Dann stupste sie Tobias in die Seite. »Komm, Kollege – ich gestatte dir einen winzigen Mittagssnack, und dann legen wir los.«

»Stopp«, rief Ben, als Katharina und Tobi bereits sein Büro verlassen wollten. »Ich fürchte, selbst der Snack fällt heute aus. Ich war nämlich leider noch nicht fertig.«

Überrascht sahen die beiden Kommissare ihren Chef an.

»Ich habe gerade, kurz bevor ihr gekommen seid, eine neue Meldung bekommen. Möglicherweise haben wir einen zweiten, noch dazu ähnlichen Fall auf dem Tisch.«

Erwartungsvoll traten Katharina und Tobi wieder näher an seinen Schreibtisch. »Was ist passiert?«, fragte Katharina direkt und sah Ben an.

»Am Elbeseitenkanal hat heute Morgen ein Auto gebrannt. In der Nähe von Bienenbüttel. Und auf dem Fahrersitz saß eine Person. Näheres ist noch nicht bekannt. Es handelt sich aber, so wie es aussieht, nicht um einen Unfall. Das Auto stand recht versteckt am Ufer, kann dort aber nirgendwo gegengefahren sein oder Ähnliches. Es gibt also im Prinzip nur zwei Varianten«, erklärte der Hauptkommissar.

»Suizid oder Mord«, führte Tobias die Worte seines Chefs zu Ende.

»Korrekt«, stimmte Ben zu. »Ich weiß ja nicht, was euer Bauchgefühl sagt. Meines glaubt irgendwie nicht an Suizid …« Ben sah bei diesen Worten gezielt Katharina an, deren Intuition er stark vertraute. »Ich denke, das ist entweder eine Folgetat, oder aber …«

»… oder aber, wir haben es mit einem Trittbrettfahrer zu tun. Gut möglich bei all dem, was bisher schon in der Presse gestanden hat.« Diesmal war es Katharina, die den Satz ihres Vorgesetzten vervollständigte.

»Das ist dann letztlich wie die Wahl zwischen Pest oder Cholera …«, konnte Tobias sich nicht verkneifen und erntete dafür einen wenig freundlichen Seitenblick von Katharina.

»Gibt es schon eine Identität des heutigen Opfers?«, wollte sie wieder an Ben gewandt wissen.

»Eines der Nummernschilder ist nicht komplett verbrannt beziehungsweise geschmolzen. Die Kollegen sind noch dabei, die möglichen Kombinationen zu prüfen und mit dem Wagentyp abzugleichen, der war wohl auch noch rekonstruierbar«, erläuterte Ben, was ihm selbst am Telefon mitgeteilt worden war. »Ich schätze, im Laufe des Tages sollten wir einen Namen auf dem Tisch haben. Zumindest vom Wagenhalter, der ja aber nicht die Leiche sein muss.«

18:46 Uhr

Bene hatte nun schon dreimal auf den Klingelknopf gedrückt, und dreimal war er wieder von der Haustür nach hinten getreten, hatte den Kopf in den Nacken gelegt und nach oben geschaut, von wo aus Katharina in Ermangelung einer Gegensprechanlage normalerweise aus ihrem Fenster blickte, um zu sehen, wer bei ihr geklingelt hatte. Sie tat das auch, wenn sie Besuch erwartete, so wie jetzt den von Bene. Katharina und er waren seit einer Viertelstunde verabredet, und es war normalerweise nicht ihre Art, jemanden einfach so zu versetzen. Sie hielt zwar nicht jede Verabredung ein – das brachte ihr Beruf mit sich – aber in der Regel meldete Katharina sich immer bei ihm, wenn etwas dazwischen kam oder es später wurde. Nicht zum ersten Mal wunderte Bene sich, dass gerade er sich in eine Frau verliebt hatte, die im Polizeidienst stand. Er kam aus einer Polizistenfamilie. Abgesehen davon, dass sein Zwillingsbruder als Hauptkommissar Leiter des Lüneburger Morddezernats war, war sein Vater sein Leben lang im Streifendienst gewesen, die meisten Jahre davon als Polizeiobermeister. Dass Ben in die Fußstapfen des Vaters treten würde, war allen früh klar gewesen, ebenso, dass Bene es nicht tun würde. Er kannte es von klein auf, dass Polizisten eigentlich ständig im Dienst waren, und seine Mutter hatte ihm

oft leidgetan, wenn sie sich auf einen gemeinsamen Kino-
abend oder Besuch bei Freunden gefreut hatte, aber dann
doch wieder allein gehen musste, weil sein Vater noch »das
Böse von den Straßen holte«, wie dieser es gern genannt
hatte. Seinen Zwilling Ben dagegen hatte das nachhaltig
beeindruckt. Auch bei Schulveranstaltungen hatte sein
Vater trotz Zusage des Öfteren gefehlt. Aus diesen Bege-
benheiten hatte Bene schmerzhaft gelernt, dass für Polizisten – zumindest für engagierte – nichts wichtiger war,
als »die Welt wenigstens ein bisschen besser zu machen«,
wie sein Zwillingsbruder es inzwischen manchmal aus-
drückte. Selbst geliebte Personen standen da hinten an,
denn dass sein Vater ihn liebte, war Bene stets klar gewesen. Und auch an der Liebe zwischen seiner Mutter und
seinem Vater hatte er nie einen Zweifel gehabt. Ob Katharina ihn so liebte wie seine Eltern sich, wusste Bene nicht.
Auch war er sich nicht im Klaren darüber, wie stark seine
eigene Liebe zu ihr war. Er verspürte bisher weder den
Wunsch, sie zu heiraten und damit auch der Außenwelt zu
zeigen, dass sie zusammengehörten noch wollte er unbedingt ein Kind von ihr, aber waren das die Kriterien der
Liebe? War Liebe nicht einfach nur ein tiefes Gefühl, das
einen zum glücklichsten aber auch zum unglücklichsten
Menschen machen konnte? Bene schüttelte den Kopf und
wollte seine Gedanken über die Liebe vertreiben. In letzter Zeit dachte er viel zu viel darüber nach. Er kannte das
so gar nicht von sich. Normalerweise war er nur gefühls-
duselig, wenn die Situation es verlangte und er auf diese
Art schneller zu seinem Ziel gelangte, eine Frau ins Bett
zu bekommen. Wobei er keine schnellen Ziele – zumindest nicht in Form von anderen Frauen – mehr hatte, seit
es Katharina in seinem Leben gab. Lag es also an ihr? War

das ein untrügliches Zeichen von Liebe? Oder kamen seine ganzen konfusen Gedanken über die Liebe und über die Gestaltung seiner Zukunft daher, dass er in wenigen Tagen 45 wurde? Noch einmal schüttelte Bene den Kopf, denn auch sein bevorstehender Geburtstag war kein Thema, mit dem er sich gern beschäftigte. 45 Jahre! Wenn er die erst voll hatte, ging er seiner Meinung nach hart auf die 50 zu, und das passte so gar nicht zu seinem Selbstbild. Ja, er hatte Angst, älter zu werden. Es war eine diffuse Angst, die er nicht recht greifen konnte, da er sich nicht alt fühlte, aber sie war da. Vielleicht war das auch die viel beredete Midlife-Crisis? Ihm war es egal. Am liebsten würde er seinen Geburtstag unter den Tisch fallen lassen, aber allein durch die Tatsache, dass dieser in seinem Personalausweis stand, war das nicht möglich. Bene trat wieder auf die Haustür von Katharina zu, um ein weiteres Mal zu klingeln, überlegte es sich dann aber anders und zog sein Handy aus der Hosentasche. Als er gerade Katharinas Nummer wählen wollte, bog sie um die Ecke – in jeder Hand eine prall gefüllte Tüte aus dem Supermarkt. Als sie Bene vor ihrer Tür entdeckte, zeigte sich auf ihrem Gesicht spontan ein breites Lächeln. Bene steckte sein Handy wieder zurück und ging Katharina entgegen, um ihr beim Tragen zu helfen. Verflogen war sein Ärger über ihr Zuspätkommen, und als sie ohne Begrüßung zu einer Erklärung ansetzte, dass es im Supermarkt so lange gedauert hatte, ihr Handy irgendwo tief in ihrer Tasche vergraben sei und sie einfach keine Hand zum Suchen freigehabt hätte, um ihm zu sagen, dass sie sich verspäten würde, unterbrach Bene sie mit einem »Schhhhhhhh«. Dann versperrte er ihr den Weg und drückte ihr glücklich einen langen Kuss auf den Mund.

Seht! die vernünftige Eifersucht ist nützlich;
Sie hält die Herzen beid' im rechten Takt,
Und darf nicht fehlen in der guten Eh';
Die unvernünftige bringt nur Herzeleid;
Von ihr gequält ist eine arme Frau
Ein unglückselig Sonntagskind, das immer
Und überall Gespenster sieht: natürlich,
Wer sich Gespenster schafft, der sieht sie auch.

(aus: Das Mährchen im Traum.
Ein dramatisches Gedicht in drei Abtheilungen: der
Abend, die Nacht und der Morgen, Salomo Raupach)

4. KAPITEL:

MITTWOCH, 8. APRIL 2015

07:59 Uhr

Fröhlich, aber dennoch nur leise vor sich hin summend, betrat Katharina das Büro. Sie warf schwungvoll ihre Jacke über ihren Schreibtischstuhl und wollte gerade ihren Computer hochfahren, als sie hinter sich eine bekannte Stimme hörte: »So munter heute Morgen?«

Sie drehte sich um und sah direkt in das breite Grinsen von Tobi.

»Mann, hast du mich erschreckt!«, stöhnte sie gespielt vorwurfsvoll. »Was versteckst du dich auch da in der Ecke!« Dann grinste sie ebenfalls. »Aber falls du es genau wissen willst: Ja, ich habe letzte Nacht wunderbar geschlafen. Außerdem bin ich nicht wie viele andere frühjahrsmüde, sondern eher das Gegenteil.«

»Schön für dich!«, erwiderte Tobi ironisch. »Wenn es dafür ein Rezept gibt, hätte ich es gern. Schließlich muss ich die nächsten Wochen noch nutzen, bevor der kleine Schreihals mich jede Nacht auf Trab halten wird.«

Katharina lachte. »Vielleicht wird es ja gar kein Schreihals, warte es doch erst mal ab. Außerdem kann ich mir gut vorstellen, dass du seelenruhig weiterschläfst, während Jana alle paar Stunden aufstehen wird, um euer Baby zu versorgen.«

»Wir werden sehen. Eigentlich möchte ich da im Moment noch gar nicht so viel drüber nachdenken.«

»Na dann viel Erfolg dabei«, erwiderte Katharina, »die Realität wird dich früh genug einholen.«

»… sprach die Vielfach-Mutter mit der großen Erfahrung.« Tobias sah sie an und freute sich, mal wieder das letzte Wort zu haben. Katharina ließ ihm seinen Triumph und erinnerte sich lächelnd an den vergangenen Abend. Nach der angenehm entspannten Begrüßung von Bene waren sie in ihre Wohnung gegangen und hatten gemeinsam gekocht, was Katharina eingekauft hatte. Oder besser gesagt, Bene hatte gekocht und aus den frischen Zutaten ein wunderbares Essen gezaubert, während Katharina ihm dabei zugesehen und sie beide mit einem Glas Wein versorgt hatte. Sie stand dazu, dass sie nicht besonders gut kochen konnte, oder zumindest, dass Bene es besser konnte. Außerdem genoss sie es ab und zu durchaus, ein bisschen verwöhnt zu werden. Nach dem Essen hatten sie es sich auf Katharinas Couch gemütlich gemacht und sich über alles Mögliche unterhalten. Es war ein herrlich entspannter Abend gewesen, und fast hatte sie die beiden Brandfälle vergessen können. Noch weit vor Mitternacht waren sie ins Bett gegangen, und sie konnte sich nur noch daran erinnern, sich weinselig in Benes Armbeuge gekuschelt und ein kurzes »Gute Nacht« gemurmelt zu haben, bevor sie ungewöhnlich schnell in einen tiefen Schlaf gefallen war. So war sie dann am Morgen noch vor dem schrillen Klingeln ihres Weckers aufgewacht und hatte sich darüber gefreut, wie fit und ausgeschlafen sie sich fühlte. Das würde sie zu nutzen wissen.

»So, Tobi, wie wollen wir vorgehen?«, fragte sie gerade in dem Moment, als Benjamin Rehder das Büro betrat.

»Gute Frage, Katharina. Und guten Morgen!«, kommentierte Katharinas Chef ihre Worte. Auch er sah einigermaßen ausgeschlafen aus. Auf jeden Fall schien er wie seine Mitarbeiterin voller Tatendrang zu sein, als er nun das Gespräch übernahm.

»Tobi, du klärst bitte, ob es schon etwas Neues zu den Reifenspuren gibt, und dann checkst du das. Was ich mich außerdem frage: Wer hat eigentlich jeweils die Feuerwehr informiert, beziehungsweise wie sind die Brände entdeckt worden? Klemm dich da bitte auch hinter. Wir beide, Katharina, werden uns als Erstes mit den Opfern beschäftigen. Wir müssen prüfen, ob es zwischen Torben Städer und Melanie Sarbacher eine Verbindung gibt. Und ob die Brandstellen eine besondere Bedeutung haben könnten. Vielleicht hängt das ja sogar beides zusammen.«

Noch am vorigen Nachmittag hatten sie den Namen der Wagenhalterin vom zweiten Brand wie erhofft auf dem Tisch gehabt. Der ausgebrannte Wagen war auf eine 28-jährige Frau namens Melanie Sarbacher zugelassen, und sie hatten schnell weitere Informationen einholen können. Wohnhaft war die junge Frau in Hannover, wo sie auch arbeitete. Allerdings war sie an ihrem Arbeitsplatz in einer Werbeagentur nach den Feiertagen bisher nicht erschienen, wie ihnen die Empfangsdame am Telefon freundlich mitteilte, und das, obwohl sie ihre Vorgesetzte noch am Abend zuvor um einen späteren Arbeitsbeginn gebeten hatte, wahrscheinlich, damit sie etwas entspannter von einem Osterbesuch bei ihren Eltern in der Lüneburger Heide zurückfahren konnte. Somit hatten Katharina und Tobi lediglich die Adresse der Eltern herausfinden müssen, was ein Kinderspiel gewesen war. Der Besuch bei den Eltern, den Katharina mit Ben übernommen hatte, war dagegen weniger leicht gewesen. Katharina hatte noch die Erinnerung an den Zusammenbruch von Sandra Städer im Kopf gehabt, und so hatte Ben den größten Teil des Gesprächs übernommen. Zunächst hatte der Kommissar den Eltern erklärt, dass es nicht sein musste, dass ihre Tochter das Brandopfer war, dann hatten jedoch die Eltern selbst nahezu jeden Zweifel aus dem Weg geräumt. Sie hatten von dem Brand am Elbeseitenkanal bereits aus dem Radio erfahren. Der Nachrichtensprecher hatte auch gesagt, dass es sich um ein weibliches Opfer handelte. Ben hatte die Eltern gefragt, wann Melanie am Morgen ihr Haus verlassen hatte. Es war keine halbe Stunde vor der von den Experten geschätzten Brandlegung. Darüber hinaus informierte der Vater die Ermittler traurig darüber, dass Melanie niemals jemand anderen mit ihrem Wagen hätte fahren lassen, da er in einem solchen Fall nicht versichert wäre, und seine Tochter in dieser Hinsicht sehr korrekt war. Wenngleich niemand der Anwesenden im Hause Sarbacher in diesem Moment bezweifelte, dass es sich bei der Verbrannten um Melanie handelte, gab die Mutter Katharina den Namen und die Anschrift von Melanies Zahnarzt. Obwohl sie inzwischen in Hannover lebte, ging sie nach wie vor zu ihrem früheren Zahnarzt in Bienenbüttel, wenn es sich einrichten ließ. »Einen guten Zahnarzt wechselt man ja nicht mal eben so«, hatte Frau Sarbacher erklärt.

Katharina hatte die Kontaktdaten sofort per SMS an die Gerichtsmedizin weitergeleitet. Sie war dankbar gewesen, dass die Eltern von Melanie Sarbacher von dem vermeintlichen Tod ihrer Tochter zwar nicht weniger schockiert gewesen waren, aber anders als die Frau von Torben Städer mit der Nachricht umgingen. Es war eher ein stummer Schock gewesen, wie er Katharina schon oft begegnet war. Bei Menschen, die auf diese Weise eine solche Nachricht aufnahmen, kam die schreckliche Erkenntnis meist erst sehr viel später. Sie würden ›funktionieren‹, bis sie ihre Tochter zu Grabe getragen hatten, dann erst würde die bewusste Trauerbewältigung beginnen. Vielleicht lag ihre Reaktion aber auch daran, dass ein Funken Hoffnung da war, dass ihre Tochter noch lebte, und nur nicht ans Telefon ging. Denn kaum hatte Ben seine Befürchtung geäußert, hatte Melanies Vater versucht, sie auf ihrem Handy zu erreichen. In ihrer Wohnung war die junge Frau auch nicht, das hatten die Kollegen in Hannover bereits geprüft. Auf Bens Frage hin, was der Anlass von Melanies Besuch gewesen war, hatten die Sarbachers berichtet, dass ihre Tochter sie üblicherweise über die Ostertage besuchen käme. Eigentlich hatte auch der Bruder mit seiner Familie aus Stuttgart kommen wollen, doch dann war eines seiner Kinder krank geworden. So war nur Melanie da gewesen. Allerdings hatten sie ebenfalls erklärt, dass Melanie ihnen ungewohnt traurig vorgekommen war. Sie hatten nicht wirklich viel aus ihrer Tochter herausbekommen, nur dass sie eine schmerzhafte Trennung hinter sich hatte. Mehr nicht. Die Eltern hatten den Mann, mit dem Melanie seit einiger Zeit liiert gewesen war, nie kennengelernt. Da das untypisch für ihre Tochter gewesen war, hatten sie vermutet, dass es dafür gute Gründe gab. Während Herr Sarbacher dazu geschwiegen hatte, hatte seine Frau ihre Vermutungen geäußert. Sie glaubte, dass der Mann deutlich älter war als ihre Tochter und möglicherweise verheiratet. »Man hört das doch immer wieder«, hatte sie fast etwas aufgeregt erklärt. »Da nehmen ältere Männer, die zu Hause Frau und Kinder haben, sich eine junge Geliebte und versprechen ihr das Blaue vom Himmel. Und wenn die junge Frau dann irgendwann doch mehr will, dann wird sie einfach weggeschickt. Aus, Ende, vorbei.« Bei den letzten Worten hatte Frau Sarbacher die Tränen unterdrücken müssen. »Meine Melanie ist keine, die so etwas leicht weggesteckt hätte. Sie hat sich nur auf Männer eingelassen, die sie wirklich geliebt hat.« Nach einem kurzen Schweigen hatte sie Katharina und Ben angesehen und gefragt: »Meinen Sie, Melanie hat sich selbst das Leben genommen? Weil sie ohne diesen Mann nicht mehr weiterleben wollte?« Diese Frage hing in Katharinas Erinnerung fest. Sie durften allerdings auch nicht außer Acht lassen, dass Melanies Mutter lediglich eine Vermutung angestellt hatte, sich bezüglich des Mannes aber nicht sicher sein konnte. Falls sie jedoch recht hatte, war dies eventuell ein Indiz dafür, dass sie es nicht mit einem Serientäter zu tun hatten und auch keine Verbindung zwischen den Opfern finden würden. Dann war es einfach ein unglücklicher Zufall, dass Melanie Sarbacher sich auf diese Art selbst umgebracht hatte, kurz, nachdem bei einem anderen Brand ein Mensch ums Leben gekommen war. Denn dass es sich bei dem zweiten Opfer um Melanie Sarbacher handelte, wussten sie inzwischen zweifelsfrei. Frauke Bostel hatte Katharina noch am Abend zuvor kurz über diese traurige Tatsache informiert. Ebenso hatte sie der Kommissarin mitgeteilt, dass die DNS, die von der Bürste aus dem Hause Städer sichergestellt werden konnte, mit der des ersten Opfers übereinstimmte. Jetzt sah Katharina zu Ben: »Ich würde gern als Erstes mit Frauke sprechen. Wenn sie bereits neue Erkenntnisse hat, bringt uns das vielleicht am ehesten weiter. Eventuell kann sie inzwischen zumindest einen Suizid von Torben Städer und auch schon von Melanie Sarbacher ausschließen oder bestätigen. Im Falle einer Selbsttötung müssten wir dann eigentlich gar nicht nach Verbindungen zwischen den beiden Opfern suchen.«

»Okay«, stimmte Ben zu. »Dann geh du erst mal zu Frauke. Ich muss eh schon wieder zum Oberboss und Bericht erstatten, dann kann ich das auch jetzt gleich machen.«

10:02 Uhr

Eben noch gut gelaunt und hoch motiviert betrat Ben jetzt missmutig das Büro von Kriminalrat Stephan Mausner. Es gehörte ganz eindeutig zu seinem Aufgabenbereich, seinen Chef über die aktuellen Fälle auf dem Laufenden zu halten, doch ebenso eindeutig gefiel ihm genau dieser Part seines Jobs nicht besonders. Es war weniger die Pflicht, die Ben missfiel, sondern vielmehr die Art, die der Kriminalrat teilweise an den Tag legte. Mausi, wie er auch hinter vorgehaltener Hand von vielen genannt wurde, schien selten ein wirkliches Interesse an den einzelnen Fällen zu haben. Absolut wichtig für ihn war es jedoch, sich und seine Dienststelle nach außen gut präsentieren zu können. Das wiederum hatte vordergründig mit seinem privaten Umfeld zu tun, das sich zunehmend mehr aus Leuten der so genannten ›besseren Gesellschaft‹ zusammensetzte, vor denen er bedeutsam erscheinen wollte. Das war nach Mausners zweiter Hochzeit vor rund sieben Jahren erst wirklich deutlich geworden, denn seine jetzige Frau stammte selbst aus einer gut betuchten Familie, und Ben war nicht sicher, ob es ihr oder Mausner selbst wichtiger war, das perfekte Bild nach außen zu transportieren. In jedem Fall machte es die Zusammenarbeit mit dem Kriminalrat nicht gerade einfacher.

»Guten Morgen, Ben«, begrüßte Stephan Mausner seinen Leiter des Morddezernats kurz und ohne von seinem Schreibtisch aufzublicken. »Was gibt es?«

Ben musste sich zusammenreißen. Wie schon so oft machte sein Chef mal wieder bereits zu Anfang eines Gesprächs deutlich, dass er eigentlich keine Zeit hatte, und das war einer der Punkte, der den Hauptkommissar innerlich rasend machte.

»Guten Morgen«, antwortete er betont freundlich. »Ich wollte kurz den aktuellen Stand zu den beiden Brandfällen berichten.«

Demonstrativ sah Mausner von den Papieren auf seinem Schreibtisch hoch und auf seine teure Armbanduhr. »Gut, gut, aber schnell bitte, ich hab nicht viel Zeit. Ich muss mich unbedingt um meine Jubiläumsfeier kümmern, das hab ich schon viel zu lange schleifen lassen. Oder hast du etwas Konkretes für mich, was ich der Presse sagen kann? Die geben gar keine Ruhe mehr.«

Ben atmete tief durch. »Wenn du damit meinst, ob wir ein Ergebnis haben, dann nein.«

Mausner rieb sich die Schläfen, als hätte er von zu viel Arbeit Kopfschmerzen. »Ja dann … dann schieß los. Wie gesagt …«, anstatt seinen letzten Satz zu vollenden, klopfte Mausner mit dem ausgestreckten Zeigefinger gegen seine Schreibtischplatte, auf der etliche Prospekte von Catering-

Unternehmen lagen, wie Ben mit einem kurzen Blick feststellte. Es war allgemein bekannt, dass Stephan Mausner in diesem Jahr sein zehnjähriges Dienstjubiläum als Kriminalrat feierte, dafür hatte er selbst zur Genüge gesorgt. Allerdings war noch reichlich Zeit, bis es so weit war, und man sollte meinen, dass es Wichtigeres gab. Ben begann, in knappen Worten die aktuelle Sachlage zu schildern, bis er bemerkte, dass Mausner mit seinen Gedanken weit entfernt war.

»Stephan?«, fragte er, nun schon etwas schroff im Tonfall.

»Jaja, ich hab verstanden«, erwiderte der Kriminalrat. »Unschöne Sache, wirklich unschön. Aber du bekommst das schon hin. Und bitte schnell. Wegen der Presse, du weißt schon.« Dann sah er Ben direkt an und lächelte. »Sag mal, was meinst du – Sushi oder lieber etwas Mediterranes?«

Ben starrte ungläubig zurück. »Bitte?«

»Na bei der Feier hier auf der Dienststelle – das Essen«, erklärte Stephan Mausner. »Was wird da bei den Kollegen besser ankommen – Sushi oder italienische Antipasti-Platten?«

»Ich wäre für belegte Brötchen«, konterte Ben und stand auf. »Wenn das dann alles war, würde ich mich jetzt gern wieder den aktuellen Fällen zuwenden. Da hab ich ehrlich gesagt anderes im Kopf, als Sushi oder sonst welchen Quatsch.« Ohne weitere Erklärung drehte der Hauptkommissar sich um und verließ das Büro.

Katharina hätte auch anrufen können, aber sie zog persönliche Gespräche vor, wenn sie Zeit dafür hatte. Außerdem mochte sie Frauke Bostel und traf sie gern. Die Gerichtsmedizinerin war ähnlich gestrickt wie sie selbst: Für Frauke Bostel war ihr Beruf Berufung, sie war hartnäckig und forschte intensiv nach, wenn ihr Unstimmigkeiten auffielen. Falls sie überhaupt Vermutungen äußerte, gab sie unumwunden zu, dass es solche waren, und stellte sie nicht als Fakten dar. Ebenso war sie sich nicht zu schade zuzugeben, wenn sie einmal nicht weiter wusste, das kam allerdings recht selten vor. Frauke Bostel war einfach sehr gut in ihrem Job, darin bestand für Katharina kein Zweifel. Außerdem hielt sie mit ihrer Meinung nicht hinterm Berg, wurde jedoch dabei nie verletzend. Und zu guter Letzt besaß die Gerichtsmedizinerin ein ordentliches Quäntchen an Humor, oftmals Galgenhumor, was in diesem Beruf wohl nur gesund war, wie Katharina dachte.

Jetzt ging die Kommissarin den Gang zu den Räumen der Gerichtsmedizin entlang, und ihre Turnschuhe, die sie immer noch nicht vom rußigen Schmutz der Brandstelle bei Westergellersen befreit hatte, quietschten wie gewohnt bei jedem Schritt, den sie auf dem Linoleum machte. Als sie den großen Saal betrat, in dem die Leichen untersucht wurden, wie Frauke Bostel das Sezieren stets pietätvoll umschrieb, war die Gerichtsmedizinerin gerade konzentriert über einen der Stahltische gebeugt. Die Kommissarin roch mehr, als dass sie sah, was auf dem Stahltisch lag: ein verkohlter Leichnam. Der unangenehm süßliche Geruch von verbranntem Menschenfleisch bereitete ihr Übelkeit. Sie hielt sich automatisch eine Hand vor Mund und Nase und brachte gedämpft ein »Hallo Frauke« hervor, während sie wie selbstverständlich zu einem kleinen Bord an der Wand ging. Dort nahm sie sich das bereitliegende Döschen mit Tigerbalm, schraubte es auf, stippte ihren Zeigefinger in die Paste und rieb sie sich unter die Nase. Erst als sie dermaßen gerüstet nun auf die Gerichtsmedizinerin zu schritt, drehte diese, nach wie vor über den Leichnam gebeugt, ihren Kopf schräg nach hinten und begrüßte Katharina ihrerseits mit einem kurzen »Hi«. Dann wandte sie sich wieder der Leiche zu und sagte: »Warum tun Menschen sich so etwas an? Die Arme hier muss dermaßen gelitten haben ... bei lebendigem Leib verbrannt werden ... grausam. Wie im Mittelalter die Hexen. Die Rücksitze sind mit Benzin übergossen und angezündet worden, und dann hat sich das Feuer schnell im ganzen Wagen ausgebreitet ...«

Sie machte eine kurze Pause, drückte ihren Rücken gerade durch und lächelte Katharina, die sich ihr gegenüber an den Tisch gestellt hatte, offen an. »Was kann ich für dich tun?«

»Kannst du Parallelen zwischen den zwei Brandopfern feststellen?«, fragte Katharina.

»Du meinst, außer, dass sie beide im Feuer ihr Leben gelassen haben?«, wollte Frauke Bostel wissen.

»Ja genau. Gibt es irgendwelche Gemeinsamkeiten? Ich hab zwar keine Ahnung, welche, aber vielleicht ist dir ja irgendetwas aufgefallen.«

»Ihr glaubt also, dass die beiden Brände miteinander zu tun haben und es kein Zufall ist, dass in jedem ein Mensch zu Tode gekommen ist?«, mutmaßte die Gerichtsmedizinerin.

»Es ist zumindest eine Möglichkeit. Eine andere wäre die, dass beim zweiten Brand ein Trittbrettfahrer seine Chance genutzt hat, und eine weitere, dass es eben doch Zufall ist, dass bei beiden Bränden ein Mensch ums Leben gekommen ist«, zählte Katharina auf.

»Verstehe«, nickte Frauke Bostel, dann schüttelte sie jedoch fast schon entschuldigend den Kopf. »Außer, dass beide Opfer erst im Feuer gestorben sind, konnte ich keine Gemeinsamkeiten feststellen. Das liegt aber auch daran, dass die Leiche des ersten Brandes schon ziemlich lange im Feuerherd gelegen hatte, bevor ich sie hier auf den Tisch bekommen habe. Bei dem Brandopfer aus dem Auto war es nicht ganz so schlimm. Da kam die Feuerwehr zwar für die Frau zu spät, aber der Leichnam ist noch relativ gut erhalten, wenn du verstehst, was ich meine.«

»Ja, das kann ich nachvollziehen. Aber wie kannst du dir dann so sicher sein, dass die Brandleiche aus Westergellersen nicht bereits tot war, als das Feuer ausgebrochen ist oder sie vielleicht sogar tot hineingeschm … hineingelegt worden ist?« Ihr letztes Wort korrigierte Katharina gerade eben noch.

»Gute Frage. Entschuldige, ich hab mich eben zu schwarz-weiß ausgedrückt, wenn ich es mal so sagen darf. Also, sofern ein verbrannter Leichnam noch einigermaßen vollständig ist, kann ich Gewalteinwirkung in der Regel relativ gut ausschließen. Aber das weißt du ja, das ist ja nicht nur bei Brandopfern so. Ein Tod durch, sagen wir mal, gewaltsames Ersticken vor dem Verbrennen ließe sich beispielsweise nur dann noch nachweisen, wenn insbesondere der Kopf gut erhalten ist. In diesem Fall würde ich petechiale, das heißt punktförmige Einblutungen an der Innenseite der Augenlider als Hinweis für ein gewaltsames Ersticken finden. Im Fall unseres Brandopfers, nein, sogar in beiden Fällen, sind jedoch die Lider verbrannt. Beim ersten Brandopfer nahezu auch der Hals, sodass ich keine Würgemale ausmachen konnte, wenn der Mann denn überhaupt welche gehabt hat. Der Hals des zweiten Brandopfers ist nur partiell verbrannt, aber auch hier habe ich keine Würgemale gefunden, die auf Ersticken durch äußere Einwirkung hinweisen würden. Auch sonst habe ich keine Spuren von Gewalteinwirkung an den Leichen entdecken können und schon gar keine todbringenden Verletzungen.«

»Aha«, machte Katharina und nickte zu den Ausführungen der Medizinerin. Sie wusste deren Art, fachspezifische Sachverhalte umgangssprachlich zu erklären, sehr zu schätzen. »Wobei das ja nicht unbedingt etwas zu sagen hat, oder? Vielleicht sind die Stellen, an denen du es hättest sehen können, verbrannt, richtig? So wie die Augenlider.«

»Das stimmt«, räumte die Gerichtsmedizinerin ein, was Katharina veranlasste, zu fragen: »Aber wieso kannst du dir dann so absolut sicher sein, dass die Brandopfer erst im Feuer gestorben sind?«

»Ich hatte Glück im Unglück«, erklärte Frauke Bostel. »Bei beiden Opfern sind die inneren Organe noch einigermaßen intakt. Bei dem Opfer vom Elbeseitenkanal sind sie besser erhalten als bei dem aus Westergellersen. Übrigens waren sowohl der Mann als auch die Frau kerngesund und hätten sicher noch lange zu leben gehabt. Sie sind also definitiv keines natürlichen Todes gestorben, aber das war ja eh klar. Auch habe ich beide auf eine mögliche Vergiftung untersucht. Nichts. Die toxikologische Untersuchung des Gewebes war da eindeutig, trotz der Verbrennungen. Du hast aber gefragt, wieso ich mir so sicher bin, dass sie noch gelebt haben. Wegen der Lunge.«

»Der Lunge!«, echote Katharina, doch es war kein fragendes Echo, sondern eines, welches deutlich machte, dass ihr gerade ein Licht aufgegangen war. Denn was es mit dem Untersuchen der Lunge in einem solchen Fall auf sich hatte, wusste Katharina als Kommissarin mit einigen Dienstjahren auf dem Konto ganz genau. Frauke Bostel lächelte zustimmend und führte aus: »Genau! Ich hab die Lungen der Toten unter dem Mikroskop untersucht. Beide haben im Feuer noch geatmet. Ich habe Verbrennungsrückstände in den Lungenbläschen gefunden. Wären sie bereits tot gewesen, bevor das Feuer entfacht worden ist, wäre das nicht so gewesen. Wasser hab ich übrigens in den Lungen auch nicht entdecken können. Beide waren sozusagen staubtrocken. Zumindest schließt das auch die Möglichkeit eines vorhergegangenen Ertrinkens aus, denn beide Brände waren doch in der Nähe von Gewässern. Aber, na ja, wie gesagt, sie sind eh erst im Feuer gestorben.«

»Auch wenn ich es nicht glaube, theoretisch könnte es sich also in beiden Fällen auch um eine Selbsttötung handeln. Ich denke, dieser Möglichkeit werden wir auch nachgehen müssen …«, überlegte Katharina laut und machte Anstalten, sich zu verabschieden.

»Ja, sicherlich werdet ihr auch das prüfen müssen«, stimmte Frauke Bostel Katharina zu. »Beim ersten Brandopfer kann ich es auch nicht ausschließen. Bei dem zweiten glaube ich es aber aus pathologischer Sicht nicht.«

Katharina wandte sich der Gerichtsmedizinerin wieder aufmerksam zu. »Wie meinst du das?«

»Wie gesagt, ich glaube es nicht«, betonte Frauke Bostel das Wort *glaube*. Dann fuhr sie nach einer kurzen Pause fort: »Ich kann es leider nicht belegen, da alle Textilien und ähnliche Materialen verbrannt sind. Vielleicht kann die KTU nach bestimmten Rückständen in der Asche suchen, wenn du sie darauf hinweist, aber ob sie was findet?«

»Was findet?«, fragte Katharina ungeduldig. Sie spürte, dass die Gerichtsmedizinerin ihr gleich etwas Wichtiges sagen würde, und konnte es kaum abwarten. Vielleicht wäre das ein erster konkreter Hinweis.

»Hanf oder etwas Ähnliches. Es könnte natürlich auch ein Seidenschal gewesen sein oder einer aus Wolle oder ...«

»Ich weiß nicht, worauf du hinaus willst. Meinst du ein Hanfseil? Meinst du, dass Melanie Sarbacher vor ihrem Tod gefesselt worden ist?«, unterbrach Katharina die Aufzählung.

»Ja, das glaube ich. Meinen tue ich es nicht, dann wäre ich mir ja nahezu sicher. Ich vermute es nur«, betonte Frauke Bostel ein weiteres Mal.

»Ja, ist schon gut«, erwiderte Katharina leicht belustigt. »Ich werde dich nicht auf deine Aussage festnageln. Egal, ob du meinst oder annimmst oder glaubst oder was weiß ich. Aber wovon genau sprichst du jetzt überhaupt?«

Frauke Bostel grinste. Natürlich hatte sie ihre eigene Wortklauberei bemerkt, aber so war sie nun mal. Darüber hinaus arbeitete sie einfach schon zu lange mit der Polizei zusammen, um zu wissen, wie wichtig es war, Annahmen nicht als Fakten hinzustellen. Im Fall eines Irrtums konnte das fatale Folgen für die Ermittlungen haben. Natürlich wusste sie, dass das Katharina ebenso klar war, doch sie freute sich ein wenig über deren Ungeduld. Das brachte etwas Abwechslung in ihren gerichtsmedizinischen Alltag. Sie wusste aber auch, wann es genug war. »Ich will dich dann mal nicht länger auf die Folter spannen«, sagte sie deswegen und deutete auf die Brandleiche vor sich auf dem Stahltisch: »Schau dir mal ihre Haltung an.«

Die Kommissarin richtete ihren Blick auf das, was von Melanie Sarbacher noch übrig war, und sagte bedächtig: »Sie ist in Sitzhaltung. Meinst du das?« Doch bevor Frauke Bostel antworten konnte, hatte Katharina begriffen, worauf die Gerichtsmedizinerin eigentlich hinaus wollte. Sie schlug sich mit der flachen Hand gegen die Stirn: »Mensch Frauke, du hast recht! Kein Mensch, der noch lebt und sich in einem brennenden Auto befindet, würde seelenruhig sitzen bleiben! Selbst dann nicht, wenn er sich selbst töten will. Irgendwann sind die Schmerzen zu groß, und der Fluchtinstinkt setzt ein. Es sei denn ... es sei denn, die betroffene Person steht unter Drogen. Wie ich dich kenne, hast du doch bei deiner Gewebeuntersuchung nicht nur auf Gift, sondern auch auf Drogen oder Medikamente getestet ...«

»Du kennst mich gut«, lächelte Frauke Bostel Katharina an. Dann wurde ihr Gesicht ernst, und sie sagte gewichtig: »Fehlanzeige. Keine Drogen. Auch kein Gas oder ein anderes Betäubungsmittel, mit dem die Frau vorher ruhig gestellt worden ist oder sich selbst ruhig gestellt haben könnte. Sie war auch meines Erachtens nirgendwo mit den Beinen eingeklemmt. Dann hätte sie eine andere Haltung, und ich hätte sicher irgendwo ein Hämatom gefunden. Wie gesagt, diese Brandleiche hier war nicht ganz so verbrannt wie die erste, da die Feuerwehr schneller da war. Leider aber immer noch zu spät für die junge Frau. Außerdem glaube ich, sie ist bedroht worden. Ich konnte zwar keine Würgemale an ihrem Hals entdecken, aber schau mal hier ...« Sie deutete auf eine kleine Schramme am Hals, die einem ungeschulten Auge kaum aufgefallen wäre. »Ich denke, dieser Minischnitt stammt von einem Messer, das ihr an den Hals gelegt worden ist. Bei einem Mann hätte man noch denken können, er hätte sich beim Rasieren geschnitten, aber bei einer Frau … Ich kann dir aber leider nicht sagen, um was für ein Messer es sich gehandelt hat. Dazu ist der Schnitt zu minimal.«

Katharina blickte betroffen auf den Leichnam vor ihr. »Glaubst du, Melanie Sarbacher ist an den Autositz gefesselt worden? Ist ihr Rücken deswegen auch jetzt noch fast gerade und nicht im Tod erschlafft?«

Die Gerichtsmedizinerin nickte als Antwort. In diesem Moment kam Katharina ein Gedanke. War Torben Städer der verheiratete Freund von Melanie Sarbacher gewesen? Wenn es stimmte, was Melanies Mutter vermutete, würde er genau in das Schema passen. War dies der gesuchte Zusammenhang zwischen den beiden Morden? Denn dass es sich auch beim Tod von Torben Städer um Mord handelte, davon ging Katharina inzwischen aus. Hatte Sandra Städer die beiden aus Wut und Eifersucht umgebracht und tat jetzt nur so verzweifelt? Oder war es jemand aus Melanie Sarbachers Umfeld gewesen? Plötzlich hatte Katharina es eilig, wieder ins Kommissariat zu kommen. Sie verabschiedete sich ein zweites Mal von Frauke Bostel. Als sie bereits an der Tür war, rief Frauke ihr hinterher: »Ach Katharina, ich hab am 17. Geburtstag. Das ist am übernächsten Freitag. Es kommen ein paar Leute in den *Pausenraum*. Nichts Großes. Ich würd mich freuen, wenn du dabei bist. Und sag Benjamin und Tobias doch bitte auch Bescheid. Um 20 Uhr – wenn keine Leiche dazwischenkommt. Natürlich könnt ihr gern in Begleitung kommen …«

»Ach, das ist aber nett. Ja klar, ich komme gern! Ist das der relativ neue Buchladen in der Schröderstraße mit einem Café oben drin? Da, wo früher ein Klamottenladen war? Ich dachte, der hat nur bis 18 Uhr geöffnet ...«, reagierte Katharina überrascht, und Frauke Bostel nickte bestätigend. Dann erklärte sie: »Genau, das ist der *Pausenraum*. Ich kenne die Besitzerin ziemlich gut, darum darf ich dort feiern. Normalerweise hat der Laden tatsächlich abends geschlossen.«

»Ach so. Und an die anderen beiden gebe ich deine Einladung dann gleich weiter!«, antwortete Katharina freudig und verabschiedete sich erneut. Jetzt musste sie sich wirklich sputen. Ben war bestimmt schon von Mausner zurück und wartete auf sie. Als sie an Ben dachte, fiel ihr ein, dass auch er und sein Zwilling bald Geburtstag hatten. Mann-oh-Mann, wie die Zeit rannte. Sie musste sich unbedingt noch um Geschenke kümmern. Bei Ben war das leicht. Dem würde sie mit Tobi zusammen wie auch letztes Jahr eine gute Flasche Wein schenken, aber was sollte sie Bene schenken? Sie wusste, dass Bene ein Geburtstagsmuffel war, was aber eher am Älterwerden lag. Dieses Jahr war es besonders schlimm, was sie nicht nachvollziehen konnte, aber jeder war da anders. Vielleicht würde es ihr mit 45 ja auch so gehen. Ob er sich über ein gemeinsames Wochenende an der See freuen würde? Mal sehen, vielleicht würde ihr in den nächsten Tagen noch was Besseres einfallen. Ein wenig Zeit hatte sie ja noch.

Während der Fahrt zur Autowerkstatt im Lüneburger Stadtteil Goseburg-Zeltberg überlegte er, ob er sich nicht doch einen eigenen Wagen zulegen sollte. Der Wagen seines Vaters war einfach nicht mehr der Jüngste und machte hin und wieder Mätzchen. So war er sich nie sicher, ob die Kiste, einmal irgendwo abgestellt, wieder anspringen würde, was bei seinen derzeitigen Aktionen fatale Folgen für ihn haben könnte. Leisten könnte er sich ein neues Auto problemlos, aber er war sich nicht schlüssig, ob es sich lohnen würde. Er wusste, dass er nicht mehr lange hier bleiben konnte, obwohl seine Liste von Tag zu Tag wuchs. Seit Torben Städer in Flammen aufgegangen war, nachdem er ihm sein Zippo ein bisschen zu dicht unter die Nase gehalten hatte, hatte er sozusagen selbst Feuer gefangen. Er musste bei diesem Wortspiel in sich hineinlachen – *selbst Feuer gefangen*, wie wahr es doch in seinem Fall war. Er löste seine linke Hand vom Steuer und ließ sie in seine Jackentasche gleiten. Hier befühlte er sein Zippo und umfing es mit der Faust wie einen Handschmeichler. Gestern hatte er das Feuerzeug auf Hochglanz poliert. Er hatte sich dafür extra bei Karstadt in der Haushaltswarenabteilung ein Chromputztuch besorgt. An dem Abend, als er Torben Städer den Flammen überlassen hatte, hatte er das Zippo aus reinem Zufall dabei gehabt. Er hatte es kurz zuvor in seinem Zimmer ganz hinten in der Schublade seines Nachtschranks gefunden. Zusammen mit einer fast leeren Packung Zigarettentabak, Blättchen und ziemlich altem Hasch. Das Feuerzeug hatte er herausgenommen und eingesteckt, dabei rauchte er schon seit Jahren nicht mehr. Es war wohl eher aus einer Anwandlung von Sentimentalität heraus geschehen, weil er es als Jugendlicher immer mit sich herumgeschleppt hatte. Nicht zuletzt, um den damals so vielen rauchenden Mädchen stets Feuer geben zu können – seine Art, ihnen näherzukommen. Alles andere hatte er in der Schublade gelassen und sie wieder zugeschoben. Erst als er am Ostersamstag so ungeplant spät wieder zu Hause angelangt war, sich den Brandgeruch vom Körper und aus den Haaren geduscht und umgezogen auf sein Bett gelegt hatte, hatte er die Schublade wieder aufgezogen, sich einen Joint gedreht und ihn anschließend geraucht. Vielleicht hatte es an dem alten Gras gelegen, vielleicht auch daran, dass es schon eine gefühlte Ewigkeit her war, dass er was geraucht hatte, auf jeden Fall hatte das Zeug ordentlich reingehauen. Während er jetzt durch Goseburg fuhr, musste er an den Abend auf seinem Bett denken. Auslöser war ein LKW, der vor ihm fuhr und die Aussicht verdeckte. Nicht, dass Goseburg mit seinen vielen Industrie- und Gewerbebetrieben gerade der schönste Stadtteil von Lüneburg war, aber darum ging es ihm auch gar nicht. Hinter dem LKW fühlte er sich klein an seinem Steuer. Klein wie ein Insekt, das man leicht zerdrücken kann. An dem Abend mit Torben Städer hatte er sich hingegen groß und überlegen gefühlt. Das durch seine Hand entzündete Feuer und das langsame Verenden und gleichzeitige Zerstören von Torben hatten ihn in einen Rauschzustand versetzt, wie später noch nicht einmal der Joint. Seit diesem Moment war er auf dem Kriegspfad. Melanie Sarbacher war für ihn sofort klar gewesen. Auch sie hatte er brennen sehen wollen, und als es soweit war, hatte er in ihren Augen gelesen, dass sie wusste, warum. Erst danach hatte er – und das hatte ihm ein enorm gutes Gefühl bereitet – eine Liste aufgesetzt. So wie seine Sekretärin sich to-do-Listen schrieb, um sie dann abzuarbeiten. Und wie seiner Sekretärin fiel auch ihm ständig wieder jemand Neues ein, den er dann ebenso auf die Liste setzte. Während er nun an die Namen dachte, die bereits auf seiner Liste standen, wäre er fast an der Einfahrt der Autowerkstatt vorbeigefahren. Er ging hart in die Bremsen und riss das Steuer nach rechts. Dabei hatte er überhaupt nicht darauf geachtet, ob hinter ihm ein Wagen war. Glücklicherweise war dies nicht der Fall, sonst hätte er heute wahrscheinlich nicht nur zum Reifenwechseln einen Termin in der Werkstatt gehabt … Er war ein bisschen spät dran, die Winterdurch Sommerreifen zu ersetzen, wie man ihm bei der Terminvergabe am Telefon gesagt hatte. Er hatte nur gelacht und gesagt: »Besser spät als nie.«

In der Liebe gibt es ebenfalls, wie in der römisch-katholischen Religion, ein provisorisches Fegefeuer, in welchem man sich erst an das Gebratenwerden gewöhnen soll, ehe man in die wirklich ewige Hölle gerät.

(aus: Memoiren (9), Heinrich Heine)

5. KAPITEL:

DONNERSTAG, 9. APRIL 2015

08:37 Uhr

Katharina parkte ihren schwarzen Sportwagen vor Bens Haus. Da sie heute als Erstes der Witwe von Torben Städer einen gemeinsamen Besuch abstatten wollten, hatte sie angeboten, ihn abzuholen. Der Hauptkommissar trat bereits aus der Tür, und so blieb sie im Wagen sitzen.

»Guten Morgen, Katharina«, begrüßte Ben sie fröhlich, als er neben ihr auf dem Beifahrersitz Platz nahm.

»Guten Morgen«, antwortete die Kommissarin und startete den Wagen wieder.

»Was denn, trotz erster Sonnenstrahlen noch kein geöffnetes Dach?«, stellte Ben grinsend fest. »Ich dachte, du gehörst zu denen, die jede noch so kleine Gelegenheit nutzen, offen zu fahren.«

»Das ist hier ja schließlich kein Wochenendausflug«, antwortete Katharina schroff und bedauerte es sofort. Seit den Ereignissen im vergangenen Dezember und den Gefühlen zu Ben, die sich während dieser Zeit bei ihr zum Teil eingestellt hatten, war sie bemüht, möglichst unpersönlich mit ihm umzugehen, da es sie zuweilen noch immer durcheinanderbrachte. Natürlich ließ es sich nicht vermeiden, dass sie allein zu zweit unterwegs waren, und das machte Katharina auch gar nichts aus, solange es beruflich war. Denn in solchen Momenten waren sie einfach nur ein perfekt aufeinander eingespieltes Team. Als sie aber eben in seine Straße eingebogen war, war die Erinnerung an Weihnachten, die Suche und ihre Sorge um ihn und dieses ganze emotionale Kuddelmuddel, das sie damals gefühlt hatte, wieder in ihr hoch gekommen. Wahrscheinlich, weil sie seitdem nicht mehr bei ihm zu Hause gewesen war. Doch für all das konnte Ben nichts. Sie selbst hätte es einfach wissen müssen, bevor sie ihm gestern so spontan angeboten hatte, ihn heute mitzunehmen.

»Entschuldige, Ben, das war nicht so gemeint. Ich bin wohl einfach noch nicht ganz wach«, versuchte sie, die Situation schnellstmöglich wieder zu entkrampfen. »Außerdem bin ich etwas angespannt vor dem Treffen mit der Witwe. Ihre Reaktion beim letzten Mal steckt mir ehrlich gesagt noch immer in den Knochen.«

Ben sah sie von der Seite an. »Sicher, dass das alles ist? Also ich meine, du hast doch gestern selbst die Info erhalten, dass Sandra Städer aus der Klinik entlassen und wieder vernehmungsfähig ist. Sie wird sich inzwischen bestimmt einigermaßen gefangen haben.«

»Schon …«, antwortete Katharina zögernd. »Trotzdem hab ich Bedenken. Was passiert, wenn wir sie mit den neuen Fakten oder Fragen konfrontieren?«

»Du meinst, wenn wir sie fragen, ob ihr Mann ein Verhältnis mit Melanie Sarbacher hatte?«

»Wenn du das so konkret planst, dann bin ich sicher, dass es schwierig wird«, antwortete Katharina und warf Ben einen prüfenden Seitenblick zu.

»Keine Sorge, etwas mehr Einfühlungsvermögen kannst du mir schon zutrauen.« Ben lächelte. »Deswegen überlasse ich die Gesprächsführung auch gern dir. So von Frau zu Frau ist das vielleicht was anderes.«

»Das ist bei solchen Sachen, glaube ich, ziemlich egal«, antwortete Katharina. »Ich hab mir gestern Abend schon den Kopf zerbrochen, wie ich das am besten angehe. Ich hoffe, dass die Kinder nicht im Haus sind.«

Die beiden Kommissare schwiegen während der restlichen Fahrt. Einmal klingelte Katharinas Handy. Es war wieder ihre Mutter, wie sie auf dem Display ablas. Da das Telefon während der Fahrt an die Autofreisprechanlage gekoppelt war, drückte Katharina sie ein weiteres Mal weg. Sie wollte jetzt nicht vor Ben mit ihrer Mutter sprechen. Zu Ben sagte sie kurz als Erklärung: »Meine Mutter. Ich ruf sie später zurück«, und heute mache ich es auch wirklich, fügte Katharina mit einem erneuten Anflug von schlechtem Gewissen in Gedanken hinzu.

Als Katharina vor dem Haus der Städers hielt, pfiff Ben leise durch die Zähne. »Jetzt weiß ich, was Tobi meinte!«

»Ja, aber …«, begann Katharina, doch dann brach sie ab. Sie hatte keine Lust, erneut ihre Meinung zu äußern, dass Geld und ein schickes Haus nicht alles seien.

8:59 Uhr

Manfred Thomsen war froh, seine Mütze mitgenommen und sich auch sonst warm angezogen zu haben. Hätte er dem Blick aus dem Fenster vertraut, würde er jetzt hier frierend auf der Bank sitzen. Der Himmel zeigte sich frühlingshaft freundlich, dennoch war es kühl, und es wehte eine leichte Brise. Zum Glück hatte er, bevor er zu seinem täglichen Spaziergang aufgebrochen war, auf das Außenthermometer geguckt. Der Pensionär zog sich seine Mütze tiefer über die Ohren, richtete den Blick auf die Enten am Ufer des Lopausees und schaute ihnen beim Gründeln zu. Er blickte nicht auf, als sich jemand neben ihn auf die Bank setzte, obwohl er es von der Person unhöflich fand, dass sie nicht einmal fragte, ob der Platz noch frei war. Menschen interessierten ihn nicht. Zumindest keine lebenden. Seine Frau Ruth bildete da eine Ausnahme. Ansonsten war er durch und durch Historiker. Er liebte es, sich mit Geschichte und mit Philosophie zu beschäftigen. So war sein Steckenpferd seit eh und je die Antike, und er wurde nicht müde, immer wieder zu betonen, wie sehr die Gesellschaft gerade heute von der Antike noch lernen konnte. Er wäre damals, als junger Mann, gern in die Forschung gegangen, doch dann hatte er sich seinem alten Herrn gebeugt und Geschichtswissenschaften auf Lehramt studiert. So war er wie sein Vater Lehrer geworden und hatte die sichere Beamtenlaufbahn eingeschlagen. Seitdem war kein Tag vergangen, an dem er nicht mit seinem Schicksal haderte, und das hatten vor allem seine Schüler zu spüren bekommen. Manfred Thomsen war das immer bewusst gewesen, aber es hatte ihm nichts ausgemacht. Ihm lag nichts daran, beliebt zu sein, so wie vielen seiner Kollegen, vor allem den jüngeren, die sich seiner Meinung nach zu sehr auf das Schülerniveau hinab begaben und sich zum Teil sogar duzen ließen! Seit er pensioniert war, lebte er dafür seine Geschichtsleidenschaft in vollen

Zügen aus: Endlich hatte er ausreichend Zeit und konnte in seinen Gedanken versinken, anstatt Arbeiten von meist desinteressierten Schülern zu korrigieren.

Manfred Thomsen streckte seine in einer beigefarbenen Cordhose steckenden Beine lang aus, lehnte sich auf der Bank zurück, verschränkte die Arme hinter seinem Kopf, schloss die Augen und ließ sich die Sonne ins Gesicht scheinen. Auf diese Art und Weise konnte er am besten überlegen, was er sich heute für den Tag vornehmen sollte. Die Bank lag auf der letzten Etappe seines täglichen Spaziergangs und war diejenige, auf die er sich am meisten dabei freute. Er wog ab: Momentan beschäftigte er sich mit dem griechischen Philosophen Platon und dessen Höhlengleichnis, da er sich sicher war, dass es die Höhle in der Realität auch gab oder zumindest noch zu Platons Zeiten. Für das Gleichnis an sich war das natürlich egal, aber nicht für ihn. Schon früher einmal hatte er diese Idee gehabt und sogar die Gegenden bereist, an denen Platon den Überlieferungen nach gewesen sein musste. Natürlich war er dort auch auf Höhlen gestoßen, dennoch hatte er seine These nicht belegen können. Dafür waren die Beschreibungen des alten Griechen von der Höhle zu allgemein gewesen. Andererseits war heute das Wetter optimal für Gartenarbeiten – nicht zu warm und nicht zu kalt, vor allem aber trocken. Ruth würde sich sicher freuen, wenn er mit ihr zusammen dort ein paar Arbeiten verrichtete. Manfred Thomsens Gedanken wanderten zurück zu Platon. Für ihn als Historiker waren die Ideen und Lehren der Philosophen von großer Bedeutung. Zum einen inhaltlich, vor allem aber verrieten sie einiges über das Weltbild der jeweiligen Epoche, in der diese Denker gelebt hatten. Manfred Thomsen konnte sich aufgrund ihrer Beschreibungen, obwohl sie in der Regel Vordenker waren und ihrer Zeit voraus, in ihre Welt hineinversetzen. Sie sich vorstellen. Es war, als ob er sich auf eine Zeitreise begeben würde. Auch jetzt merkte er wieder, wie er gedanklich in das antike Griechenland hinein glitt. Er genoss diesen Zustand immer wieder aufs Neue, und wenn ihn dabei wie jetzt die Geräusche der Natur begleiteten, fühlte der pensionierte Lehrer sich noch besser. Gerade als Manfred Thomsen sich im antiken Athen, gewandet in eine einfache Tunika, über einen Marktplatz schlendern sah, machte es klick. Und dann noch einmal: Klick. Es war ein störendes Geräusch, ein metallisches, das definitiv nichts in der Antike zu suchen hatte, aber auch nichts in Thomsens wahrem Leben. Vor allem reizte das Geräusch seine Nerven, denn jetzt machte es inzwischen unablässig klick – klick – klick – klick … Das Klicken kam von rechts neben Thomsen, und er nahm an, dass sein Banknachbar der Verursacher war. Klick – klick – klick … Verärgert setzte der pensionierte Lehrer sich ruckartig auf und öffnete die Augen. Im ersten Moment konnte er bis auf weiße wabernde Flecken nichts sehen, da ihn die sich im Lopausee reflektierende Sonne blendete. Er musste einige Male zwinkern, und als er seine Umgebung langsam wieder erkennen konnte und sich nach rechts an den neben ihm Sitzenden wenden wollte, damit der seine Idylle nicht weiter mit seinem Klicken störte, sah er, dass die Person sich erhoben hatte und gemächlich davonging. Nur begleitet von diesem für Thomsens Ohren unbekannten metallischen Klickgeräusch.

Katharina und Ben gingen den schmalen Weg zur Haustür der Städers entlang. Ben hatte Katharina zwar erwartungsvoll angesehen, als sie ihren angefangenen Satz so abrupt wieder abgebrochen hatte, doch dann nicht weiter nachgehakt. Am Haus angekommen klingelte Katharina. Nur wenig später wurde die Tür geöffnet, und eine ältere Dame in Jeans und einer modernen Bluse blickte ihnen fragend entgegen.

»Ja bitte?«

»Kripo Lüneburg, mein Name ist von Hagemann«, stellte Katharina sich vor. »Mein Kollege Hauptkommissar Rehder und ich würden gern mit Sandra Städer sprechen.«

»Kommen Sie herein, bitte«, antwortete die Frau freundlich und stellte sich als Mutter der Witwe, Sibylle Heusdorf, vor.

»Ich bin schon seit gestern da und kümmere mich in der nächsten Zeit um meine Tochter und die Kinder. Das Krankenhaus hat mich informiert, als meine Tochter dort eingeliefert worden ist. Daraufhin bin ich sofort angereist.«

»Das ist gut, dass jemand hier ist«, sagte Katharina mitfühlend. »Dafür wird Ihre Tochter sicher sehr dankbar sein.«

»Nun ja«, kam es zögerlich von Sybille Heusdorf. »Ehrlich gesagt haben meine Tochter und ich seit einigen Jahren nicht gerade das beste Verhältnis. Aber jemand muss sich ja kümmern, jetzt … und auch schon wegen der Kinder …« Sie schluckte und brach den Satz ab.

»Wo ist Ihre Tochter?«, fragte Ben ruhig und ging weiter in den großen Flur hinein.

»Sie ist im Wohnzimmer. Bitte kommen Sie mit.«

Zu dritt betraten sie den großen Raum, und Katharina schaute automatisch auf das große Bild an der Wand mit dem gesprungenen Glas. Der Anblick versetzte sie sofort in die Situation ihres letzten Besuchs zurück. Sie ermahnte sich selbst, fing sich wieder und trat dann auf Sandra Städer zu, die in einem großen Sessel saß und ihnen blass, mit dunklen Ringen unter den Augen entgegensah.

»Hallo, Frau Städer«, begann Katharina. »Wir beide kennen uns ja schon. Das ist Hauptkommissar Benjamin Rehder. Wir hätten da noch ein paar Fragen an Sie.« Ben nickte der Witwe zu und stellte sich ans geöffnete Fenster, während Katharina auf dem Sofa neben Sandra Städer Platz nahm.

»Fühlen Sie sich heute in der Lage, mit uns zu sprechen?«, fragte Katharina.

»Sicher«, antwortete die junge Frau und sah kurz zu Katharina, bevor sie ihrer Mutter einen auffordernden Blick zuwarf.

Sibylle Heusdorf reagierte sofort: »Ich mache uns mal einen Tee«, sagte sie und verschwand in Richtung Küche.

»Wo sind Ihre Kinder?«, fragte Katharina.

»In der Schule und in der Kita«, antwortete Sandra Städer. »Ich denke, es ist am besten, wenn sie ihren gewohnten Tagesablauf beibehalten. Die Lehrer und Betreuer sind informiert.« Tränen stiegen der Witwe in die Augen. »Die Kleine versteht das alles noch nicht wirklich, sie kommt damit vermutlich im Moment am besten zurecht. Um unseren Großen mache ich mir eher Sorgen.«

Katharina nickte. Sie vermochte sich nicht auszumalen, was in einer kleinen Kinderseele vor sich ging, wenn sie vom Tod des Vaters erfuhr. Es lag ihr auf der Zunge, der

Witwe die Unterstützung durch einen Psychologen ans Herz zu legen, doch das verkniff sie sich. Sie hatten vorerst wichtigere Fragen zu klären, und sie wollte nicht riskieren, dass das Gespräch erneut eskalierte, wenn Sandra Städer mit einer solchen Empfehlung nicht klarkommen sollte. Außerdem nahm sie an, dass das Krankenhaus Sandra Städer diesbezüglich ebenfalls bereits ein Betreuungsangebot gemacht hatte. Hilfe suchend sah sie sich nach Ben um, der ihr aufmunternd zulächelte, das begonnene Gespräch fortzuführen.

»Frau Städer«, begann Katharina, und die junge Witwe sah sie aus trüben Augen direkt an. »Wir haben da wie gesagt noch ein paar Fragen an Sie, den ... Tod Ihres Mannes betreffend.« Dass es erst seit gestern 100-prozentig feststand, dass es sich bei dem ersten Brandopfer tatsächlich um ihren Ehemann handelte, musste Sandra Städer jetzt nicht erklärt bekommen, fand Katharina und fuhr fort: »Wir gehen inzwischen davon aus, dass Ihr Mann einem Gewaltverbrechen zum Opfer gefallen ist.«

Nun weiteten sich die Augen der anderen Frau. »Sie meinen, Torben ist ermordet worden?«

»Ja, es sieht ganz danach aus«; bestätigte Katharina, während sie Sandra Städer im Blick behielt. Sie wusste, dass Ben, der hinter ihr stand, sehr speziell darauf achtete, wie die Frau auf einzelne Fragen oder Aussagen reagierte, doch ihr eigener Eindruck war Katharina immer noch am wichtigsten.

»Fällt Ihnen irgendjemand ein, der ein Motiv gehabt hätte, Ihren Mann ... der etwas gegen ihn hatte?«

Sandra Städer schüttelte ungläubig den Kopf. »Nein, eigentlich nicht.« Sie stockte einen Moment. »Gut, Torben war nicht unbedingt ein Engel, und sicher war er im

Geschäftsleben oft hart, weil er so ehrgeizig war und es unbedingt weit bringen wollte. Aber darum bringt man ja niemanden um.«

Katharina wusste sehr genau, wie niedrig die Motive für einen Mord oft waren, doch das behielt sie für sich. »Was hat es mit dem Reitverein auf sich? Sie haben ja den Ring Ihres Mannes identifiziert ... Ehrlich gesagt haben wir uns etwas gewundert, da wir bei Ihrem Mann keinen Ehering gefunden haben.«

Die junge Frau schüttelte leicht spöttisch den Kopf. »Mein Mann ... Torben hat keinen Ehering getragen. Er wollte das nicht.« Sie machte eine kurze Pause, bevor sie weitersprach. »Wir haben damals zu unserer Trauung Ringe gehabt, natürlich. Aber von Anfang an hat Torben mir gesagt, dass er seinen nicht tragen wird. Er fand das angeblich zu spießig.« Katharina wunderte sich über diese Aussage und bekam ein eigenes Bild von Torben Städer in den Kopf, doch sie versuchte, sich nicht zu früh festzulegen. Bevor sie zu einer weiteren Frage ansetzen konnte, führte Sandra Städer ihre Erklärung fort. »Dieser Reitverein war Torben heilig. Er fand das gesellschaftlich enorm wichtig und hat dort einen großen Teil seiner Freizeit verbracht.«

»War er ein guter Reiter?«, fragte Katharina.

Sandra Städer lächelte, ohne dass das Lächeln ihre Augen erreichte. »Nein, eigentlich nicht. Da hat er deutlich weniger Ehrgeiz entwickelt als in vielem anderen. Er hat gern eine alte Verletzung vorgeschoben, wenn man ihn darauf angesprochen hat. Für Torben ging es mehr um den Klub an sich. Um die Leute, die er dort treffen konnte und von denen er sich Geschäfte und gute Kontakte erhoffte. Sein Herz hing eigentlich viel mehr am Radrennsport. Den

Siegelring hat er trotzdem niemals abgelegt – er war sein ganzer Stolz. Außerdem hätte er ja irgendwo jemanden aus dem Klub treffen können, und gegenüber Fremden hatte er stets einen Gesprächsaufhänger – es gibt durchaus einige Menschen, die sprechen einen auf einen solchen Ring an, und das hat Torben zu nutzen gewusst.« Sandra Städer schluckte bei der nicht so freundlichen Erinnerung an ihren Mann. Katharina ließ der Frau einen Moment Zeit, sich zu sammeln. Sie hatte in Sandra Städers Worten einiges an Verletzung herausgehört, gleich würde sie ihr eventuell noch eine weitere Wunde zufügen. Die Kommissarin gab sich einen Ruck und sagte ruhig: »Frau Städer, ich muss Sie das leider fragen: Könnte es sein, dass Ihr Mann ..., dass er ein Verhältnis hatte?«

Die von Katharina befürchtete Erschütterung blieb aus – Sandra Städer brach nicht noch einmal zusammen. Stattdessen hob die Witwe den Kopf und sah Katharina mit erstaunlich klarem Blick an. »Nicht nur eines. Mein Mann war nie ein Kind von Traurigkeit. Das habe ich früh genug erfahren.«

Katharina war erstaunt. Nicht über den Charakter des Mannes, sondern über die sachliche Reaktion seiner Frau. »Und das hat Sie nicht gestört?«

»Sagen wir mal, ich habe gelernt, damit zu leben«, erklärte Sandra Städer trocken, doch in ihrer Stimme lag ein leichtes Vibrato, das Katharina nicht entging. »Ich habe Torben geliebt, vom ersten Moment an. Anfangs habe ich gedacht, ich kann ihn ändern. Dann dachte ich, wenn wir Kinder haben, wird das anders. Irgendwann habe ich die Hoffnung aber aufgegeben und mich mit der Situation abgefunden. Immerhin hat er mich geheiratet und keine dieser anderen ... Er hat auch jedes Mal versucht, seine Affären vor mir geheim zu halten. Ich nehme an, weil er mich nicht verlieren wollte, dennoch habe ich es immer irgendwie gewusst.« Sie sah sich in dem luxuriösen Wohnzimmer um, bevor sie ihren Blick wieder Katharina zuwandte. »Es ging mir gut. Man kann schlechter leben … Torben war mir trotz allem ein guter Ehemann, und er war ein liebevoller Vater. Nur … nur hat ihm das eben manchmal nicht gereicht.«

Während Katharina einen Moment brauchte, diese neuen Informationen und auch das unerwartete Verhalten von Sandra Städer einzuordnen, trat Ben neben sie und warf ihr einen kurzen Blick zu. Dann ging er in Richtung Küche. Die Mutter von Sandra Städer war bisher nicht von dort zurückgekehrt. Wahrscheinlich würde Ben die bisher erlangten Informationen nutzen, um bei Sibylle Heusdorf nachzuhaken, was in jedem Fall hilfreich wäre.

Katharina wandte sich erneut der jungen Witwe zu. »Kannten Sie eine dieser Frauen?«

»Nein, nicht namentlich und schon gar nicht persönlich. Ich wusste nur, dass es sie gibt. Mehr musste und wollte ich nicht wissen. Es waren auch stets nur kurze Affären«, antwortete Sandra Städer. Katharina hakte dennoch nach: »Sagt Ihnen der Name Melanie Sarbacher etwas?«

Sandra Städer schüttelte den Kopf. »Nein, wer soll das sein? Auch eine der Geliebten meines Mannes?«, fragte sie ohne den Anschein von Interesse oder gar Eifersucht.

»Wir wissen es nicht«, erklärte Katharina ehrlich. »Zurzeit wissen wir lediglich, dass diese junge Frau auf ähnliche Weise ums Leben gekommen ist wie Ihr Mann.«

»Nein, der Name sagt mir nichts«, wiederholte Sandra Städer nach wie vor emotionslos. Es entstand eine kurze Pause. Als die Witwe wieder zu sprechen begann, wirkte sie schwächer als noch ein paar Minuten zuvor. »Wann kann ich meinen Mann beerdigen?«

Katharina schluckte. »Das kann ich Ihnen leider noch nicht genau sagen. Die Rechtsmedizin … also es müssen noch ein paar Untersuchungen vorgenommen werden, bevor … bevor der Leichnam freigegeben werden kann.« Katharina hoffte inständig, dass sie nicht in Erklärungsnot kommen und der Witwe schildern müsste, in welchem Zustand die Leiche ihres Mannes sich befand, falls diese darum bitten sollte, ihren Mann ein letztes Mal zu sehen. Doch es kam nichts Diesbezügliches von Sandra Städer. Dafür fragte sie: »War es das? Ich fühle mich nicht gut.«

Katharina erhob sich. »Fürs Erste ist das alles gewesen. Sollten wir noch weitere Fragen haben, melden wir uns noch einmal bei Ihnen.«

Sandra Städer nickte, machte aber keine Anstalten, sich aus dem Sessel zu erheben. Katharina legte ihr für einen kurzen Moment eine Hand auf die Schulter, als sie sagte: »Danke, dass Sie sich Zeit für uns genommen haben. Ich wünsche Ihnen und Ihren Kindern alles Gute!«

Wie perfide das klang, wenn man einem Hinterbliebenen »alles Gute« wünschte, dachte die Kommissarin nicht zum ersten Mal, als sie aufstand, um Ben in die Küche zu folgen. Dann drehte sie sich jedoch noch einmal zu der Witwe um: »Frau Städer, eine Frage hätte ich doch noch. Ich muss Sie das fragen. Wo waren Sie in der Nacht zum Ostersonntag?«

Zuerst sah die junge Frau Katharina verständnislos an. Dann antwortete sie sachlich und klar: »Ich war zu Hause. Mit meinen Kindern. Am Abend war eine Freundin hier. Sie hat ebenfalls zwei Kinder im ähnlichen Alter. Da wir der Meinung sind, dass die Kleinen noch zu jung sind, um zu einem öffentlichen Osterfeuer zu gehen, haben wir uns hier getroffen. Im Garten haben wir dann sozusagen ein privates Osterfeuer veranstaltet, für die Kinder.« Sie machte eine kurze Pause und schien über etwas nachzudenken. »Also kein richtiges Feuer, das darf man ja auch gar nicht mehr. Aber wir haben so eine Feuerschale. Die haben wir befeuert, und die Kinder haben Stockbrot gemacht.«

»Wann ist Ihre Freundin gegangen?«, hakte Katharina nach.

»Das weiß ich nicht mehr genau. Auf jeden Fall vor Mitternacht.« Erneut unterbrach Sandra Städer ihre Erklärung für einen Moment. »Torben hatte den Kindern versprochen, hier zu sein, wenn wir das Feuer anzünden. Dass er das nicht geschafft hat, wunderte mich zu dem Zeitpunkt nicht. Wenn er mit dem Rennrad unterwegs ist ...« Sie schluckte kurz, bevor sie fortfuhr: »Also ich meine, wenn er unterwegs war, hat er oft die Zeit vergessen. Als meine Freundin ging, habe ich aber auf die Uhr gesehen, und spätestens da habe ich angefangen, mir Sorgen zu machen.«

Katharina sah die Frau auf dem Sofa an. Ihre Stimmung schien erneut zu kippen. »Würden Sie mir bitte noch sagen, wie Ihre Freundin heißt?«

»Kippler. Sarah Kippler. Sie wohnt nur zwei Straßen weiter«, antwortete Sandra Städer leise.

Das genügte Katharina. Sie verließ das Wohnzimmer und traf im Flur auf Ben, der aus der Küche kam. Hinter ihm stand Sibylle Heusdorf, blass und mit rot verweinten Augen. Katharina gab ihr die Hand, um sich zu verabschieden. »Frau Heusdorf ... vielleicht sollten Sie in Erwägung ziehen, einen Psychologen aufzusuchen, der Ihrer Tochter und den Kindern in der nächsten Zeit zur

Seite steht. Gerade für die Kinder ...« Sie kam nicht dazu, den Satz zu beenden.

»Meine Tochter will das nicht«, sagte die ältere Dame. »Besser gesagt meint sie, das hätte Torben nicht gewollt. Man hat so etwas allein zu bewältigen.« Verzweiflung zeigte sich in dem blassen Gesicht. »Aber danke für Ihren Hinweis. Ich werde es bei Gelegenheit noch einmal ansprechen, vielleicht kommt Sandra ja doch noch zur Vernunft.«

Wenig später stiegen Ben und Katharina wieder in den kleinen Sportwagen. Die Sonne schien, und der Himmel war wolkenlos, dennoch kam keiner von ihnen auf die Idee, das Cabrioverdeck zu öffnen, als sie schweigend und ihren eigenen Gedanken nachhängend zum Kommissariat fuhren.

11:07 Uhr

Als Katharina und Ben das Gemeinschaftsbüro betraten, blickte Tobias Schneider von seinem Schreibtisch auf und sah ihnen gespannt entgegen. Katharina war sich sicher, dass auch ihn der Zusammenbruch von Sandra Städer bei ihrem gemeinsamen Besuch nicht kalt gelassen hatte, selbst wenn er mit seiner flapsigen Art gern über solche Gefühle hinwegtäuschte.

»Und?«, fragte er, »wie war es?«

»Wenn ich ehrlich bin, irgendwie schräg«, erwiderte Katharina mit einem Seitenblick auf Ben. »Die Witwe war heute ohne Frage gefasster als beim letzten Mal. Allerdings war ihre Aussage ...« Katharina suchte nach den richtigen Worten.

»Wie schon gesagt, schräg«, kam Ben ihr zu Hilfe. Er rückte einen Stuhl an die Seite von Tobis Schreibtisch und setzte sich, während Katharina an ihrem eigenen Platz Tobi gegenüber Platz nahm.

»Geht es vielleicht ein kleines bisschen konkreter? Ihr redet ja so wie ich normalerweise«, fragte Tobi mit einem Augenzwinkern und sah die beiden Kollegen abwechselnd an.

»Na ja«, begann Katharina, »Sandra Städer war über unsere Frage nach einer möglichen Geliebten ihres Mannes kein bisschen verärgert oder verwundert. Ganz im Gegenteil – sie hat klar und sachlich geäußert, dass ihr Mann immer wieder Affären hatte und sie in den meisten Fällen davon gewusst, sich aber nicht wirklich daran gestört hat.«

»Sagen wir besser, sie hat sich mit der Situation arrangiert«, ergänzte Ben. »Gestört hat es sie sicherlich schon.«

»Was hat denn überhaupt ihre Mutter dazu gesagt, als du in der Küche mit ihr gesprochen hast?«, fragte Katharina, an Benjamin Rehder gewandt. »Deswegen bist du doch nach nebenan gegangen, oder?«

»Korrekt«, bestätigte Ben. »Auch ihr war das tatsächlich nicht neu. Allerdings konnte sie, ähnlich wie wir, nicht verstehen, dass ihre Tochter das sang- und klanglos – oder besser gesagt klaglos – einfach so hingenommen hat. Sibylle Heusdorf hat Sandra Städer mehrfach zugeredet, ihren Mann zu verlassen oder ihm zumindest ein Ultimatum zu stellen, aber ihre Tochter wollte davon nichts wissen. Das ist wohl übrigens der maßgebliche Grund, warum das Mutter-Tochter-Verhältnis nicht zum Besten steht. Auch ihrer Mutter gegenüber hat Sandra Städer immer wieder betont, dass das für sie okay sei, denn sie sei schließlich die einzige Frau, zu der ihr Mann am Abend nach Hause komme.«

»Merkwürdig.« Tobias schüttelte den Kopf. »Nehmt ihr der Witwe das ab? Oder sollten wir das als Motiv werten? Also ehrlich gesagt, für mich wäre das ein Motiv.«

»Und das aus deinem Mund, wo du nun selbst kein Kind von Traurigkeit bist – 'tschuldigung, warst, bevor Helmchen kam«, grinste Katharina.

»Gerade noch die Kurve bekommen, Kollegin«, gab Tobi augenzwinkernd zurück. »Ich gebe ja gern zu, dass ich früher selten was hab anbrennen lassen, aber ich bin nie zweigleisig gefahren – Ehrenwort!« Er hob theatralisch zwei Finger zum Schwur.

Katharina lächelte, bevor sie auf die ursprüngliche Frage zurückkam. »Ein besonders starkes Alibi hat sie zwar nicht, aber sie sagt, sie habe am Abend eine Freundin mit deren Kindern zu Besuch gehabt, bis kurz vor Mitternacht.« Sie sah zu Ben. »Wenn es dir recht ist, überprüfe ich das nachher selbst noch. Und nach einem Alibi für die Zeit, als Melanie Sarbacher in … ähm … Brand gesteckt wurde, brauchte ich nicht zu fragen. Da waren wir schließlich bei ihr.«

Hauptkommissar Rehder nickte zustimmend. »Stimmt. Und ja, mach das. Auch wenn das Alibi nicht genau für die eigentliche Tatzeit zutrifft – ich halte es für eher unwahrscheinlich, dass Sandra Städer ihre Kinder allein gelassen hat, um loszufahren und ihren Mann zu töten. Außerdem – woher hätte sie wissen sollen, wo er gerade ist? Ihre Mutter hat mir erzählt, dass ihr Schwiegersohn keine besonderen Strecken fuhr und er seiner Frau nie sagte, wo er entlang fahren wollte. Das hat sie mir berichtet, weil sie vermutete, dass Torben Städer ab und an gar nicht wirklich mit dem Rad unterwegs war, sondern stattdessen seine jeweilige Affäre traf.«

Katharina überlegte einen Moment. »Was die Kinder angeht, da gebe ich dir recht. Ob er vielleicht gar keine Radtour unternommen hat, sollten wir prüfen. Dafür müssen wir seine aktuelle Geliebte ausfindig machen, wenn er denn gerade eine hatte und es nicht Melanie war – das herauszufinden hat sowieso oberste Priorität. Auf jeden Fall ist er zuhause mit dem Rad losgefahren. Wohin auch immer. Vielleicht hatte er auf dem Rückweg eine Panne oder einen leichten Unfall und hat seine Frau angerufen, damit sie ihn irgendwo abholt. Dann hätte Sandra Städer gewusst, wo ihr Mann sich in diesem Moment aufhält.«

»Wir haben aber nach wie vor nirgendwo in der Nähe der Brandstelle ein Fahrrad gefunden«, warf Tobias ein.

»Da hast du recht«, gab Katharina zu. »Wir sollten die Suche danach forcieren. Das Rad muss ja irgendwo sein. Und wir könnten die Telefonverbindungen checken, um einen Anruf von Torben Städer bei seiner Frau auszuschließen.«

Benjamin Rehder zog die Augenbrauen hoch. »Gute Idee. Du checkst die Telefonverbindungen und gibst noch mal beim Streifendienst die Info raus, dass die Kollegen weiterhin nach dem Fahrrad Ausschau halten sollen. Vor allem im Gebiet zwischen Städers Wohnhaus und dem Fundort seiner Leiche.«

»Und – hast du was Neues für uns?«, wandte er sich dann an Tobi.

»Hab ich. Im Brandfall von Westergellersen wurde die Feuerwehr gar nicht gerufen. Wahrscheinlich hat jeder gedacht, es würde ein zu groß geratenes Osterfeuer sein. Die Jungs von der Freiwilligen Feuerwehr kamen aber gerade von einem Einsatz zurück, und da haben sie das Feuer selbst entdeckt. Sie haben bereits von Weitem erkannt, dass es sich nicht um ein Osterfeuer handeln konnte. Ja und das brennende Auto hat eine Spaziergängerin entdeckt, die ihren Hund ausgeführt hat. Sie ist über 80. Für ihr Alter ist sie wohl noch ganz rüstig, aber als Täterin, die sich dann daran aufgei… ähm ich meine, die es lustig findet, dann auch noch die Feuerwehr zu rufen, scheidet sie meines Erachtens aus. Ebenso als Zeugin. Sie hat bis auf den brennenden Wagen nichts und niemanden gesehen. Ich hab sie selbst dazu noch einmal telefonisch befragt. Tja, und was die Reifenspuren in Westergellersen angeht: Die Auswertung liegt jetzt vor.«

»Aha?«, fragte Katharina gespannt.

»Ein Golf. Mit ziemlich abgefahrenen Reifen.«

»Großartig. War ja klar, dass wir eine Automarke auf den Tisch kriegen, die hier in der Stadt zu Tausenden rum fährt«, ärgerte sich Ben.

Einen Moment lang hingen alle drei ihren Gedanken nach. Dann ergriff Katharina das Wort. »Könnte es nicht auch sein, dass ein Mann aus dem Umfeld von Melanie Sarbacher der Täter ist, den wir bisher noch gar nicht auf dem Schirm haben? Also ich meine, wenn wir davon ausgehen, dass Sandra Städer ein Motiv hat, dann hätte zum Beispiel ein Ex-Freund von unserem zweiten Opfer ebenfalls eines. Zumindest wenn wir davon ausgehen, dass Torben Städer der verheiratete Freund von Melanie war.«

»Was, wie gesagt, noch zu klären wäre«, erwiderte Ben. »Doch grundsätzlich gebe ich dir recht. Aber momentan sind das einfach noch extrem viele Fragezeichen.«

»Dann würde ich gern morgen früh gleich nach Hannover zur Arbeitsstelle von Melanie Sarbacher fahren. Vielleicht gibt es da eine Kollegin, die engeren Kontakt zu ihr hatte und uns was erzählen kann. Und ihre Wohnung schaue ich mir dann auch direkt an. Vielleicht finde ich da irgendeinen Hinweis. Fotos oder so.«

»Das ist ein guter Plan«, bestätigte ihr Vorgesetzter. »Dann klärst du heute noch das Alibi von Sandra Städer und fährst morgen nach Hannover.« Er wandte sich an Tobi. »Und du guckst, ob du eventuell mit dem Auto weiterkommst, auch wenn ich das für ziemlich aussichtslos halte. Ich werde nachher mal in Städers Büro und in diesen Reitverein fahren, um mich dort ein bisschen umzuhören.« Benjamin Rehder erhob sich und stellte den herangerückten Stuhl zurück an seinen Platz. »Wer weiß, vielleicht sind wir dann ja morgen Mittag schon ein ganzes Stück weiter.«

14:23 Uhr

Benjamin Rehder warf einen Blick auf die Uhr am Armaturenbrett des Dienstwagens, nachdem er ihn geparkt hatte. Kurz vor halb drei am Donnerstagnachmittag. Eigentlich war er zu früh, doch nachdem er das Büro von Torben Städer aufgesucht hatte, war er einfach direkt in den Reitklub gefahren. Reitsportler, die wie Torben Städer berufstätig waren, würde er jetzt, um diese Zeit, vermutlich nicht antreffen, sondern eher pferdebegeisterte Jugendliche, die ihm zu dem Toten kaum großartige Auskünfte würden geben können. Er ärgerte sich, dass er nicht früher darüber nachgedacht hatte, und nahm sich vor, zuerst das Verwaltungsbüro des Vereins aufzusuchen, wenn es dort eines gab, wovon er jedoch ausging. Er hoffte, dort etwas in Erfahrung zu bringen. Ansonsten würde er wohl oder übel am Wochenende erneut hierher kommen müssen. Gerade als er die Wagentür öffnen wollte, kam ihm eine Idee. So wie es aussah, würde er heute pünktlich Feierabend machen können. Eine gute Gelegenheit, sich mal wieder allein mit seinem Freund Alex auf ein Glas Wein zu treffen. Er könnte nach Hamburg fahren, wo Alexander in einer großen Versicherung als Marketingleiter arbeitete, und sich dort mit ihm treffen, das hatten sie schon lange nicht mehr gemacht. Der Nachteil war dann allerdings, dass er mit seinem Wagen unterwegs sein musste und tatsächlich nur ein Glas Wein trinken konnte. Vielleicht würde er Alex also besser zu sich nach Hause einladen. Dort könnten sie sich was kochen. Bei dem Wetter sogar vielleicht angrillen ... Ben nahm sein Handy zur Hand und wählte die Büronummer von Alexander, doch da war besetzt. Also drückte er die Kurzwahl für Alexanders Handy. Erwartungsgemäß ging sein Freund nicht ran, doch Ben sprach ihm eine schnelle Nachricht auf die Mailbox mit der Bitte um Rückruf. Dann stieg er aus dem Auto und verließ den Parkplatz in Richtung Reitanlage.

Der Reitverein in Salzhausen war ungefähr so, wie Ben sich das vorgestellt hatte: eine weitläufige Anlage mit mehreren großen Stallanlagen, einem Reitübungsplatz, auf dem sich ein paar Mädchen in Leonies Alter größte Mühe gaben, sich kerzengerade im Sattel zu halten, und ein großes Backsteingebäude, in dem er das Vereinsbüro vermutete. Zielstrebig ging er auf das Haus zu, das von einer Terrasse mit wetterfesten Loungemöbeln und Schirmen sowie penibel gepflegten Blumenbeeten umgeben war. Vor dem Eingang entdeckte er eine Art Wegweiser. Neben den Reitparcours, den WC-Anlagen und dem Turnierplatz war dort auch die Verwaltung ausgeschildert. Sie schien in einem kleinen Anbau des großen Klubhauses untergebracht zu sein. Als er auf die entsprechende Eingangstür zusteuerte, verriet ihm ein großes Schild, dass das Büro erst wieder ab 15 Uhr geöffnet sein würde. Ben verzog das Gesicht. Er brauchte nicht auf die Uhr zu sehen, um zu wissen, dass er noch mindestens 20 Minuten warten musste. Er ließ den Blick über die Anlage schweifen. Wie erwartet sah er kaum einen Erwachsenen. Kurz entschlossen betrat er das geräumige Klubhaus, dessen Zentrum ein großer kreisrunder Tresen bildete. Hinter der Theke stand eine junge Frau und polierte Gläser. An der Bar selbst saß niemand. Im restlichen Raum standen mindestens 20 geschmackvolle Vierertische, und an zweien davon saßen ein paar Jugendliche in Reitklamotten und redeten eifrig miteinander. Der Hauptkommissar trat auf den Tresen zu und setzte sich auf einen der Barhocker.

»Ich hätte gern einen Kaffee«, sagte er freundlich zu der jungen Frau, die ihn erwartungsvoll ansah.

»Mitglied oder nicht?«, fragte sie höflich.

»Warum – sind die Preise unterschiedlich?«, konnte Ben sich nicht verkneifen. Er hatte noch nie etwas für die typisch deutsche Vereinsmeierei übrig gehabt. Der gängige Spruch »nur für Mitglieder« war ihm schon zu oft unangenehm begegnet, nicht nur bei seinen Ermittlungen in Golf- oder Tennis-Klubs. Auch wenn diese Sportarten inzwischen längst nicht mehr nur für die Oberklasse zur

Verfügung standen, sondern für Jedermann offen waren, hatte Ben oft das Gefühl, dass einige Vereine sich nach wie vor bewusst abgrenzen wollten.

Die junge Frau hinter dem Tresen grinste belustigt. »Nein, die Preise sind schon gleich. Unsere Mitglieder haben aber, wenn sie wollen, eine Art Nummernkonto bei uns, damit sie nicht immer Bargeld mit sich herumschleppen müssen. Sie habe ich hier noch nie gesehen, darum hab ich lieber einmal nachgefragt.«

»Nummernkonto, das passt irgendwie«, musste Ben lachen. »Also nein, ich bin kein Mitglied, habe kein Nummernkonto, weder hier bei Ihnen noch in der Schweiz, und ich möchte einfach nur einen Kaffee trinken. Und Sie haben recht: Ich bin zum ersten Mal hier.«

»Kommt sofort«, amüsierte sich die Kellnerin weiter.

Kurz darauf schob sie Ben eine hohe Tasse mit dampfendem Kaffee sowie Milch und Zucker über den Tresen.

»Danke schön«, sagte Ben und schnappte sich den eingepackten Keks, der auf der Untertasse lag.

»Sagen Sie, kennen Sie eventuell ein Klubmitglied namens Torben Städer?«, wandte er sich an die junge Frau.

Sie runzelte die Stirn und schien zu überlegen. Dann sagte sie mit einem Unterton, der zeigte, dass sie selbst das nicht schick oder gar attraktiv fand: »So Anfang 40 und meistens im feinen Zwirn unterwegs?«

»Könnte hinkommen«, erwiderte Ben und lächelte über die altertümliche Wortwahl. »Ist der öfter hier?«

Nun wurde die Kellnerin doch misstrauisch. »Warum möchten Sie das wissen? Unsere Klubmitglieder haben es nicht so gern, wenn wir hier herumtratschen. Die legen alle ziemlichen Wert auf Diskretion, und wenn ich mich daran nicht halte, bekomme ich mächtig Ärger.«

Ben schmunzelte. Es war offensichtlich, dass die junge Kellnerin zwar gern ihr Geld in diesem Klub verdiente, aber ansonsten mit dem typischen Klubgehabe nicht viel am Hut hatte. Vielleicht hatte er Glück und genau den richtigen ersten Gesprächspartner gefunden. Er setzte eine ernste Miene auf und zog seinen Dienstausweis hervor. »Mein Name ist Benjamin Rehder, Kripo Lüneburg. Wir ermitteln gerade in einem Todesfall, und ich hab einfach ein paar Fragen.«

Neugierig sah die Bardame ihn an.

»Okay, ich denke, das ist was anderes. Allzu viel werde ich Ihnen da zwar nicht sagen können, aber bitte – was wollen Sie wissen?«

»Nun«, antwortete Ben, »zum Beispiel, mit wem Torben Städer hier im Klub engeren Kontakt hatte.«

»Wenn Sie sagen ›hatte‹ – heißt das, dass es Herr Städer ist, der gestorben ist?«, hakte sie nach.

»Ja«, bestätigte Ben. Er überlegte kurz, ob es klüger war, noch nicht zu viel zu sagen, doch wenn er hier Ermittlungen anstellte, würde es sich innerhalb des Klubs ohnehin wie ein Lauffeuer ausbreiten, ganz egal, mit wem er zuerst sprach und wie offen – die Menschen hatten meist genug Fantasie, sich alles Mögliche zusammenzureimen. Dann sollten sie doch lieber gleich die Fakten kennen. Nicht mehr und nicht weniger.

»Wir müssen davon ausgehen, dass Torben Städer ermordet wurde.«

Nun sah die junge Frau doch etwas erschrocken aus.

»Okay ...«, sagte sie gedehnt. »Dann sollte ich mir wohl umso genauer überlegen, was ich Ihnen sage.«

»Es würde mir vollkommen genügen, wenn sie ehrlich sind.« Auffordernd blickte Ben sie an.

Sie überlegte erneut einen Moment. Dann hängte sie das soeben polierte Bierglas über den Tresen, legte das Tuch zur Seite und sah sich im Raum um. »Viel kann ich Ihnen tatsächlich nicht erzählen. Soweit ich weiß, war Städer, 'tschuldigung, Herr Städer, meistens am Wochenende hier, und ich bin in letzter Zeit eher unter der Woche im Dienst.« Sie stockte einen Moment. »Daran ist er im Übrigen nicht ganz unschuldig.«

Interessiert sah Ben von seinem Kaffee auf. »Das heißt?«

»Na ja, Herr Städer hat vor einiger Zeit versucht, mich anzumachen, obendrein ziemlich plump«, erklärte die blonde Kellnerin.

Ben horchte auf. Das passte zu den Schilderungen der Witwe. Offensichtlich würde sein Besuch hier sich doch mehr lohnen als erwartet, oder er hatte einfach Glück.

»Können Sie das vielleicht ein bisschen genauer schildern?«, forderte er die Kellnerin auf.

»So viel gibt es da nicht zu schildern. Ich hab ihm schnell und klar eine Abfuhr erteilt.« Die junge Frau lächelte selbstbewusst. »Er war nicht der Erste und wird nicht der Letzte gewesen sein. Für manche dieser reichen Heinis ist das weibliche Personal im Klub so was wie Freiwild.«

Ben fühlte sich in seiner Meinung über derartige Klubs auch hier wieder bestätigt. »Hat er sie ... sexuell bedrängt?«, fragte er vorsichtig.

»Nein, wie gesagt, so weit ist es nicht gekommen. Und so war der Städer auch nicht drauf. Ich glaub, der hat sich einfach gern für etwas Besseres gehalten und obendrein für einen Mann, dem keine Frau widerstehen kann.« Sie grinste. »Da musste ich ihn aber enttäuschen, und dann hat er es ziemlich schnell gelassen. Da gab es vor ihm definitiv Typen, die das nicht so schnell kapiert haben. Wie gesagt, darum habe ich auch versucht, mehr Tagesdienste während der Woche zu bekommen. Da gibt es zwar sehr viel weniger Trinkgeld, aber dafür muss man sich nicht mit solchen Dingen rumschlagen.«

»Sagt Ihnen der Name Melanie Sarbacher etwas?«, fragte Ben.

»Hm, Melanies gibt es hier ein paar. Aber Sarbacher? Nein, eine Melanie Sarbacher kenne ich nicht. Tut mir leid«, gab die junge Frau zur Antwort. Sie schien sich wirklich Mühe zu geben, dem Kommissar zu helfen.

»Okay. Können Sie mir trotzdem ein paar Namen nennen von Leuten aus dem Klub, zu denen Torben Städer engeren Kontakt hatte?«, hakte Benjamin Rehder weiter nach.

»Soweit ich das mitbekommen habe, gab es da wenig enge Kontakte. Er war so einer, der sich überall dazugesellt und versucht hat, irgendwie dazuzugehören. Er kannte sicher viele Leute hier, aber eher oberflächlich. Zu den einschlägigen Cliquen hier im Verein hat er auf jeden Fall nicht gehört. Obwohl er, glaube ich, schon recht lange Mitglied ist.«

»Kam er in der Regel allein her?«

»Ich glaub ja, meistens jedenfalls. Wenn hier eine Veranstaltung war, hatte er allerdings oft eine Frau an seiner Seite.«

»Seine Ehefrau?«, fragte Ben.

»Ach, der Typ war verheiratet?«, lachte die Kellnerin. »Hätte ich mir ja denken können. Keine Ahnung, ob eine davon seine Ehefrau war, ich vermute aber eher nein. Es war ja jedes Mal eine andere Frau, und außerdem waren die meisten sehr viel jünger als er. Wobei, wenn ich recht überlege: In letzter Zeit hatte er keine mehr im Schlepptau. Da ist er immer allein gekommen.«

Die letzte Aussage der Kellnerin deckte sich mit der Aussage von Torben Städers Assistentin, die Ben vorhin befragt hatte. Torben Städer hatte als selbstständiger Immobilienmakler ein kleines Büro in Lüneburgs Altstadt geführt. Seine Assistentin war die einzige Angestellte und außer, dass sie von seinen Affären wusste, hatte sie Benjamin nichts berichten können – sah man mal davon ab, dass sie glaubte, dass die letzte Affäre ihres Chefs schon eine Weile her war.

»Hat Torben Städer hier mal Streit gehabt, oder gab es jemanden, mit dem er sich augenscheinlich überhaupt nicht verstanden hat?«

»Das weiß ich nicht so genau. Obwohl ...« Die junge Frau zog die Stirn in Falten. »Mit dem Vorstandsvorsitzenden, Christoph Blumenthal, ich glaub, mit dem stand er auf Kriegsfuß. Das hab ich mal irgendwann am Rande mitbekommen. Aber fragen Sie mich nicht nach dem Grund des Streits.«

Benjamin Rehder leerte seine Tasse und legte einen Fünf-Euro-Schein auf den Tresen. »Vielen Dank, Sie haben mir sehr geholfen.« Dann zog er eine Visitenkarte aus der Hemdtasche. »Sollte Ihnen noch etwas einfallen, rufen Sie mich bitte an.«

»Klar«, sagte die Kellnerin fröhlich. »Und ... danke!« Sie zeigte auf den Geldschein.

Ben verließ das Klubhaus und ging erneut auf das kleine Bürogebäude zu, in dem sich die Verwaltung befand. Inzwischen war es kurz nach drei, und die Tür des Büros stand aufgrund des angenehmen Wetters offen.

Katharina von Hagemann saß an ihrem Schreibtisch und
überlegte, was sie tun konnte. Tobi war bei der Spusi, um
zu klären, ob es zu den Reifenspuren inzwischen noch
irgendetwas Konkreteres gab, was ihnen helfen würde,
den Fahrer ausfindig zu machen. Sie selbst hatte soeben
mit Sarah Kippler, der Freundin von Sandra Städer, telefoniert, um deren Alibi zu überprüfen. Wie erwartet waren
die Angaben der Witwe bestätigt worden. Ein wirklich
wasserdichtes Alibi war das zwar nicht, aber die Wahrscheinlichkeit, dass Sandra Städer kurz vor Mitternacht
ohne ihre Kinder losgefahren war, um ihren Mann, von
dem sie im Zweifel nicht mal wusste, wo er war, zu verbrennen, hielt Katharina nach wie vor für äußerst unwahrscheinlich. Und dass sie nicht wissen konnte, wo genau ihr
Mann mit seinem Fahrrad unterwegs war, hatte der Tele-
fonnachweis gezeigt, der inzwischen vorlag: Weder auf
dem Festnetz der Städers noch auf Sandra Städers Handy
war im Laufe des Tatabends ein Anruf von ihm eingegangen. Diese Spur führt also ins Leere, und sie mussten sich auf andere Möglichkeiten konzentrieren. Nur
waren Hinweise in andere Richtungen zum jetzigen Zeitpunkt Mangelware. Bevor Katharina nicht mit den Kollegen von Melanie Sarbacher gesprochen hatte, gab es
keinen weiteren Ansatz, und jetzt war es im Zweifel zu
spät, um nach Hannover zu fahren und beim Arbeitgeber
des Opfers noch jemanden persönlich anzutreffen. Wie
geplant würde sie also morgen beides in einem Abwasch
erledigen: die Werbeagentur aufsuchen, bei der Melanie
Sarbacher gearbeitet hatte, und deren Privatwohnung dort

durchsuchen. Solche Routinearbeiten machten sie in der Regel zu zweit, aber Ben hatte seine Zustimmung gegeben, dass Katharina das in diesem Fall allein erledigen konnte. Sie würde heute also nicht mehr viel ausrichten können – zumindest nicht beruflich … Kurz entschlossen nahm Katharina ihr Handy zur Hand und wählte die Nummer von Bene.

»Hallo, meine Schöne«, erklang nach dem zweiten Klingeln die vertraute Stimme. »Was verschafft mir die Ehre deines Anrufs? Geht es dir gut?«

Katharina lächelte. »Bestens! Sag mal, so wie es aussieht, kann ich heute tatsächlich mal richtig pünktlich Feierabend machen. Was hältst du davon, wenn wir uns heute Abend treffen und wieder zusammen was Leckeres kochen?«

»Oh, das tut mir leid«, erwiderte Bene am anderen Ende der Leitung etwas geknickt. »Ich kann nicht. Leonie schläft heute bei mir. Sie hat doch noch Ferien, und da wollten wir zwei irgendwas Schönes unternehmen, ich hab im Hotel extra erst die Spätschicht übernommen. Und da Julie heute Abend was vorhat, kommt meine Kleine heute schon her und schläft bei mir.«

»Kein Problem«, sagte Katharina und versuchte, ihre Stimme möglichst fröhlich klingen zu lassen, obwohl sie tatsächlich ein bisschen enttäuscht war. »Leonie geht vor!« Wieder einmal merkte sie, dass eine lose Beziehung auch nicht immer einfach war. Sie lebte von den spontanen Treffen, doch das war – gerade bei den unterschiedlichen Arbeitszeiten einer Kommissarin und eines Barchefs – eben doch oft schwierig. So kam es häufig vor, dass sie sich tagelang gar nicht sehen konnten, was Katharina inzwischen schwerer fiel, als ihr lieb war. Doch dafür konnte Bene genauso wenig wie sie selbst.

»Und, was habt ihr euch für morgen Schönes vorgenommen?«, fragte Katharina nach.

»Ehrlich gesagt hab ich noch keine Ahnung«, gab Benedict Rehder etwas beschämt zu. »Mir ist noch nicht das Richtige eingefallen. Dummerweise hab ich Leonie aber versprochen, dass ich mir was überlege, ich kann sie also nicht mal fragen, wozu sie Lust hat – sie wünscht sich eine Überraschung.«

Spontan kam Katharina eine Idee: »Vielleicht kann ich dir weiterhelfen. Ich muss morgen früh nach Hannover, dienstlich. Was hältst du davon, wenn ich dich und Leonie mitnehme und euch dort beim Zoo absetze? Der soll superschön sein. Und ich glaub, Leonie war da noch nie.«

»Das ist eine tolle Idee – du bist die Beste! Ein Zoobesuch ist selbst für Teenager was«, rief Bene ins Telefon und brachte Katharina mit seiner hörbaren Erleichterung zum Grinsen. »Na dann machen wir das doch so«, antwortete sie. »Ich weiß allerdings nicht, wie lange ich da zu tun habe. Ihr müsstet also eventuell mit der Bahn zurückfahren, aber das ist von Hannover nach Lüneburg ja kein Problem.«

»Zumindest nicht, wenn die Bahn nicht gerade mal wieder streikt«, antwortete Bene. »Und im Gegensatz zu mir fährt mein Töchterchen gerne mal Bahn, ist also überhaupt kein Problem.«

»Prima!«, antwortete Katharina. »Dann komm doch morgen um 8.30 Uhr mit Leonie zu mir, und dann fahren wir direkt los. Der Zoo macht glaube ich eh erst um neun oder zehn Uhr auf, und ich muss da, wo ich hin muss, auch nicht früher aufschlagen. Ihr könnt also fast ausschlafen!«

»Ich freu mich auf dich«, hörte sie Bene noch sagen, bevor sie ein sanftes Tschüss in den Hörer flüsterte und das Gespräch beendete.

In diesem Moment betrat Tobias das Büro und grinste breit.

»Na, was Schönes vor heute Abend?«

Ihre Beziehung zum Zwillingsbruder des gemeinsamen Chefs war spätestens seit letztem Dezember kein Geheimnis mehr, dennoch gab es immer noch Momente oder Situationen, in denen es Katharina auf unbestimmte Art unangenehm war. Vor allem dann, wenn Tobi mal wieder auf seine ganz spezielle Art gut drauf war, und sie fragte, ob sie nicht ab und zu Angst hätte, aus Versehen ihrem Chef in die Arme zu fallen. Um einer solchen Spöttelei von vornherein aus dem Weg zu gehen, antwortete sie fröhlich: »Ganz im Gegenteil, so wie es aussieht, hab ich heute einen freien Abend. Wie steht's, Lust auf ein Feierabendbier?«

»Sorry«, antwortete Tobi, und sah aus, als tue es ihm ehrlich leid. »Ich hab Helmchen versprochen, heute mit ihr zusammen zum Arzt zu gehen. Die nächste Ultraschalluntersuchung steht an.« Jetzt war es an Katharina, ihren Kollegen ein wenig zu triezen. »Wow – und nächste Woche geht dann der Hechelkurs los?«

»Vergiss es, da hab ich gleich gesagt, dass ich das nicht mitmache«, erwiderte Tobi etwas übertrieben überzeugt.

»Ich finde, das kannst du Helmchen nicht antun. Schließlich werdet ihr beide Eltern.«

»Ich weiß«, gab er kleinlaut zu. »Das höre ich nicht zum ersten Mal. Und ich fürchte, da ist das letzte Wort auch noch nicht gesprochen.«

»Das hört sich schon besser an«, sagte Katharina und lächelte ihn an.

»Gab es was Neues bei der Spusi?«

»Nichts, was uns bei der Suche nach dem Auto weiterbringt«, antwortete Tobi. »Aber dafür hab ich gerade die

Info bekommen, dass ein Rennrad gefunden wurde. Es entspricht der Beschreibung des Rades von Torben Städer. Das Merkwürdige daran ist, dass es ordentlich abgeschlossen ist, mitten an der Landstraße. Es stand da an eine Birke gelehnt ... Die Kollegen bringen es gleich direkt zur Spusi, und morgen wissen wir dann ganz genau, ob es unserem Opfer gehörte.«

»Na dann müssen wir wohl tatsächlich mit allem bis morgen warten. Vielleicht kommen wir ja wirklich ein Stück weiter. Dann werde ich jetzt meinen unverhofft frühen Feierabend nutzen und zu Hause ein bisschen Ordnung schaffen. Das ist längst überfällig. Und Überstunden hab ich genug auf der Uhr.« Sie sah ihren Kollegen etwas schuldbewusst an. »Das ist doch okay für dich?«

»Klar«, antwortete Tobi. »Ich bleib auch nicht mehr ewig. Aber ich erledige noch ein bisschen Papierkram, bevor ich Helmchen dann abhole.«

Katharina griff nach ihrer Lederjacke, verstaute das Handy und ihren Schlüssel in der Jackentasche und winkte Tobi zu.

»Dann viel Spaß, Papa! Und morgen will ich ein Foto von Schneider-Junior sehen!«

15:43 Uhr

Als Benjamin Rehder das Verwaltungsbüro des Reitklubs wieder verließ, war er nicht wirklich weitergekommen. Die Angestellte des Vereins, die dort an diesem Tag ihren

Dienst verrichtete, war weniger auskunftsfreudig gewesen als die nette Kellnerin. Sie hatte sich steif und fest darauf berufen, keinerlei private Details zu Klubmitgliedern herausgeben zu dürfen, nicht einmal in einem solchen speziellen Fall. Auch zu dem vermeintlichen Zwist zwischen Torben Städer und dem Vereinsvorsitzenden Christoph Blumenthal hatte sie sich bedeckt gehalten und lediglich knapp bestätigt, dass die beiden nicht die besten Freunde gewesen seien. Immerhin hatte der Kommissar in Erfahrung bringen können, dass Blumenthal noch an diesem Tag auf der Anlage erwartet wurde, weil klubintern etwas zu klären war. Ben blieb unschlüssig vor dem Verwaltungsbüro stehen und zog sein Handy hervor. Alexander hatte zurückgerufen, während Ben im Gespräch mit der Klubsekretärin gewesen war und eine Nachricht auf der Mailbox hinterlassen.

»Hi, Ben! Schöne Idee. Leider kann ich heute Abend nicht, ich bin schon verabredet. Aber vielleicht bekommen wir das nächste Woche hin?«, hörte der Hauptkommissar die tiefe Stimme seines Freundes und stutzte. Normalerweise erklärte Alex in solchen Fällen immer gleich, warum er keine Zeit hatte. Geschäftsessen, Sport, ein Date mit einer interessanten neuen Bekanntschaft ... was es auch war, er benannte es. Ben musste sich allerdings eingestehen, dass sie in der Regel miteinander sprachen, und Nachrichten auf der Mailbox eher selten vorkamen. Vermutlich hatte Alex einfach keine Lust gehabt, länger als nötig aufs Band zu sprechen. Kurz überlegte Ben, ob er Alex zurückrufen sollte, beließ es dann jedoch bei der Absage und wollte das Handy zurück in seine Jackentasche stecken, als ihm eine andere Idee kam. Er aktivierte das Handy erneut und wählte die Nummer von Julie und Leonie.

»Leonie Lippert«, erklang die fröhliche Stimme seiner Nichte.

»Hi, Leonie, ich bin es – Ben! Sag mal, ist Julie auch da?«

»Hallo, Ben! Ja, sie ist schon da. Aber sie duscht gerade und macht sich hübsch. Sie hat heute Abend nämlich noch was vor. Und ich schlaf deshalb heute bei Papa!«, erklärte Leonie freimütig. »Soll ich Mama was ausrichten?«

»Nein, nicht nötig, Süße. So wichtig ist es nicht. Grüß sie einfach nur schön. Ich melde mich einfach morgen noch mal. Dann wünsche ich dir einen schönen Abend!«

»Danke, dir auch«, trällerte Leonie und hatte bereits aufgelegt, bevor Ben noch etwas erwidern konnte. Grübelnd sah er auf sein Handy. Das war offensichtlich heute nicht sein Glückstag und ein blöder Zufall, dass sowohl Alex als auch Julie schon etwas vorhatten, wenn er gerade mal ungewöhnlich pünktlich Feierabend machen konnte. Er beschloss, die Situation dennoch zu nutzen. Zuerst würde er im Büro anrufen und sich erkundigen, ob es bei Tobi und Katharina etwas Neues gab. Dann würde er sich bei der charmanten Kellnerin im Klubhaus eine Kleinigkeit zu essen bestellen, was ihm das Kochen zu Hause ersparte, und auf die Ankunft von Christoph Blumenthal warten. Im besten Fall würde er sich auf diese Weise einen weiteren Besuch im Reitklub am Wochenende ersparen.

Als Katharina mit zwei vollgepackten Einkaufstüten oben in ihrer Wohnung ankam, war sie bester Laune. Nachdem sie sich von Tobi verabschiedet hatte, war sie in den nächsten Supermarkt gegangen, um sich für den Abend eine Kleinigkeit zum Essen zu holen. Dabei waren ihr dann tausend Dinge eingefallen, die sie noch brauchte, wenn sie den freien Abend zum Aufräumen und Saubermachen nutzen wollte. So hatten sich, als sie an der Kasse gestanden hatte, neben frischem Gemüse, zwei Tiefkühlpizzen, Tee, einer Tüte Chips und einer Flasche Martini auch noch das eine oder andere Putzmittel auf dem Laufband befunden. Voller Vorfreude hatte sie sich dann auf den Heimweg gemacht. Sie würde diesen freien Abend nutzen, ihre Wohnung endlich mal wieder gründlich auf Vordermann zu bringen und sich anschließend mit einem selbst gekochten Essen belohnen. Diese Motivation hatte sie nicht oft, und sie kannte sich gut genug, um zu wissen, dass sie derartige Momente ausnutzen musste. Hinterher fühlte sie sich in der Regel blendend und hatte das Gefühl, ihr Leben komplett im Griff zu haben. Sie stellte die Tüten in der Küche ab, öffnete das Fenster und gönnte sich als Erstes eine genüssliche Feierabendzigarette, während sie aus dem Fenster sah und überlegte, womit sie beginnen wollte. Als sie sich daraufhin in der Wohnung umblickte, wurde ihr klar, wie dringend notwendig und längst überfällig die Aufräumaktion war. Die Wohnung war eher klein, und so sammelten sich schnell in diversen Ecken Stapel mit Zeitschriften, Büchern und anderen Dingen an. Grundsätzlich störte sie sich nicht daran, denn eigentlich fand sie ein gewisses Maß an Unordnung ganz gemütlich. Sie mochte keine Wohnungen, die so clean waren, dass sie aussahen, als würde dort niemand wohnen. Im Haus ihrer Eltern sah es immer penibel aufgeräumt aus, so wie auch im Leben der von Hagemanns alles stets seine genaue Ordnung hatte. Sicherlich rührte ihre Einstellung daher. Dennoch musste auch Katharina ab und zu einfach mal alles aufgeräumt haben, um auch im Kopf wieder ganz klar zu sein. Sie begann damit, die Einkäufe in den Schränken zu verstauen und die Küche soweit in Ordnung zu bringen, dass sie nach getaner Arbeit direkt mit dem Zubereiten einer leckeren Gemüsepfanne starten konnte. Dann legte sie eine ihrer Lieblings-CDs auf, holte den Staubsauger aus der kleinen Abstellkammer und wirbelte damit gut gelaunt durch die Zimmer. Zehn Minuten später zog sie den Stecker aus der Dose und sah sich zufrieden um. Der Anfang war gemacht! Sie ließ den Staubsauger liegen und griff nach einem großen Stapel Zeitschriften, um ihn auszusortieren, und den Rest, den sie aufbewahren wollte oder noch nicht gelesen hatte, auf ihren Schreibtisch zu legen, als es plötzlich an der Tür klingelte. Zuerst war sie nicht sicher, ob sie sich verhört hatte oder das Geräusch von der laut aufgedrehten Musik herrührte, doch dann klingelte es erneut und lange. Verwundert sah sie auf die Uhr. Wer konnte sie um diese Zeit besuchen wollen? Gespannt schaute sie wie immer aus ihrem Fenster, doch unten an der Haustür konnte sie niemanden entdecken. War es vielleicht Julie? Sie ging zur Wohnungstür und öffnete sie, doch auch dort stand niemand. Dafür hörte sie nun jemanden die Treppen heraufkommen. Wenige Sekunden später stand ihre Mutter vor ihr, und Katharina sah ihr vollkommen verblüfft entgegen.

Nicht nur, weil ihre Mutter sie eigentlich nie, und schon gar nicht unangekündigt, in Lüneburg besuchte, sondern weil Anne von Hagemann aussah, als hätte sie geweint. In der Hand trug sie eine kleine Reisetasche, was Katharina obendrein irritierte.

»Mama?«, sagte Katharina fragend, »ist irgendwas passiert?«

Statt zu antworten, drängte sich ihre Mutter in die Wohnung, und Katharina sah, dass ihr Tränen in die Augen stiegen. Wortlos schloss sie hinter ihrer Mutter die Wohnungstür und schob sie sanft ins Wohnzimmer, wo Anne von Hagemann nach einem missbilligenden Blick durch den Raum auf dem Sofa Platz nahm. Nachdem sie ein Taschentuch hervorgezogen, sich die Tränen getrocknet und einigermaßen gefasst hatte, sah Anne von Hagemann ihre Tochter an und sagte knapp: »Ein Nachbar von dir kam gerade aus dem Haus, nachdem ich geklingelt hatte. Warum hast du mich nicht zurückgerufen?«, fragte sie, schloss aber, ohne eine Antwort abzuwarten, im selben Atemzug an: »Ich werde für einige Zeit bei dir wohnen, ich habe deinen Vater verlassen.«

Eine halbe Stunde später stellte Katharina ein Glas Rotwein für ihre Mutter und für sich selbst einen gut eingeschenkten Martini auf den kleinen Wohnzimmertisch. Nach dem ersten Schock hatte sie, wie sie es beruflich gewohnt war, versucht, klar zu denken und zu handeln. Vorerst wusste sie nicht, was sie mehr schockierte: die schier unglaubliche Aussage, dass ihre Mutter ihren Vater verlassen hatte, nachdem sie ihr gesamtes Leben darauf ausgerichtet hatte, ihm alles recht zu machen, oder die erschreckende Vorstellung, dass Anne von Hagemann bei ihr einziehen wollte.

Sie benötigte mehr Fakten. Also hatte sie versucht, herauszubekommen, was vorgefallen war, doch ihre Mutter war nicht bereit, darüber zu reden. Stattdessen hatte sie unter immer wieder aufsteigenden Tränen gefordert: »Ich brauch erst mal etwas zu trinken!«

Katharina hatte ihr einen Martini angeboten, viel mehr hatte sie in der Regel nicht im Haus. Doch ihre Mutter hatte abfällig abgewunken und gesagt: »Wer trinkt denn so was? Hast du denn nichts Anständiges da?« Also war Katharina in die Küche gegangen und hatte zu ihrem Glück noch eine Flasche Rotwein im Schrank entdeckt. Ihre Nerven waren angespannt. Das war es dann mit dem freien Abend und dem Aufräumen der Wohnung! Als Katharina sich nun, bemüht, ihren Unmut nicht zu zeigen, neben ihre Mutter auf das Sofa setzte, schien diese sich gefangen zu haben.

»Hier müsste aber auch dringend mal wieder Ordnung gemacht werden«, sagte sie und ließ ihren Blick durchs Wohnzimmer streifen. Katharina hatte alle Mühe, sich einen Kommentar zu verkneifen. Das würde jetzt zu nichts führen, und sie musste herausbekommen, was überhaupt passiert war.

»Mama«, sagte sie behutsam und rutschte ein Stück näher. »Jetzt erzähl mir doch bitte mal ganz in Ruhe, was los ist. Wie soll ich dir denn sonst helfen?«

»Du kannst mir nicht helfen«, erwiderte Anne von Hagemann barsch. »Und ich will nicht darüber reden.«

»Das geht so nicht, Mama«, antwortete Katharina schon nicht mehr ganz so sanft. »Du kannst nicht einfach vor meiner Tür stehen, mir mitteilen, dass du jetzt hier wohnen wirst, und mir nicht erklären, warum.«

»Also gut«, druckste ihre Mutter kurz herum. »Wenn du es unbedingt wissen willst: Dein Vater hat mich betrogen.«

Katharina war einen Moment lang sprachlos und sah ihre Mutter mit der stummen Aufforderung an, fortzufahren.

»Und zwar vor 26 Jahren.« Katharina hatte Fakten gewollt, jetzt bekam sie welche. Damit umzugehen, fiel ihr dennoch nicht leicht. Also versuchte sie es wieder pragmatisch.

»Okay, Mama. Noch mal von vorn. Er hat dich vor 26 Jahren einmal betrogen, und das hast du jetzt erst erfahren. Ich verstehe, dass das ein Schock für dich ist, aber ...« Sie überlegte kurz, wie sie das, was sie dachte, einigermaßen diplomatisch in Worte fassen konnte. »Aber das ist doch eigentlich kein Grund, eine so lange und gute Ehe komplett über den Haufen zu werfen. Meinst du nicht auch, dass das ... sagen wir mal, schon fast verjährt ist?«

»Pah, das hätte von deinem Vater kommen können, schönes Juristendeutsch!«, fuhr Anne von Hagemann auf und rückte etwas von ihrer Tochter ab. »Ich hab mich vielleicht aber auch nicht ganz vollständig ausgedrückt: Er hat mich vor 26 Jahren betrogen, mit dem Ergebnis, dass du einen erwachsenen Halbbruder hast, der bald in die Kanzlei einsteigen soll – na herzlichen Glückwunsch!«

Nun war es selbst für Katharina zu viel. Sie griff zu ihrem Martini und leerte ihn in zwei Zügen. Dann stand sie auf, ging in die Küche und kam mit der angebrochenen Martiniflasche und dem Rotwein wieder zurück. Fast triumphierend, in dieser Situation denkbar unangebracht, sah ihre Mutter ihr entgegen: »Verstehst du jetzt, warum ich hier bin?«

Das Glück, das dir am meisten schmeichelt,
betrügt dich am ehesten.

(Franz Kafka)

6. KAPITEL:

FREITAG, 10. APRIL 2015

08:14 Uhr

Mit einem Becher Kaffee in der Hand und einem kleinen Notizblock vor sich auf der Fensterbank stand Katharina unschlüssig in ihrer Küche. Sie musste in wenigen Minuten los, und ihre Mutter schlief noch. Nachdem die beiden Frauen noch fast bis Mitternacht zusammengesessen hatten, hatte Katharina ihrer Mutter den Futon in ihrem Schlafzimmer überlassen und sich selbst mit einer Wolldecke und einem kleinen Kissen auf das Sofa im Wohnzimmer gelegt. Das hatte sie schon gleich nach dem Aufstehen bereut, denn da hatte ihr Rücken ihr schmerzhaft zu verstehen gegeben, dass auch sie keine 20 mehr war. Jetzt, eine heiße Dusche und eineinhalb Becher Kaffee später, fühlte sie sich zwar etwas besser, aber noch immer alles andere als gut. Sie hatte lange nicht einschlafen können, weil ihr so viele Gedanken durch den Kopf gegangen waren. Und beim Aufwachen war ihr erster Gedanke erneut gewesen: Ich habe einen Halbbruder! Es herrschte noch immer Chaos in ihrem Kopf dank der Schilderung ihrer Mutter. Allzu viel hatte sie nicht mehr aus ihr herausbekommen. Lediglich, dass ihr Vater damals eine kurze

Affäre mit seiner damaligen Sekretärin hatte, diese aber beendete, bevor er erfuhr, dass sie schwanger war. Offensichtlich war er aber in all den Jahren seinen finanziellen Verpflichtungen nachgekommen und hatte dafür gesorgt, dass sein unehelicher Sohn eine anständige Ausbildung erhielt. Nun hatte Markus, so hieß ihr Halbbruder, sein Jurastudium fast beendet, und Henning von Hagemann hatte ihm angeboten, in die Kanzlei einzusteigen. Da hat er dann ja nun endlich, was er immer wollte, dachte Katharina voller Groll. Nun würde also statt ihr sein Sohn, ihr Halbbruder, in die beruflichen Fußstapfen des Vaters treten und in der Kanzlei mitarbeiten. Katharina schüttelte den Kopf. Sie musste all das erst mal sacken lassen, bevor sie sich damit richtig auseinandersetzen konnte. Kurz hatte sie überlegt, die Verabredung heute Morgen abzusagen, sich dann jedoch schnell wieder von der Idee verabschiedet. Bene und vor allem Leonie wären enttäuscht, und sie musste definitiv nach Hannover, um im Fall Melanie Sarbacher einen Schritt weiter zu kommen. Außerdem würde es ihr bestimmt gut tun, den ganzen Tag unterwegs und abgelenkt zu sein. Sie trank den letzten Schluck, stellte den leeren Becher ins Spülbecken, nahm einen Kuli zur Hand und schrieb eine Nachricht für ihre Mutter: ›Bin erst am Abend wieder zurück. Fühl dich wie zu Hause und erhole dich ein bisschen. Gruß, Katharina‹. Dann wühlte sie aus einer Küchenschublade, in der sie lauter Krimskrams aufbewahrte, ihr Ersatzschlüsselpaar hervor, das sie eigentlich längst Bene hatte geben wollen. Sie legte die Schlüssel und den Zettel auf den Wohnzimmertisch, wo ihre Mutter die Dinge garantiert sehen würde, schnappte sich Lederjacke und Handtasche und zog leise die Wohnungstür hinter sich zu. Sie war früh dran, aber so konnte sie unten vor der Tür noch eine Zigarette rauchen, bevor ihre Mitfahrer eintreffen würden.

9:03 Uhr

Schon aus der Entfernung sah Manfred Thomsen, dass jemand auf ›seiner‹ Bank saß. Es war ein Mann. Der pensionierte Lehrer konnte nicht erkennen, ob es sich um einen jüngeren oder älteren Mann handelte, da dieser – wie er selbst – eine Wollmütze trug. Außerdem hatte der Mann seinen Mantelkragen weit hochgeklappt, wahrscheinlich wegen der Frische des Morgens. Manfred Thomsen hatte in den Frühnachrichten gehört, dass dies den ganzen Tag über auch so bleiben würde. Er verlangsamte seine Schritte und überlegte, ob er sich überhaupt auf die Bank setzen sollte. Gerade letzte Woche hatte er genau diesen Fehler begangen. Da hatte er sich neben einen älteren Herrn gesetzt, der ihm sogleich ein Gespräch aufgezwungen hatte, während er selbst viel lieber seine Ruhe gehabt hätte. Wenn man bereits auf der Bank saß, und jemand auf der Suche nach einem Gespräch setzte sich dazu, war es nicht schwer, dem anderen zu zeigen, dass man seine Ruhe haben wollte, ohne grob unhöflich zu werden. Man wandte sich einfach ab oder schloss die Augen. War man selbst jedoch derjenige, der hinzukam, gebot es die Höflichkeit, dass man zumindest mit einem kurzen Lächeln einen guten Tag wünschte und durch ein Nicken in die Richtung oder auch Worte fragte, ob der Platz noch frei war – es war einfach eine

Floskel unter Banksitzern – selbst wenn weit und breit niemand Weiteres zu sehen war. In jedem Fall hatte man in einem solchen Moment Kontakt aufgenommen, und es stand dem anderen frei, diesen zu nutzen oder nicht. Begann derjenige daraufhin eine Unterhaltung, konnte man durch Einsilbigkeit signalisieren, dass man nicht interessiert war. Der Herr von letzter Woche hatte, sehr zum Unmut von Manfred Thomsen, der es mit solchen Regularien sehr ernst nahm, scheinbar diese ungeschriebenen Parkbankregeln nicht gekannt. Er hatte trotz Einsilbigkeit, demonstrativem Weggucken und sogar Kopf-in-den-Nacken-legen und Augenschließen weiter auf ihn eingeredet. Es war so weit gegangen, dass Manfred Thomsen entnervt aufgesprungen war und ohne ein weiteres Wort mitten im Geschwafel des anderen davongegangen war. Für den pensionierten Lehrer war damit der ganze Tag verdorben gewesen – selbst am Abend war er noch mit schlechter Laune ins Bett gegangen. So einen Tag wollte er nicht noch einmal erleben, darum war er jetzt kritisch mit Leuten, die bereits auf der Parkbank saßen. Noch einmal dachte er darüber nach, weiterzugehen und sich eine andere Bank zu suchen, doch dann beschloss er, es nicht zu tun. Es widerstrebte ihm einfach, sich vertreiben zu lassen, und außerdem konnte er immer noch aufstehen und weggehen, wenn der andere ihn in ein Gespräch verwickeln wollte. Er beschleunigte seinen Schritt und ging zielstrebig auf die Bank zu. Der andere blickte auf. Als sich ihre Blicke begegneten, verzog sich der Mund des Mannes zu einem Lächeln. Es war kein einladendes oder freundliches Lächeln. Manfred Thomsen kam es eher hämisch vor, und ihn beschlich ein ungutes Gefühl. Vielleicht lag es auch an den stahlblauen Augen, die kalt und undurchdringlich wirkten. Der Mann war weder alt noch jung. Manfred Thomsen schätzte ihn auf um die 40.

»Darf ich?«, fragte er höflich und setzte sich, noch während der andere nickte und ohne jegliche Modulation in der Stimme »Aber gern doch« sagte. Thomsen lehnte sich zurück und begann wie jeden Tag, die Enten zu beobachten, von denen heute nicht viele auf dem Wasser waren. Plötzlich hörte er das metallische Klicken wieder. Klick – klick – klick – klick. Er schloss daraus, dass sein Banknachbar derselbe war, der sich am Tag zuvor neben ihn gesetzt hatte. Unwillkürlich drehte er den Kopf, um zu sehen, wie dieser das Geräusch verursachte. Thomsen musste kurz auflachen, als er sah, was da klickte. Natürlich! Es war ein Metallfeuerzeug. So eines, das vor allem vor 20 Jahren mächtig im Trend gewesen war. Er selbst müsste auch noch eines in der Schublade liegen haben. Es war ein Geschenk von Ruths Bruder gewesen, wenn er sich recht entsann, doch er hatte es so gut wie nie benutzt: ein Zippo! Noch mal lachte Thomsen still über sich selbst, als das Klicken, das sein Banknachbar rhythmisch verursachte, indem er den Deckel des Feuerzeuges mithilfe seines Daumens auf- und zuklappen ließ, mit einem Schlag aufhörte. Ihn fröstelte leicht und er zog seinen Schal enger. Irgendwie war ihm ungemütlich, was jedoch nicht an der kühlen Brise lag, die ihn die ganze Zeit umwehte, sondern an seinem Banknachbarn. Obwohl dieser kein Gespräch suchte, war Manfred Thomsen die körperliche Gegenwart des Mannes keine 30 Zentimeter neben ihm beklemmend unangenehm, ohne dass er wusste, warum. Normalerweise konnte er selbst in Menschenmassen oder zum Beispiel in Zügen wunderbar abschalten und alles um sich herum ausblenden. Jetzt, hier auf der Bank, gelang ihm das selbst bei dieser einzelnen Person nicht. Ob es wirklich an dem Mann neben ihm lag? Oder vielleicht auch einfach am Wetter, das sich derzeit zwischen frühlingshafter Wärme und winterlicher Kühle nicht entscheiden konnte. Es konnte ja sein, dass er mit dem Alter plötzlich wetterfühlig geworden war. Vielleicht hatte er deswegen heute Nacht nicht besonders gut geschlafen und war früher als sonst aufgestanden? Aus diesem Grund war er auch heute Morgen eher zu seinem täglichen Spaziergang aufgebrochen. Am besten, ich ignoriere dieses unangenehme Gefühl einfach, dann verschwindet es hoffentlich von allein, überlegte Thomsen und schloss seine Augen, um seine Gedanken wie üblich schweifen zu lassen. Zunächst hatte er einige Mühe, doch dann gelang es ihm tatsächlich, die Bilder des antiken Griechenlands heraufzubeschwören. Gerade als er sich selbst dort sah und mit Platon ein Gespräch über sein Höhlengleichnis anfangen wollte, bemerkte er, wie sein Banknachbar aufstand. Eine irrationale kleine Welle der Erleichterung durchfuhr ihn, und er stieß unwillkürlich einen Seufzer aus. Durch die kurze Ablenkung hatten sich seine inneren Bilder von Platon im klassischen Altertum wie Seifenblasen platzend aufgelöst, doch das störte ihn nicht weiter. Mit dem Banknachbarn war auch das ungute Gefühl weg. Noch einmal stieß der Geschichtslehrer einen Seufzer aus, bevor er seine Vorstellung von der Antike erneut vor seinem inneren Auge entstehen ließ.

Klick – klick – klick – klick drang es da mit einem Mal wieder an sein Ohr, und vorbei war es mit dem schönen Wachtraum und auch mit seiner Geduld. Wenn Manfred Thomsen sich nicht täuschte, war das Klicken von hinter ihm gekommen. Was machte der Mann in seinem Rücken mit dem Feuerzeug? Steckte er sich etwa eine Zigarette an? Manfred Thomsen hasste Raucher, und vor allem hasste er es, in eine Rauchwolke gehüllt zu werden! Noch konnte er es nicht riechen, aber er wollte es auch gar nicht darauf ankommen lassen. Er schlug die Augen auf, setzte sich gerade auf, drehte sich seitlich nach hinten und sah direkt in die kühlen Augen des Mannes, der eben noch neben ihm gesessen hatte. Er öffnete den Mund und begann in herrischem Ton zu verlangen: »Können Sie gefälligst woanders rau…«, stoppte dann aber mitten im Satz. Der Mann rauchte nicht, sondern hielt das Hochzeitsfoto von Ruth und ihm mit spitzen Fingern in die Luft, dann hielt er das aufgeklappte brennende Feuerzeug leicht an die untere Ecke, und es begann sofort zu brennen.

»Was … woher haben Sie das? Was machen Sie da? Wie kommen Sie dazu?«, fragte Thomsen alarmiert, der das Foto, das sonst in einem hübschen Rahmen in seinem Wohnzimmer auf der Anrichte stand, sofort erkannt hatte. Thomsen war noch nie ängstlich gewesen und scheute kaum eine Konfrontation, doch bei seinem Gegenüber hielt er sich instinktiv zurück. Der Mann, der jetzt das fast abgebrannte Foto losließ, sodass es vom Wind getragen auf den See segelte, machte ihm Angst.

»Was wollen Sie?«, fragte Manfred Thomsen den Mann mit leiser Stimme, doch der grinste ihn nur an, drehte sich um und ging mit schnellen Schritten in die Richtung davon, in der Manfred und Ruth Thomsens Haus lag. Der Geschichtslehrer zog sein Handy heraus, das er nur für Notfälle mit sich führte und benutzte, doch er hatte das ungute Gefühl, dass genau jetzt ein solcher Notfall eingetreten war. Das Gefühl verstärkte sich, nachdem er zuerst die Nummer seines Zuhauses und danach die von Ruths

Handy ergebnislos wählte. Ruth ging nicht ans Telefon. Sollte er die Polizei alarmieren? Doch was sollte er der sagen?

9:34 Uhr

Wie scheinheilig dieser Lehrerwicht doch war, dachte er, während er mit schnellen Schritten zum Haus der Thomsens ging. Hatte der doch tatsächlich gefragt, ob er sich setzen dürfe! Ha! Als wenn Thomsen sich nicht gesetzt hätte, wenn er verneint hätte! Aber natürlich hatte er nicht verneint. Der alte Sack sollte schließlich auf seinem alten Arsch Platz nehmen und so wie jeden Tag in sich versinken, damit der Schock später umso heftiger ausfiel. Dafür hätte er selbst zwar nicht schon auf der Bank sitzen müssen, aber den Spaß hatte er sich einfach machen wollen, nachdem er seinen ursprünglichen Plan nicht hatte umsetzen können. Und das nur, weil Thomsen heute bereits früher als sonst zu seinem Spaziergang aufgebrochen war. Dabei war es so einfach gewesen, unbemerkt ins Haus zu gelangen. Wie immer hatte die Frau gleich nach dem Aufstehen das Schlafzimmerfenster weit aufgerissen und die Bettdecken zum Lüften über die Fensterbank gelegt. Aufgrund seiner Beobachtungen hatte er gewusst, dass sie erst in einer halben Stunde wieder zurückkommen würde, um die Betten zu machen und das Fenster zu schließen. Einzig Regenwetter hätte ihm einen Strich durch die Rechnung gemacht, aber trotz grauem Himmel war auch bis jetzt noch kein Tropfen vom Himmel gefallen. Das Schlaf-zimmerfenster ging zum Garten hinaus, in den er bereits während der Morgendämmerung unbeobachtet gehuscht war. Dann hatte er sich auf der Außenkellertreppe ver-steckt gehalten und gewartet, bis das Fenster im ersten Stock aufgegangen war. Er hatte ein paar Minuten ver-streichen lassen und war dann vorsichtig über die ver-zweigten Äste einer Rankpflanze an der Hauswand, einen bereits ordentlich verknöcherten Blauregen, hochgeklet-tert. Keine fünf Minuten später hatte er im Schlafzimmer gestanden. Von hier aus war er so leise wie möglich auf den Flur geschlichen und hatte ins Haus hinein gelauscht. Er war schon einmal in diesem Haus gewesen, doch das war Jahre her. Damals war er nur im Erdgeschoss gewe-sen. Genauer gesagt im Eingangsbereich. Gerade als er vorhin die Treppe hinuntersteigen wollte, war das Leh-rerehepaar aus der Küche gekommen, und der alte Sack war zu seinem Spaziergang aufgebrochen. Er hatte mit einem späteren Aufbruch gerechnet und deswegen kurz daran gedacht, sofort zuzuschlagen. Zu gern hätte er es getan – er konnte es kaum mehr abwarten –, doch er hatte sich gerade noch zurückhalten können. Bei Torben Städer hatte er spontan gehandelt oder eben auch nicht gehandelt. Da kam es ganz auf die Betrachtungsweise an, dachte er und musste in sich hineinlachen, während er seine eiligen Schritte in die Wohnstraße des Ehepaars Thomsen lenkte. Kurz, bevor er den mit einer hübschen Natursteinmauer umrahmten Vorgarten betrat, holte er den Schlüsselbund aus der Tasche, den er sich von Frau Thomsen ›geborgt‹ hatte – vorhin, unmittelbar, nachdem ihr werter Gatte das Haus verlassen hatte und sie in die Küche gegangen war, um den Frühstückstisch abzuräumen. Der Schlüssel hatte an einem Bund im Türschloss gesteckt. Er hatte ihn abgezogen und war nun nicht mehr ganz so leise in die Küche gegangen. Die Frau des Lehrers hatte mit dem Rücken zu ihm an der Spüle gestanden und ohne sich umzublicken gefragt: »Hast du was vergessen?«

Er hatte bei ihren Worten lächeln müssen und wahrheitsgetreu geantwortet: »Nein, habe ich nicht.«

Sie war herumgewirbelt und hatte ihn entgeistert angestarrt. Ängstlich hatte sie gefragt: »Wer … wer sind Sie? Wo ist mein Mann?«

»Regen Sie sich bitte nicht auf. Das kann ich jetzt gar nicht gebrauchen. Ich hätte Ihren Mann jetzt auch gern hier bei Ihnen, das können Sie mir glauben. Nun muss ich improvisieren, und dafür muss ich mich konzentrieren. Setzen Sie sich bitte an den Küchentisch, als würden Sie noch mit Ihrem Mann frühstücken«, hatte er versucht, so freundlich wie möglich zu sagen, doch allem Anschein nach war das bei der Frau nicht so angekommen. In einer schnellen Bewegung, die er der stämmigen kleinen Frau nicht zugetraut hätte, hatte sie auf der Arbeitsplatte nach dem Brotmesser gegriffen, es in Abwehrhaltung vor sich gehalten und zwischen ihren Zähnen hervorgezischt: »Kommen Sie mir nicht zu nahe, sonst …«

»Sonst was, hä?«, hatte er hämisch gefragt und bemerkt, wie seine belustigte Miene kippte. Die Frau hatte genervt und war vom verhuschten Hausmütterchen zum Risikofaktor mutiert. Aber er hatte sie noch gebraucht. Vor allem, weil Thomsen bereits spazieren war und er sich für den Arsch etwas ganz Besonderes ausgedacht hatte, wovon er ungern abweichen wollte. Nachdem er deswegen der Frau das Messer abgenommen hatte – er war einfach auf sie zu getreten, und als sie anfing, mit dem Messer vor seinem

Gesicht herumzufuchteln, hatte er ihr Handgelenk gepackt und ihr solange den Arm umgedreht, bis sie die Faust öffnete und das Messer herausgefallen war – hatte er sie wortlos in den Keller geführt. Sie war ohne Sperenzchen mitgegangen, was wahrscheinlich am Brotmesser lag, das er zuvor aufgehoben und ihr an die Kehle gehalten hatte.

Als er jetzt nach seinem kurzen Abstecher auf die Bank am Lopausee und seinem Treffen mit Thomsen, was er spontan beschlossen hatte, die Waschküche der Thomsens erneut betrat, schreckte sie auf. Sie saß auf dem Boden, wo er sie mit ziemlich viel Paketkleber an den gleich vier nebeneinander laufenden Heizungsrohren gefesselt hatte. Zusätzlich hatte er ihre Beine auf Höhe der Knie und auch der Fesseln fest zusammengeschnürt. Viel Bewegungsspielraum hatte sie nicht. Trotzdem er den Geruch von Paketklebeband noch nie hatte ausstehen können und ihm davon regelmäßig schlecht wurde, hatte er es gestern, als er sich vorbereitet hatte, vorsorglich in seinen schwarzen Rucksack gesteckt. Zwar war es nicht für die Alte vom Lehrer gedacht gewesen, sondern für diesen selbst, aber schließlich war er ja flexibel.

»Ich schätze, dein Mann kommt hier gleich angetanzt. Ich hab ihn eben noch getroffen. Er wirkte ganz schön durcheinander. Das war wohl meine Schuld. Ist ja aber auch keine schöne Situation, wenn man nicht weiß, was mit der geliebten Ehefrau passiert ist. *Ist alles gut mit ihr oder wird sie grad gequält? Oder ist sie gar schon tot?*«, sagte er an die Frau gewandt, ohne mit einer Antwort zu rechnen, da er auch ihren Mund mit dem Paketband versehen hatte. Während er redete, fanden seine Hände in der Manteltasche das Feuerzeug. Er holte es hervor und schnippte es ein paarmal auf und wieder zu. Klick – klick –

klick – klick. Schon allein dieses Geräusch erregte ihn. Nicht sexuell, sondern eher so, als würde er Extremsport betreiben. Da verspürte man sicher auch diese ängstlich-aufgeregte Vorfreude und hatte einen Adrenalinstoß. Auf jeden Fall stellte er sich vor, dass man ein ähnliches Gefühl spüren würde, wenn man auf einer hohen Felsklippe stand und kurz davor war, kopfüber hinunter ins Meer zu springen. Oder, wenn man Bungee-Jumping machte. Vielleicht auch einen Fallschirmsprung. Er hatte sich vorgenommen, das alles demnächst einmal zu probieren. Schon allein, um das Gefühl mit dem, das er jetzt gerade hatte, zu vergleichen. Er steckte das Zippo wieder ein und trat versonnen auf das hölzerne Fass zu, das er bereits vorhin in den Keller geschafft hatte, nachdem er die Frau gefesselt hatte. Genauso wie den Benzinkanister, der danebenstand und den er jetzt zur Hälfte in das Fass entleerte. Kaum hatte er den nun wesentlich leichter gewordenen Kanister abgestellt, klangen Rufe durch das Haus. Er hatte sie erwartet und bewusst die Türen offen stehen gelassen, damit er sie hören würde: »Ruth? Ruth, bist du da? Wo bist du? Ruuuuth?«

Ohne die Frau zu beachten, verließ er den Raum und lauschte nach oben, ob neben den Rufen und Schritten des Lehrers noch von weiteren Personen Geräusche zu hören waren. Es war immerhin denkbar, dass Thomsen sich Unterstützung mitgebracht hatte. Nachdem er sich nahezu sicher war, dass dies nicht der Fall war, ging er zu der Frau zurück, löste das Klebeband von ihrem Mund und befahl: »Schrei! Ruf um Hilfe!« Erschrocken schaute sie ihn an, dann schüttelte sie den Kopf und presste die Lippen aufeinander. Mann, war die störrisch, dachte er, griff zum Messer, drückte es ihr an den Hals und zischte: »Mach!«

Diesmal schaute sie ihn hasserfüllt an, dann öffnete sie ihren Mund und rief laut nach oben: »Manfred lauf, verschwinde hier. Er ist noch hi…«

Wutentbrannt schnitt er ihr mit dem Messer tief in den Hals, sodass ihm das Blut entgegenspritzte, aber wenigstens war sie jetzt ruhig. Ihr Kopf sackte ihr auf die Brust, doch das berührte ihn nicht. Er verließ die Waschküche ein weiteres Mal und stellte sich in einen dunklen Winkel hinter der Treppe, von wo er sehen konnte, in welcher Form bewaffnet der Lehrer hinabkam, ohne selbst gesehen zu werden. In der rechten Hand hielt er das Messer aus Thomsens Küche, an dem nun das Blut von Ruth Thomsen hinunterran. Er musste nicht lange warten. Nicht einmal eine halbe Minute, nachdem er hochgerufen hatte, kam der Lehrer die Treppe heruntergelaufen. Diese Schnelligkeit hätte er dem Alten gar nicht zugetraut, und er hatte Mühe zu erkennen, ob Thomsen eine Waffe in der Hand hielt. Es musste ja nicht gleich eine Schusswaffe sein, aber auch ein Messer könnte gefährlich werden, da Thomsen sicher kräftiger war als seine Frau. Er hatte nur in der Waschküche das Licht brennen lassen, und Thomsen tappte auch tatsächlich in diese so durchschaubare Falle, direkt in den Raum hinein. Wie dumm von dir, Thomsen! Jetzt hab ich dich, dachte er und schlich leise hinterher, um zu beobachten, ob auch die nächste Stufe seines Planes erreicht werden würde. Mit Genugtuung sah er, wie der Lehrer auf seine gefesselte, wahrscheinlich bereits tote Frau zustürzte, vor ihr auf die Knie ging und sofort versuchte, sie vom Klebeband zu befreien. Die Blutlache, die sie inzwischen umgab und in der Manfred Thomsen kniete, schien ihn nicht weiter zu stören. Ohne Unterlass redete Thomsen auf seine Frau ein: wie sehr er sie liebte und dass es ihm leid täte, dass er sie nicht beschützt hatte und dass alles gut werden würde, wenn er sie erst befreit hätte. In keiner Sekunde kam der alte Geschichtslehrer auf die Idee, sich nach ihm umzusehen. Seine spontane Idee, die Frau rufen zu lassen, war demnach gut gewesen, auch wenn sie das Falsche gerufen hatte. Vielleicht war es sogar ganz gut, dass er ihr im Affekt die Halsschlagader durchgeschnitten hatte. Sie war unschuldig und hatte nun weniger gelitten, als wenn sie elendiglich mit ihrem Mann verbrannt wäre. Das freute ihn für sie, obwohl er von vornherein mit einbezogen hatte, dass er auch Ruth Thomsen töten musste, wenn er den Lehrer in seinem Haus verbrannte. Er hatte es als Kollateralschaden abgetan. Ganz nach dem Motto: mitgegangen – mitgefangen – mitgehangen.

Als es ihm zu langweilig wurde, den Pensionär in seiner Verzweiflung zu beobachten, und vor allem, um nicht das Risiko einzugehen, dass dieser noch auf den Gedanken kam, die Polizei oder einen Rettungswagen zu rufen und dafür sein Handy zückte, trat er hinter den inzwischen leise weinenden Mann und sagte: »Hallo, Herr Thomsen.«

Der pensionierte Lehrer drehte sich langsam um. In seinen Augen lag kein Erschrecken, keine Furcht, auch kein Hass, wie in denen der Frau zuletzt, sondern eine große Traurigkeit. Wie bereits am Lopausee, als er ihm das Foto gezeigt und es dann verbrannt hatte, fragte der Lehrer: »Warum?«, woraufhin er zitierte: »An seinen Feinden rächt man sich am besten, dass man besser wird als sie.«

»Das hat Diogenes von Sinope gesagt. Wer bist du? Einer meiner Schüler? Hast du das getan, weil …« Die Stimme des Lehrers brach, während er den Blick wieder auf seine tote Frau richtete.

»Nein«, antwortete er. »Sie hat nicht getan, was ich ihr gesagt habe, darum.«

Nach diesen Worten kam Bewegung in den älteren Mann. Schwungvoll kam er in den Stand, und Wut hatte die Traurigkeit im Blick von Thomsen abgelöst. Der Lehrer baute sich vor ihm auf, und dann schnellte seine geballte Faust hervor und traf ihn in den Bauch, sodass er sich krümmen musste. Für einen Moment verlor er die Kontrolle über die Situation. Zeit genug für den Alten, aus der Waschküche zu laufen. Aber er hatte den alten Sack schnell eingeholt. Gerade als Thomsen die letzte Treppenstufe nach oben nehmen wollte, bekam er ihn am Hemd zu fassen und zog ihn rücklings wieder nach unten. Der Alte donnerte mit dem Kopf auf die Steinstufen und blieb am Ende reglos liegen. Aus einer großen Platzwunde am Kopf sickerte Blut, und er dachte schon enttäuscht, der Geschichtslehrer sei nun ebenfalls tot. Dennoch schleifte er Thomsen in die Waschküche zurück. Er wollte den Arsch brennen sehen. Wenn es sein musste auch bereits tot. Wozu hatte er sonst die Tonne hierher gehievt? Die Tonne war seine eigene Art von Humor. Schließlich hatte Diogenes im antiken Athen auch in einer Tonne gelebt. Für ihn war der Mann immer schon einfach nur ein fauler Bettler gewesen, Thomsen und Leute wie dieser hielten Diogenes jedoch für einen großartigen Philosophen. Diese Idioten! Er berührte den am Boden liegenden Thomsen mit der Schuhspitze, um zu prüfen, ob dieser nicht doch noch lebte. Tatsächlich regte der Lehrer sich und stöhnte. Glücklich trat er heftiger zu. Thomsen lebte! »Los, steh auf, alter Mann, ich hab noch eine Überraschung für dich«, drängte er, doch Thomsen machte keinerlei Anstalten, sich zu erheben. Obwohl er eigentlich keine Lust hatte, sich auf diese Weise die Hände schmutzig zu machen, beugte er sich zu Thomsen hinunter, nachdem ein paar weitere Tritte nichts gebracht hatten. Zuerst durchsuchte er sicherheitshalber dessen Taschen nach möglichen Waffen. Als er nichts fand, schulterte er den nur noch schwach atmenden alten Mann und stellte ihn unter einigen Anstrengungen in die vorbereitete Tonne. Thomsen sackte in der Tonne sofort zusammen, sodass nur noch der obere Brustbereich und der Kopf des Lehrers zu sehen waren. Das reichte ihm. Er nahm den noch halb vollen Kanister auf und übergoss Manfred Thomsen mit dem restlichen Benzin. Dann zückte er sein Zippo aus der Tasche und ließ es viermal auf- und zuklappen: Klick – klick – klick – klick. Dieses Geräusch veranlasste Thomsen endlich, seine Augen zu öffnen. Gerade richtig, dachte er und hielt das Feuerzeug an den Hemdkragen des Mannes im Fass. Die Flammen züngelten in Sekundenschnelle überall an Manfred Thomsen, der plötzlich seinen Mund öffnete und rief: »Diogenes hat auch gesagt: ›Die Philosophie schenkte mir die Fertigkeit, jeder Wendung des Schicksals gegenüberzutreten.‹ Mir auch!« Nach diesen Worten trat stumpfe Leere in die aufgerissenen Augen des Lehrers.

10:17 Uhr

Katharina hatte Leonie und Bene wie geplant am Zoo abgesetzt. Die Fahrt mit den beiden hatte ihr gutgetan. Tochter und Vater waren bester Laune gewesen und hatten sie von ihren eigenen Gedanken wie erhofft abgelenkt. Jetzt hatte sie gerade ihren Wagen auf dem Parkplatz der Werbeagentur abgestellt und suchte im Eingang des großen Gebäudes, in dem diverse Firmen ihre Büros eingerichtet hatten, nach der entsprechenden Klingel. Kurz darauf ertönte ein Summer, die große Eingangstür sprang auf, und die Kommissarin entnahm dem Schild im Eingangsbereich, dass sie in den zweiten Stock musste. Als sie die Agentur betrat, lächelte ihr eine hübsche junge Frau hinter einem kleinen Empfangstresen freundlich entgegen.

»Guten Morgen«, sagte Katharina, während sie ihren Dienstausweis aus der Hosentasche zog, »Kripo Lüneburg, Katharina von Hagemann. Ich würde gern Frau Tremmler sprechen.«

Das Gesicht der jungen Frau veränderte sich schlagartig. »Oh, Sie … Sie sind wegen Melanie hier, stimmt's? Das ist so furchtbar …« Die Kommissarin beschloss, die Chance zu nutzen. Offenbar war die Mitarbeiterin am Empfang nicht nur am Telefon ziemlich redselig, vielleicht konnte sie hier bereits ein paar Dinge in Erfahrung bringen.

»Kannten Sie Frau Sarbacher gut?«, fragte sie daher und sah die junge Frau namens Alina, wie das Namensschild auf dem Revers ihres Blazers verriet, auffordernd an.

»Na ja, was heißt gut. Wie man sich halt so kennt unter Kollegen.« Sie sah Katharina ohne einen Hauch von Zurückhaltung an. »Wissen Sie denn schon, wer es war? Also, ich meine …«

»Alina, ich denke, du hast einiges zu tun, oder?«, erklang plötzlich eine forsche weibliche Stimme, und als Katharina sich umblickte, trat ihr eine Frau in einem modischen schwarzen Hosenanzug entgegen, die sie auf Mitte bis

Ende 30 schätzte. Die Frau streckte ihr die Hand entgegen und begrüßte Katharina freundlich.

»Guten Tag, ich bin Sabine Tremmler. Bitte kommen Sie doch mit in mein Büro.« Mit einem Seitenblick auf die Empfangsdame, aber ohne die Lautstärke ihrer Stimme zu senken, ergänzte sie: »Dort können wir ungestört miteinander reden.«

Katharina folgte der Vorgesetzten von Melanie Sarbacher, mit der sie sich bereits am Vortag telefonisch verabredet hatte, und nahm nach Aufforderung an einem runden Besprechungstisch in einem kleinen, aber sehr angenehm eingerichteten Büro Platz.

»Kann ich Ihnen etwas anbieten?«, fragte Sabine Tremmler. »Einen Kaffee oder ein Wasser?«

»Ein Kaffee wäre großartig«, dankte Katharina. Während die Agenturmitarbeiterin am Telefon um zwei Becher Kaffee bat, sah sie sich erneut im Raum um. Sie hätte sich das Büro einer Kreativdirektorin in einer Werbeagentur irgendwie chaotisch vorgestellt, mit einem Tisch voller Entwürfe, Prospekte – alles irgendwie ein bisschen künstlerisch. Hier dagegen herrschte absolute Ordnung und Klarheit, selbst in der farblichen Auswahl der wenigen Möbelstücke.

Die junge Frau vom Empfang betrat den Raum, in der Hand ein Tablett mit zwei Bechern, einer Thermoskanne aus Edelstahl sowie einem Teller mit Keksen und auf dem Gesicht einen beleidigten Ausdruck. Es war klar erkennbar, dass es ihr nicht passte, von der Kreativdirektorin vor Katharina zurechtgewiesen worden zu sein. Katharina beschloss, dass sie das später für sich zu nutzen versuchen würde. Solche Leute hatten immer etwas zu sagen, und wenn auch nicht immer alles stimmte, so gab es zumindest in den meisten Fällen noch ein anderes Bild ab, was bei den Ermittlungen nicht schaden konnte.

Als Alina die Bürotür wieder hinter sich geschlossen hatte, setzte Sabine Tremmler sich zu Katharina an den Tisch.

»Bitte entschuldigen Sie, das ist sonst nicht so meine Art. Aber hier haben die Wände Ohren, und es wird schon genug geredet, seit bekannt wurde, dass Melanie …« Sie beendete den Satz nicht, sondern sah kurz zur Seite. Katharina war sich sicher, dass die Emotionen nicht gespielt waren. Die Chefin von Melanie Sarbacher schien ehrlich schockiert und mitgenommen zu sein.

»Wie lange kannten Sie Melanie Sarbacher?«, fragte sie, um das Gespräch in Gang zu bringen.

»Schon lange«, antwortete Sabine Tremmler. »Wir haben uns hier in Hannover beim Sport kennengelernt. Das war vor ungefähr zehn Jahren. Damals hatte ich gerade in der Agentur begonnen, und Melanie war noch in der Ausbildung. Wir haben uns angefreundet, öfters gemeinsam was unternommen. Als sie in ihrem früheren Job zunehmend unzufriedener wurde, habe ich sie schließlich in die Agentur geholt. Zu diesem Zeitpunkt war ich hier gerade befördert worden, sollte meinen Bereich ausbauen und brauchte gute Leute.«

»Und Melanie Sarbacher war gut in ihrem Job? Oder war es eher ein Freundschaftsdienst?«, hakte Katharina nach.

»Sie war gut. Solche Freundschaftsdienste, wie Sie es nennen, kann man sich in der freien Wirtschaft heutzutage nicht erlauben. Hier zumindest nicht.« Sabine Tremmler sah Katharina direkt ins Gesicht. »Ich war mir sicher, dass Melanie ihren Job gut machen würde, und das war auch so. Erst in letzter Zeit …« Sie brach ihre Schilderung erneut ab.

»Was war in letzter Zeit?«, wiederholte Katharina, hellhörig geworden.

»In letzter Zeit war Melanie … wie soll ich sagen … unkonzentrierter als sonst. Und sie kam häufig zu spät. Es war alles noch im Rahmen, aber lange hätte ich das nicht mehr einfach so hinnehmen können, bei allem Verständnis für ihre Situation«, erklärte Sabine Tremmler und sah bedrückt auf den Kaffeebecher in ihrer Hand.

»Können Sie mir das etwas genauer erklären? Wie war Melanies Situation?«

»Das ist sehr privat. Ich wusste zwar darüber Bescheid, aber weniger als ihre Chefin, sondern als ihre Freundin.«

»Umso mehr wollen Sie doch auch, dass wir herausfinden, wer Melanie getötet hat, oder nicht?«

Katharina behielt die Mimik und Gestik der Frau genau im Blick und hatte ihre Worte sehr bewusst gewählt. Sollte Sabine Tremmler, ähnlich wie Melanies Mutter, einen Selbstmord ihrer Freundin für möglich halten, so würde sie an dieser Stelle entsprechend reagieren. Doch im Gesicht der Werbeleiterin zeichneten sich weder Erstaunen noch Zweifel ab.

»Glauben Sie mir, ich habe mir den Kopf zerbrochen, wer das getan haben könnte, seit ich von Melanies Mutter erfahren habe, was passiert ist. Aber ich habe keine Ahnung.«

»Dann erzählen Sie mir von Melanies privaten Problemen. Offenbar haben Sie ihr sehr nahe gestanden. Wir sind auf Ihre Mithilfe angewiesen. Zumal …« Katharina überlegte kurz, ob sie eventuell zu viel erzählen würde, entschied sich jedoch für Offenheit. »Zumal es einen zweiten, ähnlichen Mordfall gibt, und wir bisher nicht wissen, ob die beiden möglicherweise in Verbindung stehen.«

Nun blickte Sabine Tremmler erstaunt auf. »Es wurde noch jemand ermordet? Wer?«

»Der Mann hieß Torben Städer«, erklärte Katharina knapp. »Sagt Ihnen der Name etwas?«

»Nein«, antwortete die Frau nach kurzer Überlegung. »Den Namen habe ich noch nie gehört. Auch nicht von Melanie.«

Katharina hatte in der Zwischenzeit ihr kleines Notizbuch hervorgeholt und notierte diese Aussage als Erstes. Weiterhin schien also nichts darauf hinzuweisen, dass Melanie Sarbacher und Torben Städer sich gekannt hatten, geschweige denn ein Verhältnis gehabt hatten.

»Wir wissen von Melanies Eltern, dass sie eine schwierige Beziehung geführt und diese vor Kurzem beendet hat. Was können Sie mir darüber sagen?«, forderte die Kommissarin ihr Gegenüber erneut auf.

Sabine Tremmler holte tief Luft, sperrte sich jedoch nicht länger, Katharina Näheres zu dem Privatleben ihrer Freundin zu erzählen. »Das war ein echtes Problem. Und eine etwas längere Geschichte ...«

10:21 Uhr

Ben saß auf dem Platz von Katharina, um sich mit Tobi über ihre weitere Vorgehensweise abzustimmen, als die Sekretärin von Stephan Mausner das Büro betrat. Verwundert sah der Hauptkommissar sie an. »Nanu, Christiane? Was für ein seltener Gast in unserer bescheidenen Hütte! Was können wir für dich tun?«

Mausners Vorzimmerdame, die sich selbst lieber als dessen Assistentin bezeichnete, grinste die beiden Männer munter an. »Das kann ich dir sagen – ich will nur euer Bestes – euer Geld!«

»Du sammelst aber nicht jetzt schon für Mausis Jubiläum, oder?«, fragte Ben spöttisch. »Das ist doch noch etwas hin. Schlimm genug, dass er im Moment nichts anderes im Kopf hat als das.«

»Nein, darum geht es nicht«, lachte Christiane Sattler. Die junge Frau war es gewohnt, dass die Kollegen ihren Chef nicht immer ganz ernst nahmen, und verstand es, mit derartigen Kommentaren diplomatisch und humorvoll umzugehen. Sie selbst kam mit Mausner bestens zurecht und wusste mit seiner etwas speziellen Art umzugehen. Bei den meisten Kollegen auf dem Kommissariat war sie aufgrund ihrer unkomplizierten, offenen Art recht beliebt, auch wenn sie wenig Kontakt zu ihnen hatte.

»Es geht um unseren Herrn Staatsanwalt. Der wird am Montag 50, und das hätten wir beinahe vergessen.«

»Ich könnte mir Schlimmeres vorstellen, als das zu vergessen«, murmelte Tobi vor sich hin.

Christiane Sattler lächelte. »Das wäre ziemlich peinlich geworden. Ich hab nämlich zufällig mitbekommen, dass Herr Friedberg plant, hier ein paar Köstlichkeiten aufzufahren. Käme sicher nicht so gut an, wenn wir dann kein Geschenk am Start haben.« Sie hob einen großen Umschlag in die Höhe: »Also, Jungs, raus mit den Flocken!«

Sowohl Ben als auch Tobi kramten in ihren Taschen und Portemonnaies und schoben ihren finanziellen Beitrag in den Umschlag.

»Unterschreiben müsst ihr auch noch«, fügte die Kollegin hinzu und schob den beiden eine Karte über den Tisch, auf der bereits diverse Unterschriften in verschiedenen Farben prangten.

»Und was bekommt Friedl von uns?«, fragte Tobi. »Der hat doch eh schon alles. Und außerdem kann man es dem ja sowieso nie recht machen.«

»Danke«, antwortete Christiane und verdrehte die Augen. »Dieses Problem werde ich morgen lösen müssen. Wird ein ausgedehnter Stadtbummel werden, bis ich was Passendes finde, aber was soll's.«

»Na dann viel Erfolg!«, rief Ben ihr zu, während sie sich anschickte, den Raum wieder zu verlassen.

»Dann bis Montag, ihr zwei. Ich gebe euch noch Bescheid, wann und wo zur Verköstigung geladen wird.«

Die beiden Männer wandten sich wieder einander zu. »Das wird ja ein teurer Monat mit so vielen Feiern und Geburtstagen«, sagte Tobi. »Frauke, Mausi, Friedberg … und warte mal, da hat doch noch irgendjemand im April Geburtstag … wer war das noch?«, fügte er grinsend hinzu.

»Sehr witzig«, antwortete Ben auf die eindeutige Anspielung seines Kollegen. »Meinen dürft ihr getrost unter den Tisch fallen lassen, ich hab auch nicht vor, zu feiern.« Mit der flachen Hand schlug er lasch auf die Schreibtischplatte. »Und jetzt wieder an die Arbeit. Ich bin gespannt, ob Katharina in Hannover irgendwas Brauchbares in Erfahrung bringt. Irgendwie treten wir auf der Stelle.«

»Ist bei deinem Besuch in diesem Reitklub gar nichts rausgekommen, was uns weiterhilft?«, fragte Tobi.

»Nein. Torben Städer hat wohl des Öfteren Ärger mit dem Klubvorstand gehabt, insbesondere mit einem Christoph Blumenthal, dem 1. Vorsitzenden. Dem hat es nicht gepasst, dass Städer im Klub nicht wirklich aktiv war, das Umfeld dort aber immer für seine Immobiliengeschäfte genutzt hat.«

»Ich dachte, so was wäre in solchen Vereinen total normal«, meinte Tobias.

»Schon«, bestätigte Ben. »Aber offenbar hat Städer auf sehr plumpe Art versucht, seine Immobilien innerhalb des Klubs anzupreisen oder den Leuten, die selbst Immobilien besitzen, seine Dienste als Makler aufzudrängen. Damit ist er wohl einigen auf den Zeiger gegangen, und die haben sich dann beim Vorstand beschwert.«

»Und von wem hast du das?«, hakte Tobi nach.

»Von verschiedenen Seiten. Auch von Blumenthal selbst, den hab ich gestern Abend noch kennengelernt. Für meinen Geschmack nicht unbedingt ein Sympathieträger, aber im Prinzip hat er einfach nur die Interessen seines Vereins vertreten. Auf keinen Fall sehe ich da ein Motiv. Blumenthal schien außerdem ehrlich betroffen davon, was Torben Städer passiert ist.«

»Wir haben also nach wie vor keinen Tatverdächtigen«, fasste Tobias zusammen.

»Nein, und auch keine Geliebte, wie es aussieht«, stimmte Ben Tobias zu und erzählte ihm, dass er weder von der Kellnerin im Reitklub noch von Torben Städers Sekretärin irgendetwas Konkretes in Bezug auf eine aktuelle Affäre in Erfahrung gebracht hatte. »Und sofern Katharina nicht in Hannover von einem Zusammenhang zwischen Torben Städer und Melanie Sarbacher erfährt, dann sind wir im Prinzip wieder ganz am Anfang«, schloss Ben und rieb sich die Stirn. »Einen kleinen neuen Hinweis gibt es allerdings noch. Während ich im Reitklub war, hat die Mutter von Melanie Sarbacher angerufen und mir auf die

Mailbox gesprochen, dass ihr noch etwas eingefallen sei. Ich bin dann von Salzhausen aus direkt zu den Sarbachers gefahren, um noch einmal mit ihr zu sprechen.«

»Und?«, fragte Tobias gespannt.

»Am Tag, bevor Melanie wieder zurück nach Hannover wollte, hat ein Mann bei den Sarbachers angerufen, als Melanie gerade mit ihrem Vater und dem Hund spazieren war. Der Mann hat nach ihr gefragt, und die Mutter hat ihm mitgeteilt, dass sie gerade nicht da sei und am nächsten Morgen auch schon wieder abreisen wolle. Daraufhin hat er sich bedankt und aufgelegt.«

»Wissen wir, wer das war?«

»Nein. Frau Sarbacher erinnert sich nicht, ob er überhaupt einen Namen genannt hat. Sie ist davon ausgegangen, dass es wohl Melanies ominöser Freund beziehungsweise Exfreund war, aber dessen Namen kannte sie ja ohnehin nicht.«

»Wir könnten versuchen, über den Verbindungsnachweis die Nummer des Anrufers herauszubekommen«, schlug Tobias vor.

»Ich hab das gestern Abend gleich angefordert, aber noch hab ich nichts bekommen. Viel Hoffnung hab ich da aber, ehrlich gesagt, nicht. Wenn es wirklich der Täter war, wird er kaum von einer zurückzuverfolgenden Telefonnummer angerufen haben. Abgesehen davon muss dieser Anruf nicht einmal mit dem Mord in Zusammenhang stehen. Es kann ja sonst wer gewesen sein.«

Tobias hätte gern etwas Optimismus versprüht, aber auch ihm fiel dazu nichts weiter ein. Sie hatten einfach nichts in der Hand.

»Und dann noch was«, begann Ben erneut. »In der Nacht vor Melanies Abreise hat Artus, der Labrador von

Herrn Sarbacher, laut angeschlagen. Melanies Vater hat kurz aus dem Fenster geschaut, aber nichts gesehen. Er hat angenommen, der Hund sei durch den Wetterumschwung unruhig oder hätte einen Marder gewittert. Ist wohl schon öfter mal vorgekommen, also auch kein Hinweis, der uns weiterbringt.«

Ben war sichtlich unzufrieden mit dem Stand der Dinge. Zwei Morde und kein einziger Tatverdächtiger. Nicht einmal ein klares Motiv, geschweige denn eines, das auf beide Taten passte. Und er hatte das ungute Gefühl, dass noch irgendeine unliebsame Überraschung auf sie wartete. Ihm blieb vorerst nur die Hoffnung, dass Katharina am Abend mit neuen Erkenntnissen zurückkommen würde.

12:43 Uhr

Katharina sah sich in der Dreizimmerwohnung um, die Melanie Sarbacher in Hannover seit drei Jahren bewohnt hatte. Als Erstes fiel ihr auf, wie ordentlich es war. Bei diesem Gedanken musste sie spontan an ihre Mutter denken, die zur gleichen Zeit in ihrer Wohnung in Lüneburg allein mit ihren Problemen saß. Kurz entschlossen zog Katharina ihr Handy hervor und wählte ihren eigenen Festnetzanschluss. Sie war nicht sicher, ob ihre Mutter dort ans Telefon gehen würde. Eigentlich hoffte sie sogar, dass sie es nicht tat. Sie selbst jedenfalls würde das in der Wohnung anderer Leute nicht tun. Da sie aber wusste, dass ihre Mutter ihr Handy meistens ausgeschaltet ließ, probierte sie es trotzdem, denn sie wollte sich kurz versichern, dass bei ihr alles in Ordnung war. Nach dem zweiten Klingeln meldete sich eine unerwartet fröhliche Stimme am anderen Ende der Leitung.

»Hallo, Katharina!«

»Hallo, Mama«, antwortete Katharina etwas irritiert von der guten Laune ihrer Mutter. »Woher weißt du, dass ich das bin? Na egal. Ich wollte mich nur mal kurz melden. Ist bei dir alles in Ordnung?« Im Hintergrund hörte sie Musik.

»Aber ich hab doch deine Nummer auf dem Display erkannt! Hier ist alles bestens. Mach dir keine Sorgen um mich. Wann kommst du denn nach Hause? Ich hab eine Überraschung für dich!«, flötete Anne von Hagemann in den Hörer.

Katharina stöhnte innerlich. Das fing ja gut an! Auf weitere Überraschungen aus dem Mund ihrer Mutter hatte sie keine große Lust. Und auf die regelmäßige Frage, wann sie nach Hause käme, auch nicht.

»Ich hab keine Ahnung, wann ich zu Hause bin. Du weißt doch, dass ich das bei meinem Job nie so genau sagen kann. Außerdem bin ich heute in Hannover. Es kann später werden, ich muss nachher erst noch einmal ins Kommissariat.« Sie ärgerte sich über sich selbst. Warum fing sie direkt an, sich zu rechtfertigen?

»Na gut, auch kein Problem. Ich werde die Zeit schon zu nutzen wissen. Bis später!«, sagte Katharinas Mutter und beendete das Gespräch, bevor die Kommissarin noch etwas erwidern konnte. Eine merkwürdige Vorahnung beschlich Katharina, doch sie wehrte sich dagegen, sich darüber im Moment tiefer gehende Gedanken zu machen. Stattdessen steuerte sie den kleinen Schreibtisch an, der in Melanie Sarbachers Wohnzimmer stand. Dort hoffte sie, weitere Details zum Leben des zweiten Opfers oder zumindest Bestätigungen dessen zu finden, was Sabine Tremmler ihr noch berichtet hatte.

Die Freundin und Chefin der Toten hatte die Vermutung von Melanies Mutter bestätigt: Die junge Frau hatte sich in einen deutlich älteren, verheirateten Mann verliebt und sich auf eine Beziehung mit ihm eingelassen. Eine Zeit lang hatte es gut funktioniert, doch dann war Melanie an einem Punkt angelangt, an dem ihr der Status als heimliche Geliebte nicht mehr genügt hatte. Wie Sabine Tremmler zu berichten wusste, hatte sie den Mann immer wieder gedrängt, klar Stellung zu beziehen, doch dieser hatte sie jedes Mal aufs Neue vertröstet. Schon in dieser Situation war es Melanie schlecht gegangen. Schließlich habe sie die Beziehung vor ungefähr drei Wochen beendet. Allerdings, so ihre Freundin, hatte Melanie gehofft, ihren Liebhaber damit unter Druck zu setzen. Sie war sicher gewesen, dass der Mann sie so sehr vermissen würde, dass er ihre Forderung erfüllen würde. Dies war jedoch nicht der Fall gewesen, eher das Gegenteil. Er hatte ihr per SMS mitgeteilt, dass es so sicher besser für sie beide sei, und ihr nahegelegt, sich einen anderen Job zu suchen. Über diese Schilderung war Katharina sofort gestolpert. »Was hatte das Ende dieser Beziehung mit ihrem Job zu tun?«, hatte sie die Kreativdirektorin überrascht gefragt.

»Na ja«, hatte diese etwas verwundert reagiert, »Justus ist ja schließlich einer unserer Chefs!«

Damit war vor allem endgültig die Vermutung aus dem Weg geräumt, dass Torben Städer der heimliche Geliebte von Melanie Sarbacher gewesen war. Und gleichzeitig schien es Katharina unwahrscheinlich, dass sie bei dem

Mann ein Motiv finden würde. Offensichtlich war ihm die Trennung nur recht gewesen. Auf die Frage, ob es möglich sei, dass Melanie ihren Freund damit unter Druck gesetzt habe, seiner Frau alles zu erzählen, hatte Sabine Tremmler sofort heftig den Kopf geschüttelt. »Auf gar keinen Fall! So war Melanie nicht, das hätte sie niemals getan. Sie hätte nicht gewollt, dass er nur zu ihr zurückkommt, weil seine Frau ihm den Laufpass gibt. Im Gegenteil. Seine Reaktion war für sie nur ein deutlicher Beweis, dass Justus sie nie wirklich geliebt hat, obwohl er ihr das mehr als ein Jahr lang hat glaubhaft machen wollen. Diese Erkenntnis hat sie todunglücklich gemacht. Sie hat wirklich gelitten.«

Katharina hatte Justus Stockmann, einen der Agenturgründer, direkt nach dem Gespräch mit Sabine Tremmler in seinem Büro aufgesucht. Er war wenig zugänglich gewesen, hatte die Schilderung der Kreativdirektorin aber weitestgehend bestätigt. Gleichzeitig hatte er Katharina um äußerste Diskretion gebeten, sowohl den Mitarbeitern der Agentur als auch seiner Frau gegenüber. Nicht zum ersten Mal hatte Katharina sich über ein derartiges Verhalten aufgeregt, ihren Ärger aber für sich behalten. Warum bauten so viele verheiratete Männer Mist und erwarteten später von allen, dass sie ihr Benehmen auch noch schützten? Katharina hatte an ihren Vater gedacht. Sie würde mit ihm sprechen, und zwar bald. Zum einen wollte sie zumindest so fair sein, auch seine Version anzuhören. Und sie wollte Genaueres über ihren Halbbruder erfahren. Außerdem konnte es keine Dauerlösung sein, dass ihre Mutter bei ihr wohnte. Sie hatte Bene am Morgen kurz geschildert, was am Vorabend geschehen war. Leonie war bereits ins Auto gestiegen, und er hatte gefragt, ob sie sich am Abend sehen würden. Sie hatte aufgrund der knappen Zeit nicht viel erklären können. Schlagartig war ihr aber auch klar geworden, dass die Anwesenheit ihrer Mutter die gemeinsame Zeit mit Bene noch mehr einschränken würde. Zumal Anne von Hagemann bisher nicht einmal wusste, dass es in Katharinas Leben einen Mann gab. Geschweige denn, dass es sich dabei um einen Barmann handelte ... Aber darum würde sie sich später kümmern.

15:37 Uhr

Hauptkommissar Benjamin Rehder saß an seinem Schreibtisch und las aufmerksam den Nachweis der Telefonverbindungen vom Festnetzanschluss der Sarbachers durch, den er wenige Minuten zuvor erhalten hatte. Es war zu der angegebenen Zeit nur ein einziger Anruf eingegangen, doch wie erwartet gehörte die Nummer des Anrufers zu einem Prepaid-Handy. Wieder eine Sackgasse. Er seufzte und sah im selben Moment, dass Katharina das Gemeinschaftsbüro betrat. Sofort erhob er sich und ging nach nebenan, wo auch Tobi an seinem Schreibtisch saß und der Kollegin gespannt entgegensah.

»Und, Katharina?«, fragte Ben ohne weitere Begrüßung. »Hast du was Neues erfahren?«

»Ja und nein«, antwortete die Kommissarin, während sie ihre Tasche auf den Schreibtisch legte und sich in ihren Stuhl sinken ließ. »Ich weiß jetzt, wer der geheimnisvolle

Freund von Melanie Sarbacher war. Das hilft uns nur leider auch nicht weiter.«

Neugierig sahen beide Männer sie an.

»Es war definitiv nicht Torben Städer, sondern einer ihrer Chefs aus der Werbeagentur, Justus Stockmann. Der hat aber ein wasserdichtes Alibi. Er war zur Tatzeit geschäftlich in London, das konnte er mir einwandfrei belegen.«

»Na großartig«, stöhnte Ben.

»Ich hab in der Wohnung von Melanie Sarbacher Tagebücher, Fotos und andere private Dinge durchgesehen. Es gibt nicht den geringsten Hinweis, dass sie und Torben Städer sich überhaupt gekannt haben. Ich denke, von der Idee müssen wir uns endgültig verabschieden«, ergänzte sie.

»Dann sind wir also echt wieder ganz am Anfang«, stellte Tobias fest. »Womöglich haben die beiden Morde tatsächlich gar nichts miteinander zu tun, und wir müssen nach zwei verschiedenen Tätern suchen?« Fragend sah er Ben an.

»Das sehe ich genauso«, bestätigte dieser. »Dann sollten wir uns aufteilen. Wir …« Bevor er weitersprechen konnte, klingelte das Telefon in seinem Büro. Ben griff zum Hörer von Tobis Apparat und holte das Gespräch auf die Leitung. »Rehder, Mordkommission?« Er zog die Stirn in Falten, während er zuhörte. Nach einem knappen »Wir kommen sofort«, legte er wieder auf und sah die Kollegen an. »Die Aufteilung besprechen wir morgen. Wir haben einen neuen Fall – den Brand eines Einfamilienhauses in Amelinghausen. Die Feuerwehr vor Ort hat soeben zwei Leichen im Keller des Hauses entdeckt.«

Katharina sah auf die Uhr und wand sich sichtlich. »Könntet ihr beide das allein übernehmen?« Sie sah Ben bittend an. »Ich hab da ein kleines familiäres Problem, das ich klären muss.«

Ben stutzte zwar, doch es war jetzt nicht der richtige Moment, weiter darauf einzugehen. Er wusste, dass Katharina ihn nicht darum bitten würde, wenn es nicht wichtig war, und es reichte absolut aus, zu zweit nach Amelinghausen zu fahren. Er sah seine beiden Kollegen an: »Okay, dann fahren wir zwei jetzt los, Tobi. Aber haltet euch am Wochenende bitte beide in Bereitschaft. Je nachdem, was da in Amelinghausen auf uns zukommt, müssen wir gucken, ob wir vielleicht sogar noch Verstärkung brauchen.« Er registrierte einen dankbaren Blick von Katharina, bevor er in sein Büro ging, um seine Sachen zu holen. Die Aussicht, eine weitere Brandstelle und ihre Opfer in Augenschein nehmen zu müssen, gab ihm für diesen Tag vorerst den Rest.

16:37 Uhr

Katharina betrat das Mehrfamilienhaus in der Münzstraße mit einem unguten Gefühl. Sie hatte ein schlechtes Gewissen, weil sie nicht mit zum neuen Tatort gefahren war. Zumal es nicht ihre Natur war, sich vor etwas zu drücken, schon gar nicht, wenn es ihren Job betraf. Sie hoffte jedoch, dass Ben es ihr nicht übel nahm. Im Hausflur traf sie Julie, die gerade die Treppe herunterkam.

»Hi, Katharina!«, rief die Freundin ihr fröhlich entgegen. Sie sah, wie Katharina fand, ausgesprochen gut gelaunt und erholt aus. Genauso, wie sie selbst sich gerade gar nicht fühlte.

»Hi, Julie, geht's dir gut?«, fragte sie lächelnd.

»Ich kann mich nicht beklagen«, antwortete Julie und sah sie fragend an. »Ich hätte schwören können, ich hätte heute Geräusche aus deiner Wohnung gehört – kommst du gerade erst nach Hause?«

»Äh ja, aber das kann ich erklären. Meine Mutter ist bei mir.«

Überrascht blickte Julie sie an. »Deine Mutter?«

»Ja, das ist eine längere Geschichte«, deutete Katharina vage an. »Nichts, was sich hier eben zwischen Tür und Angel erklären lässt. Könnte aber sein, dass sie noch ein paar Tage bleibt. Wundere dich also nicht, wenn du was hörst oder siehst, obwohl ich im Dienst bin.« Sie legte Julie eine Hand auf den Arm. »Ich komm die Tage bei dir vorbei und erzähle es dir in Ruhe, okay? Aber jetzt muss ich hoch.« Sie warf ihrer Freundin einen entschuldigenden Blick zu.

»Klar, kein Problem«, erwiderte Julie. »Aber eins noch ganz kurz: Leonie hat sich in den Kopf gesetzt, am Geburtstag von Ben und Bene eine kleine Überraschungsparty für die beiden zu organisieren ... Nur, dass du das von mir schon mal gehört hast. Vielleicht kannst du dafür sorgen, dass Bene an dem Tag nicht irgendwo untertaucht oder so. Wir besprechen das, wenn wir uns die Tage sehen.« Sie drückte Katharina kurz und winkte ihr zu, während sie das Haus verließ.

Als die Kommissarin kurz darauf bei ihrer Wohnung ankam, erwartete Anne von Hagemann sie bereits in der offenen Tür: »Hallo, Kind, da bist du ja endlich!«

Katharina ersparte sich einen Kommentar zu der verhassten Anrede »Kind«, denn als sie den Flur ihrer Wohnung betrat, bemerkte sie sofort, dass hier etwas nicht stimmte. Es roch ganz anders als sonst. Irgendwie … nach Essig. Sie schloss die Tür hinter sich, hängte ihre Jacke an die Garderobe und betrat das Wohnzimmer. Schlagartig wurde ihr klar, was los war, doch bevor sie auch nur aufstöhnen konnte, nahm ihre Mutter sie seitlich in den Arm und strahlte sie an: »Sieh mal, ich hab hier mal gründlich für Ordnung gesorgt. Das war ja wirklich überfällig. Und dein Bad hab ich auch mal richtig blitzblank geputzt. Und morgen ist die Küche dran. Ich hab das zwar lange schon nicht mehr selber gemacht, aber scheinbar nicht verlernt. Freust du dich? Ach, und übrigens – wer sind denn bitte Ben und Bene?«

Der eine wünscht dies, der andere jenes;
eine Mutter aber will immer Liebe.

(Maxim Gorkij)

7. KAPITEL:

MONTAG, 13. APRIL 2015

12:02 Uhr

Benjamin Rehder stand, wie auch alle anderen Kollegen vom Lüneburger Kommissariat, im großen Besprechungssaal und versuchte, sich nicht anmerken zu lassen, dass er genervt war. Er war am Wochenende mehr im Büro als zu Hause gewesen. Nachdem seine Abteilung den dritten Mordfall innerhalb weniger Tage auf den Tisch bekommen hatte, hatte er versucht, Mausner und Staatsanwalt Bent-Ove Friedberg dazu zu bewegen, zu einer kurzen aber wichtigen Besprechung aufs Kommissariat zu kommen. Mausner hatte durch seine Frau ausrichten lassen, dass er krank im Bett liege, und der Staatsanwalt hatte Ben auf Montagmorgen vertröstet. Tatsächlich hatte er sich heute Morgen um kurz nach acht bei dem Hauptkommissar im Büro blicken lassen. Ben hatte ihm pflichtbewusst kurz zum Geburtstag gratuliert, war dann aber sofort auf den Punkt gekommen und hatte um Unterstützung für seine Abteilung gebeten. Der Staatsanwalt hatte es sich nicht nehmen lassen, zuerst seinen Unmut darüber zu äußern, dass Benjamin Rehder und seine Kollegen bisher nicht in der Lage gewesen waren, überhaupt nur einen der Fälle ansatzweise aufzuklären. Bens Hinweis, dass noch nicht klar sei, ob sie es nicht sogar mit einem Serientäter zu tun hatten, hatte er eiskalt in den Wind geschlagen mit den Worten: »Es ist schlimm genug, dass die Presse derartige Vermutungen anstellt. Wollen Sie auf diesen Zug jetzt aufspringen, nur weil Sie es nicht hinbekommen, wenigstens einen einzigen Tatverdächtigen zu benennen?« Dann hatte er ihn bezüglich der Unterstützung an Kriminalrat Mausner verwiesen, er habe Wichtigeres zu tun. Ihm wäre es letztlich egal, und wenn das halbe Kommissariat an den Fällen arbeiten würde. Hauptsache es gäbe schnell schlagkräftige Ergebnisse. Ben kannte die aufbrausende Art des Staatsanwalts und hatte den Wutausbruch stoisch über sich ergehen lassen. Alles, was er momentan wollte, war eine weitere Person für die Abteilung – hauptsächlich für den Innendienst. Nachdem Friedberg das Büro ohne weitere Diskussion verlassen hatte, hatte Ben beim Kriminalrat zu Hause angerufen, doch niemanden erreicht. Auch an sein Handy war der Kriminalrat nicht gegangen, was an sich schon ein starkes Stück war. So hatte Ben kurzerhand die Initiative ergriffen und seinen Kollegen Malte Brückner, den Leiter des Dezernats für Sexualdelikte, auf dessen Handy angerufen und zu seiner Freude erreicht. Mit den Worten: »Moin, Malte, ich hab ein Problem. Wir haben aktuell drei Mordfälle auf dem Tisch. Kannst du ein paar Tage auf Vivien verzichten, damit sie uns hier unterstützt?«, trug er seine Bitte vor. Vivien Rimkus war eine junge Kommissarin, die erst seit einigen Monaten in Lüneburg war. Sie hatte die Mordkommission jedoch im vergangenen Dezember schon einmal erfolgreich unterstützt, als Ben entführt worden war. Er selbst hatte somit zwar noch nicht mit ihr zusammengearbeitet, aber er wusste, dass Katharina große Stücke auf die junge Kollegin hielt, und er vertraute Katharinas Meinung. Außerdem war es in jedem Fall einfacher, als jemanden dazu zu holen, der mit den Kollegen der Mordkommission noch nie gearbeitet hatte. Ben dachte effektiv und wusste, dass Malte Brückner ähnlich tickte. So hatte ihm der Kollege nahezu direkt die vorübergehende Überstellung von Vivien Rimkus zugesagt. Einzige Bedingung war, dass Ben das selbst mit Kriminalrat Mausner klärte und Vivien jederzeit für ihre eigene Abteilung zur Verfügung stand, wenn man sie dort nicht mehr entbehren konnte. Das war der Grund, warum Ben in diesem Moment unter Druck stand, und der Geburtstagsempfang von Staatsanwalt Friedberg ihm keine willkommene Pause, sondern ein Dorn im Auge war. Es gab Dringenderes, als sich hier die Beine in den Bauch zu stehen und zuzusehen, wie der Staatsanwalt sich feiern ließ. Obgleich sicher kaum jemand der hier Anwesenden Bent-Ove Friedberg sonderlich viel Sympathie entgegenbrachte, fühlten sich einige dazu berufen, ihm wahre Lobeshymnen zu widmen. Ben konnte das nur schwer ertragen, zumal es hier nur um einen Geburtstag und nicht um eine besondere Leistung des Staatsanwalts ging. Außerdem hasste er derartige Heucheleien. Er wollte sich einfach nur schnellstmöglich die Mitarbeit von Vivien Rimkus durch den Kriminalrat absegnen lassen und sich dann mit seinem hoffentlich erweiterten Team zu einer Besprechung zusammensetzen. Stephan Mausner war jedoch eben erst im Kommissariat eingetroffen und dann direkt zu der Veranstaltung geeilt, wo er selbst als Erster ein Loblied auf den Staatsanwalt zum Besten gegeben hatte. Jetzt gerade hielt Friedberg seine Dankesrede, und Ben betete innerlich, dass er bald zum Ende kommen würde. Er stieß einen Seufzer aus, als er tatsächlich erhört wurde, Friedberg den offiziellen Teil beendete und das opulente Büfett, das er hatte aufbauen lassen, eröffnete. Schnell bahnte Ben sich einen Weg durch die Menge der geladenen Politiker, Mitarbeiter der Staatsanwaltschaft und die Kollegen vom Kommissariat, und steuerte auf Mausner zu, den er kurzerhand an der Schulter stoppte, als dieser sich gerade einen Teller nahm und kritisch die üppigen Platten begutachtete. Mausner drehte sich um, und Ben sagte ohne Einleitung: »Stephan, wir müssen kurz reden.«

»Großartig«, murmelte Stephan Mausner, mehr zu sich selbst. »Der hat ja alles aufgefahren, was ich mir für mein Dienstjubiläum überlegt habe. Jetzt kann ich meine ganze Planung über den Haufen werfen.«

Ungläubig sah Benjamin Rehder ihn an, bevor er es erneut anging: »Stephan, es ist wichtig. Ich habe Vivien Rimkus zur Unterstützung angefordert. Wir kommen sonst nicht voran, mit drei Leuten sind drei Mordfälle nicht zu schaffen.«

Nun schien Mausner doch hellhörig geworden zu sein. »Du hast was? Ohne das vorher mit mir abzusprechen?«

»Das hätte ich ja gern getan, aber du warst leider nicht erreichbar. Friedberg habe ich informiert, und das Dezernat für Sexualdelikte hat mir Grünes Licht gegeben. Es geht nicht anders.«

Der Kriminalrat schien kurz zu überlegen. »Stimmt, da war ja noch ein Vorkommnis in Amelinghausen. Ist es denn sicher, dass das auch ein Fall für deine Abteilung ist?«

Allmählich wurde Ben ungehalten. »Ja, ist es. Das Feuer wurde definitiv mutwillig gelegt, und die Art und Weise, wie wir die beiden Leichen vorgefunden haben, lässt keinen anderen Schluss zu als Mord. Wir wissen aber nicht, ob der Fall mit einem der anderen oder sogar mit beiden zusammenhängt. Stephan, ich mach das nicht zum Vergnügen. Meine Leute und ich waren das ganze Wochenende in der Angelegenheit unterwegs, aber uns fehlt noch immer ein klarer Ansatz.« Auf die Gefahr hin, dass er sich damit ein Eigentor schoss, fügte er hinzu: »Die Presse ist ohnehin hellhörig, und wie ich gehört habe, ist für heute Abend eine Pressekonferenz angesetzt. Wenn du denen sagen kannst, dass du die Abteilung verstärkt hast, und wir alles tun, um mögliche weitere Taten zu verhindern ...« Weiter kam er nicht, denn Stephan Mausner fiel ihm aufgeregt ins Wort. »Ist ja schon gut, erinnere mich bloß nicht an die Pressekonferenz! Die lauern ja schon wieder wie die Hyänen. Und was kann ich ihnen bieten? Nichts!«

»Eben«, erwiderte Ben angespannt. »Das nehme ich jetzt mal als Zusage.« Mit diesen Worten drehte er sich um, gab Katharina und Tobi ein Zeichen und trat dann zu Vivien Rimkus, die er am anderen Ende des Raums entdeckt hatte.

»Vivien? Es ist endlich geklärt. Ab sofort bist du erst mal bei uns. Wir sehen uns in zehn Minuten bei uns im Büro.«

17:13 Uhr

Katharina stieg die Stufen zur Etage hinauf, in der sich sowohl ihre als auch Julies Wohnung befanden, und bemühte sich, dabei so leise wie möglich zu sein. Sie hatte sich zuvor telefonisch mit Julie verabredet und wollte einfach ein paar entspannte Stunden mit ihrer Freundin verbringen. Darum musste sie, auch wenn sie deswegen ein schlechtes Gewissen hatte, vermeiden, dass ihre Mutter mitbekam, dass sie bereits Feierabend gemacht hatte. So anhänglich, wie sie momentan war, würde ihre Mutter vermutlich versuchen, sich dazuzugesellen, oder Katharina zumindest auffordern, nicht so spät zu kommen.

Die Kommissarin klingelte an Julies Tür und legte einen Finger auf die Lippen, als die Freundin ihr öffnete. Nachdem beide Frauen im Flur standen und Julie die Tür wieder zugezogen hatte, fing sie an zu lachen. »Das ist ja wie früher, als man seinen Freund heimlich ins Elternhaus lotsen musste!«

»Ich wünschte, ich könnte darüber auch so lachen«, knurrte Katharina, konnte sich jedoch selbst ein Grinsen nicht verkneifen. »Ob du es glaubst oder nicht, ich komme mir tatsächlich vor, als wäre ich wieder ein Teenager, seit meine Mutter bei mir wohnt.«

»Komm erst mal ganz rein und entspann dich«, sagte Julie und ging voraus in das zwar wie immer etwas chaotische, aber dafür sehr gemütliche Wohnzimmer. Auf dem kleinen Tisch standen bereits zwei Gläser und eine Flasche Rosé.

Katharina sah sich um. »Ist Leonie gar nicht da?«

»Nein, die ist bei Bene, heute ist doch Montag.«

»Stimmt, Montag ist ja Papa-Tag«, lächelte Katharina. Sie hatte Bene seit Freitagmorgen, als sie ihn und Leonie beim Zoo abgesetzt hatte, nicht mehr gesehen. Am Wochenende hatte sie auch nur für ein kurzes Telefonat mit ihm Zeit gefunden, und sie spürte, dass sie ihn vermisste. Julie schenkte den Wein ein, lehnte sich im Sofa zurück und sah ihre Freundin auffordernd an. »Na dann erzähl mal!«

Katharina berichtete ausführlich, warum ihre Mutter bei ihr Zuflucht gesucht hatte, und ließ auch die Tatsache nicht aus, dass sie einen erwachsenen Halbbruder hatte, von dessen Existenz bisher weder sie noch ihre Mutter gewusst hatten.

»Das ist in der Tat ziemlich krass«, bestätigte Julie, als Katharina ihre Schilderung für einen Moment unterbrach.

»Allerdings«, erwiderte Katharina und verdrehte die Augen. »Und es tut verdammt gut, das mal rauslassen zu können.« Sie warf Julie einen dankbaren Blick zu.

»Ist doch klar«, lächelte diese. »Und was sagt dein Vater dazu?«

»Gar nichts«, antwortete Katharina spöttisch. »Als ich ihn angerufen habe, hat er lediglich gesagt, das sei eine Sache zwischen ihm und seiner Frau, ich hätte mich da gefälligst rauszuhalten.« Sie stöhnte. »Er macht es sich mal wieder schön einfach.«

»Zumal es dich ja allein dadurch betrifft, dass deine Mutter jetzt bei dir wohnt. Wie soll es denn nun weitergehen?«, fragte Julie. »Ich meine … so toll ist das Verhältnis zwischen euch beiden Frauen ja auch nicht gerade.«

»Da sprichst du ein wahres Wort«, bestätigte Katharina. »Obwohl ich früher zu meiner Mutter einen wirklich guten Draht hatte. Schlimm wurde es eigentlich erst, nachdem ich das Jura-Studium geschmissen habe. Sie hat halt immer stur die Meinung meines Vaters vertreten. Wie soll man da ein gutes Verhältnis aufrechterhalten …«

»Will sie denn nur eine Auszeit oder sich tatsächlich trennen?«, fragte Julie interessiert.

»Keine Ahnung. Momentan behauptet sie steif und fest,

dass sie ihn endgültig verlässt. Vorstellen kann ich mir das allerdings nicht«, sagte Katharina. »Meine Mutter ist es gar nicht mehr gewohnt, auf eigenen Füßen zu stehen. Die beiden hätten in diesem Jahr ihren 40. Hochzeitstag. Und in diesen 40 Jahren hat sie sich komplett von meinem Vater steuern lassen. Sie hat so gut wie nie eigene Entscheidungen getroffen.«

»Na dafür hat sie dann ja jetzt dich«, vermutete Julie.

»Gott bewahre!«, rief Katharina aus. »Damit fange ich gar nicht erst an. Ich bin ja jetzt schon mit den Nerven am Ende.«

»So schlimm?«, fragte Julie mitleidig.

Katharina schilderte ihrer Freundin die Aufräumaktion der Mutter, die am Freitagabend noch zu einer heftigen Diskussion geführt hatte. Anne von Hagemann war schnell klar geworden, dass ihre Tochter sich keineswegs darüber gefreut hatte, eine blitzblank geputzte und aufgeräumte Wohnung vorzufinden. Nur verstanden hatte sie es nicht.

»Aber ich habe es doch nur gut gemeint!«, hatte sie sich vehement verteidigt. »Hier musste doch ganz dringend mal aufgeräumt werden. Und wenn du zu wenig Zeit dafür übrig hast, dann kann ich das doch machen.«

»Du hast nicht auf-, sondern vor allem umgeräumt!«, hatte Katharina wütend entgegnet. »Hier sieht es komplett anders aus als vorher!«

»Ja, aber ... so stehen die Möbel doch wesentlich sinnvoller. Es ist viel mehr Platz und ...«, hatte Anne von Hagemann zunehmend verzweifelt erklärt. Katharina war daraufhin wortlos in die Küche gegangen, hatte sich ans Fenster gestellt und eine Zigarette geraucht. Sie hatte gemerkt, dass sie kurz vorm Platzen war, und einen Moment gebraucht, um wieder runterzukommen. Anschließend hatte sie, deutlich ruhiger, noch einmal versucht ihrer Mutter klar zu machen, dass das Zusammenleben so nicht funktionierte.

»Mama, ich bin längst erwachsen. Du kannst nicht einfach hierher kommen, mich vor vollendete Tatsachen stellen und dann auch noch bestimmen, wie ich zu leben habe. Ich mag mein Leben, so wie es ist. Und ich mag auch meine Wohnung, so wie sie ist ... wie sie war.« Sie hatten dann noch eine Weile diskutiert, und Anne von Hagemann hatte eingeräumt, dass sie wohl etwas zu weit gegangen war. Bereits am nächsten Tag, am Samstag, war es aber in ähnlicher Form weitergegangen. Als Katharina nach einem schnellen Kaffee und ohne Frühstück erklärt hatte, sie müsse jetzt zur Arbeit, hatte ihre Mutter sie entgeistert angesehen. »Aber Kind, heute ist Samstag! Ich dachte, wir zwei unternehmen was Schönes.« Nur mit sehr viel Mühe hatte Katharina sich zusammengerissen. »Ich habe nun einmal keinen typischen 40-Stunden-Job. Das Thema hatten wir schon so oft. Ich werde heute arbeiten müssen und vermutlich morgen auch. Wir können heute Abend gern zusammen essen, ich bringe uns was mit.« Dann hatte sie die Wohnung verlassen und war zum Dienst gegangen.

»Glaubst du denn, sie hat das jetzt endgültig verstanden?«, fragte Julie schließlich, nachdem sie den Schilderungen ihrer Freundin aufmerksam gelauscht hatte.

»Ehrlich gesagt, nein.« Katharina seufzte. »Es geht in einer Tour: Katharina, du musst was essen! – Kind, wann kommst du denn nach Hause? – Liebes, das musst du aber so machen! ... So gehst du ja nicht mal mit Leonie um. Und ich bin fast 40!«

Julie strich ihrer Freundin über den Arm. »Ich kann absolut verstehen, wie sehr dich das nervt. Aber vielleicht solltest du versuchen, ein bisschen mehr Verständnis für deine Mutter aufzubringen. Das ist für sie sicher auch gerade alles nicht einfach.«

»Du hast ja recht«, gab Katharina zu. »Aber so kann es nicht weitergehen. Ich hab doch schließlich mein eigenes Leben, und bisher hat es meine Mutter auch herzlich wenig interessiert.«

»Bisher hatte sie auch wenig Einblick, was du durchaus gefördert hast«, wandte Julie ein. »Oder weiß deine Mutter inzwischen, dass du seit fast vier Jahren eine Beziehung führst?«

Katharina errötete leicht. »Nein, sie weiß nichts von Bene. Und wenn es nach mir ginge, dürfte das auch gern noch eine Weile so bleiben.« Katharina nahm einen kräftigen Schluck des kühlen Weins. Julie hatte genau den letzten wunden Punkt getroffen. Sie scheute sich davor, ihrer Mutter zu erklären, dass sie einen Freund hatte. Und sie scheute sich davor, die beiden miteinander bekannt zu machen, obwohl sie sich selbst nicht erklären konnte, warum. Vielleicht sollte sie sich nicht länger darüber aufregen, dass ihre Mutter sie behandelte wie einen Teenager, sondern sich stattdessen benehmen wie eine erwachsene Frau. Spontan nahm sie Julies Gesicht in die Hände und gab ihr einen Kuss auf die Wange. »Du hast recht – danke! Du bist die Beste!« Sie stand auf und ging in Richtung Wohnungstür, gefolgt von den amüsierten Blicken ihrer Freundin. »Ich kläre das jetzt sofort – wundere dich also nicht, falls es nebenan heute Abend etwas lauter werden sollte.«

Die Einsamkeit ist wie ein Regen.
Sie steigt vom Meer den Abenden entgegen:
von Ebenen, die fern sind und entlegen,
geht sie zum Himmel, der sie immer hat.
Und erst vom Himmel fällt sie auf die Stadt.
Regnet hernieder in den Zwitterstunden,
wenn sich nach Morgen wenden alle Gassen
und wenn die Leiber, welche nichts gefunden,
enttäuscht und traurig von einander lassen;
und wenn die Menschen, die einander hassen,
in einem Bett zusammen schlafen müssen:
dann geht die Einsamkeit mit den Flüssen …

(Einsamkeit, Rainer Maria Rilke)

8. KAPITEL:

DIENSTAG, 14. APRIL 2015

07:30 Uhr

Ben, Katharina, Tobi und Vivien saßen an dem großen Besprechungstisch in Bens Büro. Sie hatten sich am Nachmittag zuvor bereits kurz miteinander abgestimmt, dann aber festgestellt, dass es wichtig war, Vivien zuerst genau über die vorliegenden Fälle zu informieren, bevor sie weitere Vorgehensweisen besprechen konnten. So hatte Tobi die Fallakten hervorgeholt und war sie gemeinsam mit Vivien durchgegangen, während Katharina versucht hatte, ein erstes brauchbares Täterprofil zu erstellen. Das hatte sich nach wie vor schwierig gestaltet, da es im Grunde davon abhing, ob sie nach einem oder verschiedenen Tätern suchten.

»Vivien, gibt es von deiner Seite noch Fragen, oder bist du komplett auf unserem Stand?«, fragte Benjamin Rehder die Kollegin.

»Für den Moment ist alles klar«, antwortete die junge Frau mit den langen schwarzen Haaren selbstbewusst. »Sag mir einfach, worum ich mich kümmern soll, ich bin bereit.«

»Okay, dann würde ich sagen, du bleibst am Städer-Fall

dran. Fahr bitte noch mal in sein Büro und sprich mit seiner Assistentin. Möglicherweise gab es unzufriedene Kunden, mit denen er Ärger hatte oder Ähnliches. Wir brauchen Namen, damit wir überhaupt einen Ansatz haben.« Ben sah zu Katharina. »Apropos Ansatz: Wie weit bist du mit dem Profil?«

Katharina zog ihre Unterlagen hervor. »Das ist schwierig. Ich bin jetzt vorerst davon ausgegangen, dass wir nur einen Täter suchen. Dann haben wir es auf jeden Fall mit einer Person zu tun, die ziemlich intelligent ist. Die Morde wurden alle unterschiedlich begangen, einzige Verbindung ist das jeweilige Feuer, in dem die Leichen zum Teil verbrannt und diverse Spuren zerstört wurden. Es kann sein, dass das Feuer für den Täter eine bestimmte Bedeutung hat. Es ist halt die Frage, ob es bei den Taten um das Feuer geht oder um die getöteten Personen. Ich halte es für möglich, dass er – oder sie – seine Opfer wahllos ausgesucht hat und wir deswegen noch keine Verbindung zwischen ihnen gefunden haben. Nichtsdestotrotz sollten wir nach Verbindungen suchen, denn sicher bin ich mir absolut nicht. Ehrlich gesagt schwimme ich ziemlich. In diesen Fällen passt einfach nichts zueinander.«

»Darum möchte ich, dass wir in allen drei Fällen noch intensiver weitere Namen ermitteln, die mit den Opfern in Verbindung stehen«, erklärte Ben. »Das gilt nicht nur für Vivien und den Städer-Fall. Tobi, konnte die Spusi schon klären, ob es sich bei dem Fahrrad von der Landstraße um das von Torben Städer gehandelt hat?«

»Oh, äh ja, hat sie. Das ist am Wochenende nur wegen des Amelinghausen-Brandes untergegangen. Die haben überall seine Fingerabdrücke gefunden. Außerdem stimmt es optisch mit dem Bild überein, das ich mir noch einmal von Frau Städer besorgt habe«, antwortete Tobias leicht verschämt, da er vergessen hatte, diese Information an die anderen weiterzugeben.

»Gut, dann wäre das ja geklärt. Und das nächste Mal kommst

du bitte gleich mit den Informationen rüber, okay«, rügte Ben seinen Mitarbeiter knapp, beließ es dann aber dabei und fuhr fort: »Wir sollten in allen Fällen die Lebensläufe der Opfer recherchieren. Wo sind sie geboren und aufgewachsen? Welche Schulen haben sie besucht? Arbeitsstellen, Freunde, Hobbys … Befragt die Familien, Nachbarn, Kollegen. Nur so haben wir eine Chance, eine Schnittstelle aufzuspüren.« Er sah sich in der kleinen Runde um. »Tobi, du kümmerst dich diesbezüglich im Fall des Ehepaares Thomsen, und du, Katharina, bleibst am Sarbacher-Fall dran, da steckst du am tiefsten drin. Versucht, so schnell wie möglich die einzelnen Biografien zu vervollständigen, damit wir sie abgleichen können.« Die drei Kollegen nickten zustimmend.

»Hast du sonst noch was, was uns weiterhelfen könnte?«, wandte Ben sich erneut an Katharina.

»Nichts Konkretes. Worauf ich mich zum jetzigen Zeitpunkt noch gar nicht festlegen möchte, ist, ob wir es mit einem Mann oder einer Frau zu tun haben«, erwiderte die Kommissarin.

»Okay«, schloss Ben die Runde. »Dann wisst ihr alle, was ihr zu tun habt. Ich bleibe vorerst hier und spreche noch mal mit der Rechtsmedizin und der Spusi. Möglicherweise gibt es ja schon weitere Hinweise im Fall Thomsen. Haltet mich auf dem Laufenden, und wir sehen uns dann nachher hier wieder – mit Ergebnissen!« Ben ging an seinen Schreibtisch, während die anderen drei sein Büro verließen. Im Gemeinschaftsbüro trat Katharina an den provisorischen Schreibtisch, den sie für Vivien aufgestellt hatten und hinter den die junge Frau sich gerade gesetzt hatte. »Es freut mich, dass du uns unterstützt! Schließlich waren wir schon mal ein gutes Team!« Sie lächelte die Kollegin freundlich an. »Und falls du Fragen hast oder was auch immer – ruf an, okay?«

Dankbar sah Vivien sie an. »Das ist nett, Katharina. Aber ich hoffe, ich muss nicht auf dein Angebot zurückkommen.«

Katharina lächelte, als sie sich ihre Jacke schnappte und nach draußen verschwand. Sie hätte zu Beginn ihrer Laufbahn ganz genauso reagiert. Sie hatte es auch immer allein schaffen wollen. Und bis heute hatte sich daran nicht viel geändert.

18:29 Uhr

Bene machte es sich auf seinem großen schwarzen Ledersofa bequem. Er hatte mit einer Kollegin die Schicht in der Bar getauscht und für sie den Tagesdienst übernommen, sodass ihm ein freier Abend bevorstand. Behaglich lehnte er sich zurück. Eigentlich war er momentan mit seinem Leben so zufrieden wie schon lange nicht mehr. Das Verhältnis zu seiner Tochter Leonie war inzwischen sehr innig, und die Abstimmung zwischen ihm und Julie extrem unkompliziert und gleichberechtigt, also ganz nach seinem Geschmack. Sein Job in der Bar machte ihm nach wie vor Spaß, und erst vor Kurzem hatte er eine kleine Gehaltserhöhung bekommen. Alles lief gut. Und dann war da Katharina. Sie machte ihn glücklich, nach wie vor. Sofort merkte er, dass sie ihm fehlte. Sie hatten sich zwar am Freitag kurz gesehen, aber da Leonie dabei gewesen war, hatten sie nicht ganz ungezwungen sprechen können. Und er hatte Lust auf einen gemeinsamen Abend mit ihr. Am Wochenende hatte er mit Katharina telefoniert, und sie hatte ihm etwas ausführlicher als am Freitag von dem Besuch ihrer Mutter erzählt, allerdings konnten sie nicht lange sprechen, sodass er kaum Gelegenheit zum Nachfragen hatte. Bene wusste um das problematische Verhältnis zwischen Katharina und ihren Eltern, und er hatte bereits registriert, wie angespannt sie war. Nachdem er von seinem Bruder Ben, den er am Wochenende kurz bei den gemeinsamen Eltern getroffen hatte, außerdem erfahren hatte, dass die Mordkommission momentan ziemlich unter Druck stand, konnte er nachvollziehen, dass Katharinas Zeit eng bemessen war. Trotzdem … Er wollte sie sehen. Oder zumindest kurz mit ihr sprechen. Entschlossen griff er zum Telefon, warf einen Blick auf die Uhr und wählte Katharinas Festnetznummer. Vielleicht hatte er Glück und sie war schon zu Hause. Er rief bewusst nicht auf dem Handy an, weil er sie nicht bei der Arbeit stören wollte, falls sie dort noch war. Nach dem zweiten Klingeln wurde sein Anruf angenommen, doch anstelle der vertrauten Stimme erklang ein freundliches »Anne von Hagemann?«. Seine Verwirrung war schnell verflogen. Na klar, die Mutter! Bene räusperte sich: »Guten Abend Frau von Hagemann, hier ist Benedict Rehder. Ist Katharina zu Hause?«

»Oh, guten Abend Herr Rehder!«, antwortete Anne von Hagemann fröhlich. »Nein, tut mir leid, meine Tochter ist noch nicht da.« Sie machte eine kurze Pause, bevor sie zu Benes Erstaunen sagte: »Entschuldigen Sie bitte, wenn ich so direkt frage, ich bring das, glaube ich, noch durcheinander – welcher Herr Rehder sind Sie denn? Der Chef meiner Tochter oder …?« Bene war irritiert. Hatte Katharina mit ihrer Mutter über ihn gesprochen? Seines Wissens nach hatte sie ihren Eltern nicht von seiner Existenz erzählt, und das hatte ihm nie etwas ausgemacht. Wie sollte er reagieren, ohne eventuell etwas Falsches zu sagen? Egal, antworten musste er schließlich: »Nein, das ist mein Bruder!«, sagte er wahrheitsgemäß, und hoffte, dass es damit erledigt sein würde. Doch da täuschte er sich. Katharinas Mutter schien nicht vorzuhaben, es dabei zu belassen.

»Ach so, dann sind Sie also der … Freund von Katharina? Wissen Sie, bis gestern Abend wusste ich ja gar nicht, dass es da überhaupt einen Mann im Leben meiner Tochter gibt. Und jetzt habe ich Sie direkt am Telefon!« Sie machte eine Pause, und Bene merkte, wie er nervös wurde. Er wusste absolut nicht, was er darauf erwidern sollte. Was für eine unangenehme Situation! Katharina würde vermutlich wenig begeistert sein. Er musste fast schmunzeln, als er sich ihr Gesicht vorstellte, wenn ihre Mutter ihr von dem Telefonat erzählte. Ausgerechnet Katharina, die sich nur wohlfühlte, wenn sie alles im Griff hatte und selbst steuern konnte. Doch so war das Leben. Er entschied, das Beste aus der Situation zu machen.

»Ja richtig, das bin ich. Benedict Rehder, die meisten nennen mich allerdings Bene.«

»Das ist es wohl, was mich da noch ein bisschen durcheinanderbringt, das mit Ben und Bene. Entschuldigen Sie bitte.«

»Gar kein Problem, Frau von Hagemann«, erwiderte Bene freundlich und lächelte dabei. »Das hat schon vielen anderen vor Ihnen am Anfang Probleme bereitet.«

»Nun … ich würde mich ja freuen, wenn wir uns bald auch mal persönlich kennenlernen könnten. Vielleicht hat

Katharina Ihnen bereits mitgeteilt, dass ich vorübergehend bei ihr wohne. Da wird sich doch sicher mal eine Möglichkeit ergeben, oder?«

»Sehr gern!«, antwortete Bene ehrlich. »Aber ich denke, wir sollten das nicht ohne Katharina entscheiden. Richten Sie ihr doch bitte einen Gruß von mir aus, und dass sie gern zurückrufen soll, wenn sie mag. Ich bin heute Abend zu Hause.«

»Das mache ich gern, Herr Rehder! Dann wünsche ich Ihnen erst mal noch einen schönen Abend und ... hoffentlich bis bald!«

20:17 Uhr

Ben seufzte, als er sich mit einem Glas Rotwein in der Hand auf sein Sofa setzte. Zuvor hatte er sich eine Fertigpizza in den Backofen geschoben. Er hielt sonst nicht viel von Fastfood, sondern kochte lieber selbst, doch heute Abend fehlte ihm dazu die Muße. Die Mordfälle, bei denen sie so überhaupt nicht vorankamen, zehrten an seinen Nerven. Drei Fälle, vier Tote und sie waren noch nicht einmal auf einer heißen Spur. Obendrein hatte Ben das Gefühl, dass diese Serie noch nicht beendet war. Oder war es vielleicht entgegen allen Vermutungen gar keine Serie, sondern nur die Häufung von Einzeltaten, die sich sehr ähnelten? Dafür würde zumindest sprechen, dass die Brände alle anders aussahen und vor allem die Opfer vor ihrer Verbrennung anders behandelt worden waren. Aber sprach das tatsächlich für verschiedene Täter? Der Hauptkommissar seufzte. Eigentlich hatte er das Büro zusammen mit den Kollegen verlassen wollen, doch gerade, als sie aufbrachen, hatte sein Telefon geklingelt. Er hatte Katharina, Tobi und Vivien kurz zugewunken und dann den Anruf angenommen. Frauke Bostel hatte ihm mitgeteilt, dass Ruth Thomsen bereits tot war, bevor das Feuer im Keller des Hauses ausgebrochen war. Ursache für ihren Tod war ein Schnitt durch die Halsschlagader gewesen. Vor allem das stellte Ben vor ein Rätsel. Zwar war damit noch eindeutiger erwiesen, dass es sich um einen Mord handelte, doch alles Weitere war reine Spekulation. Für das verbrannte Ehepaar aus Amelinghausen kam rein theoretisch auch ein gemeinsamer Selbstmord infrage. Ben hatte während seiner Jahre als Kommissar schon erlebt, dass ein Partner zuerst den anderen und dann sich selbst getötet hatte, im schlimmsten Fall sogar die eigenen Kinder. Allerdings wäre ein Durchtrennen der Halsschlagader dafür eine sehr extreme Methode. War es denkbar, dass Manfred Thomsen seiner Frau die Kehle durchschnitt, sich dann selbst in ein altes Fass setzte und schließlich das Feuer legte? Ben schüttelte in Gedanken den Kopf. Sehr unwahrscheinlich. Sie mussten auch hier von einem Mord durch eine dritte Person ausgehen. Morgen früh würden sie sämtliche Ermittlungsergebnisse zusammentragen, und Ben hoffte inständig, dass seine drei Kollegen im Laufe des nächsten Tages brauchbare Ergebnisse erhielten. Nachdem er die gewünschte Unterstützung durch Vivien Rimkus genehmigt bekommen hatte, würden sowohl der Kriminalrat als auch der Staatsanwalt den Druck auf ihn erhöhen, da war er sicher. Zumal die Pressekonferenz alles andere als angenehm verlaufen war. Wie erwartet hatten die Journalisten bohrende Fragen gestellt, und die Berichte in den nächsten Tagen würden für die Lüneburger Kripo nicht gerade schmeichelhaft ausfallen. Ben konnte damit umgehen, die Presseleute machten letztlich auch nur ihren Job. Allerdings hatte er Bedenken, was die vermutlich sehr einseitige Berichterstattung in der Bevölkerung auslösen würde. Panik war das eine Problem, etwaige Trittbrettfahrer, gerade in so einem Fall, das andere. Sie konnten bereits jetzt nicht ausschließen, dass mindestens einer der vorliegenden drei Fälle von einem Trittbrettfahrer verübt worden war.

Als der Backofen piepte, ging Ben in die Küche und holte die dampfende Pizza aus dem Backofen. Naja, dachte er, während er sich etwas Pfeffer und ein paar frische Kräuter über die mit Pilzen, Chilis und Schinken belegte Pizza streute. Es geht leckerer, aber wenigstens macht es satt. Spontan dachte er an Alex. Seit der kurzen Nachricht auf seinem Handy hatte er nichts mehr von ihm gehört und sich auch selbst nicht mehr gemeldet. Allerdings sehnte er sich nach einem gemütlichen Männerabend mit seinem besten Freund. Alex war ein guter Zuhörer und brachte oft Gedanken ins Spiel, die Ben einen anderen Blickwinkel eröffneten. Natürlich redeten sie nicht viel über Bens Job. Schließlich war Alex ein Außenstehender und musste das auch bleiben. Aber privat gesehen war Alex alles andere als unbeteiligt an Bens Leben. Aktuell hätte Ben gern über seine Exfrau Simone mit ihm gesprochen. Sie suchte andauernd den Kontakt zu ihm, indem sie ihn um Hilfe oder kleine Gefälligkeiten bat, und das verunsicherte Ben. Vor allem aber störte es ihn, dass er in seine alte Rolle verfallen war und sprang, wenn Simone rief. Immerhin waren sie geschieden, und seine Exfrau hatte sich so sehr verändert, dass er bestimmt nicht zu ihr zurück wollte. Offenbar hatte Alex aber im Moment viel um die Ohren. Ob er tatsächlich eine Frau kennengelernt hatte? Seit Ben denken konnte, war Alexander nie lange in einer festen Beziehung gewesen. Er liebte seine Unabhängigkeit und genoss das Leben. Dazu gehörten durchaus auch Frauen, aber immer nur bis zu einem gewissen Punkt. Sobald es Alexander zu ernst oder zu verbindlich geworden war, hatte er immer die Reißleine gezogen. Eigentlich eine starke Parallele zu Bene, dachte Ben und musste lächeln. Sein bester Freund und sein Zwillingsbruder konnten nicht besonders gut miteinander. Wahrscheinlich weil sie sich gar nicht so unähnlich waren. Offensichtlich hatte Bene jedoch in Katharina endlich die Frau gefunden, mit der er sich mehr vorstellen konnte als nur eine Affäre, auch wenn Ben davon nach wie vor eher irritiert war. Möglicherweise war auch Alexander inzwischen offen für ein anderes Leben, schließlich wurde keiner von ihnen jünger, aber eventuell ja reifer. Ben merkte, dass seine Gedanken in eine gefährliche Richtung gingen. Anstatt über seinen Freund oder seinen Bruder zu grübeln, sollte er vielleicht besser über seine eigene Lebensplanung nachdenken. Seit der Trennung von Simone hatte er keine Beziehung gehabt, die diese Bezeichnung überhaupt wert war. Es hatte mal das ein oder andere Date gegeben, zumeist initiiert durch Alex, aber was Festes war dabei nie herausgekommen. Er hatte sich sogar einmal in einer Partnerbörse angemeldet, dann aber schnell gemerkt, dass das nicht sein Ding war, und es wieder gelassen, bevor er auch nur einen Kontakt gemacht hatte. Bisher war ihm seit seiner Scheidung überhaupt nur eine Frau begegnet, bei der er zeitweise mehr gespürt hatte. Doch genau diese Frau kam nicht infrage,

und das nicht nur, weil sie an seinen Zwillingsbruder vergeben war. Ben schüttelte weitere Gedanken daran ab.

Er stellte den Teller auf den Wohnzimmertisch, füllte
sein Glas nach und schaltete den Fernseher ein. Ihm stand
eigentlich nicht der Sinn danach, sich jetzt irgendeinen
Film anzusehen, aber es war immer noch besser, als sich
den restlichen Abend den Kopf zu zerbrechen. Ohnehin würde er heute nichts mehr vorantreiben können, da
würde ein wenig Berieselung nicht schaden.

Das Dämonische ist dasjenige, was durch Verstand und Vernunft nicht aufzulösen ist. In meiner Natur liegt es nicht, aber ich bin ihm unterworfen.

(Johann Wolfgang von Goethe)

9. KAPITEL:

MITTWOCH, 15. APRIL 2015

04:07 Uhr

Ole Klein schlurfte mit einem dampfenden Kaffeebecher müde über den Hof, dabei war er gar nicht so spät ins Bett gegangen. Wie jeden Abend hatte er bereits gegen 21 Uhr das Licht gelöscht, doch seit seine Frau Tanja ihn verlassen hatte, schlief er nicht mehr gut. Um das zu ändern, genehmigte er sich seit einiger Zeit abends nicht mehr nur ein, zwei Bierchen, sondern auch noch ein, zwei Schnäpschen dazu – seinen ganz privaten Heideschnaps, den er selbst brannte, so wie es schon sein Vater hinten im alten Schuppen gemacht hatte. Gestern Abend waren aus den zwei Heideschnäpsen vier geworden, mit der Folge, dass er im Fernsehsessel eingeschlafen und erst heute Nacht gegen zwei Uhr darin aufgewacht war, weil seine Blase drückte. Danach hatte er sich in das große Doppelbett gelegt, in dem schon seine Eltern geschlafen hatten, und überlegt, ob er jemals – jetzt, wo Tanja über alle Berge war – wie seine Eltern einen Erben für den Hof in diesem Bett zeugen würde. Andererseits waren Kinder teuer, sie wollten essen, brauchten Sachen zum Anziehen, machten später in der Schule teure Klassenreisen und, und, und. Neulich erst hatten die im Fernsehen die Summe genannt, die ein Kind bis zu seinem 18. Lebensjahr ungefähr kostete: knapp 125.000 Euro! So sehr er sich bemüht hatte, er hatte nicht wieder in den Schlaf finden können. Die Gedanken an Kinder, die er wahrscheinlich nie haben würde, und um Tanja, die ihn verlassen hatte, trieben ihn um. Und alles wegen dieses verdammten Geldes. Als Milchbauer mit nur einem kleinen Hof konnte man heutzutage eben keine großen Sprünge machen. Schon seine Eltern hatten zum Schluss jeden Cent umdrehen müssen, doch hatte er sich damals nie um die Finanzen gekümmert. Erst als er den Hof übernommen hatte, weil zunächst die Mutter und ein halbes Jahr später der Vater gestorben waren, hatte er sich mit dieser verfluchten Rechnerei auseinandersetzen müssen. Das war definitiv nicht sein Ding, und so war alles noch viel schlimmer geworden. Anstatt den Hof wieder einigermaßen lukrativ zu machen, hatte er sich noch weiter verschuldet. Gerade gestern war wieder so ein Schuldeneintreiber bei ihm aufgetaucht und hatte ihm zugesetzt. Inzwischen waren es nicht mehr nur die von der drohenden Sorte, sondern die, die die Drohungen in die Tat umsetzten. Der gestern hatte kurzerhand sein Messer gezückt und in alle vier Reifen von Oles Wagen gerammt – jetzt kam er hier nicht einmal mehr weg, obwohl es genau das war, was er inzwischen wollte. Das war Ole Klein klar geworden, als er in dieser Nacht nicht schlafen konnte, und so war er aufgestanden, hatte sich angezogen und war in den Kuhstall marschiert. Die Kühe hatten ihn mit einem überraschten und verhaltenen Muhen begrüßt – er war zu früh dran und brachte die Tiere damit aus ihrem üblichen Trott, was sie nervös machte. Doch er hatte gar nicht vorgehabt, sie schon zu versorgen. Er hatte sich nur nicht mehr so allein fühlen wollen. So hatte er sich auf einen Schemel in die Mitte des Stallgangs gesetzt, seine Tiere betrachtet und dann angefangen, ihnen sein Leid zu klagen.

»Wenigstens seid ihr gute Zuhörer«, hatte er nach einer halben Stunde ununterbrochenen Redens geschlossen. Dann hatte er gähnen müssen. »Ich geh mir mal einen Kaffee holen, und dann ist es sowieso Zeit, euch zu versorgen. Bis gleich«, hatte Ole Klein daraufhin seinen Tieren erklärt und war ins Wohnhaus zurückgegangen. Das war vor gut zehn Minuten gewesen. Als er jetzt mit seinem noch heißen Becher Kaffee in der Hand zurück zum Stall trottete, beschloss er, seinen Kaffee noch ein wenig zu veredeln und gleichzeitig seine Stimmung aufzuhellen. Erst danach würde er zu den Tieren gehen, auf fünf Minuten kam es nicht an. Der Milchbauer ging am Kuhstall vorbei zu seinem Schuppen, in dem er den Heideschnaps brannte und aufbewahrte – natürlich hatte er in seiner Küche auch immer eine Flasche stehen, aber die war seit gestern Abend leer.

Als Ole Klein jetzt seinen Schuppen betrat, wunderte er sich kurz, dass die Tür unverriegelt war. Seit Tanja nicht mehr da war, war er wirklich nachlässig geworden. Das musste er dringend ändern, aber erst mal brauchte er einen verlängerten Morgenkaffee à la Klein. Wie sollte er sonst ordentlich denken und handeln können? Der Milchbauer drückte den Lichtschalter, doch die Glühbirne, die ohne Lampenschirm von der Decke baumelte, schien kaputt zu sein. Auf jeden Fall ging sie nicht an. Auch das wunderte den Milchbauern, jedoch nur so lange, bis sich seine Augen an das schummrige Licht gewöhnt hatten, das als Dämmerlicht durch die geöffnete Tür in seinem Rücken und die Ritzen der Holzwand drang: Hinten in der Ecke des Schuppens nahe seiner Brennvorrichtung stand eine Gestalt, die Ole Klein nur als reglosen Schatten wahrnahm. Der Bauer erschrak bis ins Mark und hoffte, sich zu täuschen. War der letzte Schnaps gestern Abend doch einer zu viel gewesen? Und dann die nächtliche Schlaflosigkeit … vielleicht war ja sein Wahrnehmungsvermögen dadurch etwas durcheinandergeraten, sagte sich Klein, glaubte es aber wegen der unverschlossenen Tür selbst nicht wirklich. Unschlüssig blieb er im Türrahmen stehen, als er in der morgendlichen Stille auf einmal ein Klicken hörte. Das Klicken kam ebenfalls aus der hinteren Ecke, und es hörte sich an, als machte da jemand ein Metallfeuerzeug auf und zu, so wie der Milchbauer es selbst oft mit seinem Zippo machte. Tanja hatte das fürchterlich genervt, aber noch schlimmer hatte sie seine Qualmerei gefunden, die, wie sie immer gesagt hatte, »… nicht nur schädlich für deinen Körper und meinen als Passivraucherin ist, sondern außerdem für unseren Geldbeutel!« Ole Klein hätte jetzt gern eine Zigarette geraucht. Die Gestalt in der Ecke, die in seinem Schnapsschuppen mit einem Feuerzeug klickte, machte ihn nervös. Was, wenn ein Funken auf seinen selbst gebastelten Destillationsapparat fiel? Dann war ein Brand vorprogrammiert. Glücklicherweise hatte Tanja Ole noch wenige Wochen, bevor sie vom Hof und aus seinem Leben verschwunden war, davon überzeugt, dass er trotz anderweitiger Schulden seine Feuerversicherung erhöhen sollte. Sie hatte gesagt, man wisse nie, wozu das mal gut sein könnte, und so ein Brand entstehe schneller als man denkt. Wenn also jetzt etwas passieren würde, wäre der Hof wenigstens gut versichert, aber er musste es ja nicht darauf ankommen lassen.

Die Gestalt hatte sich bis jetzt noch immer nicht geregt,

klappte aber nach wie vor ihr Zippo auf und zu. Ole Klein hätte am liebsten auf dem Absatz kehrt gemacht. Bestimmt war das der Typ von gestern. Der, der ihm auch die Reifen zerstochen hatte. Der Typ hatte schließlich gesagt, er käme wieder – so schnell hatte der Bauer allerdings nicht mit ihm gerechnet, und genau das sagte er jetzt auch: »Hallo. Ich … ähm … also, dass wir uns so schnell wiedersehen, hätte ich jetzt … also hätte ich nicht gedacht.«

»Spar dir dein Gestammel«, sagte der Typ, und Ole wurde zusehends mulmiger zumute. Hatte der heute vielleicht wirklich vor, seinen Hof abzufackeln? Oder hatte er es sogar auf Ole selbst abgesehen? Aber gestern hatte er doch noch ein Rückzahlungsziel seiner Schulden in einer Woche ausgemacht!

»Komm her!«, befahl der Typ jetzt, und obwohl Oles Fluchtinstinkt ihm riet, besser abzuhauen, trat er nach vorn und ging die wenigen Schritte auf die Gestalt in der Ecke zu. Die Stimme war Ole Klein vage bekannt vorgekommen, aber es war nicht die von dem Typen gestern, da war er sicher. Hatten seine Gläubiger ihm heute einen anderen geschickt? Einen fürs Grobe? Für die Dinge, an denen sich andere nicht die Hände schmutzig machen wollten? Ole Kleins Mund wurde trocken, und seine Kehle schnürte sich zusammen, dann blickte er auf und in ein Gesicht, das er irgendwo schon einmal gesehen hatte. Wie die Stimme kamen ihm die Züge des Typen bekannt vor, aber er konnte nicht einordnen, woher.

Ole wurde eine Flasche seines Selbstgebrannten hingehalten. »Trink«, sagte der Typ, und als Ole ihn verständnislos anstarrte, drückte der Typ dem Milchbauern die bereits geöffnete, aber noch volle Flasche aggressiv gegen die Brust: »Trink, hab ich gesagt!«

In den Worten schwang für Ole Kleins Ohren eindeutig eine Drohung mit, darum stellte er seinen Kaffeebecher ab, nahm die Flasche Heideschnaps in seine Rechte, legte den Kopf nach hinten, führte den Flaschenhals an seinen Mund und trank. Als er nach einem kräftigen Schluck absetzte, spürte er nicht nur das Brennen des Alkohols in seiner Kehle, sondern ebenso, wie ihm etwa auf Brusthöhe ein Messer an die Rippen gedrückt wurde. Der Kerl brauchte gar nichts dazu zu sagen. Schnell setzte Klein die Flasche erneut an und trank in kleinen Schlucken weiter. Der Druck des Messers lockerte sich wieder, verschwand jedoch nicht gänzlich. Als der Bauer eine seiner Milchkühe muhen hörte, hätte er sich fast verschluckt. Er musste husten und setzte mit einem flehenden Blick zu seinem Peiniger die Flasche ab. Der schaute ihn voller Abscheu aus zwei eiskalten, stahlblauen Augen an, nahm ihm die 0,75 Liter Flasche ab, die bereits halb leer getrunken war, und befahl: »Setz dich.«

Ole Klein merkte, wie ihm schwummrig vor Augen wurde. Außerdem hatte er Mühe, das Gleichgewicht zu halten, und er hatte einen unangenehmen Druck auf den Ohren. Er wollte fragen, worauf er sich setzen sollte, doch außer einem Ächzen brachte er keinen Ton heraus. Also ging er einfach in die Hocke, um sich daraus auf den Boden plumpsen zu lassen. Wenigstens war seine Angst weg, stellte er durch die Watte, die sich in seinem Kopf breitgemacht zu haben schien, fest. Eigentlich war ihm sogar grad alles egal. Er fühlte wieder Müdigkeit in sich aufsteigen. Er wollte so gern schlafen, doch dann wurde ihm plötzlich etwas über den Kopf gegossen, was verdammt nach seinem Selbstgebrannten roch, und er schreckte wieder auf. Der Typ war noch immer da und stellte gerade eine leere Flasche Schnaps weg. Er griff nach einer weiteren und kippte den Inhalt neben und über Ole Klein. Dann holte er eine neue Packung Zigaretten aus seiner Manteltasche, riss sie auf, entnahm ihr eine Zigarette und steckte sie dem Milchbauern, dem schon wieder fast die Augen zufielen, in den Mund. Ole Klein hörte noch das charakteristische Klicken, das beim Aufklappen des Zippo-Deckels entstand, und sah, wie ihm das entflammte Feuerzeug unter die Nase an die Zigarette in seinem Mund gehalten wurde. Gewohnheitsmäßig zog Ole Klein an der Zigarette, sodass sie anfing zu glühen. Gleichzeitig registrierte der Bauer, wie das Feuerzeug zuschnappte und sich Schritte von ihm entfernten. Er nahm noch einen tiefen Zug von der Zigarette, die in seinem Mundwinkel hing, dann fielen ihm die Augen zu und er schlief ein. Langsam sackte sein Kopf nach vorn auf seine Brust, wobei die brennende Zigarette zwischen seinen Lippen herausrutschte und auf seine schnapsgetränkte Hose fiel.

06:42 Uhr

Katharina rieb sich die müden Augen, als sie auf die Grapengießerstraße hinaustrat. Nachdem ihre Mutter ihr am Vorabend eröffnet hatte, dass sie ein sehr nettes Telefonat mit Bene geführt hatte, war Katharina zuerst einige Sekunden lang sprachlos gewesen. Kurz hatte sie überlegt, ihrer Mutter erneut einen Vortrag darüber zu halten, was Privatsphäre für sie bedeutete, doch dann hatte sie es sein lassen.

Anne von Hagemann würde es ohnehin nicht verstehen, und letztlich war Katharina nur froh, dass sie das Geheimnis um ihren Beziehungsstatus bereits kurz zuvor gelüftet hatte. Die Freude ihrer Mutter, dass sie überhaupt einen Freund hatte, war so überwältigend, dass sie bisher nicht einmal danach gefragt hatte, was Bene für einen Beruf ausübte, was außerordentlich untypisch für sie war. Katharina hatte keine große Geschichte daraus gemacht, sondern lediglich erklärt, dass Bene ihr Freund und gleichzeitig der Zwillingsbruder ihres Chefs sei. Sie hatte mit starker Empörung seitens ihrer Mutter gerechnet, doch diese hatte das aus unerfindlichen Gründen sehr amüsant gefunden. Nachdem Anne von Hagemann nun bereits mit Bene telefoniert hatte, würde sich vermutlich auch ein baldiges Aufeinandertreffen der beiden nicht mehr lange hinauszögern lassen. Bei diesem Gedanken hatte Katharina ihrer Mutter erklärt, dass sie den Abend gern bei und mit Bene verbringen würde. Das hatte zwar kurz zu einer Diskussion geführt, doch Katharina hatte sich nicht davon abbringen lassen. Sie hatte mitgeteilt, dass sie aller Wahrscheinlichkeit nach nachts nicht mehr nach Hause kommen würde, sondern erst am frühen Morgen vor dem Dienst. Daraus wurde nun jedoch auch nichts. Um kurz nach sechs hatte das Klingeln ihres Handys Katharina in Benes Armen aus dem Schlaf gerissen. Am Telefon war Ben gewesen, der ihr mitteilte, dass es erneut ein Feuer mit einem Toten gegeben hatte und er sie – ebenso wie Vivien und Tobi – schnellstmöglich auf dem Kommissariat erwartete. Da war es vorbei gewesen mit der Entspannung. Wenigstens hatte sie einen schönen Abend gehabt, der Katharina gut getan hatte. Bene hatte ihr gut getan. Er hatte sich zuerst sehr darüber amüsiert, dass sie genau wissen wollte, am besten im exakten Wortlaut, was er mit ihrer Mutter gesprochen hatte. Dann hatte er allerdings eingeräumt, dass ihm die Situation ebenfalls sehr peinlich gewesen war. Die beiden hatten sich angesehen und dann schallend gelacht. Sie fühlten sich wie Teenager. Danach war Katharinas Anspannung komplett verflogen, und sie hatte es einfach genossen, mit Bene zusammmen zu sein und der ungewohnt engen Gesellschaft ihrer Mutter für ein paar Stunden zu entkommen.

Es war noch nicht richtig hell auf der Straße, und Katharina versuchte erfolglos, in einem der Schaufenster ihr Spiegelbild zu erkennen. Dann sah sie an sich herunter. Sie hatte bei Bene schnell geduscht, nachdem Ben angerufen hatte, doch um sich neue Kleidung aus der eigenen Wohnung zu holen, hatte die Zeit nicht gereicht. Sie wollte auf keinen Fall die Letzte im Büro sein. Sie würde sich also darauf gefasst machen müssen, dass die Kollegen bemerkten, dass sie die gleiche Kleidung trug wie gestern. Vermutlich würden sie aber diskret genug sein, es nicht anzusprechen. Nur bei Tobi war Katharina sich nicht sicher und legte sich deswegen in Gedanken schon mal eine passende Antwort zurecht, während sie im Laufschritt den Weg zum Kommissariat einschlug.

06:53 Uhr

Das Telefon riss ihn aus seinem Traum. Es war ein schöner Traum gewesen. Er hatte am Strand in der warmen Sonne gelegen, neben ihm eine exotische Schönheit, nach der er gerade den Arm ausstreckte, um ihren wohlgeformten Hintern nachzuzeichnen. Genau in diesem Augenblick hatte es geläutet, und er war unsanft in die Wirklichkeit zurückgeholt worden. Im ersten Augenblick musste er sich orientieren, dann stellte er ernüchtert fest, dass er im Wohnzimmer auf dem alten Sofa lag. Hier musste er trotz der ganzen Aufregung und des Adrenalinkicks eben gerade eingenickt sein. Wahrscheinlich lag es am Joint, den er sich genehmigt hatte, als er nach Hause gekommen war. Er stand auf, schlurfte in den Flur und nahm den Hörer von dem mindestens 30 Jahre alten Tastentelefon im damaligen Standardgrün ab. »Hallo«, meldete er sich noch immer schlaftrunken. Es war das Krankenhaus, das ihm mitteilte, dass es seinem Vater wieder schlechter ginge und es sein könnte, dass der alte Mann den Tag nicht überleben würde. Er bedankte sich bei der Krankenschwester für die Information und legte wieder auf. In den letzten Wochen war er jeden Tag für eine Stunde ins Krankenhaus gefahren – außer an den Wochenenden, an denen er es flexibel hielt – in der Regel gegen 17 Uhr. Um diese Zeit, das hatte er festgestellt, war auf den Stationen am wenigsten los: Die Visiten und Untersuchungen fanden meist vormittags statt, und die Nicht-Werktätigen, die wie er zu Besuch ins Krankenhaus kamen, kamen eher nachmittags und gingen um diese Uhrzeit wieder, während die berufstätigen Besucher erst gegen 18 Uhr erschienen. Er wusste, warum die Krankenschwester ihn so sachlich, aber freundlich informiert hatte. »Den Tag nicht überleben« hieß, dass sein Vater jede Sekunde das Zeitliche segnen konnte, und er, wollte er ihn noch einmal lebend sehen, bereits jetzt hinfahren sollte. Im ersten Augenblick war er hin und her gerissen. Würde sein Vater es überhaupt merken, wenn er nicht käme? Seit nun bereits fast vier Wochen sah er zu, wie sein Vater im Krankenhausbett dahinvegetierte und mit jedem Tag kleiner wirkte. Kleiner und durchsichtiger. Sein Vater bekam durchaus etwas mit, so war es nicht, doch schien er absolut nicht interessiert. So wie damals, als die Mutter gestorben war. Er selbst war da noch klein gewesen, hatte aber das Gefühl gehabt, beide Eltern verloren zu haben. Heute guckte ihn der Alte aus seinen wässrigen Augen an und drückte ihm die Hand, während er ihm irgendetwas erzählte. Oder aus der Zeitung vorlas. Die Berichte über die Brände las er nicht vor. Die würden seinen Vater zu sehr aufregen. Während seiner Überlegungen hatte er die ganze Zeit das grüne Telefon angestarrt. Jetzt gab er sich einen Ruck, ging in die Küche, ließ sich kaltes Wasser über seine Pulsadern laufen und strich sich anschließend mit den nassen Händen das zerzauste Haar glatt. Schließlich griff er nach seinem Blazer und machte sich auf, um ins Krankenhaus zu fahren.

07:17 Uhr

Benjamin Rehder war angespannt. Auf dem Besprechungstisch hatte er die aktuelle Tagespresse verteilt, die er auf dem Weg ins Kommissariat besorgt hatte. Außerdem hatte er einige Online-Zeitungen aufgerufen und seinen Bildschirm so gedreht, dass er vom Tisch aus sichtbar war. Schlagzeilen wie ›Religiöser Killer im Fegefeuerwahn?‹, ›Landkreis Lüneburg in Angst‹ oder ›Wann fasst die Polizei den Feuerteufel?‹ prangten ihm entgegen. Er hasste es, seine Vorgehensweise von der Presse beeinflussen zu lassen, doch es würde den Druck auf seine Mitarbeiter noch erhöhen, wenn er sie mit dem Presseproblem konfrontierte. Während er noch seine Unterlagen zusammensuchte, betrat Vivien Rimkus als Erste das Büro.

»Guten Morgen!«, sagte sie, und Ben registrierte verwundert, wie munter sie bereits wirkte. In diesem Augenblick trat auch Katharina zu ihnen. Sie sah deutlich müder aus, so wie Ben selbst sich fühlte.

»Hallo«, grüßte die Kommissarin.

»Morgen, ihr zwei«, antwortete Ben. »Gut, dass ihr so schnell gekommen seid. Sobald Tobi auch da ist, legen wir los.« Als hätte dieser nur auf die Aufforderung gewartet, erklang ein trockenes »Moin zusammen« durch den Raum. Tobi schmiss seine Jacke über seinen Stuhl und trat zu den Kollegen.

»Setzt euch«, begann der Hauptkommissar. »Wie gesagt – es hat erneut ein Feuer gegeben. Diesmal in Bardowick, ein Milchbauer-Hof, der Besitzer heißt Ole Klein.«

»Ist er das Opfer?«, fragte Vivien.

»Vermutlich«, bestätigte Benjamin Rehder. »Frauke ist bereits dran, die letzte Bestätigung zu liefern. Aber darauf können wir nicht warten.« Er deutete auf die auf dem Tisch verteilten Zeitungen. »Die Presse schlachtet die Fälle jetzt richtig aus. Wir brauchen Ergebnisse. Mausner ist ebenfalls – oh Wunder! – bereits hier, und Staatsanwalt Friedberg auf dem Weg. Sie haben für heute wieder eine Pressekonferenz einberufen.«

»Die erwarten aber nicht, dass wir bis dahin einen Täter präsentieren können, oder?«, fragte Katharina. »Wir können ja jetzt nicht plötzlich einen aus dem Hut zaubern.«

»Erwarten würden sie das beide sicher gern«, erklärte

Ben, »und das kann ich sogar nachvollziehen. Aber es geht vor allem darum, auf die Journalisten einzuwirken, in der Bevölkerung nicht für noch mehr Panik zu sorgen. Inzwischen ist es soweit, dass Einwohner aus dem Landkreis bei uns anrufen, weil sie Angst haben. Heute Morgen haben bereits drei angerufen, und ich möchte nicht wissen, wie viele es im Laufe des Tages noch werden.«

»Shit«, ließ Tobi trocken verlauten.

»Allerdings«, bestätigte Ben knapp. »Selbst die überregionalen Zeitungen sind dabei.« Er zeigte auf den Bildschirm. »Ich erspare euch die Einzelheiten, die Schlagzeilen sprechen für sich.« Einen kurzen Moment herrschte betretenes Schweigen in der kleinen Runde.

»Ich gehe ehrlich gesagt zunehmend davon aus, dass wir es mit einem Einzeltäter zu tun haben.« Er sah Katharina an. »Ich weiß, wir können uns da nach wie vor nicht sicher sein, aber wir sollten so ansetzen. Versuch du bitte, in diesem Sinne das Profil auszubauen. Möglicherweise ist das etwas, was wir zur Pressekonferenz beitragen können.«

»Das Täterprofil?«, fragte Katharina verwundert. »Du meinst, das sollen wir der Presse vorlegen?«

»Zumindest vielleicht Auszüge daraus«, erklärte Ben. »Sieh also bitte zu, dass du bis heute Mittag was zusammenbekommst, was ich Friedberg in die Hand drücken kann.« Er ignorierte Katharinas offensichtlichen Unmut.

»Tobi, du fährst mit Vivien jetzt direkt nach Bardowick. Befragt die Nachbarn, findet was über den Landwirt raus ... ihr wisst schon.«

»Apropos«, ergänzte Tobi. »Bei meiner Befragung gestern in der Nachbarschaft der Thomsens, da haben zwei Leute unabhängig voneinander ausgesagt, dass sie in der

Nebenstraße einen alten VW-Golf gesehen haben, der dort sonst nie steht.«

Ben wurde wachsam. »Wieder ein Golf? Hat jemand das Kennzeichen aufgeschrieben?«

»Leider nicht«, verneinte Tobi. »Allerdings waren beide sicher, dass es ein Lüneburger Kennzeichen war. Und die Beschreibung des Wagens war auch ziemlich identisch. Er hatte eine dunkle Farbe. Dunkelblau oder schwarz. Ich wollte das heute Morgen eigentlich gleich checken, damit wir die Liste weiter einschränken können.«

»Das kannst du an Kollegen aus dem Innendienst abgeben«, bestimmte Ben. »Mach das auf jeden Fall noch, bevor ihr zwei jetzt losfahrt. Und hört euch dann in Bardowick direkt um, ob auch dort ein dunkler älterer Golf gesehen wurde.«

»Alles klar«, sagte Tobi, sah Vivien auffordernd an und erhob sich. »Dann sind wir erst mal weg.«

Nachdem die beiden das Büro verlassen hatten, machte Katharina keine Anstalten, ebenfalls aufzustehen. Ben sah sie fragend an: »Was ist los?«

»Ehrlich gesagt habe ich bei diesem Fall – vorausgesetzt, wir gehen von einem großen Fall aus – ein echtes Problem mit dem Täterprofil.« Sie seufzte. »Ben, du weißt, dass ich mich da immer reinknie, und das würde ich ja auch jetzt machen, aber ... ich hab keine Ahnung, wo ich ansetzen soll. Wir haben einfach nichts, was uns wirklich etwas Eindeutiges über den Täter sagt. Wenn ich jetzt Mausner und Friedberg für die Pressekonferenz ein wasserdichtes Profil liefern soll ...«

»Von wasserdicht war nicht die Rede, Katharina«, fiel Ben ihr ins Wort. »Ich sehe das doch ähnlich wie du, aber irgendwas müssen wir liefern. Das heißt aber nicht, dass du dir da was ausdenken sollst, nur damit die beiden etwas in den Händen haben.«

»Eben, das meine ich damit. Im Zweifel machen wir es nur schlimmer, wenn wir falsche Vermutungen äußern.«

Prüfend sah der Hauptkommissar seine Kollegin an. »Was ist los mit dir? So unsicher kenne ich dich gar nicht. Das ist doch sonst nicht deine Art.«

Katharina lächelte gezwungen. »Keine Ahnung, mich nervt es ja selbst. Vielleicht ist bei mir gerade zu viel Durcheinander.« Als sie Bens fragenden Blick registrierte, ergänzte sie: »Ich komme mir gerade vor wie ein Teenager. Vielleicht nagt das an meinem Selbstbewusstsein. Meine Mutter wohnt momentan bei mir.« In wenigen Sätzen schilderte sie ihrem Chef ihre private Situation. »Aber bitte, das soll weder eine Ausrede noch eine Entschuldigung sein.«

Ben lächelte verständnisvoll. »Es gibt nichts, wofür du dich entschuldigen müsstest. Du warst einfach nur ehrlich. Was wir nicht haben, können wir nicht liefern, Punkt.«

»Danke!«, sagte Katharina aufrichtig. »Dann mache ich mich jetzt aber trotzdem ans Werk. Vielleicht habe ich ja doch noch einen Geistesblitz.« Sie stand auf und war bereits in der Tür, als ihr beim Blick auf die Schlagzeilen noch etwas einfiel: »Hältst du es für möglich, dass wir es vielleicht wirklich mit einem religiösen Motiv zu tun haben?«

Ben folgte ihrem Blick und betrachtete die Schlagzeile. »Du meinst, dass unser Täter die Opfer ins Fegefeuer schickt, weil er glaubt, sie hätten es verdient?«

Katharina zuckte unsicher mit den Achseln. »Denkbar wäre es immerhin. Das würde auch erklären, warum wir weder zwischen den Opfern noch den Tatorten eine direkte Verbindung finden.«

Ben überlegte. »Keines der Opfer hat in seinem Leben irgendwelche Straftaten begangen, das hätten wir bei der Überprüfung gesehen.«

»Keine offiziellen. Aber es gibt ja Dinge, die in unseren Akten nicht auftauchen. Taten, die strafrechtlich nicht relevant sind, aber für den Täter eine … Sünde sind, um beim religiösen Motiv zu bleiben.«

»Den Ansatz finde ich nachvollziehbar«, stimmte Ben zu. »Setz du dich unter diesem Aspekt an das Profil. Ich werde unterdessen noch mal zu allen Opfern recherchieren, ob ich irgendwas finde. Tobi und Vivien haben mir ihre Berichte zu den gestrigen Befragungen hier gelassen. Hast du zu Melanie Sarbacher noch etwas herausgefunden?«

»Im Prinzip nichts Neues«, gab Katharina zu. »Aber unter diesem neuen Aspekt könnte es schon ausreichen, dass sie eine Affäre mit einem verheirateten Mann hatte.«

»Gott bewahre«, sagte Ben, und merkte sofort, wie zweideutig dieser unbedachte Ausdruck in diesem Moment war. »Wenn das dem Täter als Mordmotiv genügt, dann müssen wir wirklich schnell sein. Ansonsten befürchte ich, dass er bei jedem zweiten Bewohner des Landkreises irgendetwas findet, das ihm das Fegefeuer verdient erscheinen lässt.

»Dunkel! All Dunkel schwer!
Wie Riesen schreiten Wolken her –
Über Gras und Laub,
Wirbelt's wie schwarzer Staub;
Hier und dort ein grauer Stamm;
Am Horizont des Berges Kamm
Hält die gespenstige Wacht,
Sonst alles Nacht – Nacht – nur Nacht.

Was blitzt dort auf? – ein roter Stern -
Nun scheint es nah, nun wieder fern;
Schau! wie es zuckt und zuckt und schweift,
Wie's ringelnd gleich der Schlange pfeift.
Nun am Gemäuer klimmt es auf,
Unwillig wirft's die Asch' hinauf,
Und wirbelnd überm Dach hervor
Die Funkensäule steigt empor.

Und dort der Mann im ruß'gen Kleid,
– Sein Angesicht ist bleich und kalt,
Ein Bild der listigen Gewalt –
Wie er die Flamme dämpft und facht,
Und hält den Eisenblock bereit!
Den soll ihm die gefangne Macht,
Die wilde hartbezähmte Glut
Zermalmen gleich in ihrer Wut.

Schau, wie das Feuer sich zersplittert!
Wie's tückisch an der Kohle knittert!
Lang aus die rote Kralle streckt
Und nach dem Kerkermeister reckt!
Wie's vor verhaltnem Grimme zittert:

»O, hätt' ich dich, o könnte ich
Mit meinen Klauen fassen dich!
Ich lehrte dich den Unterschied
Von dir zu Elementes Zier,
An deinem morschen, staub'gen Glied,
Du ruchlos Menschentier!«

(aus: Die Elemente. Feuer, Die Nacht,
der Hammerschmied, Annette von Droste-Hülshoff)

10. KAPITEL:

DONNERSTAG, 16. APRIL 2015

08:27 Uhr

Katharina stand, bisher nur in schwarze Jeans und einen BH gekleidet, unschlüssig vor ihrem Kleiderschrank. Schließlich griff sie nach einer anthrazitfarbenen Bluse und einem weißen Shirt, das sie in ihre Tasche steckte, nachdem sie die Bluse angezogen hatte. Als sie sich umdrehte, bemerkte sie, dass ihre Mutter in der Tür zu ihrem Schlafzimmer stand.

»Willst du nicht lieber etwas Farbenfrohes anziehen?«, fragte Anne von Hagemann, sichtlich bemüht, einen zu vorwurfsvollen Ton zu unterdrücken. »Es ist Sommer, du bist eine junge hübsche Frau – da musst du doch nicht in so dunklen Farben rumlaufen!«

Katharina stöhnte innerlich. Wenn sie sich jetzt auch noch täglich anhören sollte, was sie anzuziehen hätte, dann würde das mit dem Zusammenleben nicht mehr lange gut gehen. Sie atmete tief durch und antwortete ruhig: »Ich muss heute dienstlich zu einer Beerdigung. Da käme es wohl nicht so gut an, wenn ich in einem knallbunten Sommerkleidchen auftauche.«

»Das konnte ich ja nicht wissen«, reagierte ihre Mutter beleidigt.

»Eben. Aber ich. Und glaub mir, ich komme gut alleine klar. Du musst mich nicht bemuttern!« Sie zögerte kurz, bevor sie hinzufügte: »Außerdem hast du doch mit dir gerade genug zu tun, oder nicht? Hast du inzwischen noch mal mit Papa gesprochen?«

»Wozu?«, antwortete Anne von Hagemann schnippisch. »Ich habe ihm im Moment nichts mehr zu sagen. Und was das Bemuttern angeht: Ich *bin* deine Mutter!«

»Das heißt, du bleibst hier und planst die Scheidung?«, fragte Katharina alarmiert und ging gar nicht erst auf die letzte Bemerkung ihrer Mutter ein – auch weil sie ein kurzes Augenzucken bei ihrer Mutter bemerkt hatte, als sie das Wort Scheidung ausgesprochen hatte, doch ihre Mutter hatte sich erstaunlich gut im Griff. »Zurück gehe ich jedenfalls nicht. Jetzt bin ich mal dran.«

Fast musste Katharina lächeln. Jahrelang hatte sie gehofft, dass ihre Mutter irgendwann einmal so denken würde, und jetzt, da es so weit war, passte es ihr nicht. Aber das hatte eher mit den Begleitumständen zu tun, entschuldigte Katharina sich vor sich selbst.

»Dann solltest du genau das auch mal tun«, sagte sie freundlich und trat auf ihre Mutter zu. »Geh raus, schau dich um, mach dir Gedanken, wie es weitergehen soll. Vorerst kannst du natürlich hier bleiben, aber auf Dauer wird es hier für uns beide zu eng. Also schau dir Wohnungen an, falls du langfristig in Lüneburg bleiben willst.«

»Gehe ich dir so sehr auf die Nerven?«, fragte die Mutter vorsichtig.

»Nein, das nicht.« Katharina suchte nach den richtigen Worten. »Aber ich bin es nun einmal gewohnt, allein zu leben und mein Ding zu machen, so wie ich es für richtig halte. Und das hat mir ehrlich gesagt auch immer gefallen.

Wenn du dich jetzt ständig … also ich meine, wenn du nun versuchst, mein Leben zu ändern, dann …«

»Ich verstehe schon«, sagte Anne von Hagemann. »Ich gebe ja zu, ich hätte gern mehr Anteil an deinem Leben. Aber dass es so ist, wie es ist, daran hab ich selber schuld.« Sie strich ihrer Tochter über die Wange. »Ich werde versuchen, mich nicht mehr einzumischen. Versprochen! Ich bin ja froh, dass du mich überhaupt hier wohnen lässt.«

Katharina war erleichtert und gleichzeitig überrascht über die einsichtige Reaktion ihrer Mutter. Fast hatte sie ein schlechtes Gewissen, dass sie schon nach wenigen Tagen so genervt von ihr war. »Okay, Mama, ich muss jetzt los. Also mach dir einen schönen Tag. Wir sehen uns heute Abend, aber ich weiß nicht, wann ich da sein werde.« Sie griff nach ihrer Tasche, streifte sich die schwarze Lederjacke über und verließ die Wohnung.

Heute Vormittag fand die Beerdigung von Torben Städer statt, und Katharina hatte gestern noch spontan mit Ben vereinbart, dass sie diese wie auch die Bestattungen der anderen Opfer besuchen würde. Möglicherweise war das eine Chance, eine mögliche Verbindung zu finden. Der gestrige Tag war erneut ergebnislos geblieben. Sie hatte ein vorläufiges Profil erstellt und es dem Kriminalrat übergeben. Ben hatte auf Anordnung von Mausner und Friedberg als Leiter der Ermittlungen an der Pressekonferenz teilnehmen müssen. Danach war seine Laune erheblich schlechter gewesen. Vivien und Tobi hatten in Bardowick erste Befragungen durchgeführt. Ein Golf war dort niemandem aufgefallen, außer denen, die sowieso im Ort herumfuhren. Darüber hinaus hatten sie erfahren, dass Ole Klein nicht den besten Ruf in seiner Gemeinde genossen hatte. Offensichtlich waren sowohl er selbst als auch sein Hof in den letzten Jahren stark heruntergekommen. Mehrere Nachbarn hatten bestätigt, dass der Landwirt wohl nicht mehr auf die Beine gekommen wäre. Er sei überschuldet gewesen, hieß es, und seit seine Frau ihm davongelaufen war, wäre alles noch viel schlimmer geworden. Die Kommissare hatten die Möglichkeit diskutiert, dass es sich um einen Versicherungsbetrug handeln könnte. Möglicherweise hatte Ole Klein im Rausch – Frauke Bostel hatte in seinem Blut einen Promillewert von 2,7 festgestellt – seinen Hof selbst in Brand gesetzt, um das Geld zu kassieren, und war dabei unglücklicherweise in die Flammen geraten. Es war eine Möglichkeit, der sie nachgehen mussten, doch Katharina glaubte nicht daran. Sie war sich inzwischen sicher, dass hier ein Serienmörder am Werk war, der ihr und den Kollegen immer eine Nasenlänge voraus war.

08:45 Uhr

Er hatte für seine Verhältnisse lange geschlafen, doch gleich, nachdem er aufgestanden war, hatte er im Krankenhaus angerufen. Trotz aller ärztlichen Vorhersagen hatte sein Vater den gestrigen Tag und die Nacht überstanden. Sein Vater lebte. Und nicht nur das. Die Schwester hatte eben am Telefon gesagt, es grenze fast an ein Wunder, aber wie es aussähe, hätte sein Vater die Krise überwunden, momentan bestehe deshalb kein Grund, sich über die Maßen Sorgen zu machen, natürlich ganz abgesehen vom generellen Allgemeinzustand. Er hatte bei dieser Nachricht schlucken müssen, denn er sah wieder das Bild seines Vaters vor sich. Das Bild des kleinen verwelkten Mannes in einem viel zu großen Bett, der darauf wartete, für immer einzuschlafen. Wenn es einen Gott gab, warum erlöste dieser Gott seinen Vater dann nicht? Die Schwester hatte noch mehr gesagt. Nachdem sie sich über den Zustand seines Vaters ausgelassen hatte, hatte sie eine Pause gemacht und gesagt, dass sie heute eine Doppelschicht hätte. Dann hatte sie gefragt, ob sie sich schon darauf freuen dürfte, ihn am Abend zu sehen, wenn er seinen Vater wie immer besuchen würde. Direkt danach hatte sie sich zügig verabschiedet und aufgelegt. Er hatte nicht einmal mehr Gelegenheit dazu gehabt, etwas zu erwidern. Noch am Telefon hatte er sich darüber gewundert, dass eine Frau ihm so offensichtlich Avancen machte. Das war er nicht gewohnt. Zumindest hier nicht. Bevor er wieder hergekommen war, hatte er nicht geahnt, wie sehr ihm alles noch in den Knochen steckte, aber er hatte ja jetzt eine perfekte Möglichkeit gefunden, alles zu verarbeiten. Er therapierte sich sozusagen selbst und das mit Lust, obwohl er es bisher immer von sich gewiesen hatte, eine Therapie zu benötigen. Er musste schmunzeln und musterte sich im Dielenspiegel, der an den Ecken bereits blind war. Ihm blickte tatsächlich ein recht attraktiver Mann entgegen. Er war mit seinen 1,70 zwar nicht gerade groß, dafür schlank und durchtrainiert. Das war nicht immer so gewesen. Als Kind war er klein, dick und bebrillt gewesen, und als Jugendlicher hatte er noch Pickel und eine feste Zahnspange dazubekommen – nicht unbedingt der Mädchentraum. Jetzt schon, dachte er und strich sich das blonde Haar zurück. Er dachte an die Krankenschwester und daran, wie lange er schon keine Frau mehr gehabt hatte. Wie es aussah, würde sich das bald ändern …

Bevor er in die Küche ging und Kaffee aufsetzte, holte er aus dem Briefkasten die Tageszeitung. Natürlich sprang ihm gleich sein letztes Feuer-Werk, wie er inzwischen seine einzelnen Aktionen fast amüsiert nannte, auf der Titelseite ins Auge. Noch im Gehen überflog er den Artikel, der nicht schlecht geschrieben war. Gestern hatte die Polizei eine Pressekonferenz gegeben, und angeblich hatten die Ermittler ein Profil von ihm erstellt, das sie jedoch noch nicht veröffentlichen wollten, hieß es im Bericht. Schade, dachte er, denn ansonsten bot ihm der Artikel nichts Neues. Er hätte gern gewusst, was die Polizei über ihn dachte. Ob sie richtig lag? Ansonsten schien die Kripo noch völlig im Dunkeln zu tappen. Oder behielt sie auch hier Informationen zurück? Eigentlich glaubte er das nicht, denn wenn er einen Fehler gemacht hätte, wären sie längst vor seiner Tür gestanden. Da waren die Journalisten mit ihren Spekulationen über ihn schon besser, zumindest was die Namen, die sie ihm gaben, anging. ›Feuerkiller‹ gefiel ihm am besten, obwohl der natürlich sehr allgemein gehalten war. Namen mit ›Monster‹ darin mochte er gar nicht. Er sah sich nicht als Monster und wollte auch nicht, dass jemand anderes es tat. Ein Monster tötete ohne Grund – er nicht. Während der Kaffee durchlief, blätterte er die Zeitung durch. Bei den Todesanzeigen blieb er hängen. Unübersehbar prangte eine große Anzeige mit dem Namen Torben Städer auf der Seite. Das hat sich Städers Frau aber einiges kosten lassen, dachte er. Kurz wunderte er sich, warum die Anzeige erst heute geschaltet worden war, erklärte es sich dann aber damit, dass die Leiche wahrscheinlich nicht eher freigegeben worden war. Interessiert las er die Abschiedsworte von Sandra Städer an ihren Mann und stellte dabei fest, dass die Beerdigung bereits heute Vormittag auf dem Friedhof in Salzhausen stattfand. Um zehn Uhr. Er schaute auf die Uhr und ging ins Bad, um zu duschen. Den inzwischen fertig durchgelaufenen Kaffee hatte er völlig vergessen.

09:51 Uhr

Katharina hatte sich rechtzeitig auf dem Parkplatz des Friedhofs in Salzhausen eingefunden und sich einen Platz gesucht, von dem aus sie die ankommenden Trauergäste sehen konnte. Sie würde während der Trauerfeier im Auto warten und sich erst dem Zug zum Grab anschließen. Sandra Städer stand gemeinsam mit den beiden Kindern und ihrer Mutter vor der Kirche und sprach mit dem Pastor. Aus der Entfernung wirkte sie auf Katharina gefasst. Nach und nach trafen nun weitere Leute ein, die der Witwe kondolierten und dann die Kapelle betraten. In der Traueranzeige hatte Katharina gelesen, dass es eine Feier im kleineren Kreis sein sollte, was ihr selbst zugutekam. So würde sie die einzelnen Personen besser beobachten können. Die Kommissarin hatte außerdem eine Kamera dabei, um die Trauergäste zu fotografieren. Sie empfand das zwar bei einem solchen Anlass als deplatziert, doch nur so würde es ihr später möglich sein, einen Abgleich der Anwesenden vorzunehmen. Ursprünglich hatte sie überlegt, Sandra Städer über ihre Anwesenheit bei der Beerdigung zu informieren, es dann aber in Abstimmung mit Ben gelassen. Sie betrachtete die beiden kleinen Kinder, die irritiert wirkten, und dachte daran, dass die Zwei künftig ohne Vater aufwachsen würden. Katharina erinnerte sich an ihre eigene Kindheit: Obwohl sie selbst, als sie klein gewesen war, kein inniges Verhältnis zu ihrem eigenen Vater gehabt hatte, war er zumindest immer ein fester Bestandteil ihres Lebens gewesen, was ihr als Selbstverständlichkeit erschienen war. Bei diesen Gedanken kam ihr der unbekannte Halbbruder wieder in den Sinn. Auch er war ohne seinen Vater aufgewachsen, obwohl es ihn gab. Was ihr Halbbruder wohl für ein Mensch war? Katharina musste zugeben, dass die Neugier größer wurde, je mehr sie sich mit der neuen Familiensituation beschäftigte. Ihr Vater war nach wie vor nicht bereit, mit ihr darüber zu sprechen und blockte jeden Kontakt kategorisch ab. Aber wozu war sie bei der Polizei? Wenn sie sich wirklich entschließen sollte, ihren Halbbruder kennenlernen zu wollen, dann würde sie schon herausfinden, was sie wissen musste.

Erschrocken stellte Katharina fest, dass die Kirchentür geschlossen und der Platz davor leer war. Sie war so in Gedanken versunken gewesen, dass sie den Beginn der Trauerfeier nicht mitbekommen hatte. Sie nahm Kamera und Jacke und verließ das Auto. Wenn sie sich jetzt schon einen guten Platz suchte, würde sie die Trauergäste beim Verlassen der Kirche möglichst unbemerkt fotografieren können.

Tobi saß an seinem Schreibtisch und rieb sich den Bauch, der in den letzten Monaten sichtlich runder geworden war. In Richtung des neu besetzen Schreibtisches fragte er: »Wie sieht's aus, ich würde sagen, es ist höchste Zeit für ein kleines Mittagessen. Kommst du mit?« Er grinste Vivien fröhlich an.

Vivien Rimkus sah auf die Uhr. »Okay, großen Hunger hab ich zwar noch nicht, aber ich bin dabei.«

Kurze Zeit später standen die beiden Kommissare an einer Imbissbude am Rande des Rathausmarktes. »Eine doppelte Curry-Fritte für mich, bitte!«, orderte Tobias Schneider und sah dann fragend zu seiner Kollegin.

»Für mich nur eine Portion Pommes«, antwortete sie an die Imbissbudenverkäuferin gewandt. »Und ein Mineralwasser.«

Als die beiden sich mit ihrem Essen an einen der etwas wackligen Stehtische gestellt hatten, betrachtete Vivien den üppig beladenen Pappteller von Tobi. »Ich dachte eigentlich immer, dass nur die werdenden Mütter für zwei essen müssen.« Sie grinste. Tobi ließ sich nicht beirren und biss genüsslich in eine der Currywürste. »Kann schon sein«, murmelte er mit vollem Mund. »Aber was soll ich machen, ich hab nun mal immer Hunger. Das war schon vor Helmchens Schwangerschaft so. Jetzt ist es … nur noch etwas ausgeprägter.« Er stopfte einige Pommes hinterher. »Außerdem muss ich ja auch eine Art Vorrat anlegen. Das Leben wird bei uns zu Hause demnächst bestimmt etwas kräftezehrender als bisher. Und meine Süße leidet nicht so sehr unter ihrem riesigen Bauch, wenn meiner auch immer dicker wird.« Vivien lächelte und nahm einen Schluck von ihrem Wasser. »Aber sag mal, wo wir zwei gerade mal so privat sind«, fuhr Tobi unbekümmert fort, »was ich dich schon längst mal fragen wollte: Du bist so ein hübsches Mädchen – warum schminkst du dich so auffallend stark? Das hast du doch überhaupt nicht nötig.«

Viviens Gesicht wurde schlagartig ernst: »Also erstens bin ich kein Mädchen. Und zweitens sollten wir uns lieber über unsere Brandserie unterhalten. Ist ja nicht so, dass wir da gerade besonders gut vorankommen, oder?« So frotzelig Tobi in seiner Art war, so feinfühlig war er, was zwischenmenschliche Dinge anging. Er erkannte, dass Vivien ihm seine Frage nicht beantworten wollte, und spekulierte, dass er einen wunden Punkt berührt hatte. »Okay, Frau Kommissarin«, sprang er auf die Arbeit um, »konzentrieren wir uns auf den Job.« Er schluckte den nächsten Bissen hinunter, bevor er fortfuhr: »Ich hab vorhin mit der Schulleiterin des Gymnasiums telefoniert, an dem Manfred Thomsen bis zu seiner Pensionierung unterrichtet hat. Das war recht interessant.«

»Inwiefern?«, fragte Vivien nach.

»Na ja, der Typ war bei seinen Schülern alles andere als beliebt. Ein typischer Lehrer der alten Schule – streng, etwas diktatorisch und sehr fachbezogen.«

»Soll heißen?«

»Soll heißen, dass es konkret einige Schüler gab, die seinetwegen ihren Schulabschluss vermasselt haben.«

»Das ist wohl eher die Schülerperspektive«, lächelte Vivien. »Wenn sie die Leistung nicht bringen, kann ja nicht zwingend der Lehrer dafür verantwortlich gemacht werden. Auch wenn ich zugebe, dass ich das während meiner Schulzeit auch oft anders gesehen habe.«

»Schon klar«, bestätigte Tobi. »Aber als Lehrer hat man ja einen gewissen Spielraum in der Benotung, und Thomsen hat ganz klar fast immer zum schlechteren hin zensiert. Bei einigen Schülern hat er damit den Schnitt im Abschlusszeugnis halt negativ beeinflusst. Das hat selbst die Schulleiterin bestätigt.«

»Okay, aber glaubst du, dass das für ein Mordmotiv reicht? Noch dazu auf so grausame Weise?« Vivien schüttelte ungläubig den Kopf. »Keine Ahnung«, erklärte Tobias, »aber wir sollten uns diese Schüler zumindest mal genauer ansehen. Die Schulleiterin hat mir ein paar Namen genannt, und drei davon sind tatsächlich bereits bei uns geführt.«

»Weswegen?«

»Einer wegen Körperverletzung und zwei wegen Nötigung«, erläuterte der Kommissar. »Und die sind gerade mal Anfang 20.«

»Na wunderbar«, sagte Vivien motiviert. »Da haben wir doch endlich einen Hinweis.« Sie aß hastig ihre restlichen Pommes frites und schmiss die Pappschale zusammen mit der leeren Wasserflasche in den Mülleimer. Dann sah sie den verdutzten Tobias auffordernd an: »Na los, fertig werden – wir haben zu tun!«

20:41 Uhr

Er fuhr direkt von seinem Vater aus hin. Geplant hatte er das so nicht, doch als er eben aus dem Krankenhaus getreten war, hatte er unbeabsichtigt mit dem Autoschlüssel zusammen die Liste aus seiner Hosentasche gezogen. Er hatte sich die noch nicht durchgestrichenen Namen angeschaut und war bei ihrem hängen geblieben. Sie lebte inzwischen allein, das hatte er bereits gecheckt. Ebenso wusste er, dass sie jeden Abend mit ihrem Hund in den Feldern spazieren ging. Er hatte auf die Uhr geschaut und festgestellt, dass er noch genug Zeit hatte, hinzufahren und sich ein geeignetes Plätzchen zu suchen, bevor sie zu ihrer abendlichen Gassirunde aufbrechen würde. Ursprünglich hatte er sie sich ganz bis zum Schluss aufheben wollen. Da er jedoch die Liste inzwischen nahezu täglich ergänzte und neue Namen hinzukamen, hatte er bereits vor ein paar Tagen beschlossen, sie vorzuziehen.

Um kein Risiko einzugehen, stellte er den Golf auf einem Parkplatz etwa einen Kilometer entfernt ab und ging das letzte Stück bis zu einer kleinen Baumgruppe in einem Knick am Feldweg zu Fuß. Nachdem er sich so zwischen die Bäume gestellt hatte, dass er zwar den Weg beobachten, man ihn aber nicht auf Anhieb von dort aus sehen konnte, wartete er mit dem Köder für den Hund in der Hand – eine deftig riechende Fleischwurst, die er noch schnell auf dem Weg hierher besorgt hatte. Dann kam sie. Zuerst als kleiner Punkt, der jedoch langsam größer wurde, erschien sie hinter einem anderen Feld und bog in den Weg ein, auf dem er auf sie wartete. Wie auch die Male, als er sie beobachtet hatte, ließ sie ihren Riesenschnauzer in der Mitte des Feldweges von der Leine. Kurz darauf konnte er beobachten, wie das Tier die Fleischwurst in seiner Hand witterte und in seine Richtung lief. Für ihre Augen musste es aus der Ferne aussehen, als verschwände der Hund im Gestrüpp, dennoch beschleunigte sie ihre Schritte nicht.

Das Tier bellte ihn weder an noch knurrte es. Es wollte einfach nur die Wurst in seiner Hand und wedelte in freudiger Erwartung mit dem Schwanz. Dann machte der Hund Sitz und blickte ihn treuherzig an. Damit hatte er nicht gerechnet, und für einen Augenblick krampfte sich sein Herzmuskel zusammen. Zumindest kam es ihm so vor. Wäre das Tier ihm gegenüber aggressiv gewesen, hätte er eine Ausrede gehabt, aber so? Er mochte Tiere, und es tat ihm um den Schnauzer leid. Doch es musste sein. Auch wenn das Tier jetzt freundlich war, hatte er keine Ahnung, wie es reagieren würde, wenn es um sein Frauchen ging. Deswegen musste er es zuvor kaltstellen.

Er hielt dem Hund die Wurst hin, und als dieser sich darüber hermachte, legte er ihm eine Drahtschlinge um den Hals, die er aus seiner Hosentasche gezogen hatte. Dann zog er zu, konnte jedoch nicht hinsehen und schloss dabei die Augen. Erst als es einen Ruck in seinem Handgelenk gab, weil das Tier in sich zusammengesackt war, öffnete er sie wieder. Er atmete einmal tief durch. Zum Glück war es schnell gegangen. Das Tier hatte nicht einmal mehr Gelegenheit gehabt, einen Ton von sich zu geben oder um sich zu beißen. Sogar die Fleischwurst hatte es in seinem Maul behalten. Er ließ die Drahtschlaufe los, und das Tier kippte endgültig zur Seite. Wenigstens war der Hund glücklich und mit einem letzten Festmahl gestorben. Das war ihm ein kleiner Trost, als er nun wieder zum Feldweg blickte – genau in ihre ockerfarbenen Augen, die scheinbar nicht fassen konnten, was sie da sahen. Sie schrie nicht, sie lief nicht weg. Sie schaute ihn einfach nur aus verständnislosen Augen an. Es passte ihm gar nicht, dass sie sich mehr wunderte, als ängstigte, und er holte entschlossen sein Zippo hervor.

Trauen Sie niemals allgemeinen Eindrücken, mein Junge, sondern konzentrieren Sie sich auf Einzelheiten.

(aus: Sherlock Holmes in: Eine Frage der Identität, Sir Arthur Conan Doyle)

11. KAPITEL:

FREITAG, 17. APRIL 2015

08:03 Uhr

Benjamin Rehder und seine drei Ermittler saßen erneut an dem großen Tisch in Bens Büro. Da sie am vergangenen Tag alle unterschiedlichen Spuren nachgegangen waren und nie zur gleichen Zeit im Büro gewesen waren, sollten heute früh als Erstes alle neuen Ergebnisse auf den Tisch kommen. Jedenfalls hoffte Ben darauf, dass es Resultate gab. Soeben hatte er erfahren, dass es am vergangenen Abend erneut ein Feuer in der Umgebung gegeben hatte. Zu Bens Erleichterung diesmal ohne Leiche, sah man von den Überresten eines Hundes einmal ab, der nach den Löscharbeiten in Reppenstedt in einem Knick am Feldweg entdeckt worden war. Benjamin Rehder versuchte sich einzureden, dass sie diesen Brand nicht in ihre Ermittlungen würden einbeziehen müssen, doch so recht gelang ihm das nicht. Zumindest würde er seine Mitarbeiter erst nach der Teambesprechung darüber informieren.

»Okay«, sagte er, »lasst uns anfangen. Katharina: Hat die Beerdigung von Torben Städer neue Erkenntnisse gebracht?«

Katharina zog einen Stapel ausgedruckter Fotos aus

einem Umschlag hervor. »Das kann ich noch nicht sagen. Auf den ersten Blick war da nichts Ungewöhnliches. Ich habe Fotos von allen Personen gemacht, die da waren. Da es eine Trauerfeier im engen Kreis war, waren es zum Glück nicht allzu viele, aber natürlich trotzdem diverse Personen, die wir nicht kennen.« Sie schob die Fotos in die Mitte des Tisches, damit alle einen Blick darauf werfen konnten. »Ich würde vorschlagen, ihr schaut die Fotos nachher mal durch. Vielleicht ist jemand dabei, den ihr im Rahmen eurer Befragungen schon getroffen habt. Ansonsten denke ich, wird es interessant, wenn wir diese Personen mit den Anwesenden auf der zweiten Beerdigung vergleichen. Melanie Sarbacher wird am Montag beigesetzt. Da werde ich dann auch wieder dabei sein.«

»Okay«, sagte Ben, »hast du die Namen der Personen auf den Fotos?«

»Noch nicht. Ich würde lieber den Abgleich abwarten und dann sowohl bei Sandra Städer als auch bei den Sarbachers nach einzelnen Leuten fragen.«

»Das klingt sinnvoll«, bestätigte Ben. »Vor allem, da nicht viel Zeit dazwischen liegt. Gibt es für die Bestattung des Ehepaars Thomsen schon einen Termin?« Sowohl er als auch Katharina sahen zu Tobias.

»Nein, noch nicht. Die Leichen sind gerade erst von der Gerichtsmedizin freigegeben worden. Ehrlich gesagt weiß ich gar nicht, wer sich in dem Fall um die Beisetzung kümmert, die Thomsens hatten keine Kinder. Frauke weiß aber Bescheid und gibt mir eine Info, sobald sich jemand vom Bestattungsinstitut meldet oder sich sonst etwas ergibt.« Der Kommissar nahm seine Notizen zur Hand. »Im Falle der Thomsens sind Vivien und ich gestern allerdings einer anderen Spur gefolgt.«

Gespannt sahen Ben und Katharina auf, als Tobi fortfuhr: »Manfred Thomsen hat sich bei einigen seiner Schüler mehr als unbeliebt gemacht. Eigentlich könnte man eher sagen, es gab kaum einen Schüler, der ihn gemocht hat. Unter all denen gibt es allerdings drei, die besonders auffällig sind.«

»Inwiefern?«, fragte Ben hellhörig.

»Thomsen hat diesen dreien – und das ist noch nicht lange her – den Schulabschluss komplett vers… vermasselt«, erklärte Tobi. »Laut der Schulleiterin haben diese Schüler damals lautstark verkündet, dass er das noch bereuen würde. Und hinzu kommt, dass diese drei bereits eine Strafakte vorweisen können. Sie sind wegen Körperverletzung beziehungsweise wegen Nötigung vorbestraft.«

»Habt ihr mit diesen ehemaligen Schülern schon gesprochen?«, fragte Ben.

Tobi sah Vivien auffordernd an, die fortfuhr: »Ja, haben wir. Zumindest mit zweien, der dritte ist zurzeit im Ausland. Womit er auch ein Alibi hat, er ist nämlich schon seit zwei Wochen weg, das haben wir bereits nachgeprüft.«

»Okay, dann ist der also raus. Was ist mit den anderen beiden?«, wollte Ben wissen.

»Die haben tatsächlich immer noch einen echten Hass auf Manfred Thomsen«, erklärte Vivien. »Daraus haben sie keinen Hehl gemacht. Sie wussten von seiner Ermordung, und von Mitleid war da keine Spur. Beide haben uns ein Alibi genannt, das müssen wir allerdings heute noch überprüfen.«

Nun übernahm Tobi wieder, nachdem er auf seinen Notizblock gesehen hatte: »Genau. Die zwei sind momentan in einer Einrichtung für straffällig gewordene Jugendliche untergebracht. So eine Wohngruppe. Der Leiter dieser Gruppe, ein gewisser Sören Prange, war gestern aber nicht zu sprechen. Wir haben heute einen Termin bei ihm.«

Ben sah die beiden Ermittler an: »Was sagt euer Bauchgefühl?«

Vivien sah kurz zu Tobi, bevor sie erklärte: »Da sind wir uns ziemlich einig, die beiden waren es eher nicht. Zum einen wirkten sie nicht unsicher, so als wäre ihr Alibi gelogen oder so. Und ehrlich gesagt, sympathisch waren die zwei nicht gerade, aber so viel Brutalität traue ich ihnen nicht zu. Schon gar nicht, wenn wir davon ausgehen, dass alle Taten, die wir auf dem Tisch haben, von ein und demselben Täter begangen wurden.«

»Siehst du das genauso, Tobi?«, fragte Katharina nach.

»Absolut«, bestätigte er. »Allerdings muss ich dazu sagen, dass es hier eine winzige Querverbindung gibt – einer der Jungs kannte auch Ole Klein. Er hat da wohl mal eine Zeit lang auf dem Hof gejobbt. Ich denke aber, das ist einfach ein Zufall. Er hatte von Kleins Tod noch nicht gehört und schien mir darüber tatsächlich erschrocken.«

»Okay«, antwortete Ben. »Dann müssen wir wohl davon ausgehen, dass diese Spur ins Leere führt. Checkt aber trotzdem auf jeden Fall die Alibis, damit wir sicher sein können.«

»Geht klar, Chef«, bestätigte Tobias.

»Sonst noch was Neues?«, fragte Ben hoffnungsvoll. »Was ist mit dem Fall Ole Klein?«

»Da gibt es tatsächlich etwas«, sagte Tobi. »Wir wissen ja schon, dass Klein mit seinem Hof hoch verschuldet war. Jetzt hat noch einer der Nachbarn ausgesagt, dass er in letzter Zeit ein paar komische Leute auf dem Klein-Hof bemerkt hat, die er vorher noch nie in der Gegend gesehen hat. Wir haben zwei Theorien dazu, die allerdings nichts mit einem Serientäter zu tun haben oder eine Verbindung zu den anderen Opfern hergeben. Außer ... na ja ... die zweite Theorie vielleicht schon ...« Er übergab das Wort an Vivien.

»Ja also, eine Möglichkeit, die wir auch schon diskutiert haben, wäre, dass Ole Klein den Hof selbst angezündet hat, um an das Geld der Versicherung zu kommen. Die gab es nämlich, und zwar in recht ansehnlicher Höhe.« Sie blätterte in ihrem kleinen Notizbuch. »Abgeschlossen wurde sie vor nicht allzu langer Zeit. Es wäre vorstellbar, dass er in betrunkenem Zustand diese Entscheidung aus Verzweiflung getroffen hat und unglücklicherweise dabei selbst ums Leben gekommen ist.« Sie sah zweifelnd in die Runde. »Ich weiß, das klingt nicht wirklich überzeugend, aber ich möchte das dennoch überprüfen. Eine weitere Variante ist die, dass Ole Klein sich auf irgendwelche dubiosen Geschäfte eingelassen hat, um den Hof zu retten. Das würde die Unbekannten erklären, die der Nachbar gesehen haben will. Wir haben da auch an zwielichtige Geldgeber gedacht, bei denen er sich eine Summe geliehen hat, die er dann aber nicht zurückzahlen konnte. Am Auto von Klein sind zum Beispiel alle vier Reifen zerstochen. Vielleicht war das eine Warnung an ihn, und die Brandstiftung dann der Höhepunkt. Schließlich ist mit solchen Leuten nicht zu spaßen.«

Katharina hakte nach: »Ihr meint, die haben ihm dann den Hof angezündet, weil er nicht zahlen konnte?«

Tobi musste grinsen. »Ich weiß ja, das klingt irgendwie merkwürdig, die Mafia in der Lüneburger Heide. Aber es wäre möglich. Wir haben nur leider überhaupt keinen Anhaltspunkt, um nach diesen Typen zu suchen.«

»Was ist denn überhaupt mit der Exfrau von Klein?«, fragte Katharina.

»Die hab ich gestern telefonisch erreicht«, erklärte Tobi. Sie war schockiert, ohne Frage, aber nicht wirklich überrascht. Sie scheint davon auszugehen, dass Ole Klein das Feuer im Suff selbst verursacht hat. Als Täterin kommt sie nicht in Frage, sie hat ein nachweisbares Alibi.«

»Und was ist mit dem dunklen Golf?«, hakte Ben nach. »Das ist ja eine Spur, die wir bisher vor der Presse geheim halten konnten. Ist ein solches Auto noch mal wieder irgendwie aufgetaucht bei den Aussagen?«

»Nein, Fehlanzeige – leider«, antwortete Vivien.

»Ich finde euren Ansatz ehrlich gesagt gar nicht so weit hergeholt.« Ben überlegte. »Zumindest im Fall Torben Städer könnten wir dahingehend noch mal ermitteln. Möglicherweise hat er sich in irgendwelchen Immobiliengeschäften verspekuliert.«

»… und ist dadurch ebenfalls in die Fänge der Geldeintreiber geraten?«, ergänzte Katharina.

»Zum Beispiel«, bestätigte Ben. »Behaltet das auf jeden Fall im Auge. Auch wenn das bei Melanie Sarbacher und den Thomsens abwegig scheint – vielleicht haben wir da bisher nur etwas übersehen.« Der Hauptkommissar sah in die Runde.

»Danke, gute Arbeit. Ich muss euch übrigens mitteilen, dass es gestern Abend ein weiteres Feuer gegeben hat.« Sofort sahen die drei Kollegen erschrocken auf. »Es wurde ein toter Hund in den Überresten entdeckt, aber keine menschliche Leiche«, führte er aus. »Noch können wir also hoffen, dass hier nur eine Brandstiftung vorliegt, und sollten uns auf unsere Opferfälle konzentrieren. In diesem Sinn – machen wir uns an die Arbeit.«

Die Ermittler erhoben sich. Nachdem Vivien den Raum bereits verlassen hatte, trat Tobi zu Katharina und Ben. »Sagt mal, was schenken wir eigentlich Frauke? Ihr kommt doch heute Abend?«

»Klar«, bestätigte Katharina. »Feuerteufel hin oder her – das Feiern lass ich mir von dem nicht vermiesen.« Sie lächelte. »Ich freu mich ehrlich, dass sie uns eingeladen hat. Und was das Geschenk angeht: Ich hätte da eine Idee und könnte das auch noch besorgen. Wenn ihr wollt, legen wir zusammen. Bene kommt auch mit, wir wären also schon vier.« Sie ignorierte den kurzen aber auffallend überraschten Blick von Ben, als sie den Namen seines Bruders erwähnte, und wandte sich an Tobi: »Was ist mit Jana, kommt sie auch mit?«

»Nein«, sagte der Kommissar. »Die ist selbst schon verabredet – Mädelsabend. Bei uns zu Hause. Insofern bin ich auch sehr froh, dass ich zu Frauke darf. Und meinetwegen können wir gern zusammenlegen.« Er grinste.

»Bist du auch dabei?«, fragte Katharina Ben.

»Wie? Äh, ja klar!«, antwortete er und wandte sich bereits wieder seinem Schreibtisch zu.

»Okay, dann besorge ich das Geschenk, und wir treffen uns um kurz vor acht vor dem Café«, bestätigte Katharina. »Machen wir uns einfach zusammen einen schönen Abend!«

Ben sah ihr hinterher und war sich nicht mehr sicher, ob er sich noch immer auf die Feier der Gerichtsmedizinerin freute.

Bene hatte sich für diesen Abend spontan freigenommen. Normalerweise ging das nicht so einfach, vor allem nicht an einem Freitagabend, an dem die Leute regelmäßig die Bar stürmten. Deswegen hatte er alle Überredungskünste bei seiner Kollegin angewandt, damit sie für ihn einsprang, und es hatte geklappt. Als Barchef hätte er seine Crew auch vor vollendete Tatsachen stellen und einfach den Dienstplan umschreiben können, doch das war nicht seine Art. Er wollte fair sein und seine Position nicht ausnutzen. Das hatte er sich geschworen, als er vor vier Jahren zum Barchef befördert worden war, und sich bisher daran gehalten.

Bene blickte sich um. Es hatten sich etwa 20 Leute in dem kleinen Café über der Buchhandlung eingefunden. Er war zum ersten Mal hier und hätte den Laden wohl auch nie entdeckt, wenn Katharina ihn nicht gebeten hätte, sie heute hierher zu begleiten. Buchhandlung und das dazugehörige Café mit dem entspannten Namen *Pausenraum* waren erst im Februar eröffnet worden, wie er vorhin aufgeschnappt hatte. Doch selbst wenn es den Laden schon länger gäbe, hätte Bene ihn nicht betreten. Er machte sich einfach nichts aus Büchern und hätte dadurch wohl auch das mit sehr viel Liebe eingerichtete Café nicht entdeckt. Wenn es eine Musikalienhandlung gewesen wäre, hätte die Sache schon anders ausgesehen … Unwillkürlich wippte Bene mit den Füßen im Takt der Loungemusik, die aus internetgesteuerten Sonos-Boxen kam, wie er bereits beim Hereinkommen festgestellt hatte. Dabei hatte er durchaus die musternden Blicke der bereits anwesenden Frauen, von denen er keine kannte, bemerkt, was ihn dazu veranlasst hatte, Katharina den Arm um die Taille zu legen. Er hatte schon beim Osterfeuer in Hamburg festgestellt, dass er Spaß daran hatte, auf diese Weise zu signalisieren, dass er vergeben war und das gern. So hatte er sich auch über die Maßen gefreut, als Katharina ihn gestern angerufen und gefragt hatte, ob er sie heute Abend begleiten wolle. Ohne zu wissen, ob er seine Freitagabendschicht tatsächlich tauschen konnte, hatte er ihr am Telefon direkt zugesagt. Katharina hatte ihn bisher noch nie als Begleitung auf eine Feier von Freunden oder Kollegen mitgenommen, was ihn früher nie gestört hatte, denn dann hatte er es im Gegenzug auch nicht machen müssen. Inzwischen nahm er sie aber bei vielen Gelegenheiten mit.

Jetzt reichte Katharina ihm ein Glas Sekt, stieß ihr eigenes Glas an seines, lächelte ihm zu und sagte wie selbstverständlich: »Auf uns«, bevor sie einen Schluck trank. Nachdem auch Bene getrunken hatte, wollte er gerade ansetzen, Katharina zu erklären, wie gern er heute mit ihr gekommen war, als die Musik verstummte und ein Glas mithilfe eines Löffels zum Klingen gebracht wurde, wie es typisch war, wenn jemand etwas sagen wollte. Im Raum wurde es still, und alle Blicke richteten sich auf die Gastgeberin Frauke Bostel, die etwas wackelig auf einem der weißen Holzstühle stand und munter in die Runde blickte.

»Ihr Lieben, erst einmal: Schön, dass ihr alle heute hier seid, um meinen Geburtstag mit mir zu feiern. Da ihr eine bunt zusammengewürfelte Truppe seid, möchte ich euch jetzt alle einmal vorstellen, und zwar in chronologischer Reihenfolge. Keine Angst, es dauert nicht lange, und danach wird das Büfett eröffnet«, begann die Gerichtsmedizinerin ihre Begrüßungsrede. Dann stellte sie jeden einzelnen ihrer Gäste vor und erzählte dazu noch eine gemeinsam erlebte Anekdote, die in den meisten Fällen sehr amüsant war. Zumindest für die Zuhörer, aber nicht immer für die Vorgestellten, es sei denn, sie konnten über sich selbst lachen. Ben, Tobias und Katharina stellte sie als Letzte vor. Sie versäumte auch nicht, Bene als Katharinas Freund zu erwähnen, wobei sie ihm nicht das Gefühl gab, mitgebracht worden, sondern tatsächlich persönlich geladen zu sein. Die Tatsache, dass er nicht nur Katharinas Partner, sondern obendrein der Zwillingsbruder von Ben war, war natürlich offensichtlich und wurde zu der entsprechenden Anekdote. Dann schloss Frauke Bostel ihre Rede mit einer echten Überraschung: »Was wäre ein Geburtstag ohne Geschenke? Eure packe ich morgen in aller Ruhe aus. Ein besonderes Geschenk habe ich mir jedoch selbst gemacht, und das möchte ich euch nicht länger vorenthalten: einen echten Doktor!« Sie grinste in die überraschten Gesichter ihrer Gäste, fügte jedoch keine weitere Erklärung hinzu, sondern eröffnete das üppige Büffet.

Für jeden Brand gibt es ein Löschungsmittel;
Für das Feuer ist es das Wasser, für das Gift das Gegengift,
für das Ungemach die Geduld, für die Liebe die Trennung;
Allein das Feuer des Hasses wird ewig nicht ausgelöscht
werden.

(aus: Philipp Wolff: Das Buch des Weisen
in lust- und lehrreichen Erzählungen
des indischen Philosophen Bidpai)

12. KAPITEL:

SAMSTAG, 18. APRIL 2015

06:22 Uhr

Katharina ging den Krankenhausflur auf und ab, während Ben auf einer Bank saß. Er hatte seine Ellenbogen auf die Knie gestützt und den Kopf auf die Hände gelegt. Katharina ahnte, dass er die Augen geschlossen hatte, um wenigstens noch ein bisschen zu entspannen. Nachdem es gestern Abend bei Fraukes Party doch recht spät geworden war, hatte der Hauptkommissar Katharina vor gut einer Stunde aus dem Bett geklingelt. Direkt davor hatte er einen Anruf erhalten, dass im Klinikum Lüneburg eine Frau mit massiven Verbrennungen eingeliefert worden war. Niemand wusste, wer die unter Schock stehende Frau war. Sie hatte keine Papiere bei sich gehabt, und da sie noch am Fundort vom Notarzt eine Beruhigungsspritze bekommen hatte, war bisher noch keine Gelegenheit gewesen, sie nach ihrem Namen zu fragen. Ein Förster hatte sie in den frühen Morgenstunden im Wald gefunden – ganz in der Nähe des Feldweges, wo es am Tag zuvor gebrannt hatte. Das alles hatte ihnen die Krankenschwester berichtet, die sie gebeten hatte, hier zu warten, bis ein Arzt zu ihnen käme.

»Mann, was dauert das denn so lange«, sagte Katharina unruhig und riss sich ein kleines Hautstückchen von ihrem Daumen ab, das sie zuvor mit dem Zeigefinger abgegnibbelt hatte. Ben und sie gingen stark davon aus, dass die eingelieferte Frau auch ein Opfer des Serienkillers war, hinter dem sie her waren. Sie wollten so schnell wie möglich mit der Frau sprechen und hofften darauf, dass die ersten Maßnahmen der Ärzte ihr und Ben das auch ermöglichten. Die Frau war ihre bisher einzige heiße Spur auf der Jagd nach dem Feuerteufel. Wenn sie wusste, wer ihr das angetan hatte oder ihn wenigstens beschreiben konnte, dann würden sie ihm hoffentlich endlich das Handwerk legen können, dachte Katharina und blickte einen jungen Mediziner an, der ihnen auf dem Flur entgegen kam. Ben hatte den herankommenden Arzt ebenso bemerkt und sich von der Bank erhoben. Mit müden Augen und leicht zerstrubbeltem Haar trat er jetzt neben Katharina und rieb sich verstohlen die Augen. Wie lange er wohl noch auf Fraukes Party gewesen war? Bene und Katharina waren gegen 1:30 Uhr gegangen, und da war Ben noch da gewesen – tief versunken in eine Unterhaltung mit einer niedlichen Blonden, die Frauke ihnen als ihre Kindergartenfreundin vorgestellt hatte, deren Namen Katharina aber wieder vergessen hatte. Ob sie sich den Namen besser hätte merken sollen? Sie musterte ihren Chef von der Seite und überlegte, ob er überhaupt geschlafen hatte. Die Überraschung des Abends war allerdings gewesen, dass Frauke heimlich ihren Doktor gemacht hatte. Gleichzeitig passte es zu ihr, sowas nicht von vornherein an die große Glocke zu hängen, dachte Katharina gerade, als der Arzt auf ihrer Höhe war und sich vorstellte: »Guten Morgen, ich bin Dr. Petersen.

Und Sie sind von der Polizei und wegen der unbekannten Frau mit den Verbrennungen hier, richtig?«

»Ja, das stimmt«, übernahm Katharina das Wort, zog ihren Ausweis hervor und stellte sich vor. Ben tat es ihr nach.

»Gut«, erklärte der Arzt, »viel kann ich Ihnen nicht über unsere Patientin berichten. Eingeliefert worden ist sie, von ihren massiven Verbrennungen abgesehen, mit einem schweren Schock. Ihrem Zustand nach zu urteilen muss sie schon länger im Wald gelegen haben, bevor der Förster sie gefunden hat. Vom Fundort her und vor allem zeitlich passt es wohl mit dem Brand gestern bei Reppenstedt überein, der in allen Zeitungen gestanden hat, wenn Sie mir erlauben, ein wenig zu kombinieren.«

»Ja sicher, nur zu«, schaltete Ben sich ein, »wir sind für absolut jeden Hinweis dankbar.«

»Gut, dann habe ich vielleicht etwas für Sie. Der Notarzt hat mir berichtet, dass die Frau auf nichts reagiert hat. Sie war jedoch völlig verängstigt, als man sie aufgefunden hat, und hat immer wieder gesagt: ›Mann Stein‹ oder so ähnlich. Also der Notarzt meinte, das hätte er zumindest herausgehört. Nach der Beruhigungsspritze war sie dann still.«

»Hm … vielleicht ist das ihr Name. Aber wir können jetzt nicht alle Steins oder Mannsteins durchgehen, wenn das überhaupt die richtige Kombination ist. Oder ein Mann – der Täter – hat einen Stein nach ihr geworfen oder sie sogar damit geschlagen … Können wir schon zu ihr? Wir müssen ihr ein paar dringende Fragen stellen.«

»Äußerliche Gewalteinwirkungen wie einen Schlag mit einem Stein konnten wir nicht feststellen. Und nein, Sie können ihr leider momentan keine Fragen stellen. Die Patientin ist zwar trotz ihres Alters in einem erstaunlich guten körperlichen Allgemeinzustand, und das hat ihr wohl auch das Leben gerettet. Dennoch haben wir sie in ein künstliches Koma versetzt. Die Schmerzen durch ihre Verbrennungen sind einfach zu groß, und wir wollen dadurch ihren Körper entlasten.«

»Mist«, entfuhr es Katharina.

Ben überging das und fragte: »Trotz ihres Alters? Wie alt ist denn die Frau ungefähr?«

»Na, so Mitte 70 wird sie sein, schätze ich. Vielleicht auch schon um die 80«, antwortete Dr. Petersen.

»Ach, das hätte ich jetzt nicht gedacht«, stellte Ben überrascht fest, und Katharina nickte dazu. Auch sie hatte aus einem unerfindlichen Grund angenommen, die Frau sei erheblich jünger. Katharina hörte, wie Ben den Arzt fragte, wie lange die Frau im künstlichen Koma bleiben sollte, und der Arzt erwiderte, dass er das noch nicht sagen könnte, doch war die Kommissarin schon einen Gedanken weiter. Nachdem der Arzt sich verabschiedet und versprochen hatte, die Ermittler anzurufen, sobald die Frau ansprechbar war, platzte Katharina mit ihren Überlegungen heraus: »Ben, wenn wir wirklich davon ausgehen, dass die Frau auch ein Opfer unseres Feuerteufels ist, und wenn sie tatsächlich noch im Schock ständig ›Mann Stein‹ gesagt hat, kann das natürlich irgendwie ihr Name sein. Es kann aber auch mit dem Täter zu tun haben! Vielleicht hat die Presse recht und wir haben es mit einem religiösen Fanatiker zu tun. Da war doch was in der Bibel mit ›wer den ersten Stein wirft …‹, irgendwas mit einer Ehebrecherin.«

»Ja, das stimmt«, räumte Benjamin Rehder ein, der etwas bibelfester als seine Kollegin war, wischte dann aber Katharinas Ansatz vom Tisch: »Es heißt ›Wer unter euch ohne Sünde ist, werfe den ersten Stein‹. Allerdings hat die Ehebrecherin keinen einzigen Stein abbekommen ...«

»Na gut, es war ja auch nur so ein Gedanke, um heute früh wenigstens zu irgendeinem Ergebnis zu kommen«, meinte Katharina und holte ihre Zigarettenpackung aus der Tasche, während sie neben Ben dem Krankenhausausgang zustrebte. Der schien plötzlich alles andere als müde zu sein, als er Katharina in die Seite stupste und sagte: »Wenn nicht heute früh, dann vielleicht im Laufe des Tages oder morgen. Du hast mich mit der Presse nämlich auf eine Idee gebracht. Wir nutzen die Presse und veröffentlichen ein Foto von der Frau. Irgendjemand wird sie sicher erkennen! Geh du vor der Tür eine rauchen. Ich geh schnell zurück und mache ein Foto.« Ben drehte sich um und zückte im Gehen bereits sein Handy, mit dem er die Frau fotografieren wollte, als Katharina ihn zurückhielt: »Okay, aber dann veranlasse ich, dass ein Uniformierter vor der Zimmertür der Patientin Wache schiebt. Egal, ob sie auf der Intensivstation liegt oder nicht. Sicher ist sicher, denn unser Täter liest bestimmt auch Zeitung.«

»Ja, tu das. Ich spreche jetzt schnell noch mal mit dem Arzt, mache ein Foto, und dann gehen wir erst einmal frühstücken«, erklärte Ben enthusiastisch.

»Guter Plan«, antwortete Katharina, drehte sich nun ihrerseits um und genoss wenige Sekunden später ihre erste Zigarette an diesem Tag. Jetzt fehlte nur noch ein starker Kaffee, aber den würde sie auch bald bekommen.

Katharina bog in die Münzstraße ein. In der Stadt herrschte der übliche Samstagstrubel, und sie war froh, dem jetzt zu entgehen. Nach einem ausgiebigen Frühstück mit Ben in einem der vielen Straßencafés waren sie zusammen noch ins Kommissariat gefahren und hatten nach einer kurzen Abstimmung mit dem Staatsanwalt das von Ben geschossene Foto an die Presse gegeben – glücklicherweise hatte die alte Frau im Gesicht nicht so schlimme Verbrennungen erlitten, sodass ein naher Freund oder ein Familienmitglied sie sicher erkennen würde. Die Kommissare hofften inständig, dass die unbekannte Frau den Angriff überlebte und baldmöglichst vernehmungsfähig war, damit sie dem grausamen Feuerteufel endlich auf die Spur kamen. Sie hatten noch eine Weile über den Fall diskutiert und dann entschieden, sich am Sonntag wieder im Büro zu treffen, in der Hoffnung, dass bis dahin jemand die alte Dame identifiziert hatte. Erst jetzt, kurz vor ihrer Wohnung, merkte Katharina, wie müde sie war. Die wenigen Stunden Schlaf der letzten Nacht, die sie nach Fraukes Feier bei Bene verbracht hatte, machten sich jetzt, da sie nach Hause ging und wusste, gleich Ruhe zu finden, nachdrücklich bemerkbar, und sie freute sich auf einen faulen Nachmittag auf ihrem Sofa. Vielleicht hatte sie sogar Glück und ihre Mutter war unterwegs, dann konnte sie noch etwas Schlaf nachholen. Als sie die Treppe zu ihrer Wohnung hinaufstieg, hörte sie eine Tür klappen und sah kurz darauf das fröhliche Gesicht von Julie.

»Hi, Katharina«, begrüßte die Freundin sie. »Alles okay bei dir?«

»Na ja, den Umständen entsprechend«, antwortete die Kommissarin und verdrehte die Augen mit einem Schmunzeln und einem Blick auf ihre Wohnungstür. »War das meine Tür, die gerade zugegangen ist?«

Julie sah sie mit zerknirschtem Blick an. »Ähm, ja … und ich glaub, ich sollte dir noch kurz was sagen.«

Erwartungsvoll sah Katharina ihre Freundin an. »Was ist los?«

»Ich hab dir doch neulich erzählt, dass Leonie für Ben und Bene eine Überraschungsparty plant.«

»Ja, hast du«, bestätigte Katharina. »Ich hab Bene auch schon gesagt, dass ich was mit ihm vorhabe, er wird also da sein.«

»Das ist super«, antwortete Julie. »Da ist aber noch was. Leonie und ich haben deine Mutter gestern hier im Treppenhaus kennengelernt. Na ja, und du kennst ja Leonie … Als sie gehört hat, dass das deine Mutter ist, hat sie sofort losgeplappert und deine Mutter spontan auch zu der Party eingeladen.«

»Okay …«, sagte Katharina gedehnt. »Hätte sich vermutlich eh nicht verhindern lassen, dass sie mitkommt. Sie drängt mich sowieso die ganze Zeit, dass sie Bene endlich persönlich kennenlernen möchte.«

»Das ist aber noch nicht alles …« Julie druckste herum. »Leonie hat deiner Mutter erzählt, dass sie selbst die Party plant. Und deine Mutter hat ihr dann angeboten, ihr dabei zu helfen, weil sie sich auskennt mit dem Organisieren von Partys und so.«

»Na bravo«, seufzte Katharina. »Das hat mir gerade noch gefehlt. Ich hoffe, du hast da ein Auge drauf. Wenn sie erst mal loslegt, ist sie nicht zu bremsen. Sie liebt Partys! Aber bestimmt nicht unbedingt so, wie Leonie sich das vorstellt.«

»Darum war ich gerade bei ihr. Also ich meine, bei dir. Ach, auch egal. Sie hat vorhin mit Leonie schon die ersten Ideen besprochen, und ich wollte jetzt auch noch mal meine Unterstützung anbieten ...«

Katharina schüttelte ungläubig den Kopf. »Gut, dann halte ich mich am besten komplett raus«, sagte sie. »Ich hoffe, du weißt, worauf du dich da einlässt«, grinste sie.

»Ich finde deine Mutter echt nett«, sagte Julie. »Mir ist schon klar, dass du das etwas anders siehst, aber sie ist auch mit Leonie ganz süß. Und mein Töchterchen scheint sie total zu bewundern. Vorhin erst hat sie mir gesagt, dass sie deine Mutter so elegant findet.«

Katharina verzog das Gesicht zu einer Grimasse. »Dann ist das wohl der Beginn einer wunderbaren Freundschaft! Julie, sei mir nicht böse, aber ich bin total platt. Ich hab letzte Nacht kaum geschlafen und möchte es mir jetzt einfach nur noch gemütlich machen.« Sie trat an Julie vorbei und zog ihren Wohnungsschlüssel hervor. Als sie sich verabschieden wollte, sah sie Julie prüfend an. »Ist noch irgendwas? Du guckst so merkwürdig.«

»Nein, schon gut«, antwortete Julie rasch. »Ich hoffe, das kriegst du hin. Bis bald.« Julie verschwand in ihrer Wohnung, und Katharina öffnete ihre eigene Wohnungstür, während sie über die letzte Bemerkung ihrer Freundin nachdachte. Wie hatte sie das gemeint? Nachdem sie die Tür hinter sich wieder geschlossen hatte und das Wohnzimmer betrat, wurde ihr schlagartig klar, worauf Julie abgezielt hatte. Auf ihrem Sofa saß – direkt neben Anne von Hagemann – ihr Vater.

Nach dem Sex war sie direkt eingeschlafen. Ihm war es
recht, denn für seinen Geschmack redete sie ein bisschen
viel. Dafür hatte es Spaß mit ihr gemacht, was auch daran
gelegen haben könnte, dass es schon eine Weile her war,
dass er mit einer Frau zusammen gewesen war. Er fand
es nicht gut, dass sie gleich bei ihrer ersten Verabredung
mit ihm ins Bett gestiegen war. Andererseits wollte er sie
ja nicht heiraten oder eine ernsthafte Beziehung mit ihr
anfangen. Schon gar nicht in seiner aktuellen Lebenssi-
tuation, und da war es ganz gut, wenn die Chance gleich
null war, dass er sich in sie verliebte. Das hätte alles nur
unnötig verkompliziert. Dennoch fühlte er sich wohl in
ihrer Nähe. Irgendwie geborgen. Das war schon im Krankenhaus von Anfang an so gewesen, obwohl sie erheblich
jünger war als er. Möglicherweise übertrug sich ihre von
Berufs wegen pflegende Fürsorge auf ihren kompletten
Charakter. Vielleicht fühlte er sich aber auch nur so wohl in
ihrer Gegenwart, weil sie ihn aufrichtig zu mögen schien.
Er hatte das Gefühl, dass sie bereits jetzt sehr viel für ihn
tun würde, ohne groß nach dem Warum zu fragen. Wenn
nicht sogar alles. Schade, dass er ihr würde wehtun müssen, wenn er sie demnächst verließ. Er wusste nicht, ob
es bereits in ein paar Wochen oder Monaten sein würde,
aber er wusste, dass es unweigerlich irgendwann so war.

Vorsichtig, damit er sie nicht weckte, erhob er sich
aus dem Bett und ging nackt in das kleine Wohnzimmer,
nachdem er die Schlafzimmertür leise zugezogen hatte. Er
setzte sich auf das rosengeblümte Sofa, griff nach der Fern-
bedienung, die ordentlich auf einem kleinen Beistelltisch

bereitlag, und schaltete den Fernseher ein. Sofort erklang die neue Titelmusik der Tagesschau, und das Gesicht von Jan Hofer erschien auf dem Bildschirm. Gelangweilt hörte er sich an, dass der internationale Druck auf das verschuldete Griechenland vonseiten der anderen Länder wuchs. Das schien eine never ending Story zu werden. Er nahm es mit Interesse auf, als berichtet wurde, dass Schäuble das Steuerschlupfloch bei Dividenden schließen wollte, und sprang entsetzt vom Sofa hoch, als ein Foto von der Alten auf dem Bildschirm erschien und er Jan Hofer sagen hörte: »Die Polizei Lüneburg bittet um Ihre Mithilfe: Wer kennt diese Frau?« Auf dem Foto sah die Alte zwar ziemlich fertig aus, aber den Worten des Tagesschausprechers entnahm er, dass sie überlebt hatte. Sie war nicht tot. Sein Herz hämmerte wild gegen seinen Brustkorb, und sein Atem ging stoßweise. Nackt wie er war setzte er sich wieder auf das geblümte Sofa, stellte den Fernseher etwas lauter und beugte sich vor, um nichts von dem zu verpassen, was der Sprecher über die Alte und ihren Fundort sagte. Er konnte es nicht fassen und ballte seine linke Hand zur Faust, um sie an seinen Mund zu pressen, damit er nicht laut aufschrie. Das hatte er alles seinem Vater zu verdanken! Nur weil der wieder eine Krise gehabt hatte, hatte das Krankenhaus ihn angerufen. Dummerweise war er rangegangen. Die Alte hatte bereits in Flammen gestanden, doch er hatte nicht mehr abwarten können, um den qualvollen Tod der Hexe genussvoll zu verfolgen. Stattdessen hatte er sich umgedreht, war zu seinem Auto zurückgejoggt und direkt wieder ins Krankenhaus gefahren. Nur um dort zu erfahren, dass es falscher Alarm gewesen sei und sein Vater noch immer nicht zum Sterben bereit war.

Ich weiß, dass ich nichts weiß.

(aus: Academica, Cicero)

13. KAPITEL:

SONNTAG, 19. APRIL 2015

08:37 Uhr

Benjamin Rehder wartete ungeduldig in seinem Büro auf das Eintreffen seiner Mitarbeiter. Nachdem er sich mit Katharina ohnehin bereits gestern für heute auf dem Kommissariat verabredet hatte, hatte er am frühen Morgen auch Tobi und Vivien informiert, dass sie sich gegen neun Uhr im Büro einfinden sollten, denn es gab Neuigkeiten – endlich! Nachdem das Foto der alten Frau sowohl in der Presse als auch in den Fernsehnachrichten gezeigt worden war, waren im Lauf des Abends und der Nacht zahlreiche Hinweise bei der Polizei eingegangen. Die Kollegen der Nachtschicht hatten die Informationen gefiltert und Ben am Morgen die Meldung übermittelt, dass es tatsächlich übereinstimmende Aussagen über die Identität der Frau gab. In Ben regte sich die übliche Aufregung, die er jedes Mal verspürte, wenn es in einem Fall konkret voranging. Würde es ihnen nun endlich gelingen, sich dem Täter an die Fersen zu heften? Er ermahnte sich selbst zur Ruhe. So wie es aussah, würden sie zwar in Kürze die Identität des letzten Opfers kennen, doch was den Täter anging, waren sie damit noch keinen Schritt weiter.

Tobi betrat das Büro, und kurz nach ihm trafen auch Vivien und Katharina ein. Nachdem alle sich in Bens Büro versammelt hatten und ihren Chef erwartungsvoll ansahen, klärte er sie über die Ereignisse der Nacht auf: »Wir wissen jetzt, wie der Name der alten Dame lautet. Sie heißt Gertrud Sieveke, ist 79 Jahre alt und verwitwet.«

»Ist das absolut sicher?«, fragte Katharina.

»Ja, ich denke, davon können wir ausgehen«, erklärte Ben. »Es gab mehrere Hinweise, die übereinstimmten. Einer davon stammt von ihrer Enkeltochter, Stefanie Sieveke. Sie müsste jeden Moment hier eintreffen.« Er sah in die kleine Runde. »Ich möchte, dass wir sie gemeinsam befragen. Das wird für die Enkelin zwar sicher hart, aber wir sollten die Fakten, soweit wir sie nennen können, auf den Tisch bringen. Möglicherweise kann sie eine Verbindung zu den anderen Opfern erkennen.«

»Zumindest ist das mehr, als wir bisher hatten«, stimmte Tobi zu.

»Ist denn unser Opfer, also die alte Frau Sieveke, schon vernehmungsfähig?«, fragte Vivien interessiert.

»Nein, sie liegt noch immer im künstlichen Koma«, erläuterte Ben. »Ich habe vorhin mit dem Arzt telefoniert. Sie hat die Nacht zwar relativ stabil überstanden, aber ihr Zustand ist nach wie vor zu labil, um sie aufzuwecken.«

»Ist die Überwachung im Krankenhaus sichergestellt?«, erkundigte sich Katharina.

»Ja«, bestätigte der Hauptkommissar. »Gestern hattest du dich ja schon darum gekümmert, dass ein Mann das Zimmer bewacht. Ich habe jetzt aber eben veranlasst, dass ab heute Morgen immer zwei Beamte vor Ort sind. Doppelt hält besser, denn wir müssen davon ausgehen, dass auch unser Täter die Pressemeldungen beobachtet.

Er weiß also, dass sein Anschlag in diesem Fall missglückt ist, und muss befürchten, dass Gertrud Sieveke eine Aussage macht und ihn beschreiben kann. Natürlich wissen wir noch immer nicht, was passiert ist und ob es ›unser‹ Täter ist, der da wieder zugeschlagen hat. Der Hund beispielsweise ist mit einer Drahtschlinge umgebracht worden. So etwas hat er – wenn wir davon ausgehen, dass unsere ersten Fälle alle von einem Täter begangen worden sind, und das tun wir ja inzwischen – also so etwas wie einen Draht hat er bisher nicht benutzt. Allerdings waren ja auch die vorhergegangenen Fälle alle grundverschieden, bis auf das Feuer.«

In diesem Moment klopfte es, und eine blasse Frau mit verweinten Augen betrat das Gemeinschaftsbüro. Ben stand auf, verließ sein Büro und trat ihr entgegen.

»Frau Sieveke?« Die junge Frau nickte. »Mein Name ist Benjamin Rehder, ich leite die Ermittlungen. Danke, dass Sie so schnell gekommen sind.« Er führte Stefanie Sieveke in sein Büro, wo die anderen Kollegen sich ebenfalls kurz vorstellten.

Wir alle leben vom Vergangenen und gehen am Vergangenen zu Grunde.

(aus: Kunst und Altertum,
Johann Wolfgang von Goethe)

14. KAPITEL:

MONTAG, 20. APRIL 2015

09:03 Uhr

Katharina wollte gerade das Büro betreten, als Ben ihr auf dem Kommissariatsflur entgegenkam. »Du kannst dich gleich wieder umdrehen.« Als er ihren verwunderten Blick sah, erklärte er: »Mausi lädt zum Frühstücksempfang!«

»Oh shit«, rutschte es der Kommissarin heraus, und sie sah ihren Chef entschuldigend an. »Das ist heute? Ich hatte sein Jubiläum komplett vergessen.«

Ben grinste. »Hätte ich auch gern, ging aber nicht – er war offensichtlich heute schon um sieben Uhr hier und hat als Erstes eine Rundmail verschickt. Vivien und Tobi sind schon vorgegangen, ich wollte dich nur abpassen.«

»Besten Dank«, antwortete Katharina ironisch und ging Ben hinterher. »Ich hätte darauf auch gut verzichten können.«

»Da müssen wir alle durch«, spottete Ben und betrat mit ihr gemeinsam den an Stephan Mausners Büro angeschlossenen großen Besprechungsraum, in dem bereits zahlreiche Kollegen mit Kaffeebechern in der Hand herumstanden.

»Ah, dann sind wir ja jetzt wohl vollzählig«, strahlte der Kriminalrat, als er Katharina und Ben eintreten sah.

Dann räusperte er sich und erhob seine Stimme: »Liebe Kollegen, ich danke Ihnen, dass Sie sich alle so spontan zu meiner kleinen Feier anlässlich meines zehnjährigen Dienstjubiläums eingefunden haben. Da es für Sekt noch zu früh ist und Sie alle ja gleich wieder den Dienst vollziehen werden, hoffe ich, dass Sie den Kaffee und das reichliche Brunch-Buffet genießen und anschließend gestärkt in die Arbeit starten.« Ben drehte sich zu Katharina: »Na das ging ja noch, ich hab befürchtet, dass er lange Reden schwingt ...« Er hatte den Satz noch nicht beendet, als der Kriminalrat erneut ansetzte: »Während Sie sich schon mal bedienen, möchte ich es mir nicht nehmen lassen, Ihnen einen kleinen Einblick in meine vergangenen zehn Jahre als Kriminalrat zu vermitteln ...«

Katharina grinste: »Das war wohl nichts, jetzt legt er erst richtig los.«

Ben verdrehte die Augen. »Okay, holen wir uns was zu essen, und dann lass uns da hinten in die Ecke gehen. Ich würde gern noch ein paar Dinge mit dir besprechen.«

Wenige Minuten später trafen sich die beiden Kommissare, in der Hand je einen Teller, am Rand des Raumes. Aufgrund der vielen Leute würde Mausner sie hier nicht unbedingt beobachten können.

»Sollen wir Vivien und Tobi dazu holen?«, fragte Katharina.

»Nein, nicht nötig, mit den beiden hab ich vorhin schon kurz gesprochen. Außerdem fällt es dann doch auf, dass wir uns nicht mit voller Aufmerksamkeit Mausis Rede widmen.«

Katharina sah sich um und lachte leise. »Du hast recht. Und Tobi würde es dir übel nehmen. Der widmet sich nämlich gerade voll und ganz der Schlachtplatte.«

Ben verfolgte ihren Blick und staunte: »Respekt, wenn er das alles isst und nachher trotzdem noch einen Fuß vor den anderen bekommt. Es wird höchste Zeit, dass das Baby endlich kommt, bevor uns der liebe Tobi noch komplett aus dem Leim geht.« Sein Gesicht wurde wieder ernst, als er sich Katharina zuwandte. »Gertrud Sieveke ist nach wie vor nicht ansprechbar, und der Arzt hat mir keine Hoffnungen gemacht, dass sich das in absehbarer Zeit ändert.«

»Geht es der alten Dame schlechter?«, fragte Katharina besorgt.

»Nein, das nicht, ihr Zustand ist stabil«, erklärte Ben, »aber die Ärzte wollen ihrem Körper die Schmerzen noch nicht zumuten.« Katharina schüttelte den Kopf: »Wer tut einem Menschen so etwas an?«

»Das wüsste ich auch gern«, bestätigte der Hauptkommissar. »Was sagst du zu dem Gespräch mit ihrer Enkeltochter?«

»Ich weiß nicht«, gab Katharina ehrlich zu. »Als wir ihr gestern von den anderen Opfern erzählt haben und sie gesagt hat, dass sie eine Schülerin von Manfred Thomsen war, da hab ich im ersten Moment gehofft, dass wir dort endlich unsere Verbindung gefunden haben.«

»Und jetzt denkst du das nicht mehr?«

»Ehrlich gesagt nein. Überleg doch mal, wie viele Schüler ein Lehrer in seinem Leben unterrichtet. Und wir bewegen uns im Großraum Lüneburg. Die Wahrscheinlichkeit, dass es da eine solche Überschneidung gibt, ist ziemlich hoch. Ich fürchte inzwischen, dass es einfach ein Zufall ist, dass Thomsen sie unterrichtet hat, der uns aber überhaupt nicht weiterbringt.«

»Genauso wie die Tatsache, dass einer dieser Jugendlichen Ole Klein kannte, meinst du?«

»Genau«, bestätigte Katharina. »Vor allem, weil Stefanie wiederum diesen Jugendlichen nicht kennt. Ich würde die Spur jetzt erst einmal nicht weiter verfolgen, aber ich schlage vor, dass Vivien da noch einmal ein bisschen gräbt, wenn sie grad nichts anderes auf dem Tisch hat. Ich persönlich setze auf die Beerdigungen, wo hoffentlich bei jeder einzelnen mindestens eine Person außer mir immer wieder anwesend ist.« Sie machte eine Pause, dann sagte sie nachdenklich: »Weißt du, was mir gestern eingefallen ist? Warum hat er den Hund von Frau Sieveke und Ruth Thomsen nicht auch bei lebendigem Leib verbrannt? Ich glaube, auf die hatte er es einfach nicht abgesehen, aber sie waren ihm im Weg. Das könnte eine mögliche Spur sein. Allerdings ist ›glauben‹ zu wenig. Was wir also vor allem brauchen, ist das Motiv, das hinter diesen feigen Anschlägen steckt. Dann wissen wir zwar immer noch nicht, wer unser Täter ist, aber wenigstens, warum er es tut. Wir könnten dann einfach besser nach Verdächtigen suchen. Ist es ein religiöses Motiv? Ist es Rache? Oder mordet er einfach nur so zum Spaß?«

»Tja, und genau da …« Ben kam nicht dazu, den Satz zu beenden, denn plötzlich stand Stephan Mausner neben ihm.

»Ben, schmeckt es dir nicht?«, fragte der Kriminalrat und blickte mürrisch auf Bens fast unberührten Teller. »Bei allen andern scheint mein Brunch-Buffet doch recht gut anzukommen. Was blieb mir auch anderes übrig, nachdem der Staatsanwalt mir meine kulinarischen Ideen …« Er stockte, als er Katharina bewusst ansah. »Frau von Hagemann, ich hätte Sie ja kaum erkannt. Dass Sie sich extra für meinen besonderen Tag so herausputzen würden, hatte ich nicht erwartet! Geht doch – warum nicht öfter so?« Ohne eine Antwort abzuwarten, schweifte Mausners Blick durch den Raum. »Ah, da ist Stadtrat Trimmel – entschuldigt mich bitte, ich denke, mein Typ wird verlangt.« Er verschwand im Gewühl, und Ben konnte ein Lachen nicht länger zurückhalten, als er Katharinas entsetztes Gesicht sah. »Also wirklich, Katharina, du machst mir ein ganz schlechtes Gewissen mit deinem Outfit. Hätte ich das gewusst, hätte ich mir zumindest einen Schlips umgebunden.«

»Sehr witzig«, erwiderte die Kommissarin ärgerlich. »Du weißt genau, dass ich gleich zur Beerdigung von Melanie Sarbacher muss. Und wenn unser lieber Kriminalrat nicht immer nur reden, sondern auch mal zuhören würde, hätte ich ihm das gern erklärt. Denn natürlich hätte ich viel lieber meine Jeans an!«

»Lass ihn doch in dem Glauben«, spöttelte Ben, »wahrscheinlich hast du ihm den Tag damit noch verschönert.«

Katharina verzog das Gesicht. »Mir aber nicht. Und Hunger hab ich inzwischen auch keinen mehr.« Sie sah auf ihre Armbanduhr. »Außerdem muss ich langsam los. Ich muss mir auf dem Friedhof noch einen geeigneten Platz suchen, von dem aus ich die Trauergäste gut beobachten und fotografieren kann.« Jetzt war sie es, die grinste: »Ich wünsche dir und den Kollegen noch fröhliches Feiern. Ich bin untröstlich, dass ich die Geschenkübergabe verpasse, aber ich bin sicher, ihr werdet mir davon später berichten.« Sie stellte ihren Teller neben den von Ben. »Bitte, du darfst meine Leckereien gern noch dazu nehmen. Mausi nimmt dir das sonst bestimmt übel, wenn du seine Köstlichkeiten nicht zu schätzen weißt. Und ich bin dann mal weg!« Sie lächelte Ben an und verließ den Raum, ohne ihm noch die Chance auf eine Antwort zu geben.

Katharina hatte gewusst, dass die Beisetzung von Melanie Sarbacher auf dem Bienenbütteler Friedhof, der etwas
außerhalb des Dorfes lag, nicht im engsten Familienkreis
stattfand. Dennoch war sie überrascht, wie viele Trauergäste sich vor der Kapelle eingefunden hatten, und sie fragte
sich, ob sie überhaupt alle hineinpassen würden, denn es
waren bestimmt nahezu 100 Menschen, die der Toten die
letzte Ehre erweisen wollten. Irgendwie freute sich Katharina für die junge Frau, die scheinbar recht beliebt gewesen war. Auf der Suche nach einem Parkplatz hatte sie die
unterschiedlichen Nummernschilder registriert. Einige
aus der Umgebung, doch die Überzahl aus Hannover. Ein
Stuttgarter Kennzeichen hatte sie auch gesehen, und angenommen, dass der dazugehörige Volvo Kombi dem Bruder
von Melanie Sarbacher gehörte – sie meinte sich zu erinnern, dass der Sohn dort mit seiner Familie wohnte. Nachdem sie endlich eine Parklücke gefunden und ihren Wagen
abgestellt hatte, war sie in Richtung Kapelle gegangen,
jedoch in einiger Entfernung stehen geblieben, als sie die
vielen Menschen davor wahrgenommen hatte. Vereinzelte
trugen eine Kamera um den Hals, was sie unschwer als
Journalisten auswies. Jetzt stand sie hier noch immer und
ärgerte sich darüber, nicht wenigstens Vivien oder Tobi
mitgenommen zu haben. Sie würde unmöglich alle Trauergäste fotografieren können, und mit der Presse wollte sie
sich nicht zusammentun, die hielten die Polizei sowieso
bereits für Dilettanten in diesem Fall. Sie wollte ihnen
nicht noch mehr Futter bieten. Andererseits würde sie es
wohl müssen, falls einer ihrer beiden Kollegen nicht doch

noch spontan nachkommen könnte, wie sie es sich gerade überlegt hatte. Die Kommissarin zog ihr Handy hervor und rief zuerst bei Vivien Rimkus an. Nachdem sie wieder aufgelegt hatte, drehte sie ihre Augen himmelwärts und murmelte ein kurzes »Gott sei Dank«.

Katharina steckte ihr Handy wieder ein und ging die letzten Schritte zur Kapelle. Am Rand des Vorplatzes blieb sie stehen und begutachtete die unterschiedlichen Menschen. In einer Ecke machte sie Sabine Tremmler aus, Melanies Freundin und Vorgesetzte, die umgeben war von einer größeren Gruppe Leuten, von denen Katharina annahm, dass sie ebenfalls Kollegen der Toten waren, zumal sie auch die Empfangsdame der Werbeagentur unter ihnen wiedererkannte. Etwas abseits wiederum stand Justus Stockmann, der Mann, dessen Geliebte Melanie gewesen war. Die Eltern der jungen Frau sah die Kommissarin nicht – sie waren sicherlich bereits in der Kapelle – dafür jedoch ein Paar mit drei kleineren Kindern in ihrer Mitte in der Nähe des Eingangs. Katharina nahm an, dass es sich um den Bruder von Melanie mit seiner Familie handelte, da sonst keine Kinder anwesend waren. Die Kommissarin beobachtete, wie sich der Mann mit einem erst musternden, dann überraschten und letztlich trotz der Trauer freudigen Gesichtsausdruck ein paar Schritte von seiner Familie entfernte und auf einen anderen Mann zuging. Als die beiden sich gegenüberstanden, wechselten sie einige Worte und dann umarmten sie sich, wie Männer es taten: mit Abstand zwischen den Oberkörpern und jeweils drei Klopfern der flachen Hand auf das Schulterblatt des anderen. Kurz darauf bewegte sich die Menschenmenge auf ein Zeichen des Pastors langsam in die Kapelle hinein. Katharina allerdings rührte sich nicht vom Fleck. Sie wollte auf

Vivien warten, die demnächst hier sein müsste. Während sie die Leute auf ihrem Weg in die Kapelle beobachtete, nahm sie aus den Augenwinkeln eine Frau wahr, die sich aus der anderen Richtung langsam dem Kapellenvorplatz näherte. Sie musste hinter den Bäumen gewartet und wie Katharina die Trauergäste beobachtet haben. Ohne groß nachzudenken, holte Katharina ihr Handy hervor anstelle der auffälligen Kamera und machte ein Foto von der Frau mit dem schwarzen Hut, die kurz darauf die Kapelle mit dem Blick zu Boden betrat. Für Katharina schien es eindeutig, dass die Frau nicht erkannt werden wollte.

Katharina musste noch etwa zehn Minuten warten bis Vivien eintraf. In der Zwischenzeit hatte sich nichts ereignet. Weder hatte ein weiterer Gast die Kapelle betreten noch jemand sie verlassen. Vivien hatte sich fast zeitgleich mit Katharina vom Brunch des Kriminalrats gestohlen und gerade noch einmal die Verbindung von Thomsen zu den anderen Mordopfern oder ihnen nahestehenden Personen überprüft, als Katharinas Anruf sie erreicht hatte, war jedoch zu keinem Ergebnis gekommen. Die Enkelin von Gertrud Sieveke war abgesehen von dem Jugendlichen, der das vierte Opfer, Ole Klein, gekannt hatte, ihrer Recherche und Befragung nach die Einzige, die eine Querverbindung zu dem Lehrer aufwies. Darüber informierte Vivien Katharina, nachdem die beiden festgelegt hatten, wie sie sich am besten positionierten, um möglichst von allen Trauergästen ein Foto zu bekommen, sobald diese die Kapelle verließen.

Katharina parkte ihren Wagen in der Nähe ihrer Wohnung. Vivien und sie hatten gewartet, bis sämtliche Trauergäste der Beerdigung von Melanie Sarbacher das Friedhofsgelände verlassen hatten, um sicher zu gehen, dass sie wirklich von jedem Anwesenden ein Foto geschossen hatten. Dadurch hatte die ganze Aktion zwar länger gedauert als geplant, doch Katharina hoffte darauf, dass der Abgleich der Fotos sie voranbringen würde. Spontan war ihr kein Gesicht aufgefallen, das sie bereits bei der Beisetzung von Torben Städer gesehen hatte, doch aufgrund der vielen Gäste wäre dies auch kaum möglich gewesen. Vivien war vom Friedhof direkt zum Kommissariat zurückgefahren und wollte schon mit dem Abgleich der Fotos von der heutigen Beerdigung und der von Thorsten Städer beginnen. Katharina dagegen wollte zuerst ihren Privatwagen abstellen und dann einen kurzen Abstecher in ihre Wohnung machen, um sich umzuziehen. Sie wollte aus den schwarzen Trauerklamotten raus, und das nicht nur aufgrund des Spruchs von Kriminalrat Mausner.

Als sie ihre Wohnung betrat, klang ihr sofort die fröhliche Stimme von Leonie entgegen. Verwundert ging sie ins Wohnzimmer und erblickte die Tochter ihrer Freundin auf einem Stuhl in der Mitte des Raumes. Dahinter stand Anne von Hagemann mit einer Bürste in der Hand und einigen Haarklammern, die sie sich zwischen die Lippen geklemmt hatte. Katharina seufzte innerlich. War sie denn vor gar keiner Überraschung mehr sicher? Wurde ihr kleines, aber gemütliches Wohnzimmer jetzt auch noch zur Frisierstube umfunktioniert? Bevor sie überhaupt etwas sagen konnte, begrüßte ihre Mutter sie, durch die Haarklammern in ihrem Mund etwas nuschelnd: »Hallo, Katharina, mein Schatz! Das ist ja eine Überraschung, dass du schon da bist. Schau mal, sieht Leonie nicht hübsch aus?«

Auch das Mädchen strahlte der Kommissarin fröhlich entgegen: »Anne hat versprochen, mir eine tolle Frisur für die Überraschungsparty zu machen, und heute wollen wir ein paar ausprobieren – gefällt sie dir?«

Katharina musste sich zusammennehmen. Leonie konnte nichts für die Situation, und sie wollte dem Mädchen nicht die Freude verderben. Dennoch wollte sie die Lage auch nicht einfach so hinnehmen. Wenn sie jetzt nicht einschritt, würde sie hier gar nichts mehr in den Griff bekommen.

»Leonie, sei mir nicht böse, aber ich muss etwas mit meiner Mutter besprechen. Vielleicht könnt ihr später bei dir drüben weitermachen?« Leonie sah sie zwar überrascht an, machte aber sofort Anstalten, ihre Sachen zusammenzupacken. »Na klar, kein Problem.« An Anne von Hagemann gewandt, sagte sie: »Du kannst ja nachher rüberkommen, wenn du wieder Zeit hast.« Kurz darauf fiel die Wohnungstür ins Schloss, und Katharina war mit ihrer verdutzten Mutter allein.

»Was ist los, Schatz?«, fragte Anne von Hagemann.

»Was los ist?«, echote Katharina und versuchte, sich nicht zu sehr aufzuregen. »Bei aller Liebe, das geht so nicht weiter. Noch ist das hier meine Wohnung. Wir haben vor ein paar Tagen schon darüber gesprochen. Es ist okay, dass du vorübergehend bei mir wohnst, aber du kannst hier nicht machen, was du willst.« Sie merkte selbst, dass ihre Worte möglicherweise etwas merkwürdig klangen, denn die Tatsache, dass ihre Mutter Leonie ein paar Zöpfe geflochten hatte, war natürlich keine Katastrophe. »Eigentlich geht es auch nicht nur um die Wohnung«, versuchte sie sich zu erklären. »Du greifst gerade in mein komplettes Leben ein.«

»Ich verstehe nicht, was du meinst«, sagte Anne von Hagemann ehrlich überrascht.

»Na, zum Beispiel dein ach so vertrautes Verhältnis zu Leonie. Du kennst sie doch kaum. Und ich habe den Eindruck, dass du sie beeinflussen willst. Dass du sie zu dem machen willst, was ich nie war – ein kleines Püppchen, das nach deinem Geschmack herumläuft und handelt.« Katharina spürte, dass sie vielleicht zu weit ging, doch sie musste es einfach loswerden. Als sie das betrübte Gesicht ihrer Mutter sah, hatte sie dennoch ein schlechtes Gewissen. War sie zu egoistisch? Sollte sie ihrer Mutter nicht beistehen nach der Trennung von ihrem Vater? Nein, eigentlich gab es dazu keine Veranlassung. Als sie ihren Vater hier in ihrer Wohnung angetroffen hatte, hatte er selbst sie kaum eines Blickes gewürdigt. Stattdessen hatte er auf verkrampfte Art versucht, seine Frau zur Rückkehr zu bewegen. Das war ihm jedoch nicht gelungen, Anne von Hagemann war standhaft geblieben, was Katharina enorm überrascht hatte. Ihre Mutter brauchte ihren Beistand nicht, sie schien mit der neuen Situation besser klar zu kommen, als gedacht. Außerdem stand Katharina zu ihrer Verärgerung – sie war erwachsen und hatte ihr eigenes Leben, das sie sich obendrein hart erarbeitet hatte. Als es ihr richtig schlecht gegangen war, nach den Vorfällen in München, als sie nach Lüneburg gezogen war – wer hatte ihr da beigestanden? Ihre Eltern jedenfalls nicht. Die hatten von der ganzen Geschichte nichts hören wollen. Zumindest ihr Vater, und Anne von Hagemann hatte sein Spiel mitgespielt. Katharina zeigte auf das Sofa und setzte sich selbst ebenfalls dorthin. »Mama, wir müssen einen Weg finden, der für uns beide funktioniert. Und – ob du das nun verstehst oder nicht – für mich passt hier im Moment gar nichts. Ich trau mich ja schon kaum noch in meine Wohnung, weil ich nie weiß, was für eine Überraschung mich als Nächstes erwartet.« Sie seufzte auf, bevor sie weitersprach. »Letztes Mal saß Papa hier plötzlich auf meinem Sofa. Aber hat er auch nur ein Wort mit mir gesprochen? Nein! In meiner Wohnung! Ich bin ja dafür, dass ihr eure Probleme klärt, aber nicht, wenn das heißt, dass er jetzt ständig hier aufschlägt.«

»Ich habe ihn nicht um seinen Besuch gebeten«, erwiderte Anne von Hagemann trotzig.

»Darum geht es nicht, Mama. Fakt ist, dass ihr die Situation klären müsst.«

»Da gibt es nicht viel zu klären. Ich habe deinem Vater gesagt, dass ich die Scheidung will, aber davon will er nichts hören.«

»Das mag ja sein«, sagte Katharina in etwas weicherem Ton. »Aber das hier ist mein kleines privates Reich. Meine … Insel, wenn du so willst. Mein Rückzugsraum.« Sie sah ihrer Mutter an, dass sie das nicht verstand. »Mama, auch wenn du dir das nicht vorstellen kannst: Ich bin gern allein. Und ich habe mir dieses Leben genauso ausgesucht.«

»Das kann ich mir tatsächlich nicht vorstellen«, sagte Anne von Hagemann. »Auch wenn ich es ernst meine und mich trennen will – immerzu alleine sein, das ist doch nicht das Wahre!«

»Für dich nicht, Mama. Außerdem bin ich nicht ständig allein. Ich habe einen harten Job und ich habe Freunde.

Aber der Unterschied ist: Ich entscheide, wen ich sehen möchte und wann.«

Katharina warf einen Blick auf ihre Armbanduhr. »Es tut mir leid, Mama, aber ich muss wieder zurück zur Arbeit, ich bin schon viel zu lange hier.« Sie stand auf und war schon fast im Flur, als sie sich noch einmal umdrehte: »Ich werde ein paar Sachen einpacken und ein oder zwei Tage bei Bene übernachten. Und ich wünschte mir, dass du dir in dieser Zeit Gedanken machst, wie es weitergehen soll.« Katharina wartete keine Antwort ab, sie wollte nicht länger reden. Im Schlafzimmer zog sie sich zuerst um, bevor sie eine kleine Reisetasche hervorholte, ein paar Jeans, T-Shirts und Wäsche hineinpackte und ihr Waschzeug aus dem Bad holte. Auf dem Weg zur Wohnungstür blickte sie ins Wohnzimmer, wo ihre Mutter am Fenster stand und hinausblickte. »Tschüss, Mama – ich bin dann weg. Wenn etwas ist – ruf mich an!« Sie wartete einen Moment auf eine Antwort, doch Anne von Hagemann machte keinerlei Anstalten dazu. Resigniert und doch mit einem schlechten Gewissen, weil sie mit ihrer Mutter so hart ins Gericht gegangen war, verließ Katharina die Wohnung. Als sie unten auf der Straße war, steckte sie sich als Erstes eine Zigarette an. Dabei fiel ihr Blick auf die prall gefüllte Tasche, die sie neben sich gestellt hatte. Was sollte sie damit jetzt machen? Sie mit ins Büro nehmen? Dann wären die Fragen der Kollegen vorprogrammiert. Und Bene konnte sie jetzt so spontan auch nicht damit überfallen, zumal sie keine Zeit für lange Erklärungen hatte, sie musste aufs Kommissariat. Kurz entschlossen ging Katharina zu ihrem Auto. Sie warf die Tasche in den Kofferraum, atmete tief durch, schlug die Tür wieder zu und schloss ab, um sich zu Fuß auf den Weg ins Kommissariat zu machen, als ihr Handy klingelte. Es war Vivien. »Vivien? Ich bin in fünf Minuten im Büro«, sagte sie entschuldigend.

»Beeil dich«, antwortete die junge Kollegin, »ich habe eine Übereinstimmung entdeckt!«

15:13 Uhr

Ben drehte sich nachdenklich auf seinem Bürostuhl hin und her, während er aß. Er machte keine ganzen Drehungen, sondern stets nur um 180 Grad, dann stoppte er sich mit den Füßen und drehte sich wieder in die andere Richtung. Vor nicht allzu langer Zeit war er zurück ins Kommissariat gekommen, nachdem er sich schnell in der Konditorei in der Bardowicker Straße eine Rumkugel und einen Butterkuchen geholt hatte. Eigentlich hatte er sich dazu im Kommissariat einen Latte Macchiato machen wollen, doch das hatte er über dem, was er auf dem Weg ins Büro beobachtet hatte, völlig vergessen. Erst jetzt, nachdem er den Butterkuchen ganz und die Rumkugel zur Hälfte gegessen hatte, fiel es ihm wieder ein. Er stoppte seine monotone Drehung, stand vom Stuhl auf und ging zum Kaffeevollautomaten im Gemeinschaftsbüro. Ob Julie und Alex jetzt auch gerade gemeinsam Kaffee tranken? Denn die beiden waren es gewesen, die ihn etwas verwirrt hatten. Er hatte sie – sehr aufeinander konzentriert – von Weitem in der Innenstadt gesehen. Benjamin Rehder nahm an, dass sein bester Freund Julie von ihrem Halbtagsjob in der Buchhandlung abgeholt hatte. Die Buchhandlung lag genau an der Ecke der Bardowicker Straße, und davor hatte Ben sie auch entdeckt, als er gerade die Konditorei verlassen hatte. Er hatte sich nicht bemerkbar gemacht. Warum, wusste er auch nicht recht. Es war nur so ein Gefühl gewesen. Alex passte einfach zu dieser Tageszeit nicht nach Lüneburg. Alexander Thiele arbeitete in Hamburg und nahm sich als Führungskraft so gut wie nie frei, da er meinte, dass dies ein schlechtes Vorbild für seine Mitarbeiter wäre. Und selbst wenn Alex krank war, was machte er dann nachmittags in Lüneburg? Er lebte im Hamburger Stadtteil Bergedorf, das war nicht mal eben um die Ecke. Außerdem hatte er ziemlich gesund ausgesehen. Und glücklich. Genauso wie Julie. Der Latte macchiato war längst fertig, als es Ben plötzlich wie Schuppen von den Augen fiel: Die beiden bändelten gerade miteinander an. Oder sie waren vielleicht schon längst ein Paar, und er hatte es nicht gemerkt! Was bist du nur für ein Kommissar, dachte Ben bei sich, nahm den Kaffee und verschwand wieder in seinem Büro. Für halb vier hatten sie ihre Teambesprechung angesetzt, vorher wollte er noch den Kaffee in Ruhe genießen und die zweite Hälfte der Rumkugel. Tz, tz, tz, Julie und Alex, dachte Benjamin wieder an seine beiden Freunde. Er bekam dieses Bild einfach nicht aus dem Kopf und überlegte, wie er es finden würde, sollten die beiden tatsächlich zusammen sein. Er kam zu dem Ergebnis, dass er sich freuen würde. Ja, eindeutig würde er sich freuen. Beide zählten zu den liebsten Menschen, die er kannte, und er würde ihnen von Herzen das Glücklichsein gönnen. Vor allem Julie hatte es verdient, und da war Alex genau richtig, denn er war ein feiner Kerl. Ben schaute auf die Uhr. In ein paar Minuten würde die Teambesprechung beginnen. Spontan griff er zum Telefon und rief Alex an. Nicht auf seinem Handy – Ben wollte den Freund nicht bei seiner Verabredung mit Julie stören – sondern zu Hause. Er wollte sich mit dem Freund treffen und ihn geradeheraus fragen, ob er recht hatte. Als Alex' Anrufbeantworter ansprang, sprach Ben fröhlich eine kurze Nachricht drauf und bat um Rückruf mit der Begründung, dass er Alex dringend treffen müsste.

Ben hatte noch nicht wieder den Hörer auf die Gabel gelegt, als seine drei Kollegen nacheinander sein Büro betraten.

»Oh, das sieht ja ganz nach einem kleinen Kaffeekränzchen aus«, grinste Katharina und deutete auf den halb getrunkenen Latte Macchiato und den Teller vor ihm, auf dem nur noch einige Schokoladenstreusel lagen, die sich von der Rumkugel gelöst hatten. Sofort bekam Ben ein schlechtes Gewissen, seinem Team nichts mitgebracht zu haben, und er setzte gerade zu einer Erklärung an, als Tobi bedauernd meinte: »Ich darf so ein Zeug nicht mehr. Meine werte Freundin hat mich auf Diät gesetzt.«

»Dafür hast du vorhin bei Mausis Brunch aber ordentlich zugelangt«, stellte Vivien Rimkus trocken fest.

»Man soll schließlich nichts verkommen lassen. Außerdem wäre Mausi sonst bestimmt sauer gewesen, und er ist schließlich mein Vorgesetzter«, grinste Tobi und hob die Schultern als Zeichen dafür, dass er nichts dafürkonnte und praktisch zum Essen genötigt worden war.

»Na dann können wir ja froh sein, dass Ben nicht an uns gedacht hat, aber ist ja auch egal, lasst uns anfangen. Vivien und ich haben nämlich mindestens eine heiße Spur, wenn nicht sogar zwei«, beendete Katharina das Thema und machte eine Pause, um ihre Worte wirken zu lassen.

»Und?«, fragte Tobi ungeduldig, doch bevor Katharina

antworten konnte, klingelte Bens Telefon. Er verdrehte die Augen, bevor er den internen Anruf entgegennahm, da er Stephan Mausners Durchwahl auf dem Display erkannt hatte. »Hallo, Stephan, was gibt es? Wir sind mitten in … nein, ich kann jetzt nicht zu dir ins Büro kommen, wir sind gerade … Nein, wirklich nicht, vielleicht in ein oder zwei Stun… nun lass mich doch mal ausreden! … Ja? … Gut. Also wir sind hier mitten in einer Teambesprechung und … Wieso trifft sich das gut? … Ja dann komm halt her. Ja, in meinem Büro. Bis gleich.«

Nachdem er aufgelegt hatte, verdrehte Ben noch einmal die Augen und verkündete: »Mausner kommt gleich her. Er will den Stand der Dinge erfahren.«

»Huch, woher das ungewohnte Interesse?«, ätzte Katharina und Ben fiel mit ein: »Wahrscheinlich wegen der Presse und seinen Freunden.«

Sie mussten nicht lange warten. Keine zwei Minuten, nachdem Ben aufgelegt hatte, erschien Stephan Mausner im Türrahmen.

»Hallo zusammen. Und? Gibt es etwas Neues? Habt ihr schon Ergebnisse? Eine Spur?«, schoss Mausner seine Fragen ab, noch bevor er ganz in den Raum getreten war. »Hat zufällig schon einer von euch die Tagespresse gelesen? Ich bin wegen meines Brunchs eben erst dazu gekommen und bin fast hintenüber gekippt. Ich zitiere: ›Polizei ohnmächtig, die Bevölkerung vor weiteren Bränden zu schützen, Polizei lässt Feuerteufel weiterhin frei herumlaufen, Kreis Lüneburg in Angst.‹ Und das sind noch die harmlosesten Schlagzeilen. Leute, so geht das nicht, ihr müsst doch irgendetwas haben! Ich muss der Presse Informationen geben, damit sie nicht mehr gegen uns schießt, also?«

Ben nickte Katharina auffordernd zu, und sie genoss Mausners erstaunten Blick, als sie sagte: »Wir haben tatsächlich etwas, wobei wir das der Presse gegenüber nicht erwähnen sollten, vielleicht aber etwas anderes, mir ist da nämlich gerade eine Idee gekommen.«

»Was ich der Presse sage oder nicht, überlassen Sie ruhig mir, Frau von Hagemann. Aber nun machen Sie es mal nicht so spannend«, war der Kriminalrat ganz Ohr, genauso wie Ben und Tobi.

Abwechselnd und sich ergänzend, berichteten Katharina und Vivien, dass sie beim Vergleich der Fotos von den beiden Beerdigungen eine Übereinstimmung gefunden hatten. Der Mann, mit dem sich Melanie Sarbachers Bruder kurz unterhalten hatte, bevor er für die Zeremonie in die Kapelle gebeten worden war, war auch auf Thorsten Städers Beerdigung gewesen. Dort hatte er sich im Hintergrund gehalten, wie man auf einem der Fotos, die Katharina gemacht hatte, erkennen konnte. Dennoch handelte es sich eindeutig um dieselbe Person. Zur Sicherheit hatten die Kommissarinnen das Gesichtserkennungsprogramm über die beiden Fotos laufen lassen, und der Computer hatte wie erwartet eine 100-prozentige Übereinstimmung ausgespuckt.

»Na, das ist doch wenigstens etwas«, freute sich der Kriminalrat »Und wer ist der Mann? Was hat der Bruder von der toten jungen Frau gesagt? Wie heißt der Mann? Warum haben wir ihn noch nicht hier sitzen?«

»Weil wir nicht wissen, wer er ist«, entgegnete Katharina auffahrend, und es wurde aus ihrer Stimme nicht deutlich, ob sie sich über Stephan Mausner ärgerte oder über die Tatsache, dass sie die Identität des Mannes noch nicht kannten.

»Wie, das verstehe ich jetzt nicht«, meinte Stephan Mausner und blickte nach Unterstützung heischend in die Runde, doch Ben sagte stattdessen: »Katharina wird uns sicher gleich erklären, wo das Problem liegt.«

»Das Problem ist so simpel wie absolut ärgerlich. Wir können Carsten Sarbacher, den Bruder, nicht erreichen, und sonst weiß keiner, der auf der Beerdigung war, wer der Mann ist. Vivien ist sogar zu den Sarbachers nach Bienenbüttel zum Leichenschmaus gefahren, um ihnen das Foto zu zeigen. Die Eltern kennen den Mann nicht. Auch die Frau von Carsten Sarbacher konnte uns keine Auskunft geben.«

Stephan Mausner öffnete den Mund, um etwas zu sagen, doch Benjamin Rehder kam ihm zuvor: »Wieso ist der Bruder nicht zu erreichen und wann ist er es wieder?«

»In einer Woche«, informierte Vivien ruhig die Kollegen. »Er ist direkt nach der Beisetzung aufgebrochen, um in die Alpen zu fahren. Dort will er sich eine Auszeit nehmen und von Hütte zu Hütte wandern. Ihn hat der Tod der Schwester wohl extrem mitgenommen, und er hofft, ihr auf diese Weise inmitten der Natur näherzukommen, sagte mir seine Frau, um auf seine Weise Abschied zu nehmen. Darum ist er auch gar nicht erst zum Leichenschmaus mitgegangen, wo übrigens unser gesuchter Mann auch nicht anwesend war, aber das war ja irgendwie klar.«

»Das heißt, Carsten Sarbacher hat kein Handy bei sich«, schlussfolgerte Ben.

»Richtig«, bestätigte Katharina.

»Na aber seine Frau wird doch sicher seine Route kennen«, warf Tobias, der bislang geschwiegen hatte, ein. »Wir könnten bei der ersten Hütte, in der er aufschlagen wird, eine Nachricht hinterlassen, dass er sich bei uns melden soll.«

»Ja, die Idee hatten wir auch«, antwortete wieder Vivien Rimkus, »nur leider kennt weder seine Frau noch sonst jemand die Route von Carsten Sarbacher, geschweige denn die Hütten, die er aufsuchen wird.«

»So ein Sch… Mist. Das kann doch wirklich nicht angehen«, regte Stephan Mausner sich auf und fuhr sich nervös über seine kurzen bereits angegrauten Haare.

»Stephan, beruhig dich. Katharina, du sagtest vorhin, ihr hättet eventuell noch eine weitere Spur?«, fragte Ben die Kommissarin.

»Ja, eine Frau. Sie war zwar nur bei der zweiten Beerdigung, aber da kam sie mir irgendwie merkwürdig vor. Sie wollte eindeutig nicht, dass jemand sie sieht, und kam erst zur Kapelle, als bereits alle anderen drin waren, aber der Beerdigung beiwohnen wollte sie scheinbar auch. Und ich hab sie schon mal irgendwo gesehen, mir will aber nicht einfallen wo«, berichtete Katharina.

»Und warum kam sie dir merkwürdig vor?«, hakte Ben nach.

»Na ja, auf der einen Seite wartet sie versteckt hinter Bäumen, bis alle in der Kapelle sind, und auf der anderen Seite geht sie dann doch hinein. Ich glaub auch nicht, dass sie unsere Täterin ist, sie war sehr klein und zierlich und hätte meines Erachtens keine Chance, sich körperlich zum Beispiel gegen einen Kerl wie Thomsen durchzusetzen. Aber vielleicht ist sie eine Komplizin des Täters, und er hat sie zur Beerdigung geschickt«, führte Katharina ihre Gedanken aus.

»Haben Sie das Foto von der Frau auch herumgezeigt?«, wandte Stephan Mausner sich an Vivien. Sie nickte und erklärte: »Keiner hat die Frau erkannt, allerdings waren auch nicht alle anwesend, abgesehen von Carsten Sarbacher. Der Leichenschmaus hat im Gegensatz zur Beerdigung nur im engsten Kreis stattgefunden.«

»Dann können wir also noch hoffen, dass jemand die Frau oder den Mann oder gar beide auf den Fotos erkennt?«

»Das ist richtig«, bejahte Vivien. »Ich werde nach dieser Besprechung gleich anfangen, die Beerdigungsbesucher abzuklappern. Wir haben sie ja nicht nur auf den Fotos, sondern die meisten haben sich ins Kondolenzbuch eingetragen, sodass wir wenigstens die Namen haben.«

»Tobi, du unterstützt Vivien bitte dabei, dann haben wir hoffentlich schneller ein Ergebnis«, sagte Ben, woraufhin Tobi wortlos die flache Hand gegen seine Stirn führte wie beim Salutieren.

»Vielleicht haben wir ja Glück, und die Gesuchten haben sich auch dort eingetragen«, meinte Stephan Mausner hoffnungsvoll, zog dabei jedoch seine Augenbrauen hoch, weil er selbst nicht dran glaubte. Die anderen im Raum ließen Mausners Hoffnungsausdruck aus dem gleichen Grund unkommentiert.

»Das ist doch wirklich zum Verrücktwerden: Wir haben eine mögliche Zeugin, die noch einige Tage im künstlichen Koma gehalten wird, wie mir gerade vorhin der Krankenhauschef, mit dem ich übrigens des Öfteren Golf spiele, telefonisch bestätigt hat, und einen Bruder, der eventuell den Täter kennt, sich aber gerade eine mediale Auszeit, oder wie er das nennt, nimmt. Herrje, soll ich das etwa den Presseleuten sagen?«, fragte der Kriminalrat in die Runde.

»Nein, sollen Sie nicht«, antwortete Katharina und grinste dabei siegessicher.

»Aha, ist das die Idee, die Sie eben angedeutet haben? Nichts gegenüber der Presse sagen?«, fragte Mausner spitz zurück.

»Im Gegenteil«, sagte Katharina ausgesprochen liebenswürdig, »Sie können der Presse richtig schönen neuen Stoff geben.«

»Und der wäre?«, fragte jetzt Ben, der sich neugierig vorbeugte.

»Wir geben heute noch durch die Presse bekannt, dass Gertrud Sieveke morgen aus dem künstlichen Koma geholt wird und deswegen schon bald wieder ansprechbar ist. Das lockt unseren Täter hoffentlich aus der Reserve, und wir müssen nicht tatenlos herumsitzen, während Carsten Sarbacher unerreichbar ist. Bei Ihren guten Kontakten zur Krankenhausleitung bekommen Sie es doch bestimmt hin, dass die Klinik mitspielt, oder? Es sollte ja eh nur ein kleiner Kreis sein, der eingeweiht ist«, teilte Katharina ihren Plan mit.

23:58 Uhr

Als Katharina ihn am Nachmittag kurz angerufen hatte, um zu fragen ob sie für die nächsten ein, zwei Nächte bei ihm bleiben könnte, weil sie Abstand von ihrer Mutter bräuchte, hatte er spontan »Ja« gesagt. Normalerweise schliefen sie nur beieinander, wenn sie verabredet waren und vorher den Tag oder Abend miteinander verbracht hatten. Momentan war die Situation jedoch anders, was Bene gleich am Telefon an Katharinas Stimme gehört hatte. Darum hatte er auch nicht versucht, seine Abendschicht zu tauschen, sondern ihr einfach seinen Zweitschlüssel im Kommissariat hinterlegt, sodass sie in seine Wohnung kommen konnte, wann sie wollte, auch wenn er arbeitete. Er hatte das spontan entschieden. Erst nachdem er das Kommissariat verlassen hatte, war ihm bewusst geworden, dass es ein weiterer Schritt in ihrer Beziehung sein würde. Eigentlich fragte er sich sogar, warum er ihr nicht schon längst einen Zweitschlüssel gegeben hatte. Man hätte das sicher etwas ›romantischer‹ regeln können, aber ihm war klar, dass gerade Katharina auf so etwas keinen großen Wert legte. In ihrer jetzigen Situation wahrscheinlich sogar noch weniger als sonst.

Voller Vorfreude auf Katharina schloss Bene jetzt seine Wohnungstür auf. Er hatte früher als geplant Schluss gemacht, da in der Bar nicht viel los gewesen war, und seine Kollegin ihm versichert hatte, den Rest des Abends allein klarzukommen. Allein die Vorstellung, dass er nicht wie sonst in eine leere Wohnung kam, weil Katharina bereits da war, ließ ihn auf seinem kurzen Heimweg seine Schritte beschleunigen. Er war selbst ein wenig von sich überrascht, aber das war ja in der letzten Zeit häufiger passiert, wie er sich gut gelaunt eingestand.

Bene drückte die Tür auf und sah in völlige Dunkelheit. Sofort war er enttäuscht. War Katharina doch nicht da? Hatte sie es sich anders überlegt? Falls es so war, hätte sie ihn doch wenigstens informieren können.

Er schaltete das Flurlicht an, und sofort verzog sich sein Mund zu einem breiten, erleichterten Grinsen: Katharinas Lederjacke hing an der Garderobe, und direkt darunter standen ihre Turnschuhe. Sie war also da und wahrscheinlich nur bereits schlafen gegangen. So leise wie möglich zog er seine Jacke und seine Schuhe aus und ging auf die geschlossene Schlafzimmertür zu, die er sachte öffnete. Nur das Licht aus dem Flur drang in das Zimmer, als er jetzt hineinschaute, doch im Grunde war es egal. Er hätte auch die Deckenbeleuchtung im Schlafzimmer anmachen können, das würde hier niemanden aus dem Schlaf reißen. Das Bett, das er vorhin noch extra frisch bezogen hatte, stand unberührt da. Nur eine große schwarze Sporttasche, die früher einmal seine gewesen war und die er Katharina irgendwann einmal überlassen hatte, stand in der Ecke neben dem Kleiderschrank. Beim Blick auf die Sporttasche musste er unwillkürlich schlucken und an den Spruch denken, den er seinen Freunden früher immer gepredigt hatte, wenn die eine feste Freundin hatten: »Wenn eine Frau erst mal ihre Zahnbürste bei dir stehen hat, dann ist sie so gut wie eingezogen. Wenn es die Richtige ist, dann viel Glück. Wenn es die Falsche ist, auch viel Glück. Und zwar beim wieder Rausschmeißen!« Nachdenklich wandte Bene sich ab und ging ins Bad. Natürlich hatte sie sich auch sonst die Zähne geputzt, wenn sie über Nacht bei ihm geblieben war und sogar für Spontanübernachtungen eine Reisezahnbürste von ihm bekommen, die immer im Zahnputzbecher auf sie wartete. Jetzt stand aber eine dritte Zahnbürste im Regal, eine elektrische, Katharinas Alltagszahnbürste. Bene nahm die elektrische Zahnbürste in die Hand und drehte und wendete sie, als hätte er so ein Gerät noch nie zu Gesicht bekommen. Er spürte in sich hinein, wie er sich fühlte. Er wusste aus Erfahrung, dass ein Wunsch sich oft viel besser anfühlte als seine spätere Erfüllung. Wunscherfüllungen konnten auch ernüchtern. Er hatte sich jetzt schon länger erhofft, seine Beziehung mit Katharina zu festigen, seit heute schien der erste Schritt dazu getan, nicht nur durch den Zweitschlüssel.

Als er daran dachte, begann sein Herz einen Tick schneller zu klopfen. Ja, sie war definitiv die Richtige. Er stellte die Zahnbürste zurück neben seine eigene und verließ das Badezimmer in Richtung Wohnzimmer. Als er an der Garderobe vorbeikam und Katharinas Lederjacke so einträchtig neben seiner hängen sah, rief er sich selbst zur Vernunft: »Freu dich nicht zu früh, Bene, sie hat gesagt für ein, zwei Tage. Danach ist sie mit der Sporttasche und der Zahnbürste wieder weg, und alles ist beim Alten.«

Tatsächlich fand er Katharina in ihrem Schlafshirt zusammengerollt auf seinem schwarzen Ledersofa vor, tief schlafend. Sie hatte ihr Handy fest umklammert, doch sonst schien sie völlig entspannt zu sein. Sanft strich Bene seiner Freundin über die roten Locken und nahm sich vor, ihr die nächsten Tage so schön wie möglich zu machen, damit vielleicht danach doch nicht mehr alles beim Alten wäre. Dann ging er zurück in den Flur, knipste dort das Licht aus, tappte durch den dunklen Raum wieder zum Sofa, nahm Katharina hoch wie ein Baby und trug sie in sein Schlafzimmer. Von alledem bekam die Kommissarin nicht das Geringste mit.

Zufälle sind unvorhergesehene Ereignisse,
die einen Sinn haben.

(Diogenes von Sinope)

15. KAPITEL:

DIENSTAG, 21. APRIL 2015

06:02 Uhr

Katharina und Ben waren bereits seit einer halben Stunde im Krankenhaus. Nach einigem Hin und Her hatte Kriminalrat Mausner am Vortag dem Vorschlag von Katharina zugestimmt. Bevor die Meldung an die Presse gegangen war, hatten sie allerdings darauf warten müssen, dass auch der Staatsanwalt Grünes Licht für die Aktion gab. Das war jedoch erst am Abend geschehen, da Bent-Ove Friedberg den gesamten Nachmittag am Gericht zugebracht hatte. Für die Abendnachrichten war es bereits zu spät gewesen, und sie hatten die Pressestelle instruiert, dafür zu sorgen, dass die sorgsam formulierte Information so verteilt wurde, dass sie gleich am nächsten Morgen sowohl in den Print- als auch in den Online-Medien zu lesen sein würde.

Nun war es an ihnen, die nötigen Vorbereitungen zu treffen. Ben hatte sich gerade zum behandelnden Arzt von Gertrud Sieveke begeben, um dort ein paar Dinge zu klären, während Katharina die beiden wachhabenden Polizisten befragte, ob ihnen während der vergangenen Nacht irgendetwas aufgefallen war. Beide verneinten es.

Die Enkelin sei am Abend noch da gewesen, ansonsten habe die alte Dame keinen Besuch gehabt, und alles sei ruhig gewesen. Katharina atmete tief durch. Sie wäre am liebsten schon gestern Nacht ins Krankenhaus gefahren, um die nötigen Vorkehrungen zu treffen. Das wiederum hatte die Krankenhausleitung nicht gestattet. Während Katharina ungeduldig auf Ben wartete, kam ihr eine Idee: Warum spielte sie nicht selbst den Lockvogel? Sie könnte sich in das Bett legen und den Täter dann aktiv überraschen, falls er tatsächlich – was sie nach wie vor hoffte – hier auftauchen würde, um zu Ende zu bringen, was ihm beim ersten Mal nicht gelungen war. Als Ben um die Ecke kam, lief Katharina ihm entgegen: »Ben, pass auf – was hältst du davon, wenn ich den Lockvogel spiele? Ich lege mich anstelle von Gertrud Sieveke in das Zimmer, dann kann ich viel besser agieren und später jeden Schritt von ihm bezeugen. Unser Täter hat dann keine Chance, sich irgendwie rauszureden. Und ich ...« Weiter kam sie nicht. Bens Gesicht sprach Bände und sein Ton bestätigte ihre Vermutung: »Nichts da, kommt überhaupt nicht infrage!«, lehnte er barsch ab. »Das ist viel zu riskant. Unser Täter hat bisher auf verschiedenste Weise getötet. Wir können uns also kein Bisschen auf einen Angriff vorbereiten. Wenn er diesmal zum Beispiel von einer Schusswaffe Gebrauch macht, können wir dich nicht schützen.« Er sah Katharina eindringlich an: »Wir machen es exakt so, wie wir es besprochen haben. Es war schwierig genug, das durchzusetzen. Der Arzt, der Gertrud Sieveke behandelt, ist alles andere als begeistert von unserer Idee. Und die Enkelin, Stefanie Sieveke, hat sich gestern Abend ebenfalls dagegen ausgesprochen. Das hat Mausner mir gerade am Telefon mitgeteilt. Er konnte sie nur davon überzeugen, weil er ihr

glaubhaft machen konnte, dass die Gefahr für ihre Groß-
mutter auch ohne eine gezielte Aktion von uns bestünde.
Der Täter könnte schließlich auch selbst nachprüfen, wie
es seinem Opfer geht. Stefanie Sieveke wird vermutlich
in Kürze hier sein, bis dahin sollten wir alles vorbereitet haben.«

06:45 Uhr

Sie hatte ihn aus dem Bett geklingelt. Wenigstens hatte
sie aber frische Brötchen und die Tageszeitung dabei.
Mit einem vielversprechenden Lächeln hatte sie vor ihm
gestanden und ihm, bevor er fragen konnte, erklärt, dass
sie die Adresse aus der Krankenakte seines Vaters hatte
und gleich nach ihrer Nachtschicht hierhergekommen sei,
weil sie bei ihm sein wollte. Wie jedes Mal fühlte er sich
von ihr überrumpelt, doch er nahm es hin und ließ sie eintreten. Nach wie vor hegte er keine tieferen Gefühle für
sie, was bei ihr wiederum ganz anders war. Trotzdem sie
sich noch nicht lange kannten und sie kaum etwas von
ihm wusste, da er nur das Nötigste erzählte, schien sie
alles für ihn zu tun. Und das, ohne zu fragen, wieso und
weshalb oder gar eine Gegenleistung einzufordern. Gina
Grömmer war mit ihren 23 Jahren der Traum eines jeden
Mannes. Sie war hübsch, liebte Sex und war dabei offen
für Experimente. Darüber hinaus war sie nicht über die
Maßen klug, jedoch patent, was vieles im Beisammensein
einfacher machte. Als er sie gefragt hatte, warum sie sich

keinen Mann in ihrem Alter suchte, sondern sich gerade ihn mit seinen fast 40 Jahren ausgesucht hatte, hatte sie lapidar geantwortet, dass sie nicht auf Männer in ihrem Alter stehe. Das seien alles noch Bubis. Darauf hatte er nichts erwidert. Was auch?

Nachdem er sie ins Haus gelassen hatte, meinte sie, sie müsste erst einmal duschen, um sich den Krankenhausmief abzuschäumen. Er zeigte ihr das Badezimmer im Design der 80er Jahre, doch das schien sie nicht zu stören. Im Grunde genommen schaute sie es sich gar nicht an, sondern hatte nur Augen für ihn, was ihn zu seiner eigenen Überraschung erregte. Auch sie bemerkte seine ausgebeulten Boxershorts, mehr hatte er in der Nacht nicht getragen, lächelte wissend und zog sich rasch aus, während er ihr zusah. Dann ging sie vor ihm auf die Knie, und ehe er sich's versah, hatte sie seine Shorts bis zu seinen Knöcheln heruntergezogen.

Jetzt standen sie gemeinsam unter der Dusche. Sie hatte ihn liebevoll eingeschäumt, und er hatte sich gefragt, ob er sich nicht doch in sie verlieben und ein normales Leben mit ihr führen könnte, wenn alles vorbei war. Auf seiner Liste standen noch einige Namen, die nicht durchgestrichen waren, doch seit er Gina in sein Leben gelassen hatte, waren keine neuen mehr hinzugekommen. Für heute hatte er sich vorgenommen, die Vorbereitungen für seinen nächsten Leichenbrand zu beginnen, doch wie es aussah, würde er das wegen Gina verschieben müssen. Auf einen Tag mehr oder weniger kam es wohl nicht an, obwohl er täglich damit rechnen musste, dass Gertrud Sieveke aus dem künstlichen Koma geholt wurde. Praktischerweise konnte er Gina immer wieder nach der prominenten Komapatientin fragen. Ob sie aufgewacht war oder nicht. Gina schöpfte bei dieser wiederkehrenden Fragerei überhaupt keinen Verdacht, da Gertrud Sieveke und auch seine anderen Brandopfer noch immer tägliches Thema in der Presse waren. Im Krankenhaus war Gertrud auch ein heiß diskutiertes Thema, wie Gina ihm erzählt hatte, da es keinem der dortigen Mitarbeiter angenehm war, die Polizei im Haus zu haben, weil mit einem Mordanschlag gerechnet werden musste. Erst vor einigen Monaten hatte es eine Schießerei vor dem Krankenhaus gegeben, mit drei Verletzten. Der Grund war eine Familienfehde zwischen zwei in Lüneburg lebenden rivalisierenden Clans gewesen.

Die Schießerei steckte dem Klinikpersonal noch immer in den Knochen, doch sie hatte wenigstens vor den Türen des Krankenhauses stattgefunden. Jetzt waren Bewaffnete im Haus und würden nicht zögern, die Waffen auch einzusetzen, betonte Gina immer wieder gern, und er ahnte, dass sie sich vorkam wie in der Nebenrolle einer der unzähligen amerikanischen Krimiserien – es gruselte sie zwar, aber es schien ihr auch zu gefallen, in der ersten Reihe des Geschehens zu sein.

Bisher hatten ihn die Polizisten – Gina hatte ihm erzählt, dass es zwei waren – tatsächlich abgeschreckt, und er bastelte noch immer gedanklich an einem Plan, wie er an Gertrud herankam, um sie endgültig kaltzustellen. Bisher hatte er noch nicht einmal einen akzeptablen Ansatz. Leider lag die Alte auch nicht auf der Station, auf der sein Vater lag. Sein Vater lag auf der Inneren und sie auf der Intensivstation, da war es sowieso schon schwierig genug, hineinzukommen. Zumindest wenn man kein Angehöriger war. Jetzt, hier unter der Dusche mit Gina, würde er dieses Problem jedoch nicht klären können. Er gab der jungen Krankenschwester, die sich gerade ihre langen Haare mit Shampoo einschäumte und die Augen dabei geschlossen hatte, einen Klaps auf den festen Hintern und verließ die Dusche.

Nachdem er sich abgetrocknet hatte, schlang er sich das Handtuch um die Hüften und verließ das Badezimmer, um Kaffee aufzusetzen. Auf seinem Weg in die Küche griff er nach der Brötchentüte, die noch immer in der Diele auf dem Telefontischchen lag. Dort hatte Gina sie vorhin achtlos liegen gelassen, als sie ihn ins Bad gezogen hatte. Als er die Tüte hochhob, fiel sein Blick auf die Tageszeitung darunter, und er erstarrte. Auf der Titelseite stand in Großbuchstaben: ›Verbrennungsopfer wird aus Koma geholt. Wird sie den Namen ihres Täters schon heute nennen können?‹

Er nahm sich nicht die Zeit, den Fließtext zu lesen. Er wusste, was er wissen musste, und er wusste, was er zu tun hatte. Nur wie wusste er noch nicht, aber im Improvisieren war er schon immer ganz gut gewesen. Er ließ die Zeitung mit den Brötchen, die aus der Tüte kullerten, fallen, lief in sein Schlafzimmer, zog sich Jeans und Pullover über die nackte Haut und stürmte zur Haustür. In dem Moment, in dem er am Schlüsselbrett den Autoschlüssel abnehmen wollte, fiel ihm etwas ein. Wieso war er nicht früher darauf gekommen? Es war so einfach! Ginas Handtasche stand ebenfalls auf dem Telefontisch. Er wühlte ein wenig darin herum, und dann fand er, was er suchte: ihre Schlüsselkarte für das Krankenhaus, die ihm Zutritt zur Intensivstation gewähren würde. Vorher würde er versuchen, sich in der Krankenhaus-Wäscherei einen Arztkittel zu besorgen und so getarnt Gertrud Sieveke seinen Besuch abstatten. Er atmete schwer vor Aufregung und drückte die Klinke seiner Haustür hinunter, als Gina im Türrahmen vom Badezimmer erschien.

»Wo willst du hin?«, fragte sie verwundert.

»Der Kaffee ist alle, ich besorg uns schnell neuen. Dauert nicht lange«, antwortete er und verließ das Haus.

06:56 Uhr

Ben stand vor dem Zimmer von Gertrud Sieveke, sodass er den Krankenhausflur im Auge behalten konnte. Er hatte die beiden Polizisten, die zum Schutz der alten Dame im Einsatz waren, in eine kurze Pause geschickt. Danach würde sich einer von ihnen hier auf dieser Station postieren, aber so, dass er für einen Besucher nicht sichtbar war. Der zweite würde eine Etage tiefer seine Position beziehen, in dem Zimmer, in dem Gertrud Sieveke seit gestern Nacht tatsächlich lag. Die Ärzte hatten sie – wenn auch widerwillig – während des Nachtdienstes verlegt. So hatten die anderen Patienten davon nichts mitbekommen. Auch vom Klinikpersonal waren nur sehr wenige Personen eingeweiht. Das hatte den Ärzten ebenfalls nicht zugesagt, denn Bens Hinweis, dass der Täter möglicherweise eine Kontaktperson innerhalb des Krankenhauses haben könnte, wollte natürlich niemand wahrhaben. Ben war an derartige Reaktionen gewöhnt, und auch, wenn er es zum Teil sogar verstehen konnte, war es ihm lästig, immer wieder diskutieren zu müssen. Er warf einen Blick in das Krankenzimmer, in dem Katharina dabei war, das Bett zu präparieren. Fast tat es ihm leid, dass er ihr vorhin so über den Mund gefahren war, als sie sich selbst als Lockvogel angeboten hatte. Doch bei allem Respekt für ihren Einsatz und ihren Mut – die Sicherheit ging nun einmal vor. Er beobachtete, wie sie eine Puppe, die sie extra für derartige Zwecke auf dem Kommissariat bereithielten, so im Krankenbett drapierte, dass es aussah, als würde dort jemand unter der Bettdecke liegen und schlafen. Sie hatte der Puppe einige Verbände angelegt, und sogar ein Tropf stand noch neben dem Bett. Als Katharina prüfend ihre Arbeit begutachtete, warf Ben einen Blick auf die Uhr. Kurz vor sieben. Sie waren bereit. Er sah wieder in das Zimmer und bemerkte Katharinas fragenden Blick.

»Das genügt so – wenn ich es nicht besser wüsste, würde selbst ich denken, dass Frau Sieveke in diesem Bett liegt und schläft«, sagte er.

Nun sah auch Katharina auf die Uhr. »Vivien müsste jeden Moment hier auftauchen. Dann kann sie sich wie geplant im Zimmer postieren, während wir beide Flur und Fahrstuhl im Auge behalten.«

»Ja«, bestätigte Ben, »und sobald wir hier jemanden kommen sehen, geben wir ihr ein Zeichen, sodass sie sich im Schrank des Zimmers verstecken kann. Hast du dort alles ausgeräumt?«

»Ist erledigt«, antwortete Katharina. »Vivien passt da locker rein. Und wenn sie die Schranktür einen Spalt auflässt, kann sie das Bett von dort aus genau sehen, ohne dass sie selbst bemerkt wird. Außerdem hab ich ein Mikro am Bett befestigt. Da sind so viele Knöpfe und Geräte, da fällt es garantiert niemandem auf.«

»Gut«, erwiderte Ben, »auch wenn Vivien da drin ist, fühle ich mich wohler, wenn wir von hier draußen zumindest mithören können, was vor sich geht. Wir sollten dann allmählich auch Stellung beziehen. Wer weiß, wann unser Mann hier aufschlägt.«

»Wenn er überhaupt kommt«, sagte Katharina nervös. In diesem Moment stand Vivien plötzlich im Raum.

»Oh, da bist du ja schon!«, begrüßte Katharina die Kollegin überrascht. »Ich hab dich gar nicht kommen hören.«

»Ich hab gedacht, ich übe schon mal«, grinste die junge Kommissarin. »Das mit den lautlosen Sohlen hat dann wohl auf jeden Fall geklappt.«

»Wir sollten keine Zeit verlieren«, mahnte Ben. »Vivien, der Schrank ist für dich vorbereitet. Lass die Tür offen stehen, solange du dich davor aufhältst. Du musst erst rein, wenn einer von uns dir ein Zeichen über das Headset gibt. Aber pass auf, dass du nicht mitten im Raum stehst oder ...«

»Schon klar, Chef«, erwiderte Vivien trocken. »Ich bin mir meiner Aufgabe durchaus bewusst. Ich weiß, was ich zu tun habe.«

Katharina musste ein Grinsen unterdrücken. So selbstbewusst war die junge Kollegin vor ein paar Monaten noch nicht gewesen, zumindest nicht gegenüber Vorgesetzten. Scheinbar hatte sie sich in kürzester Zeit eingelebt und ein ganzes Stück weiterentwickelt. Ohne ein weiteres Wort schob Vivien sich den Knopf ins Ohr und verschwand in dem vorbereiteten Krankenzimmer.

Katharina und Ben standen im Schwesternzimmer. Außer
der präparierten Puppe, die anstelle von Gertrud Sieveke
im Bett lag, befand sich momentan kein weiterer Patient
auf der Intensivstation. Eine einzelne Patientin umzule-
gen, war machbar gewesen. Nur deshalb war die Aktion
letztlich möglich gewesen, zumal sie hierfür die Tür der
Intensivstation offen gelassen hatten. Der Täter würde
also nicht klingeln müssen, sondern konnte einfach auf
die Station marschieren, aber so war es von den Ermitt-
lern schließlich erwünscht.

Kurzzeitig hatte Katharina überlegt, sich als Krankenschwester zu tarnen, um sich auch auf dem Flur aufhalten
zu können. Doch sie hatte die Idee verworfen, ohne mit
Ben darüber zu sprechen. Vermutlich würde er es ihr –
ebenso wie den Plan, selbst den Lockvogel zu spielen –
nicht genehmigen. Jetzt bereute sie es, denn sie war nervös
und fühlte sich nicht wohl hinter der Tür des Schwesternzimmers, wo sie nichts sehen konnte. Es ging nicht darum,
dass sie Vivien nicht zutraute, der Situation gewachsen zu
sein, aber am liebsten wäre sie selbst im Schrank gewesen,
um aus nächster Nähe agieren zu können. Doch als sie ihr
Vorgehen besprochen hatten, hatte Vivien sich sofort angeboten, und Ben hatte dazu sein Okay gegeben. Für Katharina hatte es keinen Grund gegeben, diese Rolle für sich zu
beanspruchen, und so hatte sie zugestimmt, gemeinsam mit
Ben außerhalb des Zimmers Position zu beziehen. Sie sah
sich im Raum um, und tatsächlich hing an einem Haken
ein weißes Kittelkleid, wie die Schwestern es üblicherweise
trugen. Kurz entschlossen nahm sie das Kleid, streifte es

über ihr enges T-Shirt und den Schultergurt, in dem ihre Waffe steckte, und zog dann ihre Jeans darunter aus. Das alles vollbrachte sie so schnell, dass Ben erst stutzte, als sie bereits komplett in Weiß gekleidet vor ihm stand. Sie sah an sich herunter. Zum Glück trug sie ihre geliebten weißen Sneakers. Mit anderen Schuhen wäre das Outfit weniger vollkommen gewesen, obwohl sie sie nach der Verschmutzung am ersten Brandort nur notdürftig gereinigt und noch nicht in die Waschmaschine gesteckt hatte.

»Was soll das werden?«, zischte Ben leise und Katharina sah ihm an, dass ihm nicht gefiel, was er sah.

»Nur für den Notfall«, rechtfertigte die Kommissarin sich. »So kann ich hier aus der Tür schauen, ohne dass es unpassend wirkt.«

»Und wenn er dich erkennt?«, fragte Ben barsch.

»Wie sollte er?«, erwiderte Katharina. »Auf den bisherigen Pressekonferenzen warst aus unserem Team nur du dabei. In der Zeitung war auch kein Bild von mir.«

Ben gab sich damit nicht zufrieden. »Wenn er auf den Beerdigungen war, könnte er dich dort gesehen haben.«

»Kaum. Ich hab mich dort immer im Hintergrund gehalten, weil ich mit meiner Kamera nicht auffallen wollte«, argumentierte Katharina. »Außerdem will ich ja nicht auf dem Flur hin und her spazieren, sondern nur …« Weiter kam sie nicht, denn Ben legte einen Finger auf den Mund und zeigte in Richtung Krankenhausflur. Tatsächlich hörte auch Katharina feste Schritte. Ben ging weiter ins Zimmer hinein, um nicht gehört zu werden, und fragte über den Funk den Kollegen, der den Fahrstuhl beobachtete: »Wir hören jemanden kommen. Wer ist das?«

»Keine Ahnung. Über den Fahrstuhl ist niemand gekommen«, erhielt er eine unbefriedigende Antwort. Er beantwortete Katharinas fragenden Blick mit einem Achselzucken. Für die Kommissarin bestätigte sich spätestens damit ihr Plan. Sie trat vorsichtig an die leicht geöffnete Tür des Schwesternzimmers und versuchte so unauffällig wie möglich einen Blick nach draußen zu werfen. Alles, was sie sah, war ein Unterkörper: ein weißer Kittel über schlanken Beinen, die in Jeans steckten und weiße Herrenturnschuhe.

»Das sieht aus wie ein Arzt«, flüsterte sie Ben zu. »Ich denke, die haben Anweisung, hier nicht aufzutauchen, bis wir Entwarnung geben?«

»Allerdings«, stimmte Ben grimmig zu. Katharina blickte erneut auf den Flur und sah den wehenden weißen Kittel direkt auf das vorbereitete Krankenzimmer zusteuern. »Vivien – ab in den Schrank!«, zischte sie und ignorierte Bens schockierten Blick. Dann ergänzte sie: »Scheint ein Arzt zu sein, was auch immer der hier macht. Wahrscheinlich weiß er nicht Bescheid, aber auch der muss dich nicht sehen. Sonst verwickelt er dich im Zweifel noch in ein Gespräch, und wir sind abgelenkt, wenn der Täter hier auftaucht.«

Ihre Nervosität stieg spürbar an, denn Vivien hatte zwar noch ein kurzes »Okay« vermeldet, dann aber nichts mehr, was nur vernünftig war, wenn sie nicht entdeckt werden wollte. Dennoch wurde Katharina zusehends unruhiger, und sie merkte auch Ben seine Anspannung an. Im selben Augenblick erhielten sie beide eine Meldung des Kollegen am Fahrstuhl. »Es kommt jemand. Ein Mann, circa 50, sieht nervös aus.«

Als Katharina erneut auf den Flur hinaussah, konnte sie den Mann bereits sehen. Er eilte im Laufschritt auf das Krankenzimmer zu. Sie gab Ben ein Zeichen, dass es vermutlich losgehen würde, und an Vivien einen kurzen Funkspruch: »Ein weiterer Mann, kein Arzt, betritt jeden Moment das Zimmer. Unbekannt. Möglicherweise der Täter.« Nachdem der Mann im Zimmer verschwunden war, hielt Katharina es nicht länger im Schwesternzimmer aus. Mit leisen, aber schnellen Schritten und der Waffe in der Hand, die sie jedoch in der großen Kitteltasche verbarg, näherte sie sich dem Krankenzimmer, dessen Tür geschlossen war. Ben folgte ihr, und sie postierten sich auf beiden Seiten der Tür. Als Katharina Stimmen vernahm, die vom Mikro aus dem Zimmer kommen mussten, drückte sie den Knopf fester in ihr Ohr. Sie sah, dass auch Ben mit Hochspannung lauschte.

»Steinmann? Hinnerk Steinmann?«, war eine überraschte männliche Stimme zu hören. »Bist du es wirklich? Ich wusste gar nicht, dass du Arzt bist!«

In Katharinas Kopf überschlugen sich die Gedanken. Wer war der zweite Mann? War er der gesuchte Täter und versuchte, den Arzt zu täuschen, indem er so tat, als würden sie sich kennen? Irgendwas stimmte da nicht ... Wie hatte er ihn genannt? Steinmann? Auf einmal fiel es Katharina wie Schuppen von den Augen – die verzweifelten, einzigen Worte, die Gertrud Sieveke noch von sich gegeben hatte, als man sie aufgefunden hatte: Mann – Stein ... Wenn sie recht hatte, blieb keine Zeit, Ben ihre Vermutung zu erklären. Sie tippte sich an die Stirn, um ihrem Chef zu signalisieren, dass sie einen Plan hatte. Dann bedeutete sie ihm mit Gesten, dass sie reingehen würde. Bevor Ben reagieren konnte, wurde die Zimmertür von innen geöffnet und der Mann im langen weißen Arztkittel stand im Türrahmen. Er sah erst Katharina an, dann Ben, bevor er die Kommissarin so kräftig in Bens Arme schubste, dass beide Ermittler auf den Boden stürzten, während er selbst im Laufschritt über den Flur flüchtete. Als Ben und Katharina sich wieder aufgerappelt hatten, war er bereits um die Ecke verschwunden.

»Shit«, schimpfte Ben und gab den Kollegen an den Ausgängen sofort über Funk Bescheid, nach einer auffälligen Person – vermutlich noch im Arztkittel – Ausschau zu halten und ihr gegebenenfalls zu folgen, wobei er selbst wusste, wie aussichtslos dieses Unterfangen wahrscheinlich war. Dann wandte er sich dem zweiten Mann zu, der immer noch wie angewurzelt im Raum stand und die Kommissare irritiert und etwas verängstigt ansah.

»Nun zu Ihnen«, sagte Ben und zeigte seinen Dienstausweis. »Wer sind Sie und vor allem, was wollten Sie in diesem Zimmer?«

Der Mann schien sich ein wenig zu beruhigen, während er antwortete: »Sieveke, mein Name ist Martin Sieveke. Ich wollte meine Mutter besuchen.«

Katharina konnte es kaum fassen. Wenn das wirklich stimmte, war vermutlich tatsächlich gerade der Feuerteufel an ihnen vorbeigerannt, ohne dass sie es gemerkt hatten. Sie ließ sich den Ausweis zeigen und nickte Ben kurz darauf bestätigend zu.

»Wo kommen Sie so plötzlich her? Ihre Tochter hat uns erklärt, dass Sie im Ausland arbeiten und nicht erreichbar sind.«

»Das ist richtig«, bestätigte Martin Sieveke und wischte sich ein paar Schweißtropfen von der Stirn. »Aber meine Tochter hat eine Nachricht hinterlassen. Und als ich die bekommen habe, bin ich so schnell es mir möglich war in die nächste Maschine nach Deutschland gestiegen und direkt vom Hamburger Flughafen aus hierher gefahren.

Noch nicht einmal meiner Tochter habe ich Bescheid gegeben.« Der Sohn von Gertrud Sieveke bekam plötzlich einen leicht panischen Blick. »Aber klären Sie mich doch endlich auf – was war das hier gerade? Wieso kam da plötzlich eine Frau aus dem Schrank? Und wo um Himmels willen ist meine Mutter? Ich habe auf dem Weg hierher in der Zeitung gelesen, dass sie aufgewacht ist!«

Ben versuchte, den Mann zu beruhigen. »Ihrer Mutter geht es den Umständen entsprechend ... gut«, erklärte er. »Sie liegt allerdings noch immer im künstlichen Koma.« Er deutete auf Vivien, die sich im Hintergrund gehalten hatte, und auf Katharina: »Meine Kolleginnen und ich haben dem Täter, der Ihrer Mutter das angetan hat, eine Falle gestellt. Mit der Nachricht, dass man Ihre Mutter aufweckt, wollten wir ihn in die Klinik locken, um ihn zu überführen.« Der Mann sah Ben ungläubig an und herrschte ihn aufgebracht an: »Sie haben meine Mutter als Lockvogel benutzt?«

Nun mischte Katharina sich ein: »Beruhigen Sie sich bitte, Herr Sieveke. Ihre Mutter war hier die ganze Zeit absolut sicher. Sie wird seit ihrer Einlieferung rund um die Uhr bewacht. Und natürlich haben wir sie in ein anderes Zimmer verlegt, bevor wir unseren Plan umgesetzt haben. Meine Kollegin wird Sie gleich zu ihr bringen.« Sie deutete dabei auf Vivien, die zustimmend nickte. »Vorher müssen wir Ihnen aber noch eine wichtige Frage stellen: »Der ... Arzt, den Sie eben hier im Zimmer getroffen haben – Sie kennen ihn?«

Martin Sieveke war nach wie vor äußerst aufgewühlt, doch er schien sich etwas zu beruhigen. »Der Arzt ... ja ... den kenne ich von früher. Das ist Hinnerk Steinmann. Der Sohn eines Nachbarn meiner Mutter, bevor sie umgezogen ist. Zumindest bin ich mir da sehr sicher, auch wenn er das ja eben nicht mehr bestätigt hat. Ich gebe zu, er hat sich sehr verändert, aber es ist auch bald 20 Jahre her, dass ich ihn zuletzt gesehen hab. Eigentlich dachte ich, er lebt im Ausland.« Nervös sah er zu Vivien, und Katharina wollte ihn nicht länger von seiner Mutter fernhalten. »Vivien, bitte bring Herrn Sieveke zu seiner Mutter. Wir treffen uns dann unten.« An Martin Sieveke gewandt fügte sie hinzu: »Geben Sie meiner Kollegin bitte eine Telefonnummer, unter der wir Sie erreichen können, wenn wir noch Fragen haben. Im Übrigen werden Sie Ihre Tochter vermutlich auch im Zimmer Ihrer Mutter vorfinden. Meines Wissens wollte sie herkommen.« Sie nickte ihm zu, ebenso wie Ben, als er gemeinsam mit Vivien aus dem Zimmer verschwand. Fragend sah sie zu Ben: »Hast du die Kollegen gesprochen? Haben sie diesen Steinmann unten erwischt?«

»Nein.« Ben schüttelte resigniert den Kopf. »Sie haben einen Arzt im Laufschritt aus dem Krankenhaus rennen sehen, sich dabei aber nicht viel gedacht – wie auch, es hätte schließlich irgendwo ein Notfall sein können. Meine Info kam einige Sekunden zu spät, da hatten sie ihn bereits aus den Augen verloren.«

»Verdammt«, fluchte Katharina leise. »Blöder hätte es wohl kaum laufen können. Aber zumindest haben wir jetzt einen Namen! Am besten geben wir direkt die Fahndung nach Hinnerk Steinmann raus.«

Tobi trat das Gaspedal des Dienstwagens nahezu durch. Er befand sich auf der A7 und fuhr von Hannover zurück nach Lüneburg. Inzwischen ärgerte er sich über sich selbst. Er wäre auch gern dabei gewesen, als der vermeintliche Täter im Krankenhaus aufgetaucht war. Allerdings hatte er insgeheim nicht damit gerechnet, dass der Feuerteufel tatsächlich im Krankenhaus zuschlagen würde, und nun hatten die anderen den Showdown miterlebt. Obwohl – ein richtiger Showdown war es ja noch nicht gewesen, schließlich hatten sie Hinnerk Steinmann noch nicht gestellt. Doch wenigstens wussten sie jetzt, nach wem sie suchten. Sie hatten endlich eine heiße Spur. Vivien hatte ihn vorhin telefonisch über die Geschehnisse informiert und berichtet, dass Hinnerk Steinmann auch der Mann von den Beerdigungsfotos war. Das Rätsel um die Frau von den Fotos hatte Tobi selbst vor etwa einer Stunde gelöst, und das Ergebnis war so unspektakulär wie klischeehaft: Es handelte sich um die Ehefrau des Ex-Geliebten von Melanie Sarbacher. Das hatte er in der Agentur erfahren, in der Melanie gearbeitet hatte. Hierher war er heute Morgen um acht Uhr gefahren, doch hatte er bis auf die Empfangsdame noch niemanden dort angetroffen, was nicht weiter schlimm gewesen war, wie sich schnell herausgestellt hatte. Die ausgesprochen nette und hilfsbereite Empfangsdame hatte ihm die Identität der Frau auf dem Foto verraten. Nachdem er sich vorgestellt und ausgewiesen hatte, hatte er sowohl die Fotos des Mannes als auch das der Frau auf den Tresen gelegt. Bei der Frage nach dem Mann hatte die süße Empfangsdame ihren Kopf geschüt-

telt. Dann hatte sie jedoch mit ihrem maniküren Zeigefinger ein paarmal auf die Stirn der Frau gedeutet. »Das ist
die Frau von einem unserer Chefs, von Justus Stockmann.
Sie heißt Astrid Stockmann, Justus wird bestimmt gleich da
sein, wollen Sie warten?«, hatte sie hilfsbereit angeboten,
doch Tobi hatte es verneint. Stattdessen hatte er gefragt,
ob sie wüsste, wo er Astrid Stockmann jetzt finden würde,
und sie hatte ihm bereitwillig die Privatadresse gegeben
und irgendwas gemurmelt wie »die muss nicht arbeiten«.
Tobias war direkt zur angegebenen Adresse gefahren und
hatte mit der Frau gesprochen. Er hatte sie geradeheraus
mit den Fakten konfrontiert und gefragt, warum sie auf
dem Friedhof gewesen war. Außerdem hatte er sie nach
ihren Alibis für die Zeiten der einzelnen Brände gefragt,
wobei der Kommissar das nur der Form halber getan hatte.
Ihm war sofort klar gewesen, dass die zierliche Frau als
Täterin kaum infrage kam, so wie Katharina es ebenfalls
erklärt hatte. Und dafür, dass sie eine Komplizin des Täters
sein könnte, sah er keinen Grund. Tatsächlich hatte Astrid
Stockmann auch für alle Brände ein stichhaltiges Alibi –
sie war die letzten sechs Wochen wegen eines vorhergegangenen Sprunggelenksbruchs zur Reha in Bayern gewesen. Bei Melanie Sarbachers Beerdigung war sie gewesen,
weil sie sehen wollte, wie sehr ihr Mann unter dem Tod
seiner Ex-Geliebten litt, von der sie schon lange gewusst
hatte. Sie hatte nichts gesagt, um ihren Mann nicht zu
verlieren, glücklich sei sie damit jedoch nicht gewesen,
hatte Astrid Stockmann Tobias erklärt, der sofort an die
Witwe von Torben Städer denken musste. Hatte es etwas
mit dem Geld zu tun, dass diese Frauen die Seitensprünge
ihrer Männer in Kauf nahmen? Nun, sein Helmchen war
bei ihm, obwohl er alles andere als reich war. Natürlich

hinterging er sie auch nicht, selbst wenn er den Anblick hübscher Frauen durchaus genoss, aber das war ja auch in Ordnung. Fand er. Plötzlich war ihm bewusst geworden, was für ein riesiges Glück er mit seiner Freundin hatte, die schon ganz bald die Mutter seines Kindes sein würde, und ihm war ganz warm ums Herz geworden. So hatte er sie, kaum wieder im Auto, angerufen und ihr gesagt, wie sehr er sich auf sie und ihren dicken Bauch am Abend freuen würde und dass er sie sehr liebe. Jana Helm hatte sich zwar über seine spontane Gefühlsanwandlung gewundert, das hatte er sogar am Telefon bemerkt, sie hatte sich aber über seine Worte gefreut und auch gleich erwidert, dass sie dann heute trotz seiner Diät etwas Besonderes auf den Abend-brottisch zaubern würde.

Kaum hatte er aufgelegt, hatte sein Handy geklingelt. In der Annahme, es sei noch einmal Helmchen, die ihm sagen wollte, dass sie ihn auch liebte, hatte Tobi gar nicht erst aufs Display geschaut, sondern das Telefonat sofort entgegen genommen: »Hallo, mein Schatz, kannst es wohl gar nicht erwarten, dass ich bald wieder bei dir bin, was?«

»Wo du recht hast, Liebster, hast du recht. Ich würde mich sogar freuen, wenn du sofort zu mir kommst!«, hatte Vivien mit ihrer rauen Stimme in den Hörer gelacht.

»Ups, ich dachte, Jana wäre dran«, hatte Tobi gesagt und war sich ziemlich blöd vorgekommen.

»Jana? Heißt deine Freundin nicht Helmchen?«, hatte Vivien kess zurückgefragt.

»Jana Helm, genannt Helmchen, als wenn du das nicht wüsstest«, hatte Tobi gekontert.

»Ach ja, jetzt wo du es sagst …«, hatte Vivien zurückge-geben, war dann jedoch schlagartig ernst geworden: »Du musst tatsächlich so schnell wie möglich zurückkommen, wir wissen ziemlich sicher, wer unser Täter ist, allerdings ist er uns entwischt.«

Als Vivien dann im Anschluss an ihre Worte genauer berichtet hatte, was passiert war, hatte er bereits den Motor gestartet und war losgefahren. Als sie geendet hatte, war Tobi schon wieder auf der Autobahn gewesen. Kurz hatte er Vivien noch über seine Recherche bezüglich der unbekannten Frau informiert, doch schien das nicht mehr wichtig. Vivien war bereits wieder auf dem Kommissariat gewesen, als sie Tobias angerufen hatte. Während Ben und Katharina im Umfeld der Opfer ermittelten, ob es dort eine Verbindung zu Steinmann gab, war es ihre Aufgabe, Hinnerk über den Computer ausfindig zu machen. Allerdings bisher ergebnislos. Er war in Deutschland nirgendwo gemeldet, wie sie Tobias mit einem »das wäre ja auch zu schön gewesen« mitteilte. Dann hatten sie aufgelegt, und er hatte aufs Gas gedrückt.

Ein weiteres Mal klingelte sein Telefon. Er nahm es über die Freisprechanlage entgegen, sodass Viviens Stimme diesmal den gesamten Fond des Wagens beschallte. Sie bat ihn, bei den Sarbachers vorbeizufahren, weil das auf dem Weg lag und er Katharina und Ben so einen Teil ihrer Ermittlung abnehmen könnte.

Nach dem Telefonat orientierte er sich kurz und fuhr dann direkt nach Bienenbüttel. Die Eltern von Melanie sowie ihre Schwiegertochter mit den drei kleinen Kindern waren zu Hause und saßen noch um den Frühstückstisch versammelt. Als Vivien erneut anrief, war er noch keine zehn Minuten dort. Sie hatte die letzte Meldeadresse von Hinnerk Steinmann herausgefunden: der Hof seines Vaters, Werner Steinmann, in Bardowick. Der Nachbarhof von Ole Klein.

Jeder ist an allem Schuld. Wenn jeder das wüsste, hätten wir das Paradies auf Erden.

(Fjodor Michailowitsch Dostojewskij)

16. KAPITEL:

MITTWOCH, 22. APRIL 2015

03:38 Uhr

Er lag angezogen auf dem nicht gerade sauberen Bett in einer billigen Absteige. Durch das gekippte Fenster drangen Rufe, Lachen, Musik, Gezanke, Schritte, Verkehrslärm und ein undefinierbares, stetes Raunen. Er kam sich vor wie in einer Sommernacht in einer Stadt im Süden, dabei war er nur etwa 60 Kilometer von Lüneburg entfernt auf dem Hamburger Kiez. Sicherlich wurde das *Hotel* vor allem als Stundenhotel genutzt, aber das war ihm nur recht. Es lag direkt am Spielbudenplatz, nur ein paar Häuser von der Davidwache entfernt, was er recht witzig fand. Immerhin ging er davon aus, dass nach ihm gefahndet wurde. In dieser Situation direkt vor der Nase der Polizei – oder zumindest fast daneben – zu campieren, bereitete ihm ein gewisses Vergnügen. Wenn die wüssten ...

Als er das Zimmer gemietet und bar im Voraus bezahlt hatte, war er nicht nach seinem Personalausweis gefragt worden – an Orten wie diesem gehörte Anonymität zum Service, und genau deswegen war er hier: Er musste zuerst einmal untertauchen und seine nächsten Schritte planen. Ab jetzt würde er auf jeden Fall noch vorsichtiger sein müssen, dann würde es ihm schon gelingen, seinen Feldzug zu vollenden.

Er war schon einmal hier in dieser Absteige gewesen, und auch da hatte man ihn nicht nach dem Ausweis gefragt. Das lag inzwischen knapp 25 Jahre zurück. Damals, als er seinen Vater und das Dorfleben Hals über Kopf verlassen hatte, um sich ein neues Leben aufzubauen. Ein eigenes. Es war kurz nach dem Ende seiner Lehre gewesen, als er ein, wie es damals schien, recht profanes Geburtstagsgeschenk erhalten hatte: einen ausgefüllten Lottoschein. Carsten Sarbacher, fast der einzige Mensch aus seiner Vergangenheit hier in Deutschland, an den er gern zurückdachte, hatte ihn ihm geschenkt.

»Mir ist nichts Besseres eingefallen. Ich konnte mir aber nur ein Tippfeld leisten. Tut mir leid, mehr gibt mein Portemonnaie grad nicht her«, hatte Carsten damals zu ihm gesagt und ihm den Schein mit den Worten »Happy Birthday« überreicht. Er hatte es am darauffolgenden Samstag selbst nicht fassen können, als die Lottofee genau seine Zahlen verkündet hatte. Er, der bis dahin immer der Verlierer gewesen war, hatte gewonnen und einen Volltreffer gelandet – sechs Richtige. Er hatte niemandem etwas davon gesagt. Auch nicht, als er den Gewinn kurze Zeit später ausgezahlt bekommen hatte und klar gewesen war, dass die Quote hoch genug war, um ihm für die nächsten Jahre ein sorgenfreies Leben zu sichern. Im Gegenteil. Er hatte sich sang- und klanglos davon gemacht. Noch nicht einmal von seinem Vater hatte er sich verabschiedet. Bald darauf hatte er sich nach Malta abgesetzt. Dort war er dem Glücksspiel treu geblieben und hatte sich ein kleines Unternehmen in diesem Segment aufgebaut, ein Online-Poker-Portal, das bald darauf durch den Einzug des Internets in private Haushalte regelrecht boomte. Der einzige Grund, warum er vor etwas über einem Monat in die Heimat, nach Bardowick auf den Hof seines Vaters zurückgekehrt war, war die Nachricht gewesen, dass sein Vater im Sterben lag. Die Klinik hatte ihn kontaktiert, nachdem sein Vater ihn in einem lichten Moment als einzigen noch lebenden Verwandten angegeben hatte und der Krankenschwester, bei der es sich um Gina gehandelt hatte, das Einzige überreicht hatte, was er von seinem Sohn hatte: die Mobilfunknummer, die Hinnerk ihm bei einem ihrer seltenen Telefonate gegeben hatte.

Mit unter dem Kopf verschränkten Armen lag er auf dem Rücken und schloss ein weiteres Mal die Augenlider. Er atmete schwer. Seit Stunden konnte er nicht schlafen. In seinem Kopf ging es zu wie auf einem Güterbahnhof. Seit seiner Flucht aus dem Krankenhaus ratterten die verschiedenen Gedankenstränge darin herum, koppelten einen nächsten an oder ab, fuhren aufs Abstellgleis, um kurz darauf wieder energiegeladen hervorzufahren. Keinen einzigen davon konnte er bisher richtig greifen und bis zu seinem Ende durchdenken. Selbst wenn er für einen Moment weggenickt war, hatten ihn seine Gedanken im Traum als wirre Bilder verfolgt. Da war sein sterbender Vater, der ihn mit bereits skelettierter Hand zu greifen versuchte, um ihn bei sich zu behalten oder mitzuziehen – so genau wusste er das nicht. Zu diesen Bildern gesellte sich zweimal schemenhaft seine Mutter. Sie war totenblass, aber dabei jung und schön, eben so, wie er sie in Erinnerung hatte. Sie winkte ihm lächelnd zu, während sie an einem dicken groben Hanfseil, das ihr bereits in das zarte Fleisch des Halses schnitt, am Deckenbalken der Scheune hin und her baumelte. In anderen Traumsequenzen stand er in einer Kunstgalerie vor einem Bild. Es ähnelte dem Gemälde »Der Schrei« von Edvard Munch, doch spielte die Szene nicht wie bei dem Künstler auf einer Seebrücke, sondern auf einem Scheiterhaufen, von dem aus bereits die Flammen hoch züngelten. Mittendrin stand die vor Entsetzen schreiende Person, die jedoch ständig ihre Gestalt wechselte. Mal war es Manfred Thomsen, mal Melanie und mal Torben oder Ole. Aber alle hatten denselben Gesichtsausdruck, als hätten sie es sich von dem Gemälde abgeguckt: Alle hatten den Mund weit geöffnet und die Arme an den Kopf gelegt. Dabei starrten sie ihn aus leeren und doch vorwurfsvollen Augen an, so wie sie alle es tatsächlich im Moment ihres Todes getan hatten. Ein anderes Mal sah er sich selbst. Er war Sisyphus. Doch entgegen dem Mythos rollte er keinen Stein, sondern eine Feuerkugel unter großen Mühen den steilen Hang hinauf. Als er oben ankam, stand eine hübsche schlanke Frau mit langen roten Locken dort. Sie hatte eindeutig auf ihn gewartet, und bevor er etwas dagegen tun konnte, sprang die Rothaarige, deren Haare sofort eins mit dem Feuer wurden, in die Kugel, die sich daraufhin in ein in Flammen stehendes Rhönrad verwandelte. Die Turnerin in der Mitte war keine andere als die Rothaarige, die ihm »ich krieg dich« entgegen zischte, das brennende Rad mit einem Schwung ihres Körpers in Bewegung setzte und ihn dadurch fast überrollt hätte, wäre er nicht davongerannt. Bereits im Traum hatte er gewusst, wer die Frau war: die, die plötzlich vor dem Krankenzimmer gestanden hatte und die er gegen den Mann geschubst hatte, der sich ebenfalls auf dem Flur aufgehalten hatte. Jetzt versuchte er, sich die Szene noch einmal zu vergegenwärtigen. Von dem Mann wusste er aus den Medien, dass er von der Kripo war. Die

Frau war wie eine Krankenschwester gekleidet gewesen, doch das hatte nichts zu sagen. Auch er hatte sich einen Arztkittel übergezogen und ein Stethoskop um den Hals gehängt, um als Arzt durchzugehen. So wie sie auf ihn reagiert hatte, gehörte die Rothaarige sicher auch zur Polizei und damit zu seinen Verfolgern.

Ob sie schon bei ihm zu Hause gewesen waren? Auf dem Hof seines Vaters? Nachdem er Hals über Kopf aus dem Krankenhaus gestürzt war, weil dieser Wichser Martin Sieveke ihn erkannt hatte, war er in seinen Golf gesprungen und zurück nach Bardowick gerast. Gina hatte am gedeckten Küchentisch gesessen und ihn fragend angeguckt, als er ins Haus gestürmt war. Ohne sie weiter zu beachten, war er in sein Zimmer geprescht, hatte einige Sachen zusammengeklaubt und sie in eine alte Reisetasche geschmissen. Genauso wie seine Papiere. Dann hatte er die Liste geholt – das Zippo hatte er sowieso stets in der Hosentasche – war zurück zu Gina in die Küche geeilt und hatte ihr einen flüchtigen Kuss auf die Wange gegeben. In einer Anwandlung von Zuneigung hatte er ihr erklärt, dass er sich bei ihr melden würde, weil sie ihn nicht erreichen könne und er jetzt leider unerwartet los müsse. Sie solle sich keine Sorgen machen und einfach die Tür zuziehen, wenn sie ging. Gina hatte nur verwundert und stumm genickt, wofür er ihr gleich noch einen Kuss gegeben hatte, dann war er nach draußen geeilt, hatte dabei noch schnell sein Handy vom Telefontisch gegriffen, um es keine Sekunde später vor dem Haus in die volle Regentonne zu schmeißen. Um keine Spuren zu hinterlassen, war er daraufhin erst an einen Geldautomaten gefahren, wo er so viel Bargeld wie möglich abgehoben hatte, und danach zum Bahnhof. Dort hatte er den Golf abgestellt und war mit dem nächsten Zug nach Hamburg gefahren.

Er griff in seine Hosentasche und zog mit einem Handgriff sein Zippo und die zusammengefaltete Liste hervor. Das Zippo legte er auf seinen Bauch und dann schlug er mit einem Ruck seiner Hand in der Luft die Liste auf. Er griff neben sich auf den Nachttisch, nahm den Kugelschreiber, den er vorhin dort abgelegt hatte, und holte die Bibel heraus, die selbst oder gerade in einem Hotel wie diesem in der Nachttischschublade lag. Auf den Bucheinband legte er seine Liste und vervollständigte sie. Als er fertig war, legte er die Liste samt Stift und Bibel zurück auf den Nachttisch. Er hatte sie durch eine Beschreibung ergänzt, da er den Namen der Frau nicht kannte: die Frau mit den roten Haaren. Er drehte sich auf die Seite und fiel endlich in einen ruhigen Schlaf.

07:52 Uhr

Katharina wühlte in ihrer Sporttasche, die noch immer bei Bene im Schlafzimmer neben dem Schrank stand. Sie trug enge Jeans und obenherum nur einen schwarzen BH.

»Shit«, stöhnte sie.

»Was ist los?«, fragte Bene, der noch im Bett lag und sich gähnend reckte, während er den Anblick seiner halb nackten Freundin sichtlich genoss.

»Ich hab kein frisches T-Shirt mehr für heute. Und meine anderen Sachen hängen noch auf deiner Leine. Ich werde wohl noch schnell nach Hause müssen.«

»Oder du kommst einfach wieder zu mir ins Bett, bis

die Sachen auf der Leine trocken sind«, schlug er lächelnd vor.

Katharina grinste und setzte sich auf die Bettkante. »Nette Idee, aber leider unmöglich. Obwohl ich zugebe, dass es verlockend klingt.« Sie gab ihm einen zärtlichen Kuss, stand aber wieder auf, als er versuchte, sie zu sich ins Bett zu ziehen. »Ich kann nicht. Ben erwartet mich pünktlich, und das mit gutem Grund. Wir sind so kurz davor, diesen Wahnsinnigen endlich zu überführen«, sagte sie und streifte sich, die Nase rümpfend, ihr Shirt vom vergangenen Tag über. Sie hasste es, ein getragenes Shirt noch einmal anzuziehen.

»Diesen Feuerteufel?«, fragte Bene interessiert.

»Ja, genau den.«

»Du hast gar nicht erzählt, dass ihr da eine heiße Spur habt«, wunderte sich Bene.

»Weil ich meine private Zeit hier mit dir nicht mit der Arbeit vermischen möchte«, erwiderte Katharina lächelnd, beugte sich herab und küsste ihn erneut. »Ich hab das nämlich sehr genossen, die letzten Tage!«

Bene grinste. »Eben, deshalb solltest du schleunigst wieder unter die warme Decke kommen.« Einladend hob er die Bettdecke an.

»Es geht wirklich nicht, Bene. Wenn ich jetzt noch in meine Wohnung will – und das will ich definitiv, ich brauche ein frisches Shirt, sonst werde ich verrückt – bin ich ohnehin später dran, als mir lieb ist.«

»Okay«, konterte Bene. »Dann ein anderer Vorschlag, damit wir das nachholen können: Wenn ihr so kurz vor dem Durchbruch seid, werdet ihr diesen Teufel ja wohl bald haben. Dann nimmst du dir ein paar Tage frei, und wir zwei Hübschen fahren über meinen Geburtstag zusammen weg. In ein schnuckeliges kleines Hotel irgendwo in der Pampa. Am besten irgendwo, wo nichts los und zu sehen ist, damit wir den ganzen Tag im Bett bleiben können.«

Katharina schluckte. Die Idee war verlockend, und sie hätte große Lust darauf. Doch sie hatte Leonie versprochen, dafür zu sorgen, dass Bene an seinem Geburtstag in Lüneburg war und Zeit hatte. Leonie würde auf ewige Zeiten böse auf sie sein, wenn sie ihr die Überraschungsparty für die Zwillinge durchkreuzte. Und auf die Vorwürfe ihrer Mutter konnte sie ebenfalls gut verzichten.

»Ich fürchte, das kann ich dir nicht versprechen«, erklärte sie. »Noch haben wir den Mann ja nicht, und solange kann ich da nichts festmachen. Aber wir holen das nach – versprochen!«

»Schade«, seufzte Bene und ließ sich wieder zurück ins Kissen fallen. »Ich hab mir extra schon freigenommen.«

Katharina sah ihn liebevoll an. »Dann verspreche ich dir, dass ich an deinem Geburtstag für dich da bin, und wir uns einen schönen Tag machen. Nimm dir also nichts vor, okay? Und vielleicht können wir ja dann spontan noch einen Kurztrip einschieben. Jetzt muss ich aber wirklich los!« Sie schnappte sich die fast leere Sporttasche, warf Bene eine Kusshand zu und verschwand aus der Wohnung.

Auf dem Weg in ihr eigenes Zuhause in der Münzstraße dachte Katharina über die letzten Tage nach. Sie hatte es tatsächlich sehr genossen, bei Bene zu wohnen. Auch wenn sie aufgrund ihrer so unterschiedlichen Arbeitszeiten keinen typischen Alltag miteinander verbracht hatten, war es trotzdem anders als sonst, als sie sich immer nur für einen gemeinsamen Abend verabredet hatten. Und es war schön gewesen. Sie hatte besser abschalten können als in ihrer Wohnung, weil er sie gekonnt ablenkte, und außerdem hatte sie sich in seiner Wohnung viel wohler gefühlt, als sie gedacht hatte. Bene hatte ihr zu keiner Zeit das Gefühl gegeben, dort nur Gast zu sein. Eigentlich hatte sie keine Lust, diesen Zustand jetzt schon wieder aufzugeben. Mehr noch. Sie konnte sich zum ersten Mal tatsächlich vorstellen, aus diesem unerwarteten neuen Beziehungsstatus eine dauerhafte Sache zu machen. Katharina schüttelte über sich selbst den Kopf. Hatte sie nicht vor ein paar Tagen noch voller Überzeugung ihrer Mutter erklärt, wie wichtig ihr ihre Unabhängigkeit war? Und wie sehr sie es genoss, allein zu wohnen? Sie schmunzelte. Wie schnell sich manche Dinge doch ändern konnten.

Als Katharina ihre Wohnung betrat, war dort noch alles dunkel und still. Leise schlich sie in ihr Schlafzimmer, um sich ein frisches T-Shirt aus dem Schrank zu holen. Ihre Mutter lag tatsächlich noch schlafend im Bett. Als die Kommissarin die Schranktür wieder schließen wollte, gab diese ein unschönes Quietschen von sich, und Anne von Hagemann öffnete erschrocken die Augen.

»Katharina? Bist du das?«, fragte sie verschlafen und setzte sich auf.

»Entschuldige, Mama, schlaf weiter«, beruhigte Katharina sie. »Ich bin gleich wieder weg, ich brauchte nur ein frisches T-Shirt.«

Ihre Mutter sah sie an, und Katharina hatte den Eindruck, dass sie traurig war. Sie setzte sich an den Rand des Bettes: »Ist alles okay bei dir?«

»Sicher, Kind«, antwortete Anne von Hagemann. »Mir geht es gut. Aber wann kommst du wieder nach Hause?«

»Ich weiß es noch nicht genau«, gab Katharina zu. »Ein paar Tage würde ich gern noch bei Bene bleiben. Ich komme aber heute Abend kurz vorbei, um frische Wäsche zu holen. Dann können wir reden, okay?« Sie sah auf die

Uhr. »Jetzt habe ich nämlich echt keine Zeit, das tut mir leid. Ich muss dringend ins Kommissariat.«

Anne von Hagemann streichelte ihr müde lächelnd über den Arm. »Schon gut, Katharina. Ich hab viel nachgedacht in den letzten Tagen, und ich glaub, ich verstehe dich inzwischen. Auch wenn ich zugebe, dass ich dich vermisst habe. Aber ich sehe ein, dass das so nicht weitergeht, und habe mich bereits nach einer Wohnung umgesehen. Mir gefällt es hier in Lüneburg, und ich denke, ich will meinen Neuanfang hier versuchen. Wenn schon, dann richtig. Dann fange ich komplett neu an.«

Katharina lächelte ihre Mutter staunend an: »Das freut mich, Mama, das hört sich gut an. Dann erzählst du mir davon heute Abend in Ruhe, okay? Ich muss wirklich los. Leider …« Sie drückte ihrer Mutter spontan einen Kuss auf die Wange, was sie schon seit Ewigkeiten nicht mehr gemacht hatte. Ihre Mutter schien davon ähnlich überrascht zu sein wie sie selbst.

»Pass auf dich auf«, rief Anne von Hagemann ihrer Tochter noch hinterher, als diese sich im Gehen das neue Shirt überstreifte, das getragene in den Wäschekorb im Bad warf und direkt danach aus der Wohnung verschwand.

08:21 Uhr

Ben sah ungeduldig auf seine Armbanduhr. Wo blieb Katharina? Es war untypisch für sie, unpünktlich zu sein, erst recht, wenn sie wusste, dass es wichtig war. Tobias und

Vivien waren um kurz vor acht im Büro erschienen, für 8.15 Uhr hatten sie die heutige Teambesprechung angesetzt. Das hatten sie gestern vereinbart, nachdem sie auf dem Hof von Steinmanns Vater gewesen waren. Dort hatten sie zu ihrer Enttäuschung keinen Hinnerk Steinmann vorgefunden, dafür aber eine junge Frau, die sich ihnen als seine Freundin vorstellte: Gina Grömmer. Gina Grömmer hatte ihnen nicht viel sagen können oder wollen, und nachdem sie ihre Personalien aufgenommen hatten, hatten sie sie gehen lassen müssen.

Ben schaute ein weiteres Mal auf die Uhr. Von seinem Zwillingsbruder wusste er, dass Katharina für ein paar Tage dort eingezogen war. Obwohl ihm die Information widersinnigerweise im ersten Moment einen kleinen Stich versetzt hatte, hatte er sich dann für die beiden gefreut, obwohl der Anlass dafür bei Katharinas Mutter lag. Wenn nun aber die ungewohnte Zweisamkeit dazu führte, dass die Kommissarin ihre Arbeit vernachlässigte … Ben kam nicht mehr dazu, seinen Gedanken zu Ende zu denken, denn in diesem Moment stürzte Katharina ins Büro.

»Tut mir leid«, rief sie, sichtlich außer Atem. »Ich bin aufgehalten worden!«

»Keine langen Erklärungen bitte«, erwiderte Ben schroffer als gewollt, »lasst uns anfangen.«

Sie nahmen alle vier am Besprechungstisch Platz. Ben registrierte Katharinas verwunderte Miene, doch er ignorierte es. Sie hatten Wichtigeres zu tun.

»Los geht's«, sagte er und rieb sich die Hände. »Tobi – hast du bei den Sarbachers noch was rausbekommen?«

»Allerdings!«, bestätigte der Kommissar und lehnte sich zurück. »Als ich den Namen Hinnerk Steinmann genannt hab, hat das für erhebliches Erstaunen gesorgt.«

»Inwiefern?«, hakte Ben nach.

»Also«, begann Tobi mit seiner Erläuterung. »Carsten Sarbacher – das haben die Eltern mir sagen können – hat mit Steinmann zusammen gelernt. Sie haben beide eine Ausbildung bei der Bank gemacht. Steinmann war in der Zeit wohl ab und zu auch bei den Sarbachers zu Hause. Melanie hat ihn also auch gekannt.«

»Waren die beiden eng befreundet?«, fragte Katharina.

»Schwer zu sagen«, antwortete Tobi. »So genau konnten die Sarbachers sich dann doch nicht mehr erinnern. Sie haben Steinmann als eher unscheinbar und unsicher beschrieben. Allerdings war Steinmann laut den Sarbachers schwer in die um einige Jahre jüngere Melanie verliebt. Er hat ihr damals Briefe geschrieben, über die sich ihre Tochter ziemlich lustig gemacht hat. Und sie hat wohl auch keinen Hehl daraus gemacht, dass sie Hinnerk Steinmann niemals erhören würde, wie Frau Sarbacher sich ausgedrückt hat. Carsten ist mit ihm wohl ganz gut klargekommen, aber ich glaub, die dicksten Freunde waren sie jetzt nicht unbedingt.«

»Wann haben die Sarbachers ihn zuletzt gesehen?«, wollte Ben wissen.

»Das ist eben das Merkwürdige«, erwiderte Tobi. »Das ist mehr als 20 Jahre her. Laut den Sarbachers hat er die Lüneburger Gegend ziemlich bald nach der Ausbildung verlassen. Vor ein paar Jahren ist mal eine Postkarte an Carsten Sarbacher bei den Eltern angekommen. Aus dem Ausland. Woher genau, wussten sie aber nicht mehr. Und Carsten Sarbacher können wir dazu ja leider aktuell noch immer nicht befragen.«

»Ich hab die Sievekes, also Stefanie Sieveke und ihren Vater, ebenfalls noch mal befragt«, mischte Vivien sich ein.

»Das passt. Beide haben gesagt, dass sie Steinmann zuletzt ungefähr Anfang der 90er gesehen haben. Gertrud Sieveke hat damals mit ihrem inzwischen verstorbenen Mann in Bardowick gewohnt, in der direkten Nachbarschaft des Steinmann-Hofes. Auch die Sievekes sind davon ausgegangen, dass Hinnerk Steinmann immer noch im Ausland ist. Oder besser gesagt, sie haben eigentlich bis gestern nie wieder an ihn gedacht. Martin Sieveke hat sich noch einmal gewundert, dass Steinmann Arzt sei, er konnte sich lediglich erinnern, dass er ursprünglich irgendeine kaufmännische Ausbildung gemacht hat. Und er hat Steinmann als Außenseiter beschrieben. Er sei extrem unauffällig gewesen. Außerdem hat er mir erzählt, dass Gertrud Sieveke sich sehr um Hinnerk und seinen Vater gekümmert hat, nachdem die Mutter, mit der Gertrud Sieveke eng befreundet gewesen war, Selbstmord begangen hatte. Hinnerk muss damals so ungefähr sechs oder sieben Jahre alt gewesen sein. Auf jeden Fall, daran erinnerte sich Martin Sieveke, war Hinnerk gerade in die Schule gekommen, als es passiert ist. Und das Heftige daran: Hinnerk hat seine tote Mutter wohl als Erster entdeckt. Sie hatte sich im Kuhstall erhängt. Der Vater ist nach ihrem Selbstmord laut Martin Sieveke in Depressionen verfallen und hat sich auch nie wieder richtig davon erholt. Natürlich auch mit der Folge, dass sein Sohn ziemlich auf sich allein gestellt war. Was den alten Steinmann wohl einigermaßen aufrecht gehalten hatte, war sein Hof, den er erst in den letzten Jahren aus Altersgründen nicht mehr so richtig bewältigen konnte. Inzwischen lebt der alte Steinmann nur noch von seiner Imkerei, die ursprünglich mal nur ein Hobby gewesen ist. Das weiß Martin Sieveke von seiner Mutter, die immer noch Kontakt zum alten Steinmann hat.«

»Gute Arbeit, Vivien«, lobte Ben. »Hast du noch mehr für uns?«

»Allerdings«, bestätigte Vivien. »Ich hab eben gerade noch in der Schule angerufen, in der Manfred Thomsen unterrichtet hat. Die Schulsekretärin hat das im Computersystem gecheckt: Hinnerk Steinmann war einige Jahre lang Schüler von Thomsen!«

»Okay, jetzt wird es spannend.« Ben überlegte. »Das heißt, uns fehlt noch eine Verbindung zu Torben Städer und zu Ole Klein.«

»Die zu Torben Städer habe ich«, erklärte Katharina zur Überraschung von Ben.

»Und die zu Ole Klein hab ich wahrscheinlich«, verkündete Vivien nicht ohne Stolz in der Stimme, woraufhin Ben ein »Ach« herausrutschte.

»Gut, dann erzähl du zuerst«, sagte Ben an Katharina gerichtet.

»Übrigens ist das der Grund, warum ich heute Morgen zu spät war«, leitete die Kommissarin ihren Bericht mit einem Seitenblick auf ihren Chef ein, begann dann jedoch gleich, ihre Kollegen mit ins Boot zu holen: »Ich habe heute Morgen auf meinem Weg ins Kommissariat Sandra Städer angerufen. Eigentlich wollte ich sie nur fragen, wann sie heute zuhause ist, um später vorbeizufahren. Wie sich aber herausstellte, wäre das umsonst gewesen. Sie ist mit den Kindern und ihrer Mutter für ein paar Tage nach Mallorca geflogen. Dort haben die Städers ein Haus. Sie hat ihren Sohn aus der Schule genommen und ist dorthin, um wenigstens für eine Weile dem ›ganzen Schrecklichen hier zu entfliehen‹, wie sie sagte. Na ja, auf jeden Fall hab ich sie dann am Telefon gefragt, ob ihr der Name Hinnerk Steinmann etwas sagt, und sie hat angefangen zu lachen. Es war kein belustigtes, sondern eher ein hysterisches Lachen. Sie sagte, wenn Hinnerk ihren Mann umgebracht hätte, wäre das aber eine sehr verspätete Rache. Auf meine Nachfrage hin erzählte sie mir, dass sie Hinnerk Steinmann zwar nicht persönlich kenne, aber diverse Geschichten aufgeschnappt habe, die ihr Mann sich gern mit alten Schulfreunden erzählt hat. Torben Städer und Hinnerk sind nämlich zusammen zur Schule gegangen. Und nach diesen Geschichten zu urteilen sei Hinnerk damals ein absoluter Außenseiter gewesen, der aber gern dazugehören wollte, und dafür hätte er so ziemlich alles getan. Torben Städer, stets der Anführer in seiner Klasse, hat sich dann auch gern die gemeinsten Sachen für Hinnerk ausgedacht, die dieser fast stoisch über sich hat ergehen lassen. Einmal hat Torben zum Beispiel auf einen Apfel gepinkelt, und Hinnerk musste ihn dann essen. Danach durfte er dann mit der Clique ins Kino. Frau Städer hat selbst zugegeben, dass sie diese Schilderungen ihres Mannes nicht gerade sympathisch gefunden habe, sie es aber letztlich als dumme Jungenstreiche abgetan hat. Solche Spielchen kenne schließlich jeder aus seiner Jugend. Kurz und gut, Hinnerk hat als Kind und auch noch als Jugendlicher alles Mögliche für Torben gemacht. Vor allem hat er wohl des Öfteren Wache gestanden, wenn Torben sich mit Mädchen vergnügt hat. Darüber ist auch die Freundschaft zerbrochen, wenn man so etwas überhaupt Freundschaft nennen kann: Das letzte Mal, als Hinnerk Wache geschoben hat, bekam er erst mit, welches Mädchen Torben gerade mal wieder verführt hatte, als sie aus dem Gebüsch hervorgekrochen kam: Es war Hinnerks Freundin. Als Frau Städer mir das erzählt hat, fing sie an zu weinen.«

»Ist sie selbst etwa dieses Mädchen gewesen?«, fragte Tobi gespannt dazwischen.

»Nein, wie gesagt kennt Sandra Städer Hinnerk Steinmann gar nicht. Ihr ist aber eingefallen, dass Torben mit Vorliebe die Mädchen aus dem Waldbad in Westergellersen abgeschleppt hat. Und das ist ganz in der Nähe des Platzes, wo ihr Mann umgekommen ist«, beendete Katharina ihren Bericht, auf den erst einmal betretene Stille folgte, bis Vivien sich räusperte und ihrerseits berichtete: »Ähm, also dass Hinnerk Steinmann und Ole Klein sich kannten, brauchen wir jetzt nicht mehr nur zu vermuten. Die Höfe sind zwar Nachbarhöfe, aber das allein hat noch nichts zu sagen. Martin Sieveke hat mir bestätigt, dass die beiden wenigstens einmal miteinander zu tun hatten, und es ist eine ganz ähnliche Geschichte wie die mit Torben Städer. Martin Sieveke wiederum kennt diese Geschichte nur, weil seine Mutter sie ihm immer wieder als ›Ich hoffe, das passiert dir nicht‹-Geschichte unter die Nase gerieben hat. Also in diesem Schnapsschuppen, in dem er auch verbrannt ist, hat Ole Klein Hinnerk Steinmann vor langer Zeit einmal brutal abgefüllt. Hinnerk muss damals fast daran gestorben sein. Hochgradige Alkoholvergiftung! Glücklicherweise hat Ole Klein aber irgendwann, nachdem sich Hinnerk in seinem Delirium nicht mehr geregt hat, doch Hilfe geholt, und Hinnerk ist mit Blaulicht ins Krankenhaus eingeliefert worden. Tja, das war es. Auf jeden Fall hatte Steinmann allen Grund, auch auf Ole Klein sauer zu sein.«

»Das hört sich wirklich alles nach einem Rachefeldzug an«, meinte Katharina, und die anderen nickten. »Obwohl ich es merkwürdig finde – nach über 20 Jahren. Da hat sich die Wut aus der Vergangenheit offensichtlich richtig aufgestaut.« Dann fuhr sie fort: »Und die Frage ist, ob dieser Rachfeldzug jetzt ein Ende hat, nachdem wir ihn bei Gertrud Sieveke fast erwischt hätten …«

»Ja, das bleibt offen, aber wir sollten vom Schlimmsten ausgehen!«, meinte Ben. »Und selbst wenn wir sein vermeintliches Motiv mal außer Acht lassen – Hinnerk Steinmann scheint die erste Verbindung zwischen den Opfern zu sein. Als Arzt arbeitet er im Krankenhaus definitiv nicht, das haben wir ja gestern sicherheitshalber noch in der Klinik hinterfragt, obwohl seine Flucht vor uns das ohnehin schon hat vermuten lassen.« Er sah Katharina an, die sichtbar die Stirn runzelte. »Was ist los?«

»Na ja«, setzte sie vorsichtig an. »So sehr ich hoffe, dass wir richtig liegen – unsere Vermutung stützt sich bisher einzig auf die Aussage von Martin Sieveke, dass er glaubt, in dem vermeintlichen Arzt Hinnerk Steinmann erkannt zu haben. Wir haben weder ein Foto noch sonst irgendeinen Beweis, dass es sich wirklich um diesen Mann handelt.«

»Das stimmt leider«, bestätigte Vivien. »In Deutschland ist Steinmann tatsächlich seit Anfang der 90er nirgends mehr gemeldet. Und auf die Rückmeldung der ausländischen Behörden warte ich noch. In Bardowick hat ihn aus der Nachbarschaft seines Vaters auch seit damals niemand mehr gesehen. Dort konnte man mir lediglich sagen, dass sein Vater seit einiger Zeit im Krankenhaus liegt. Übrigens im selben Krankenhaus wie Gertrud Sieveke …«

»Das erzählst du uns erst jetzt?«, fuhr Ben auf. »Wurde er schon befragt?«

»Nein.« Vivien biss sich verunsichert auf die Lippen. »Er liegt im Sterben. Ansprechbar ist er schon seit Tagen nicht mehr.«

Katharina dachte laut nach: »Dann müssen wir aber auf jeden Fall im Krankenhaus noch mal das Personal befragen – falls Hinnerk Steinmann tatsächlich wieder in Deutschland ist und seinen Vater besucht hat, dann muss ihn jemand gesehen haben. Ein Foto werden wir von ihm natürlich nicht bekommen, aber zumindest eine Personenbeschreibung. Dann wissen wir, ob es sich bei dem falschen Arzt um ihn gehandelt hat. Auf jeden Fall ist der falsche Arzt der Mann von unseren Fotos von den beiden Beerdigungen. Das hab ich gleich gestern noch gecheckt.«

»Das mach ich«, warf Vivien schnell ein. Es war offensichtlich, dass sie ihren Fehler wieder gutmachen wollte, und Ben gab ihr die Chance. »Aber da ist noch etwas. Ich hab seine Freundin gestern mal durch den Computer laufen lassen. Sie ist dort tatsächlich drin. Wegen Ladendiebstahl in einer Drogerie. Das ist allerdings schon 'ne Weile her. Aber das eigentlich Interessante ist, dass wir mit ihr eine weitere Verbindung zum Krankenhaus haben: Die ist dort Krankenschwester …

»Okay, dann scheint es ja wirklich so, als sei Steinmann zurückgekehrt, aber dennoch müssen wir da absolut sicher sein. Kümmer du dich darum, wenn wir hier durch sind. Auch um die Freundin«, sagte Ben sachlich. »Wir dürfen jetzt keinen Fehler machen.«

»Ja«, stimmte Katharina zu. »Wenn Steinmann tatsächlich unser Mann ist, dann wissen wir nicht, wie er jetzt reagiert. Er scheint einerseits völlig irrational übertrieben und im Affekt zu handeln, und gleichzeitig erscheinen seine Taten durchaus gut geplant. Sonst hätte er viel früher einen Fehler gemacht, der uns auf seine Spur geführt hätte. Wir müssen noch viel mehr zu seiner Person herausfinden. Wir wissen zum Beispiel nicht, warum Gertrud

Sieveke sein Opfer wurde. Oder war sie es vielleicht gar nicht? Hat er sie deswegen leben lassen? War dieses Feuer ein Versehen? Aber warum ist er dann – wenn er es gewesen ist – im Krankenhaus erschienen? Oder haben wir es doch mit mindestens zwei Tätern zu tun? Ich würde vorschlagen, dass sich einer von uns auch damit noch mal beschäftigt. Ich würde gern in Richtung Steinmanns Persönlichkeit weiter ermitteln, wenn das okay ist, Ben?«

»Ja, so machen wir das. Tobi, versuch du noch mehr zu Gertrud Sieveke und ihrem Verhältnis zu Steinmann herauszufinden. Da müssten die Nachbarn sich an etwas erinnern, die älteren zumindest. Ich werde noch einmal in die Richtung ermitteln, ob es einen zweiten Täter geben könnte, der nichts mit Steinmann zu tun hat. Und du, Katharina, kümmerst dich um das Täterprofil, wie du es vorgeschlagen hast«, verteilte Ben die Aufgaben.

»Gut«, bestätigte Katharina. »Dann werde ich bei der letzten Stelle ansetzen, die wir in Steinmanns Biografie hier in Deutschland nachvollziehen können – seiner Lehrstelle in der Bank.«

11:06 Uhr

Katharina legte zufrieden den Hörer auf. Manchmal musste man einfach Glück haben … Nachdem sie sich direkt im Anschluss an die Teambesprechung an das Profil gesetzt hatte, glaubte sie, inzwischen ein ziemlich genaues Bild von Hinnerk Steinmann vor Augen zu haben.

Nicht optisch, sondern charakterlich. Endlich hatten sich die diversen Puzzlestückchen der bisherigen Ermittlungen sinnvoll zusammenfügen lassen. Herausgekommen war ein klares und zugleich erschreckendes Profil. Steinmann – und Katharina war sich nach den letzten zwei Stunden fast 100-prozentig sicher, dass er der gesuchte Täter war – hatte in der Kindheit einiges über sich ergehen lassen müssen. Die Kommissarin erinnerte sich noch bestens an ihre eigene Schulzeit. In jeder Klasse oder zumindest in jedem Jahrgang hatte es meist einen Außenseiter, einen Loser gegeben. Den Prügelknaben, der für jeden dummen Scherz, jede Erniedrigung der anderen herhalten musste. Die einen kamen damit zurecht, bei anderen blieben solche Erfahrungen für immer in der Seele verankert. Allerdings musste es bei Hinnerk Steinmann entweder besonders heftig gewesen sein, oder es hatten zusätzliche Vorfälle für die Vertiefung seiner seelischen Wunden gesorgt. Der Selbstmord seiner Mutter zum Beispiel und die erschreckende Tatsache, dass er als kleiner Junge diesen Anblick hatte erfahren müssen. Danach dann ein Vater, der sich kaum um ihn gekümmert hatte. Hinnerk Steinmann war ohne das Gefühl, geliebt zu werden, aufgewachsen. Im Gegenteil musste er sich von den Menschen, die ihn von Natur aus hätten lieben sollen, verraten und verkauft gefühlt haben. Nur so ließ sich die Brutalität seines Rachplans erklären, wenn auch keinesfalls rechtfertigen. Was war das Verbrennen eines Menschen bei lebendigem Leib gegen die Piesackereien unter Jugendlichen? Irgendetwas hatte sich über die Jahre hochgeschaukelt und war in dieser unglaublichen Mordserie geendet. Oder aber Steinmann hatte es für Jahre verdrängt, und ein Vorfall oder eine Begegnung hatte den Schalter umgelegt und die Taten eher spontan ausgelöst.

Was es auch war – sie hatten es mit einem unberechenbaren Mann zu tun.

Nachdem sie mit ihren Ausführungen fürs Erste fertig gewesen war, hatte Katharina in der Bank in Bardowick angerufen, in der Hinnerk Steinmann laut ihren Recherchen seine Ausbildung absolviert hatte, bevor er seiner Heimat den Rücken gekehrt hatte. Sie hatte starke Zweifel gehegt, dort noch jemanden zu erreichen, der sich an Hinnerk Steinmann erinnern konnte. Ihrer Kenntnis nach war es in dieser Branche eher untypisch, dass jemand derartig lange den gleichen Arbeitsplatz innehatte. Doch da war das Glück ins Spiel gekommen und vermutlich die Tatsache, dass Bardowick keine Großstadt war: Der Filialleiter selbst, ein gewisser Peter Wolfram, hatte ihr mitgeteilt, dass er damals der Ausbilder von Steinmann gewesen war. Tatsächlich konnte er sich noch recht gut an den ehemaligen Auszubildenden erinnern. Katharina hatte sich für 11.30 Uhr mit ihm in der Bank verabredet, um Näheres von ihm zu erfahren. Sie sah auf die Uhr. Wenn sie pünktlich dort sein wollte, musste sie sofort los. Sie sah durch die Glaswand in Bens Büro, doch er war nicht am Platz. Kurz entschlossen schrieb sie ihm eine Notiz: »Bin in Bardowick in der Bank«, und legte sie auf seinen Schreibtisch. Dann verließ sie das Kommissariat.

Keine 20 Minuten später parkte sie den Dienstwagen auf dem kleinen Parkplatz vor der Bankfiliale in der Bahnhofstraße. Außer ihr standen dort noch ein rotes Cabrio und ein alter Golf. Bei dem Anblick des alten Wagens schlug ihr Herz schneller. Ein Golf war in den Brandfällen immer wieder aufgetaucht. Konnte das bedeuten … Katharina schlug sich den Gedanken aus dem Kopf. Es fuhren unzählige Wagen dieses Typs durch die Gegend.

Die Wahrscheinlichkeit, dass es der von Hinnerk Steinmann war, ging gegen null, der Zufall wäre einfach zu groß. Andererseits hatte sie als Kommissarin schon so einiges gesehen und erlebt, was alles andere als Zufall gewesen war. Sie beschloss, einfach auf der Hut zu sein, und betrat die kleine Filiale. Dort schien alles ruhig und normal zu sein. Sie ging zu der jungen Frau am Schalter und teilte ihr mit, dass sie mit dem Filialleiter verabredet sei. Die Bankangestellte führte sie zu einer geschlossenen Tür im hinteren Bereich und klopfte an. Als aus dem Raum keine Reaktion zu vernehmen war, sah die Frau Katharina verwundert an. »Merkwürdig«, sagte sie, »eben war er noch da, und ich hab ihn nicht herauskommen sehen.« Sie klopfte erneut. Einzig und allein ein Poltern war hinter der Tür zu hören. Katharina hatte ein ungutes Gefühl. »Bitte gehen Sie von der Tür weg«, sagte sie zu der erschrockenen Angestellten und zog ihre Dienstwaffe aus dem Holster. Sie schob die junge Frau zur Seite und drückte die Türklinke herunter. Mit einem schweren Stoß öffnete sie die Tür und sah in ein kleines Büro – es war leer. Auf den ersten Blick sah Katharina jedoch, dass der große Drehstuhl umgeworfen war und eines der Fenster sperrangelweit offen stand. In diesem Moment hörte sie die junge Frau entsetzt schreien: »Da – da draußen!«

Katharina folgte ihrem Blick, der nicht ins Büro, sondern in die entgegengesetzte Richtung auf den Parkplatz gerichtet war. Durch eines der großen Fenster konnte auch die Kommissarin sehen, wie ein Mann, in dem sie den falschen Arzt wiedererkannte, einen anderen in den alten Golf drängte. Der zweite Mann, offensichtlich Peter Wolfram, hatte Fesseln an den Handgelenken und einen alten Sack über dem Kopf. In Windeseile raste Katharina nach draußen, doch es war zu spät. Sie konnte nur noch zur Seite springen, als der Golf direkt auf sie zuraste.

»Verdammt«, fluchte sie, während sie zu ihrem Dienstwagen eilte. Wie zuvor der Golf bog sie vom Parkplatz rechts ab in Richtung des Bardowicker Bahnhofs. Wenn Steinmann ihr hier entwischte, hatte sie verloren. Es gab keinerlei Anhaltspunkt, wo er mit dem Filialleiter der Bank hinfahren würde. Steinmanns elterlicher Hof lag in der entgegengesetzten Richtung, somit war das offensichtlich nicht sein Ziel. Katharina drückte aufs Gaspedal, soweit es der Verkehr zuließ. Die Straße war kurvig, sie konnte also nicht weit voraus sehen. Wenig später passierte sie den Park-and-ride-Parkplatz am Bahnhof, der vollbelegt schien. Obwohl sie nun wieder langsamer fuhr, war es ihr unmöglich, im Vorbeifahren zu erkennen, ob einer der zahlreichen Plätze von dem Golf besetzt war. Um den Platz abzufahren, fehlte ihr jedoch die Zeit. Also ging sie das Risiko ein, falsch zu liegen. Es war eine 50:50 Chance. Sie gab erneut Gas und näherte sich dem Ortsausgang von Bardowick. Auf der linken Seite befand sich ein Kindergarten, und um diese Zeit holten viele Mütter ihre Kinder dort ab. Sie sah von Weitem, wie einige von ihnen auf dem Bürgersteig standen, die Hände schützend um ihre Kinder gelegt, und wild diskutierend in die Ferne zeigten. Wenn Steinmann hier entlang gefahren war, dann sicher nicht angepasst an die 30-Stundenkilometer-Zone – das würde die aufgebrachten Mütter zumindest erklären. An dieser Stelle konnte sie die Landstraße weit einsehen. Und tatsächlich entdeckte sie weit am Ende den dunklen Wagen. Kurz entschlossen griff Katharina unter ihren Sitz, holte die Sirene hervor und klemmte sie durch das offene Fenster auf das Autodach, schaltete sie aber vorerst nicht ein.

Sie kannte die Strecke. Am Ende der Straße ging es links nach Lüneburg und rechts in Richtung Reppenstedt und Kirchgellersen. Jetzt brauchte sie verdammt viel Glück. Mit völlig überhöhter Geschwindigkeit erreichte sie die Kreuzung und sah den Golf gerade noch nach rechts verschwinden. Ausgerechnet jetzt bog ein Fahrschulwagen von links auf die Straße und setzte sich, mit maximal 20 Stundenkilometern direkt vor Katharina. Wütend schlug sie aufs Lenkrad. Eigentlich hatte sie es vermeiden wollen, um Steinmann nicht frühzeitig wissen zu lassen, dass er verfolgt wurde, doch es ging nicht anders – sie schaltete die Sirene ein, woraufhin der Fahrschüler seinen Wagen prompt abwürgte und sie links an ihm vorbeizog. Nachdem sie um die nächste Kurve kam, sah sie den Golf eben noch links abbiegen, sodass sie ihm folgen konnte. Auf der geraden Landstraße, die im weiteren Verlauf direkt nach Kirchgellersen führte, konnte sie deutlich aufholen. Nun hatte sie den Golf fest im Blick, selbst wenn zwischen beiden Autos noch locker 500 Meter Abstand lagen. Auch Steinmann musste inzwischen von ihr Notiz genommen haben, denn er hatte sein Tempo beschleunigt. Katharina wählte die Kurzwahl zu Bens Büronummer und redete sofort los, als sie hörte, dass er abgenommen hatte: »Ben – ich bin's. Steinmann hat den Filialleiter der Bank entführt. Ich folge ihm. Wir sind auf der Landstraße in Richtung Kirchgellersen.« Sie gab ihm das Kennzeichen des Golfs durch, das sie sich eingeprägt hatte, als Steinmann vom Parkplatz gerast war. »Ich brauche Verstärkung«, erklärte Katharina, »ich halte euch auf dem Laufenden, wo er hin will.«

»Keine Alleingänge«, war alles, was Katharina noch hörte, bevor sie die Verbindung unterbrach, denn sie sah gerade noch, wie der Golf in der Ortschaft in einer Seitenstraße verschwand. Sie folgte ihm, bog ab und konnte den Wagen nirgends mehr entdecken. Verzweifelt hielt sie an, ohne den Motor auszustellen, und sah sich um. Neben ein paar neueren Wohnhäusern stand dort ein alter Hof, der verlassen wirkte. Katharina vertraute wie so oft ihrem Bauchgefühl und steuerte langsam den verwaisten Hof an. Und tatsächlich – hinter einem der Nebengebäude stand der Golf. Er war leer. Sie rief erneut bei Ben an und meldete ihm den neuen Standort.

»Katharina, du bleibst im Auto und machst nichts, bevor wir oder das SEK da sind«, schallte es ihr durch die Freisprechanlage entgegen. Sie wusste, dass Ben recht hatte, doch sie konnte nicht einfach sitzen bleiben und abwarten. Durch die Windschutzscheibe versuchte sie, sich einen Überblick von der Hofanlage zu verschaffen. Es gab ein großes Haupthaus, dessen Scheiben zum großen Teil kaputt waren und das insgesamt sehr verfallen wirkte. Daneben gab es zwei Holzschuppen, die das Haupthaus flankierten. Nirgendwo konnte Katharina einen der beiden Männer ausmachen. Wenn Steinmann hier ein Feuer plante, würde ihr nicht viel Zeit bleiben. Zumindest die Holzschuppen würden in Windeseile lichterloh brennen, zumal es die letzten Tage recht trocken gewesen war. Vermutlich hatte Steinmann sich also in einem davon versteckt. Sie zögerte nicht länger und stieg aus dem Auto. Die Hand am Holster entschied sie sich für den Schuppen rechts des Hauses. Er besaß nur ein einziges Fenster, und Katharina versuchte, sich diesem zu nähern und gleichzeitig die Umgebung im Blick zu behalten. Ihr Herz schlug schneller, und sie wusste, dass es verrückt war, was sie gerade tat. Wo blieben die Kollegen? Sie schalt sich selbst. Selbst wenn Ben mit den anderen sofort nach ihrem Anruf in Lüneburg losgefahren war, brauchten sie mindestens zehn Minuten bis hierher. Davon waren vielleicht gerade mal fünf vergangen, wenn nicht weniger. Sie hatte das Fenster erreicht. Noch einmal ließ sie ihre Augen über den großen Hof wandern, bevor sie – die gezückte Waffe in der Hand – von der Seite einen Blick durch das Fenster wagte. Im selben Moment hörte sie ein lautes Geräusch. Es klang, als sei etwas Schweres umgestürzt. Klirrend, metallisch. Und es war nicht aus dem Schuppen gekommen, sondern aus dem Haupthaus. Katharina sprang hinüber und drückte sich an die Außenwand des Haupthauses. Dann holte sie tief Luft, bevor sie laut rief: »Steinmann, hier spricht die Polizei! Wir wissen, dass Sie da drin sind. Lassen Sie den Mann laufen, Sie haben keine Chance.« Die Kommissarin glaubte, einen erstickten Schrei zu hören. Möglicherweise hatte Steinmann seinem neuesten Opfer inzwischen einen Knebel verpasst, um ihn davon abzuhalten, um Hilfe zu rufen.

»Was denn – wenn ich mich nicht täusche, sind Sie ganz allein hier«, klang es aus dem Fenster über Katharina. »Mutterseelenallein.«

»Das SEK wird jeden Moment hier sein, Steinmann.« Katharina wusste, dass sie Zeit gewinnen musste. Zeit, bis die Kollegen tatsächlich hier sein würden. Sie musste Steinmann dazu bringen, ihr zuzuhören und ihn von seinem Opfer ablenken. Ihrer Einschätzung nach wusste er sehr genau, was er gerade tat, und sie war sich außerdem fast sicher, dass er den Hof nicht spontan ausgewählt, sondern ihn schon vorsorglich als Ziel für die Entführung auserkoren hatte. Folglich kannte er sich hier allemal besser aus als sie. Spielchen konnte sie sich auf dem Gelände also nicht erlauben. Alles, was ihr blieb, war, ihn so lange wie möglich davon abzuhalten, seinen Plan in die Tat umzusetzen. Und sie war sich sehr sicher, dass er den Tod von Peter Wolfram geplant hatte.

»Steinmann, erklären Sie mir eines«, begann sie. »Wir wissen, was Torben Städer, Melanie Sarbacher und die anderen Ihnen angetan haben. Ich verstehe Ihr Motiv. Aber was ist mit Peter Wolfram? Wofür wollen Sie an ihm Rache nehmen?« Katharina schätzte Steinmann als jemanden ein, der verstanden werden wollte. Der sich im Recht fühlte mit seiner Rache. Möglicherweise war dies also der Weg, ihn noch eine Weile zu beschäftigen. Seine prompte Antwort schien ihre Vermutung zu bestätigen.

»Was er getan hat, wollen Sie wissen?«, schallte es aus dem Haus. »Das kann ich Ihnen sagen: Er war nicht besser als die anderen. Fertig machen wollte er mich. Ich war ihm nicht ansehnlich genug für seine feine Bank.« Es folgten ein schallendes Klatschen und ein gequältes Stöhnen. Katharina vermutete, dass Steinmann seinen ehemaligen Chef geschlagen hatte. Jetzt ist Fingerspitzengefühl angesagt, dachte Katharina und überlegte fieberhaft, wie sie sich über die Zeit retten konnte.

»Steinmann, hören Sie«, begann sie mit fester Stimme. »Das ist über 20 Jahre her. Ich verstehe, dass Sie das nicht vergessen können. Aber warum jetzt noch die späte Rache?«

»Weil so etwas nicht verjährt«, kam die Antwort aus dem Fenster. »Weil es an der Zeit war. Weil der Zufall es so wollte.« Der Feuerteufel machte eine kurze Pause, bevor er ergänzte: »Und nicht zuletzt, weil ich es kann!«

Als Katharina zur nächsten Frage ansetzen wollte, erklangen aus der Ferne die Sirenen der Einsatzfahrzeuge. Jetzt konnte es eng werden.

»Steinmann, Sie hören selbst, die Kollegen sind da. Sie haben keine Chance, hier wegzukommen. Geben Sie auf und lassen Sie Herrn Wolfram laufen.«

»Ich denke gar nicht daran. So kurz vor dem Ziel werdet ihr mich nicht stoppen. Ich bin noch nicht fertig – weder mit Wolfram noch mit dem Rest. Sie sind jetzt am Zug. Wenn Sie nicht wollen, dass hier gleich alles in Flammen steht, dann lassen Sie mich jetzt gehen.«

»Das kann ich nicht, und das wissen Sie«, antwortete Katharina. In diesem Moment rollten drei Wagen auf den Hof, darunter zwei Streifenwagen. Die Polizisten sprangen aus dem Auto und zogen ihre Waffen. Aus dem neutralen Dienstwagen stiegen Ben, Tobi und Vivien mit angespannten Mienen. Katharina signalisierte ihnen, dass Steinmann sich im Obergeschoss des Hauses aufhielt. Sie registrierte, wie Ben das Telefon ans Ohr hielt und das SEK informierte. Sie hasste derartige Einsätze. Sie wollte Steinmann lebend. Und vor allem wollte sie Peter Wolfram da rausholen. Wenn das SEK stürmte, bestand die Gefahr, dass Steinmann erschossen wurde oder dass er sich selbst das Leben nahm.

»Steinmann, lassen Sie uns miteinander reden. Ich würde gern zu Ihnen reinkommen. Das, was wir beide besprechen, müssen ja nicht alle mitbekommen.«

»Wollen Sie mich verarschen?«, fragte Steinmann forsch, doch Katharina glaubte, eine leichte Verunsicherung in seiner Stimme zu hören. Ungefähr zwei Meter neben ihr befand sich eine alte hölzerne Eingangstür. An der Wand entlang näherte sie sich dem Eingang. »Ich werde jetzt das Haus betreten«, rief sie zum Fenster und sah gleichzeitig aus dem Augenwinkel, dass Ben heftig gestikulierte. Von Steinmann kam keine Antwort. Konnte sie das als

Zustimmung werten? War er bereit, mit ihr zu sprechen? Sie drückte die morsche Haustür auf und verursachte damit ein lautstarkes Quietschen. »Bleiben Sie, wo Sie sind!«, erklang Steinmanns Stimme, diesmal durch das Innere des Hauses.

»Ich bin allein«, rief Katharina ihm entgegen und registrierte einen starken Benzingeruch, was sie jedoch nicht daran hinderte, weiterzugehen. »Und ich will wirklich nur mit Ihnen reden!« Sie näherte sich vorsichtig der Treppe zum Obergeschoss. »Ich werde jetzt raufkommen.«

Steinmann lachte ein kratziges, unechtes Lachen. »Sie wollen reden? Also gut, reden wir. Aber dann sollten wir auch den feinen Herrn Banker hier mitreden lassen. Und Sie werden Ihre Waffe da unten lassen.« Es folgte eine kurze Stille. »Na, Herr Wolfram, wie fühlen Sie sich? Ist das nicht ein absolut ätzendes Gefühl, vom guten Willen eines anderen abhängig zu sein?«, erklang erneut Steinmanns Stimme. »Genau so ging es mir damals. Und jetzt habe ich den Spieß umgedreht.«

Katharina hatte inzwischen einige Stufen hinter sich gelassen, und es fehlten nur noch wenige Meter, bis sie das Zimmer im Obergeschoss würde einsehen können. Widerwillig hatte sie ihren Revolver am Fuß der Treppe liegen gelassen. Doch wenn sie das Vertrauen von Steinmann gewinnen wollte, musste sie sich darauf einlassen.

»Herr Steinmann, ich komme jetzt gleich rein. Unbewaffnet.«

»Ha, Hinnerk – es hat sich doch eigentlich nichts geändert«, hörte Katharina plötzlich eine fremde Stimme. Offensichtlich war Wolfram seinen Knebel losgeworden. Aber was tat er da bloß? Provokation war in dieser Situation das Letzte, was sinnvoll war.

»Du bist noch immer so ein Verlierer wie damals«, setzte die Stimme fort. »Du nimmst es ja nicht mal mit einer einfachen Dorfpolizistin auf.« Es knallte erneut schallend, dann krachte es, als ob ein Stuhl umgekippt war.

»Ein Verlierer, also – ja?«, tönte nun wieder Steinmann. »Dann wollen wir doch mal sehen, was der Verlierer heute so drauf hat!«

Mit schreckgeweiteten Augen sah Katharina, die inzwischen vor dem Zimmer angekommen war, in dem Steinmann sich mit dem gefesselten Banker aufhielt, wie Steinmann mit einem Zippo ein Stück Papier anzündete. Es schien ein Dokument zu sein, genau konnte die Kommissarin das nicht erkennen.

»Tun Sie das nicht, Hinnerk«, rief Katharina flehend, doch es war bereits zu spät. Das brennende Papier segelte zu Boden.

12:38 Uhr

Flammen schlugen aus den kaputten Fensterscheiben des alten Bauernhauses. Ben fühlte Panik in sich aufsteigen, doch er wusste, dass gerade er jetzt einen kühlen Kopf behalten musste. Er drehte sich zu Vivien und Tobi um, die ebenso entsetzt hinter ihm standen.

»Tobi, informier die Feuerwehr, einen Rettungswagen und die Spusi. Behaltet beide von hier draußen die Ausgänge im Auge, falls Steinmann fliehen sollte. Ich gehe rein und hole Katharina da raus.«

Ohne eine Antwort seiner Mitarbeiter abzuwarten, zog Ben seine Jacke aus und hielt sie sich vor Mund und Nase, während er durch die alte Holztür das brennende Haus betrat. Dichter Rauch schlug ihm entgegen und außerdem eine schon jetzt nur schwer erträgliche Hitze. Der Kommissar sah nach oben. Das Obergeschoss war durch den schwarzen Qualm kaum zu erkennen, aber es war klar, dass die alte Holztreppe der einzige Weg nach oben war. Und sowohl Katharina als auch Steinmann mit seiner Geisel hatten sich dort oben aufgehalten, als das Feuer ausgebrochen war. Alle Vorsichtsmaßnahmen in den Wind schlagend stürzte Ben auf die untersten Stufen zu und rief gleichzeitig lautstark nach Katharina. Direkt am Treppenaufgang entdeckte er erschrocken ihre Waffe und steckte sie ein. Sie war unbewaffnet und damit noch mehr in Gefahr, als er sowieso schon angenommen hatte. Auf der Hälfte der Treppe musste er seine Schritte verlangsamen, weil er nicht einmal mehr die Hand vor Augen sah. Behutsam setzte er jetzt einen Fuß vor den anderen, Stufe für Stufe, und schrie ein weiteres Mal: »Katharina, wo bist du?«

Aus der Ferne glaubte er, Sirenengeheul zu hören. Dann plötzlich ein Husten, ganz in seiner Nähe.

»Hier. Ich bin hier, Ben!«, hörte er Katharinas schwache Stimme von oben.

»Wo? Ruf weiter, damit ich mich orientieren kann«, forderte er sie voller Sorge auf.

Es funktionierte. Ben folgte ihren Rufen, und nach wenigen Metern konnte er einen Schatten erkennen, der am Boden kauerte. Mithilfe seiner Jacke versuchte er, den Rauch für einen Moment zu vertreiben, um sich ein Bild zu machen. Katharina hockte auf dem Boden, vor ihr ein Mann, der offensichtlich bewusstlos war.

»Bist du verletzt?«, krächzte Ben, als er sie erreichte.

»Nein, ich bin okay«, gab die Kommissarin zurück. »Aber mir fehlt die Kraft, Wolfram hier raus zu schaffen. Er hat deutlich mehr abbekommen als ich und ist bewusstlos.«

Ohne weitere Erklärungen zog Ben zuerst Katharina vom Boden hoch. »Raus hier, Katharina, noch kannst du über die Treppe nach unten kommen.«

»Aber ich …«

»Keine Diskussion, raus hier – du warst schon viel zu lange im Rauch. Ich schaffe Wolfram raus.«

Ben schulterte den verletzten Filialleiter so vorsichtig, wie es in der Situation möglich war, und folgte Katharina die Treppe hinunter. Bei einem letzten Blick nach oben sah er, wie das Treppengeländer in sich zusammenfiel. Nicht mehr lange und die gesamte Holztreppe würde einstürzen.

Draußen angekommen ließ Ben Peter Wolfram vorsichtig auf den Boden sinken. Katharina saß ebenfalls auf dem Boden und hustete würgend. Auch Ben spürte ein schmerzhaftes Kratzen in der Lunge.

»Wo ist Steinmann?«, fragte er dennoch.

»Ich weiß es nicht«, gab Katharina zu. »Er hat das Feuer entzündet und war plötzlich weg.« Ein erneuter Hustenanfall unterbrach ihre Schilderung. »Er muss das genau vorbereitet haben. Es roch überall nach Benzin, als ich das Haus betreten habe. Das war keine spontane Aktion. Darum hat sich das Feuer auch so wahnsinnig schnell ausgebreitet.«

Ben blickte sich nach den Kollegen um und sah, wie Vivien Feuerwehr und Krankenwagen auf den Hof lotste. Wenige Augenblicke später kam Tobi abgehetzt um die Ecke des Hauses zu ihnen gelaufen.

»Seid ihr okay?«, rief er atemlos.

»Hast du Steinmann gesehen?«, fragte Ben zurück.

»Nein, und Vivien auch nicht. Aber wir konnten natürlich auch nicht alle vier Seiten des Hauses im Blick behalten.«

Ben sah Katharina an: »Denkst du, er ist geflohen?«

»Ich fürchte, ja«, stöhnte Katharina und rappelte sich vom Boden auf. »Wenn er das hier so gut vorbereitet hatte, dann wusste er auch, wie er hier rauskommt. Allerdings …«

»Allerdings was?«, hakte Ben nach.

»Allerdings glaube ich, dass er selbst ordentlich was abbekommen hat. Er schien mir von der Wucht der ersten Flammen selbst überrascht, und definitiv ist er nicht unverletzt da rausgekommen.«

Sie sah auf den noch immer bewusstlosen Wolfram herab. Ihn hatte es heftig erwischt. Gefesselt auf dem Stuhl hatte er keine Chance gehabt, dem Feuer zumindest im ersten Augenblick auszuweichen, zumal er wegen des Sacks, den Steinmann ihm über den Kopf gezogen hatte, nichts hatte sehen können. Der Sack hatte fast sofort Feuer gefangen. Katharina hatte ihn zwar von ihm runter reißen und die Fesseln lösen können, dennoch hatte der Mann schlimme Verbrennungen im Gesicht und am Oberkörper erlitten. Katharina schluckte schwer: Was hatte sie selbst bloß für ein wahnsinniges Glück gehabt. Wäre Ben nicht gewesen … Noch bevor sie den Gedanken zu Ende denken konnte, eilten zwei Rettungssanitäter heran.

»Wer ist alles verletzt?«, fragte der ältere der beiden.

»Kümmern Sie sich um den Mann«, gab Katharina an und zeigte auf Wolfram. »Wir sind okay.«

»Wir brauchen einen Hubschrauber«, entschied einer der Sanitäter, »der Mann muss so schnell wie möglich in die Klinik, und die Straßen sind momentan wegen der demonstrierenden Kindergärtner dicht.« Er nahm das Telefon und organisierte die notwendigen Maßnahmen, während sein Kollege die Erstversorgung von Peter Wolfram einleitete.

Die Feuerwehr war dabei, das Feuer zu bekämpfen und dafür zu sorgen, dass die Flammen nicht auf die Nebengebäude übergriffen. Inzwischen hatten sich an der Straße zahlreiche Schaulustige eingefunden, die von Kollegen des Streifendienstes in Schach gehalten wurden. Ben griff nach Katharinas Arm und zog sie vorsichtig aus dem Blickfeld der Gaffer. »Bist du wirklich in Ordnung? Mir wäre wohler, wenn du dich in die Klinik bringen lässt, um dich durchchecken zu lassen.«

»So ein Quatsch«, widersprach die Kommissarin, und eigentlich hatte Ben nichts anderes erwartet. »Ich hab ja keine Flammen abgekommen, nur ein bisschen Rauch.« Wie zur Bestätigung überfiel sie ein heftiger Hustenanfall, und Ben sah ihr an, wie sehr sie sich darüber ärgerte.

»Du lässt dich zumindest hier von einem der Sanitäter untersuchen«, ordnete Ben in festem Ton an. »Und diesmal hältst du dich an meine Anweisung.« Katharina blieb stumm, nickte aber. Dann hob sie doch die Stimme: »Aber Steinmann …«

»Wenn er fliehen konnte, ist er vermutlich längst über alle Berge«, stellte Ben fest. »Mit Hunden werden wir hier nichts ausrichten, der Geruch des Feuers ist zu stark, und wir haben nicht mal Vergleichsmaterial, das wir ihnen vorlegen könnten. Und falls er nicht davongekommen sein sollte, dann werden wir das erst wissen, wenn die Jungs von der Feuerwehr da drin fertig sind.«

»Oder wenn er seinen Rachefeldzug wieder aufnimmt und sich sein nächstes Opfer schnappt«, ergänzte Katharina leise.

Und wenn das Feuer brennt,
Dann fliegen Funken,
Ich hatte einen Stern,
Er ist versunken;
Er ist versunken in der dunklen Nacht,
Und ich muss weinen, weil kein Stern mir lacht.

Das rote Feuer brennt,
Die Funken stieben,
Und dann verlöschen sie,
So wie mein Lieben;
Mein Lieben ist dahin in Nacht und Leid,
Als wie ein Funken in der Dunkelheit.

Das Feuer brennt nicht mehr,
es ist gestorben,
Ich hatte einen Traum,
er ist verdorben;
er ist verdorben und er ist verblüht,
das Feuer brennt nicht mehr, es ist verglüht.

(Die Funken, Hermann Löns)

EPILOG:

05:12 Uhr

Die Schmerzen waren halbwegs auszuhalten, der Blick in den Spiegel jedoch nicht. Noch waren sein Gesicht, seine Schulter und seine rechte Hand über und über mit großen Brandblasen bedeckt, sodass er meinte, er schaute einer Qualle entgegen. Bald würden die Brandblasen zu eitrigen Wunden werden, von denen sich Hautfetzen lösten, und irgendwann wären zwar die Wunden alle wieder verheilt, doch sein Gesicht wäre dann für immer eine einzige Narbenlandschaft. Die Schulter würde er verdecken können, und die Hand war nicht so wichtig. Aber mit seinem entstellten Gesicht würde er vor aller Augen leben müssen. Wieder würde er von den Leuten beim ersten Anblick zum Außenseiter abgestempelt werden. Wie damals. Schlimmer als damals. Darum würde er tun, was er tun musste.

Er wandte sich angewidert von seinem Spiegelbild ab. Er wusste auch so, wie gruselig er aussah. Nicht nur seine Stirnhaare und Brauen waren weggebrannt, ebenso seine Lider, und beim ersten Mal, als er in den Spiegel geschaut hatte, hatte er gedacht, seine Augen würden gleich aus ihren Höhlen fallen, weil sie keinen Halt mehr hatten.

Seine Lippen sahen aus wie aufgequollene Gummischläuche, und er konnte kaum sprechen. Aber das musste er auch nicht. Das, was er vorhatte, brauchte keine Worte. Er befühlte sein Zippo in der Hosentasche. Dann verließ er das Bad und ließ noch einmal die letzten Stunden Revue passieren: Nachdem er gestern aus seiner selbst gelegten Feuerhölle der Polizei entkommen war, hatte er in einem Kellereingang zwei Höfe weiter gewartet, bis die Nacht angebrochen war. Zu diesem Zeitpunkt hatte er kaum die Schmerzen gespürt, da sie vom Adrenalinkick einer immensen Wut überlagert wurden. Wut auf sich selbst, weil er fast auf diese rothaarige Polizistin hereingefallen wäre, und weil Peter Wolfram nicht elendig verbrannt war. Ein weiteres Mal hatte er versagt, nachdem er bereits Gertrud Sieveke nicht getötet hatte. Wenigstens war der Banker fortan mindestens so entstellt wie er selbst. Irgendwann hatte er sich dann aus seinem Versteck gestohlen und aus der nächsten öffentlichen Telefonzelle bei Gina angerufen. Er war immer schon gut im Nummernmerken gewesen, und hatte er sie einmal notiert oder eingetippt, saß sie in seinem Kopf fest, was ihm in diesem Augenblick zu Gute gekommen war. Gina hatte nicht viel gesagt, als sie den Hörer abgenommen hatte. Mit Mühe und Not hatte er seinen Namen hervorgebracht und sie um Hilfe gebeten. Für einen Moment war eine Pause eingetreten, in der sie zu überlegen schien, und er hatte schon befürchtet, dass sie wieder auflegen würde – sicherlich hatte die Polizei nach seiner ersten Flucht aus dem Krankenhaus mit ihr gesprochen. Doch dann hatte sie sich liebevoll erkundigt, wie es ihm gehe, und als er ihr nur noch mit einem undefinierbaren Grunzen antworten konnte, hatte sie ihm aufgetragen, zum Schwesternwohnheim zu kommen. Bevor sie auflegte, hatte sie zärtlich gesagt: »Wir bekommen das schon wieder hin.«

Vor dem Eingang zum Schwesternwohnheim hatte Gina ihn bereits erwartet. Als er aus dem Gebüsch auf sie zugekommen war, hatte sie im ersten Augenblick ein erschrockenes Gesicht gemacht, sich dann jedoch schnell wieder gefangen. Wie gut, dass er an eine Krankenschwester geraten war, die solche Anblicke gewohnt war. Sie hatte ihn sanft unter den Arm gegriffen und geflüstert, dass alles wieder gut werden würde. Er solle leise sein, damit niemand mitbekäme, dass sie ihn jetzt mit hineinnähme. Vorsichtig waren sie die Treppenstufen hochgegangen, was ihm einiges an Energie abverlangt hatte, sodass er sich sofort auf das schmale Bett in der Einzimmerwohnung gelegt hatte, in die Gina ihn geführt hatte. Sie hatte ihm erklärt, dass dies die Wohnung einer verreisten Freundin und Kollegin wäre, zu der sie für Notfälle einen Schlüssel hätte. Sie hatte sich zu ihm auf das Bett gesetzt, ihm über die Brust gestrichen und gesagt: »Ich komme so oft es geht hier vorbei. In mein Zimmer kann ich dich nicht bringen, da wärst du nicht sicher. Die Polizei weiß, dass ich deine Freundin bin.« Bei dem Wort Freundin hatte sie gestrahlt und ihm einen Luftkuss zugehaucht. Dann war sie aufgestanden und hatte gesagt, sie würde ein paar Dinge aus ihrer Wohnung holen, um ihn zu versorgen. Keine fünf Minuten später war sie mit einem Erste-Hilfe-Koffer zurückgekommen, hatte notdürftig seine Verbrennungen behandelt und ihm ein starkes Schmerzmittel gegeben.

Dass Gina sich dermaßen liebevoll um ihn kümmern würde und noch nicht einmal Fragen stellte, hatte er nicht erwartet. Schließlich kannten sie sich kaum. Schade, dass er sie erst jetzt kennengelernt hatte. In dieser Lebensphase.

Sonst hätte vielleicht doch noch was aus ihnen werden können. Sie würde sicherlich enttäuscht sein, wenn sie ihn bei ihrer Rückkehr nicht mehr in der Wohnung ihrer Freundin vorfinden würde, aber er hatte nicht anders gekonnt. Er hatte einfach gehen müssen, solange es ihm noch möglich war.

Er seufzte einmal tief und richtete seine Gedanken wieder auf die Gegenwart. Er war jetzt im Flur. Er wunderte sich, dass keine Polizei hier im Haus auf ihn gewartet hatte, allerdings gingen die Rothaarige und ihre Kollegen sicherlich davon aus, dass er sich gerade hier nicht aufhalten würde. Er grinste, was ihn sofort vor Schmerz zusammenfahren ließ. Trotz der Salbe, die Gina ihm auf seine Lippen geschmiert hatte, spannten die Wunden bei der kleinsten Regung. Sein Blick fiel auf das grüne Telefon. Er wusste, dass Gina jetzt gerade Dienst hatte, dennoch nahm er den Hörer ab und wählte die Nummer ihres Mobiltelefons. Wie erwartet sprang sofort die Mailbox an, und Ginas fröhliche Stimme bat den Anrufer, eine Nachricht zu hinterlassen. Das tat er. Ein einfaches Danke. Mehr sagte er nicht, bevor er wieder auflegte. Dann holte er seine Liste aus derselben Hosentasche hervor, in der auch das Zippo steckte, legte sie auf den Telefontisch, nahm einen Stift zur Hand und strich alle noch offenen Namen durch, setzte jedoch einen neuen darunter. Den Namen des Menschen, den er am meisten hasste, dem er aber bisher nichts hatte antun können.

Während er jetzt zur Scheune ging, wo er bereits bei seiner Ankunft vorhin alles vorbereitet hatte, musste er an damals denken. An den Tag, als er seinen Vater mit Gertrud Sieveke in der Ecke in der Scheune gesehen hatte. Im ersten Augenblick hatte er gedacht, die beiden spielten ein Spiel. So wie er manchmal Cowboy mit den Tieren vom Hof spielte. Gertrud hatte sich nach vorn gebeugt und sein Vater darüber. Dabei bewegte sich sein Vater so, wie der Stier es auf der Kuh machte, wenn sie ein Kälbchen bekommen sollte. Als sein Vater dann jedoch vor Schmerz aufgestöhnt hatte, von der besten Freundin seiner Mutter abrutschte und auf die Seite ins Heu fiel, war Hinnerk schnell zu seiner Mutter ins Haus gelaufen, um sie zu holen. Er hatte ihr die Szene in der Scheune geschildert, und sie war leichenblass geworden. Sie hatte sogar angefangen zu zittern, jedoch keine Anstalten gemacht, zu seinem Vater zu eilen oder den Notarzt zu rufen. Er hatte das damals nicht verstanden. Plötzlich hatte seine Mutter ihn in ihre Arme geschlossen und ihm ins Haar geflüstert, dass sie ganz sicher wüsste, dass dem Vater nichts passiert war, Hinnerk ihn aber nie auf das, was er beobachtet hatte, ansprechen dürfe. Hinnerk hatte auch das nicht verstanden, es aber versprochen. Als sein Vater wenige Minuten später zufrieden lachend ins Haus gekommen war, als ob nichts geschehen wäre, war Hinnerk erleichtert gewesen und hatte sich selbst geschworen, seinen Vater auch wirklich niemals auf das komische Spiel mit Gertrud anzusprechen. Abends, als er oben in seinem Zimmer im Bett gelegen hatte, hatte er seine Eltern unten in der Küche streiten hören. Es war keine Seltenheit, dennoch schien es diesmal lauter als sonst zuzugehen. Am nächsten Morgen hatte er dann seine Mutter am Strick baumelnd am Dachbalken der Scheune gefunden. Er hatte nichts gesagt. Er hatte auch niemanden zu Hilfe gerufen. Er hatte einfach die Leiter, die seiner Mutter umgekippt sein musste, wieder aufgestellt, sich auf den Scheunenboden gesetzt, zu ihr hochgeschaut und gewartet, dass sie wieder herunterkam.

Jetzt ging er zur Leiter, die er vorhin bereits an dieselbe Stelle gestellt hatte wie damals. Je näher er ihr kam, desto beißender wurde der Benzingeruch, doch darauf war er vorbereitet, schließlich hatte er selbst vorhin mit Benzin einen engen Kreis um die Leiter gezogen. Der Kanister stand noch daneben. Er nahm ihn auf und kletterte langsam, Sprosse für Sprosse, hinauf. Oben angekommen goss er den letzten Rest Benzin aus dem Kanister über die Sprossen, von denen es zu Boden tropfte, setzte sich auf den Tritt, zog die Liste und das Feuerzeug hervor, schnippte das Zippo an und hielt eine Ecke seiner Liste hinein, die sofort anfing zu brennen. Einen Moment starrte er fasziniert auf die noch kleine Flamme, die sich jedoch schnell größer fraß. Jetzt war sie bei dem Namen angekommen, der nicht durchgestrichen war, und den er eben hinzugefügt hatte: Hinnerk Steinmann. Dann ließ er, wie gestern bereits seine Ausbildungsurkunde, das Stück Papier langsam auf den benzingetränkten Boden segeln.

Im ENDE wohnt stets ein ANFANG.

DANKSAGUNG

Wie immer ist es Claudia, die an dieser Stelle zuerst stehen muss. So selbstverständlich inzwischen das gemeinsame Schreiben geworden ist, desto außergewöhnlicher ist es, wie es zwischen uns beiden funktioniert. Danke.

Absolut nicht selbstverständlich ist die Geduld meiner Freunde mit mir. Ihr seid echte Freunde – Freunde, die verzeihen können, wenn ich mal wieder eine Verabredung verdaddelt oder mich wochenlang nicht gemeldet habe, weil mein Zeitempfinden mit mir zusammen im Schreibtunnel verschwunden ist. Danke für euch.

Dieses Buch wäre aber auch nicht so dermaßen reibungslos ohne die Unterstützung meiner Familie entstanden: Minette, dir danke ich, dass du mir Büsum und das Treffen mit Autorenkollegen sowie spannende, lehrreiche Vorträge ermöglicht hast, die auch diesen Lüneburg-Krimi beeinflusst haben. Und ihr, meine beiden Großen, Katharina und Vincent, habt mir als Mutter einen enormen Druck genommen, weil ihr euch kaum beklagt habt, wenn der Kühlschrank aus Mangel an Einkaufszeit vor Leere gähnte oder das Mittagessen zum Abendessen mutierte – und das, obwohl du mitten im Abitur gesteckt hast, Vincent! Amelie, du hast mir mit deinen fröhlichen Berichten aus den USA so viel Energie geschickt, dass die Finger auf der Tastatur anschließend nur so geflogen sind. Und du, mein kleiner Konrad, krabbelst auch jetzt genügsam zwischen meinen und den Stuhlbeinen herum, während dein lustiges Gebrabbel die Musik in meinen Ohren ist, die mein Herz höher schlagen lässt. Ich liebe euch.

Kathrin Hanke

Mein erstes Dankeschön gilt dir, Kathrin, für ein weiteres, großartiges gemeinsames Schreibprojekt. Für dein Verständnis, deine Motivation und deinen Zuspruch in Wochen, die nicht immer einfach waren. Ich bin so dankbar für das, was aus unserer gemeinsamen Arbeit entstanden ist – eine echte und ehrliche Freundschaft!

Andreas – dir danke ich für deine Geduld, deinen Rückhalt, deine beständige Unterstützung in den letzten Monaten, ohne die ich diese Zeit nicht so positiv hätte erleben können. Danke für dieses wunderbare gemeinsame Leben!

Meinen Eltern danke ich für ihre Unterstützung und ihren Glauben an mich. Eure kritischen Anmerkungen und euer scharfes Auge waren wieder einmal mehr als hilfreich!

Schließlich danke ich meinen Freunden – es gibt Zeiten, in denen man sehr deutlich erkennt, wer die wirklichen Freunde sind. Und diese sind dann umso wertvoller. Danke, dass es euch gibt!

Claudia Kröger

Gemeinsam danken möchten wir an erster Stelle unserer Lektorin Claudia Senghaas für die großartige Zusammenarbeit. Wir freuen uns schon auf das nächste gemeinsame Projekt! Armin Gmeiner, Sven Lang und Sabine Wößner-Glocker danken wir für interessante und spannende Gespräche in Büsum.

Außerdem gilt unser spezieller Dank:

– Dr. Hartmut Niefer vom Sankt Elisabeth Krankenhaus Eutin für seine ausführliche medizinische Beratung,

– Christine Maria Priebe für die großartigen Trailer zu unseren Büchern, auf die wir so oft angesprochen werden,

– Hella Arnheim für die Unterstützung bei jeglichen Fragen zur Polizeiarbeit.

Natürlich danken wir besonders den vielen wunderbaren, engagierten Buchhändlern, die unsere Titel präsentieren und uns die Möglichkeit geben, die Lüneburg-Krimis bei Lesungen oder Signierstunden einem großen Publikum vorzustellen. Denn ohne unsere inzwischen so große Lesergemeinde – und ihr gilt unser abschließendes Dankeschön – wäre nicht möglich, was Sie gerade in den Händen halten und was noch folgen wird – DANKE!

Kathrin Hanke & Claudia Kröger

Kommissarin Katharina von Hagemann ermittelt:

1. Fall: Blutheide
ISBN 978-3-8392-1426-8

2. Fall: Heidegrab
ISBN 978-3-8392-1597-5

3. Fall: Eisheide
ISBN 978-3-8392-1740-5

4. Fall: Heideglut
ISBN 978-3-8392-1857-0

5. Fall: Heidezorn
ISBN 978-3-8392-2029-0

6. Fall: Mordheide
ISBN 978-3-8392-2235-5

7. Fall: Heidefluch
ISBN 978-3-8392-2383-3

8. Fall: Heideopfer
ISBN 978-3-8392-2829-6

9. Fall: Totenheide
ISBN 978-3-8392-0310-1

10. Fall: Heideangst
ISBN 978-3-8392-0355-2

weitere:
Die Giftmörderin Grete Beier
ISBN 978-3-8392-2124-2

Die Engelmacherin von St. Pauli
ISBN 978-3-8392-2300-0

Störtebekers Piratin
ISBN 978-3-8392-2486-1

Wermutstropfen
ISBN 978-3-8392-1931-7

Mörderische Lüneburger Heide
ISBN 978-3-8392-2133-4

In der Heide brodelt es
ISBN 978-3-8392-2219-5

Hamburgs dunkle Seiten
ISBN 978-3-8392-2487-8

Als die Flut kam
ISBN 978-3-8392-0001-8

Hamburg im Sturm
ISBN 978-3-8392-0031-5

GMEINER SPANNUNG

WWW.GMEINER-VERLAG.DE
Wir machen's spannend